어아름 장편소설

숨은 그림 찾기

지식산업사

책 이 름 / 숨은 그림 찾기

지 은 이 / 어 아 름
펴 낸 이 / 김 경 희
펴 낸 곳 / (주)지식산업사
등록번호 / 1-363
등록날짜 / 1969. 5. 8
초판 제 1 쇄 인쇄 / 1997. 1. 20
초판 제 1 쇄 발행 / 1997. 1. 25
주   소 / 서울시 종로구 통의동 35 -18
전   화 / (734)1978·1958 (735)1216 팩스 (720)7900
책   값 / **6,500원**

ISBN 89 -423 -7003 -9   03810

숨은 그림 찾기

나는 잊지 않고 있다. 보드라운 모랫벌에서
내가 네 이름을 쓸 때 미소짓고 하던 그 말을.
마치 어린애와 같구나.
돌에다 이름을 새기는 기분이니
그로부터 나는
물결에도 지워지지 않는 것을 써 왔다.
아직 태어나지 않은 후세 사람들이 아득한 바다 저 멀리서
아이앤디란 이름을 찾아보게 되리라.   - W. 랜도

나는 위의 시에 '아이앤디'라는 이름 대신 언니의 이름을 써 넣는다.

나는 이 고백을 '사랑하는 언니에게'라는 말로 시작하고자 한다. 왜냐하면 언니에 대한 그리움에서 이 글을 쓰게 되었기 때문에.

여러분은 이 이야기를 읽고나서 나 자신에 대한 스스로의 변명이라고 여기실지도 모른다. 그러나 절대 그건 아니다. 난 언니가 증언대에서 나를 변호해주기를 바라지 않았으니까.

무엇 때문에 언니가 그래야 하는지? 다른 건 몰라도 '언니가 그 일만은 해서는 안 돼'라고 외치고 싶다.

나는 숨을 죽이고 생각에 잠긴다. 그리고 고개를 끄덕인다.

그럼에도 불구하고 언니가 나를 사랑하고 있을 것임을 …….

어디선가 언니는 열심히 살아가리라고 믿는다. 왜냐하면 우리는 하나에서 갈라져 나온 둘이므로.

나도 언니를 사랑한다. 이 세상 누구보다. 그래서 어둠 속에서 소리친다. '언니 도와줘. 나를 사랑하는 일만은 그쳐줘'라고.

이 글을 다 읽고나면 여러분은 내가 왜 이 말을 하는지 아실 것이다.

나는 처음에 이 글을 언니에게 보내는 편지로 시작했었다. 마음으로 언니에게 편지를 쓰지 않은 날이 없었고, 하늘이나 나뭇잎, 계절이 바뀌는 것을 바라만 보아도 거기 언니에게 보내는 글이 씌어 있으므로 달리 쓸 필요가 없다고 생가했다.

그래서 나는 여러분에게 직접 들려드리기로 결심하였다. 그렇게라도 해서 세상에 진 빚을 조금이라도 갚고 싶으니까.

언니를 생각하니 떨린다. 마음을 진정시켜야겠다.

프롤로그

그 사건이 일어난 건 바로 그때쯤이다.

그럼 지금부터 간략히나마 그때쯤을 설명해야겠다. 여러분은 아직 나에 대해 아무것도 모르지만. 여러분은 현명해서 몇 장면만 보여도 단박에 아실 테니까.

그날 저녁 식탁에서 내가 밥을 먹다 수저를 놓았다. 먹기 싫었느냐고? 노오. 나는 더 먹고 싶었다. 불고기와 잡채와 양상추무침만큼은 접시를 다 비워내도 모자랄 판이다.

어제 언니가 수저를 놓은 것도 이때쯤이다. 언니는 어딘가 아픈 얼굴을 하며 천천히 수저를 내려놓고 밥그릇을 밀었다. 그러자 엄마의 얼굴이 단번에 비틀어 짠 행주같이 되었다.

"하나야 속이 안 좋아? 조금 더 먹으렴. 국물이라도 마셔. 뼈를 종일 곤 진국이다."

엄마는 언니에게 진국을 한 모금이라도 먹이려고 애를 썼다. 먹은 게 다 넘어올 만큼.

정말이지 그때 나는 먹은 걸 모두 토하고 싶었다. '넌 불쾌

한 짓만 골라가며 하더라'며 쥐어박힌다고 해도. 그러나 난 토하지 못했다. 수저를 목구멍에 넣으려 했으나 기침도 안 나고 음식만 술술 잘 넘어갔다.

그래 오늘은 언니의 본을 따는 거다. 엄마가 매일 언니 본 좀 따봐라. 반이라도 본따면 큰절을 하겠다잖는가. 큰절은 바라지 않지만 엄마의 녹작지근한 비음을 반만이라도 듣고 싶은 거다. 정에 굶주려서도 아니고(그렇다면 세레나 할머니를 찾아가면 되니까), 옆구리 찔러 절받기식이라 구질구질하지만 내가 다리 밑에서 주워온 개구멍받이가 아닌지 알기 위해서 테스트가 필요하다.

엄마는 시험에 걸린지도 모르고 내가 수저를 놓자,

"그래 잘 생각했다. 불필요한 살덩이 달고 있어야 무겁기나 하지. 과식해야 잠이나 오고 공부하는 데 방해나 되지. 오죽해야 식충이란 말이 있겠니."

하고, 식충이란 말에 쓸데없이 힘을 실으며 내 등을 두드려 주기까지 했다.

세상에 이럴 수가? 꼭 스물네 시간 이십삼 분 만에 한입으로 두말할 줄이야. 아무래도 친엄마가 아닌 게 분명하다.

아빠쪽으론 어띤가. 아빠가 나를 데리고 장가오셨나? 그렇다면 언니는? 앞뒤가 맞지 않는다. 나는 입양아가 틀림없다. 신문을 보면 입양아가 친부모를 찾는 기사들이 심심찮게 난다. 나도 슬슬 친부모 찾을 때가 되지 않았나? 좀더 시험을 한 후 움직여봐야겠다. 아직은 확률이 반반이다.

무엇보다 나를 망설이게 하는 건 부모님이 딸을 입양했을리가 없다는 의혹이다. 딸을 낳기도 억울한데 입양을 한다고? 돈이라면 벌벌 떠는 분들이 입양아에게 돈을 쏟아넣는다고?

그렇다고 부모님이 나에게 돈을 쏟아붓는 것은 아니다. 캐나다는 고등학교까지 등록금이나 잡부금을 1센트도 안 내므로. 학교에서 점심도 시중보다 싸게 파는 데다 정부에서 매달 패밀리 알로원스(우유값)도 주지 않는가? 나는 겨우 7(중1)학년이므로 앞으로 공짜로 학교에 다닐 날이 5년이나 남았다.

그러고 보면 부모님은 나에게 투자하는 돈이 없는 셈이다. 그러니 효과를 기대해서도 안 되는데 나의 미래에 대해 너무 바라신다. 공부해야 성공하고, 상류사회에 진출하고, 사람 구실 한다. 그러니 공부하라, 공부.

조난당해도 공부, 불이 나도 공부부터 찾으실 것이다. 밥을 먹고 있는데 '밥 먹냐?' 공부를 하고 있는데 '공부하냐?' '그래 잘 생각했다,' 하는 소리가 나는 정말 듣기 싫다.

며칠 후 나는 또 슬슬 그 생각을 했다. 단식을 해 볼까? 친딸이 단식하면 까무러치지 않을 부모는 없으니까. 며칠간? 3일쯤이 적당할 것 같다. 모든 일은 삼세 번이 지나면 시들해지니까. 특히 호들갑스러운 엄마는 쉬 달구어졌다가 쉬 식으므로. 더 이상 해봐야 내 배만 고생할 뿐이다. 3일 단식이면 숙변도 나온다니까 손해날 건 없지만. 내일부터 돌입하자. 그러기 위해서 오늘은 위를 꽉 채워야 한다. 3일치를 미리 먹어두자.

엄마가 설거지를 끝내고 가게로 내려가기를 기다려 나는 부엌으로 가서 남은 음식을 몽땅 먹어 치웠다. 화나면 나는 꾸역꾸역 입 속에 먹을 걸 처넣는 버릇이 있다. 내가 가출한다면 사람들은 싸구려 음식점만 뒤지면 될 것이다.

엄마는 음식이 다 없어진 걸 알고 놀라시겠지. 그 생각을 하니까 음식이 더 잘 먹혔다. 숨을 쉴 수 없을 만큼 먹고 나는 배를 안고 침대에 쓰러졌다.

　공부를 하고 있던 언니가 어디 아프냐고 나를 돌아본다.

　"아냐, 그냥 생리통일 뿐이야."

하고 얼버무렸다. 생리란 나에게는 조금은 자산 같은 것이다. 친구들에게 뽐낼 수 있어서도 좋지만, 일하다가도 쉴 수 있고, 어느 때나 손톱깎이처럼 써먹을 수가 있다.

　엄마는 공부하라고 일은 절대 안 시키지만, 아빠는 우리가 먹은 그릇과 우리들의 빨래, 우리방은 우리가 해결하게 하신다.

　내 몫을 하다가도 나는 생리통이 나기 일쑤고, 그럴 때면 언니는 한 번도 의심하지 않고 내 일을 대신 해준다. 그날도 언니는 걱정하며 병원에 가봐야 한다고 말했다. 곧 엄마를 부를 기색이었다. 아이구 순진한 것. 나는 언니를 껴안고 방안을 빙글빙글 돌았다.

　언니가 미치도록 좋아서. 나를 인정해 주고 믿어 주는 것처럼 고마운 일이 있을까. 언니와 나는 신의로 맺어져 있다. 우리는 서로 의심을 모르며 배신하지 않는다. 내가 친부모 찾길 보류하는 이유도 언니 때문이다. 똑똑하고 야물딱지면서도 나에겐 한없이 느슨하고 맹한 언니가 나를 누구보다 감싸주어 떠날 수 없게 만든다.

　식스 밀리온 달러맨(600만불의 사나이)이란 티브이 프로가 있었지만, 나에게 언니야말로 식스 밀리온 달러 시스터이다. 친부모가 천만 달러 가치라 해도 바꾸기 어렵다.

　언니와는 태어나서부터 지금까지 한방에서 뒹굴고 꿈도 함께 꿀 정도였다. 우린 언제나 엄마가 "그건 개꿈이다" 하는 것을 꾸었으니까.

3일간 금식하며 엄마를 시험해 볼 필요도 없었다. 그날밤 토사곽란이 나서 나는 엄마에게 지독한 구박을 받았으니. 친딸이라면 음식물을 침대에 토하며 배를 잡고 구르는데 가만 있을 리가 없다. 놀라 달려온 엄마는,

"아이구 냄새야."

하며 코부터 틀어막았다.

"일복 터진 년은 잠도 편히 못 잔다니까."

하면서 내 머리를 변기에 쑤셔박았다.

"화장실로 달려가야지, 침대에다 게우는 게 뭐냐. 다 큰 애가 왜 그리 둔해. 학교에서 무얼 진탕 먹고 왔구나."

그러면서 내 등을 팡팡 쳤다. 평소에는 골골대며, 정말이지 그때를 위해 힘을 비축해 놓은 게 틀림없었다. 그러는 동안 언니가 내 침대를 말끔히 치우고 있었는데, 엄마는 내버려두고 자라며 언니를 침대로 올려 보냈다.

"지가 치우게 둬라. 지가 치워 봐야 담에 안 게우지."

어쩌면 아픈 나보다 안 아픈 언니를 더 걱정하는지. 나는 그 순간에 틀림없이 친엄마가 아니라는 단정을 내렸다. 엄마는 병원에 가야 한다는 언니의 말을 묵살하고 나에게 억지로 소화제를 먹였다.

"니 나이 땐 모래도 삭인다."

하시면서. 까무룩이 잠이 밀려들었지만, 난 좀더 분석해 보려고 천정을 노려보았다.

아무래도 내가 헤엄친 양수는 다른 여자의 것이다. 아빠처럼 점잖은 분이라 해서 스캔들이 없으라는 법은 없다. 미나 엄마 말을 들어보면 얌전한 개가 부뚜막에 먼저 올라간다지 않는가?(미나 엄마는 후에 등장시키겠다.) 나는 생각에 생각을 눈

덩이로 굴렀다.

언니 낳은 후 아빠가 바람을 피워 딴 여자에게서 나를 낳자 엄마가 여자는 떼어버리고 아이만 데리고 왔다. 그 후부터 아빠는 엄마에게 큰소리 한 번 못 치고 사셨다. 정말로 말이 되네. 말이 안 돼야 잠을 잘 텐데 야단났다. 끝을 봐야 되는 내 성격상 미정으로 둘 수는 없는데. 그때 언니가

"괜찮니?"

하고 물었다. 그 말에 가슴이 뜨거워지면서 눈물이 솟아났다. 나는 부시시 일어나 베개를 챙겨들었다.

"나 언니랑 자두 돼?"

나는 대답을 기다릴 것도 없이 언니 침대로 올라갔다. 언니는 내가 잠을 험하게 자므로 같이 자는 것만은 사절하곤 했다. 나는 축축한 머리통을 언니의 어깨에 올려 놓고 팔로 언니의 허리를 감았다. 들척지근한 냄새가 나는지 고개를 약간 돌렸으나 참는 눈치였다. 언니는 이럴 때 참을 줄 아는 여자다. 여자라고 하기엔 좀 이르지만.

언니 나이를 꼽아본다. 열다섯 살. 나보다 두 살 위다. 열 살쯤 위라면 좋겠다. 언니 겸 엄마로 삼아버리게. 그렇다면 토닥이며 자장가도 불러줄 텐데

나는 엄마의 자장가를 들어본 적이 없다. 학교에서 슈베르트의 자장가를 배울 때 얼마나 놀랐는지. 엄마들이 아이 재울 때 부르는 노래가 있다는 것이 너무 충격적이었다. 내가 세 살 때 이민 온 후 엄마는 나를 거둘 새가 없어 저녁 8시면 나에게 가서 자, 라고 명령했다고 한다. 그러면 나는 뒤뚱대며 걸어가 혼자 잠들었다고 한다. 내가 기저귀 차고 미운 오리새끼마냥 뒤뚱대는 모습이 보인다. 엉덩이에 기저귀가 비질비질 나오고.

그 언젠가 아마 아빠 생신이었나 보다. 손님들이 어둔 방에 혼자 엎드려 눈을 깜빡대는 나를 보고 혀를 내둘렀다. '어쩌면 이 어린 게 혼자 이러구 있지. 귀엽기도 해라. 순하기도 해라.' 그때부터 내 별명은 순딩이었다.

지금 내가 순딩이가 아니라면 순전히 세파 탓이다. 내가 자라면서 점점 사나워진 데는 엄마 책임이 클 거다. 약한 쥐도 막다른 골목으로 쫓기면 고양이에게 덤벼들 수밖에 없다. 아빠도 한몫을 했다. 내 약점을 꼬집고, 언니와 비교하고, 나를 비하시키는 건 아빠가 더하니까. 아빠 나를 남자 같은 여자라며 온갖 훈계를 하시는데, 나는 아빠의 색안경 낀 잣대가 싫다.

'저 녀석이 하나 달고 나왔어도……' 하시며, 나에게 자신들의 책임을 돌리신다. '선머슴애 노릇 그만하구 언니처럼 얌전하고 단정해라.' 무슨 말 끝에나 '언니처럼'을 넣는데, 난 모방이 싫다. 나의 개성을 찾고 싶다. 현대는 개성의 시대고, 난 신세대의 고참이 아닌가.

"본따서 뭐하게요? 나는 나이고 싶어요."

내가 따진 일이 있다. 일곱 살 때였다.

"아이구 애가 벌써 반항하네. 될성부른 나무는 떡잎부터 알아본다더니. 젖내도 가시지 않은 게 뭐가 될라고 벌써부터 그러냐?"

"나 여자경찰 될래요."

나는 당당하게 말했다.

"세상에, 저 하는 소리 좀 봐. 언니처럼 의사나 교수, 박사가 된다는 소린 못해도 하다 못해 학교 선생이 되겠다는 꿈도 없냐 넌? 아이구 떡잎이 노랗게 시들었구나."

"경찰이 어때서요? 의사나 교수보다 경찰이 더 훌륭한 사람이에요."

아빠는 훈계를 늘어놓으시고, 엄마는 말리는 시누이처럼 '관두세요. 말해봤자에요. 소방서원 안 된다는 것만두 감지덕지해야죠.' 하셨다.

난 한술 더 떠 RCMP(연방경찰) 한다고 했다.

나는 내 손으로 수저를 들게 되자 먹는 일부터 시작했다. 언니보다 키가 커야 했다. 언니가 입던 옷과 구두, 가방, 필통, 운동화, 심지어 팬티와 브래지어에서도 해방되고 싶었다. 그땐 브래지어를 할 때가 아니었지만.

나는 위로보다 옆으로 퍼지기 시작하였다. 그러자 엄마는 잔소리를 하셨다.

"니 얼굴 좀 봐라. 넌 거울도 안 보니? 니 걸음걸이 좀 봐. 니 숨소리 안 들리니. 쉭쉭 왕뱀 지나가는 소리가 나는데? 너 그러단 남자 친구는커녕 여자친구도 도망치겠다."

"도망치기 전에 발로 빵 차버리겠어요."

"얘가 레슬링선수가 될려나? 너 왜 그렇게 사람 힘들게 하니? 이찌다 내가 너 같은 애를 낳았는지 모르겠다."

엄마는 그렇게 말해 나를 헛갈리게 했다.

올 A인 언니의 성적표를 보며 "어쩌다 나에게서 너같은 딸이 나왔니?"라고 말했는데 약간 모양이 바뀌었지만 뜻은 같은 게 아닌가. 우리 둘을 엄마가 낳은 게 분명하다면 한입으로 두 딸에게 어떻게 그런 말을 할까. 나에겐 한탄조의 넋두리로, 언니에겐 까무러치게 좋아 팔딱 뛰는 감탄사로 말이다. 그걸 구별 못할 내가 아니다. 친딸에게 그런 넋두리를 퍼붓는 엄마가 이 세상에 또 있을까. 한번도 자장가를 불러준 적이 없는 딸에게 말이다. 나야말로 힘 안 들게 술술 크지 않았는가. 언니 것을 물려 쓰며 식구들이 남긴 음식 걸어 먹으며 잠 잘 자고 병치레 안 하고.

언니는 옷이나 물건 고르는 것이 까탈스럽고, 음식 가려먹고, 시름시름 잘 앓는다. 오후면 자꾸 미열이 나, 요즘 세상에 오죽하면 나이 열 살 때 폐결핵 검사를 다 해보았을까. 단지 공부 잘하고, 피아노 잘 치고, 눈치 빨라 부모님 뜻을 그르치지 않고, 고분고분한 것. 학교의 모든 행사에 두각을 나타내고, 상이란 상은 휩쓸고, 인사성 바른 것. 그것뿐이지 않는가.

열다섯도 안 돼 능력이 죽어버리는 천재도 많은데. 그리고 언니는 수재지 천재는 아니다. 그런데도 부모님은 언니를 천재 취급하신다. 천재라면 약간 비정상적으로 생겨먹어야 하는 걸 모르시나보다. 스티븐 호킹 박사나 스티븐 스필버그처럼 말이다.

언니같이 빚어놓은 정갈한 얼굴은 절대 천재 관상이 아니다. 그렇다고 내가 둔재라 둔재의 항변을 하는 것도 아니다. 난 잠재력이 천재 못지않게 있다. 단지 그것이 대못에 박혀 꼼짝 못하고 있을 뿐.

아무튼 이게 열세 살의 내 이력서다. 내가 선생님이라면 내 성적표에 '정서불안'이라고 써놓고 싶다. 그러나 나의 선생님들은 한결같이 '정서활발'이라고 써놓는다. 칸이 남으면 '폭발할 듯한 힘'이라고 보충했을 거다.

선생님들이 다 맹하지만은 않다. 나는 폭발할 듯한 잠재력을 가지고 있으니까.

1

　사건의 발단은 그날 일어났다. 검사와 판사에게 말하지 않겠다. 그들은 다 머저리들이다. 나는 현명하신 여러분께 고백하려고 한다.

　꼭 그날이라고 꼬집어 말할 수는 없다. 우리에게 그날 아닌 날이 있는가?

　지금 내 앞의 문이란 문과 벽은 모두 닫혀 있다. 시간도 굳은 어깨로 내 앞을 막아선다. 빛도 나를 피해 저기로 간다.

　차가운 벽 속에서 지금 생각해 본다.

　모든 건 저절로 이루어진다지만 원인과 결과는 있다. 나의 안과 밖 어디에든 잘못이 있었다. 그러나 나는 내가 다시 그때 그 자리에 있다고 해도 그럴 수밖에 없다. 나의 당위성을 이야기하려는 게 아니라, 그것 말고 내가 달리 무엇을 할 수 있었겠는가? 내가 그들을 위해 할 수 있는 게 무엇이었을까? 그때 그곳에서 당신은? 당신들은 무엇을 했겠는가? 지금 딱딱한 시트에 웅크리고 결박지워지면서도 나는 소리친다.

간수가 오는 발자국소리가 들린다. 그는 장화와 열쇠를 절그럭대며 쇠창살문을 딴다.

"면회요."

그는 나를 외면하며 사무적이고 딱딱한 목소리로 말한다. 환갑이 가까워오는 그는 젊은 나를 바라보기를 꺼린다. 간수생활 30년의 그의 삶은 연민으로 넘쳐, 이제 그의 늙은 몸을 어디 담을 수 없이 주체 못하는 것이다. 250파운드의 육중한 몸이기에 그나마 버텼을 거다. 나는 말없이 일어나 그가 열쇠로 따야만 열리는 문을 나간다. 싸늘한 형광등 아래 회색으로 번들거리는 복도를 지나간다. 면회라니……. 누굴까?

언니. 맨 처음 떠오르는 얼굴이 내 언니이다. 나에게 언니말고 누가 있었나. 내 발이 앞으로 나간다. 그와 함께 앞이 조금씩 밝아진다. 빛이다. 흘러가는 세상빛이 내 목을 축인다. 갈증이 조금 가셔진다.

언니…….

입 속에서 그 말이 달착지근하게 풀린다. 박하 향기를 내며 가볍게 내려앉는다. 내 발걸음이 휘청인다. 어디서부터 시작해야 하나?

언니. 그렇다. 나에게 언니가 있었다.

이 얘기를 하기 위해서는 다시 열세 살 무렵으로 돌아가야 한다. 매일 같은 나날이지만 그날의 장면이 지금 막 일어나는 일인 듯 필름 속에 돌아간다.

그날, 나는 친구 현진에게 종이 쪽지를 던지다 대머리 수학 선생에게 들킨다. 쪽지를 현진이 받지 못하고 통로에 떨어뜨린 것이다. 뚜벅뚜벅 걸어가 쪽지를 집어 펴본 피터슨 선생은 말 없이 쪽지를 주머니에 넣는다. 수업이 끝나자 나와 현진을 교무실로 호출하는 방송이 울린다. 나는 올 것이 왔다고, 머리를 내리누르는 긴장에 마침표를 찍는다. 아무것도 모르던 현진은 어쩔 줄 몰라 한다.

걱정마. 빠디. 나는 책가방을 챙기다말고 새빨개진 현진의 이마를 친다. 교무실로 가니 피터슨 선생님은 우리를 나란히 세워놓고 우리에게 바케츠를 주신다.

"이 통으로 가득 다섯 번 운동장의 쓰레기를 주울 것."

그외엔 한마디도 안 하신다.

"선생님, 현진인 아무것도 몰라요."

피터슨 선생은 내말을 듣지 않는다. 말을 하면 자신의 대머리가 노출되니까 겁나는 거다. "피터슨 대머리가 램프같지. 전기값을 절약하고 좋겠어."라고 씌어진 쪽지를 거론할 용기가 그에게 있을 리 없다. 대머리일수록 얼마나 소심한가.

우리는 꼼짝없이 바케츠를 들고 교무실을 나온다.

내가 혼자 다 할게. 넌 책이나 보구 있어. 난 현진을 나무그늘에 남겨두고 나무젓가락으로 운동장의 휴지를 주워 올린다.

아무것도 모르는 엄마는 시간에 맞춰 언제니 발동을 긴 채 고개를 빼고 두리번거린다. 시간에 맞춰 나온 언니는 뒷자리에 앉아 책을 본다.

나는 언제나 늦어 여기서도 엄마의 두통거리다. 더구나 그날은 20분이 지나도 내가 나올 리 만무하다.

엄마가 차에서 내려 교문 밖으로 쏟아져 나오는 학생들에게 세나 리를 보았느냐고 묻는다.

"하나 리 동생요? 못 봤는데요."

"세나가 누구예요? 아아~ 하나 리 동생요? 몰라요."

학생들은 다 그렇게 대답한다.

그때 젓가락과 바케츠를 든 내가 운동장을 기웃대는 걸 엄마가 보았다. 엄마가 달려와 쓰레기가 담긴 바케츠를 보고 찡그렸다.

"나는 무슨 프로젝트나 특별활동을 하느라 늦는다고. 너 대체 뭐 하니?"

"쓰레기 주워요."

"글쎄 왜 너 혼자만 여기서 쓰레기를 줍고 있냐구?"

공부 시간에 선생님 놀리는 쪽지를 돌리다 벌을 서는 걸 알면 엄마는 기절할 거다.

"청소당번예요. 교대로 하는데 오늘은 내 차례야."

"이렇게 큰 운동장을 혼자하게 시켜?"

엄마의 시선이 내 손에 들린 두 개의 바케츠와 나무그늘에 앉아 있는 현진에게 머문다.

"누구나 혼자 해"

영악한 엄마가 고개를 젓는다.

"아니겠지. 나도 국민학교 선생이었다. 여기선 내가 이러고 살지만…… . 청소하는 게 목적이면 반학생들을 다 동원해야지."

"매일 해야 하니까 하나씩 시켜."

거짓말은 거짓말을 낳는다. 내 머리는 그런 데로만 발달되었다. 내 육중한 몸이 빠져나가려면 세 치 혀가 날쌔지 않으면 안 된다. 더구나 엄마처럼 촘촘한 그물망을 갖고 있다면. 엄마가 나를 빠져나가게 둘 리가 없다.

"근데 세나야. 너를 다 하나 동생으로만 알고 있으니 넌 이름도 없는 거냐?"

엄마는 화단가와 나무 밑으로 졸졸 따라다니며 잔소리를 했다.

"넌 언제 네 이름을 찾을래? 언제까지나 언니 그늘에서만 뱅뱅 돌 거냐구. 너두 못 하는 게 없으면 다들 언니를 세나의 언니라고 해줄 거 아냐? 챙피하지도 않니?"

"내 언니는 세나 언닌데 뭐."

"아이구 답답. 나같음 속상해서라두 밤새워 공부하겠다. 넌 하여튼 내가 바쁜 날을 골라가며 골탕을 먹인다니까? 6시에 엄마 친구들이 오기로 했는데 언제 음식을 차리냐?"

엄마는 내가 젖가락으로 콘돔을 건져 올리자 풍선인 줄 알았다가 질겁을 했다.

"아이구 망측스러워라. 중학교에 벌써 이런 게…… . 학교에서 애들 다 버려놓는다니까. 무슨 눔의 학교에 끽연실이 없나, 이런 게 널려 있지 않나. 말세지 말세여."

"이거 풍선야 엄마."

내가 늘어진 콘돔을 젖가락에 걸며 능청을 떤다.

"선생들은 다 봉사라니? 이런 것이 널려 있어두 못 봐?"

그날 따라 콘돔은 세 개나 되었다. 하필이면 엄마가 보는 데만 몰려 있다. 누군가의 쾌락 뒤에 그것이 내 발에 밟힌다. 뭉클 하며 나를 자극한다.

"새거라면 불고 싶네."

엄마는 나무등걸을 잡고 눈을 감았다.

"영양실존가 내가 왜 이러지"

엄마가 비틀거렸다.

그날 저녁 엄마의 친구들이 몰려왔다.

캐나다가 이민의 문을 활짝 열었던 1970년대에 식구당 300

불씩이 허용된 정착금과 몇 개의 짐 가방, 이민 가방으로 부르는 가방에 담요와 속옷을 싸들고 온 이민 1세들이다. 초면에 길에서 만나도 그들은 얼싸안고 집으로 초대하며 인연을 맺었다. 동족끼리 사기사건이 일어나 길에서 한국인을 만나 반가워 다가가면 쏘 홧?(so what?) 하고 피해버리는 경우가 있었지만, 밴쿠버처럼 온화한 도시에서 그런 일은 없다.

가게문을 닫은 후 늦은 밤에 그들은 한 가지씩 고향의 음식을 해가지고 모인다. 하소연하고, 정보를 교환하고, 유행가를 부르고, 그들은 이별을 그린 노래를 좋아하는 것까지도 똑같다. 돌아가면서 모이는데, 엄마처럼 아무때나 비상소집하는 사람도 있다.

닷새 전에 캐나다 청소년 음악경연대회 피아노부 그레이드 5에서 언니가 일등했으니. 그들은 밥값 삼아 언니의 칭찬을 늘어놓고 부러워 어쩔 줄 모르겠지. 너나 없이 비슷하게 사는(80퍼센트는 연중무휴인 그로서리를 했다) 처지에서 자식만이 내세울 전부이고, 캐나다까지 온 삶의 목적이므로.

서로가 원하는 게 무언지 그들은 잘 안다. 그들의 종점은 자식들의 성공이다. 엄마는 그 길을 순조롭게 가고 있었나?

그랬다. 언니를 통해 어느 누구보다 앞장서 갔다.

"피아니스트를 만들 생각은 없어요. 피아노를 친 지 3년 만에 두각을 나타내니까 밀어주겠다는 거지."

엄마가 겸손해 한다. 이 경우 겸손은 더 많은 칭찬을 유도하는 조명탄이다.

"공부도 일등만 한다니 얼마나 좋아요. 부러워라."

내가 거실로 가자. 나는 순식간에 바닥으로 떨어져 내려진다. 내 의사와는 상관없이.

"세나야 넌 피아노 경연대회에서 무슨 상 탔니? 언니는 일
등하고 넌 몇 등 했어?"

"난 미끄러졌어요."

아줌마들이 와 하고 웃는다. 씩씩하기두 하지. 요즘 애들이
저런다니까.

난 웃음소리가 듣기 싫었다. 엄마가 맨파워(직업알선기관)나,
국비 장학생 시절(정부에서 보조해 주는 영어학교 학생 시절)
에 만난 그렇고 그런 여자들이다. 뜨네기로 사귀어 서로 견제
하지 깊은 정은 주지 않는다. 그리고 그로서리 하는 사람들의
모임인 실업인협동조합 멤버 부인들과 교회 부인회 멤버들. 그
들도 뜨네기이긴 마찬가지다. 오다가다 만났으니까.

그러니 칭찬은 겉발림이고 흉만은 진짜다. 엄만 어리석게도
그들이 진실을 주는 줄 안다. 지금도 저 말하는 것 좀 보라지.
자존심도 없나 보다.

"오늘 학교 갔더니 쟤가 영 안 나오는 거예요. 알고보니 공
부시간에 까불다 운동장 청소하는 벌을 서는데. 세상에 담배꽁,
콘돔, 생리대꽁, 그런 걸 바케츠에 담으며 밸도 없는지 히히거
리는데, 속에서 이런 게 넘어오잖아요, 글쎄."

아줌마들은 어머나 곤놈! 하고 화들짝 놀랐다. 말만 들어도
근지러운 모양이다. Y담을 즐기는 아줌마들일수록 더 놀래는
시늉을 한다. 난 속이 메스꺼워 더 못 견디고 일어섰다.

엄마는 나에게 밥 줄 생각도 안 하고 언니를 데리고 나오란
다. 떡 한 시루 맞춰오고 잡채를 한 양푼 비빈 걸 본전 뽑으려
는 모양이다. 언니는 쑥스러우니까 책에 코를 박고 꼼짝도 안
한다. 내가 침대에 벌렁 드러눕자 언니는 쭈빗대며 거실로 나
갔다.

"어쩌면 저렇게 예쁠까. 저런 딸 낳는 비결이 뭐유. 동생과 딴판이네."

나는 귀를 틀어막는다. 어쩌면 모두들 똑같은지.

"어느 집이나 꼭 그렇더라구요. 두 애가 있으면 성격도 딴판이고, 공부도 하나가 잘하면 다른 애는 못하구……."

"맞아요. 하나가 잘하면, 하나는 두통거리지."

두통거리. 그게 나의 닉네임이다.

"지 언니 반만 따라가도 큰절을 하겠어요. 갠 뭐가 될지. 자나깨나 그 걱정이라니까요."

엄마가 그러면 '욕심도 많으셔. 저런 딸 하나만 있어도 감지덕지.' 하는 합창. 내가 머리를 싸쥐고 일어섰다.

나무 층계를 쿵쾅대고 내려가 차들이 쌩쌩 달리는 12번가를 차가 오는지 살펴보지도 않고 건너간다. 차가 급정거를 하며 멎는다. 차들이 사람을 비켜주는 캐나다기에 무사히 길을 건너 세레나 할머니네 집으로 간다. 젠장, 죽는 일도 쉽지 않다. 이럴 때 나를 위로해 줄 사람은 세레나 할머니밖에 없다.

할머니 아파트 현관에서 102호 버튼을 누른다. 대답이 없다. 매일 걸어서 엘리자베스 파크에 갔다오는 할머니가 아직 집에 들어오지 않은 모양이다. 난 캠비로나가 13번가쪽으로 간다.

사람들이 다 세레나 할머니로 보인다. 세레나 할머니는 서양 할머니들처럼 스타킹에 구두를 신고, 모자를 쓰고 다닌다. 옷깃에 브로치를 달고 장갑을 낀 채 또박또박 걸으신다. 늙는 일이 아름다워 보일 만큼.

세레나 할머니는 내가 속상해 할 때마다 얘기하신다. '특출한 하나보다 평범한 다수가 행복한 법이란다. 넌 행복한 애야. 네 힘껏 노력하여 얻을 만큼 얻으면 된다. 남보다 뛰어난 사람

이 행복해지는 건 아니다. 평범하다고 속상해 하지 말아라. 역사를 움직이는 사람은 평범한 사람들이란다.'

나는 지금 평범한 다수의 무리에 속해 있는데도 행복하지가 않다. 언니는? 특출한 하나인 언니는 행복한가? 나는 대답할 수 없다. 행복이 무언지 모르므로. 내가 알 수 있었던 건 단지 내가 행복하지 않으리라는 것이었다.

모든 사람은, 일흔네 살의 세레나 할머니까지 포함해서 모두 행복한데, 나만은 거기에서 제외되고 있었다. 제외된 자의 슬픔을 아는가. 비교 대상으로 상대를 빛내주기 위해 존재하고, 무대에 끌려나와 살을 깎이는 자의 아픔을 아는가?

켐비와 킹 에드워드 로터리에 이르니 땅거미가 보얗게 내려 있었다. 나는 보랏빛 황혼에 빠져 털푸덕거린다. 이제 밤은 휘장을 내려 내가 가는 길에 울타리를 치리라. 더는 못 간다. 나는 앞으로 나간다. 집과 멀어지고 싶다는 생각뿐이었다. 내가 고아 같다. 거리도 집도 낯설다.

엘리자베스 파크에 가기 전에 날이 어두워지고, 나는 다리가 아프다. 그렇다고 걸음을 반대방향으로 꺾긴 싫다. 할 수 있는 한 집과 멀어지려 엉키는 타래를 헤치며 걷는다. 이대로 깡패 소굴로 찾아가 갱 두목이 되어 은행을 털어볼까. 종이봉지를 쓰고 기관단총을 쏘면 멋있을 것 같았다. 아니면 경찰에 자원하여 쌍권총을 차고 범인을 찾아나설까. 이런 심정으로는 무언가 쏘는 직업이 아니고서는 할 수 없을 것 같다.

다리가 아파 어느 집 처마 밑에 쪼그리고 앉는다. 시간이 가기를 기다린다. 시간이 가도 별 수는 없겠지만.

가족이 식탁에 모이는 시간이라 집집마다에 상차리는 소리가 들려온다. 스푼이 부딪치는 소리가 듣기 싫다. 나의 식탁은 어디에 있는지. 비행기를 타고 한없이 가면 어디에 있을지 막막하다. 고아가 되고 싶을 땐 좋지만 막상 되니까 죽을 맛이다. 거리의 불빛 사이로 자동차 크랙슨이 기적처럼 심금을 울리며 지나가고, 내가 앉아 있는 집 앞길로는 딸들 손을 잡은 엄마가 지나간다. 나는 두 손으로 머리를 감싸쥔다.

모든 것이 나를 밀어낸다. 다정한 모녀의 그림과 무엇보다 아름다운 저녁 한때와 행복이. 내가 원하는 것은 완전한 것이 아닌데. 그저 내 나이 또래가 느끼기 적당한 안락함과 보호받고 있다는 느낌. 아주 조금의 다사로움 말이다.

철이 들고부터 나에겐 하나의 의문이 있었다. 열세 살에 이런 질문을 하는 애가 있는지, 내가 조숙했나 모르겠다. 내 또래의 아이들 속에 들어갈 수 없고, 너덜거리도록 친구들을 붙들고 늘어져도 나는 알 수 없었다. 나는 환경이 그렇게 만들었다고 느낀다. 나는 태어날 때 경쟁상대를 안고 나왔으므로 일생 그 짐을 지고 가야 하리라.

여러분은 아시는지, 해답을 주시면 좋겠다. 삶에는 왜 그렇게 많은 미로가 있을까. 이것이 나의 질문이다. 미노스 궁전으로 가는 길처럼 말이다. 미노스왕의 궁전에 대해 읽고 나는 이거다, 하고 무릎을 쳤다. 내 속에도 그런 미로가 있었던 것이다.

B.C. 2000년경 크레타섬의 군주였던 미노스왕은 왕궁을 지었는데 1층에만도 방이 100개가 넘었고, 무엇을 했던 방인지 짐작 못할 방들은 좁고 구불구불한 통로와 계단으로 통해 있었다. 그 안에서 길은 길을 만나 길이 되고 사람들은 방향 감각을 잃어버린다. 출구, 즉 비상구를 찾아 헤매다 사람들은 쓰러

지고, 목숨이 붙어 있는 날까지 그들은 비상구를 찾다가 찾지 못하고 죽어간다. 그렇게 한없이 복잡한 구조의 건물이기에 라비린토스(迷宮)란 이름이 붙었다고 한다.

사람의 한평생도 그런 미로를 헤매는 일일까? 그렇다고 나는 생각한다. 그 가운데서 가장 휘고 꼬인 덤불이 언니다. 나는 그것을 풀려고 애써 왔고 지금도 애쓰고 있다. 그러나 점점 꼬여들 뿐 한 매듭도 풀지 못하고 있다.
인간이란 이렇게 풀 수 없는 수수께끼의 존재인가? 나는 언니에게 이런 의문을 던지지만, 언니가 보기에는 내가 풀 수 없는 미궁인지도 모른다. 나는 엉겨 꼬였으므로. 그것이 우리의 운명이었다.

우리는 헤더와 브로드웨이 근처에서 A and E 그로서리를 하고 있었다. 가게 앞으로 밴쿠버에서 제일 번화한 네거리가 뻗어 있고, 뒤로는 밴쿠버 제네럴 허스피탈이 있다. 들어가면 죽어서나 나오는 암병동인 체스터 파빌리온과, 늘 앰뷸런스가 대기해 있는 이머전시 병동이 가게 창문으로 보였다.
회색의 지붕을 싸고 있던 잿빛의 보자기 같은 하늘. 하늘은 건물 위에 있는 게 아니라 풀어진 끝으로 건물을 질끈 동여메고 있었다. 내 엄마와 아빠의 일상도 그 줄에 함께 동여매졌다. 그 줄을 풀어낼 수가 없었다. 풀어내기는커녕 하루하루 지금 내가 느끼는 어떤 시간 속에 떨어져갔다.
"너희들을 위해서."
태어나고, 교육받고, 결혼하고, 아빠는 은행 대리로 엄마는 초등학교 선생님으로 울타리를 튼튼하게 하고, 나와 언니가 태어나 더욱 아기자기해진 터전을 버리고 어느날 두 딸에게 더 좋은 삶을 주기 위해서 자신들을 진흙탕에 쑤셔 박았다. 이민 가방 세 개와 1,200불이 있었다.

자녀들을 위해 새벽부터 밤중까지 일하는 사람들. 실업자 수당을 타면서도 휴일을 꼬박꼬박 찾아 즐기는 캐나다인들의 눈에 그들은 유형자들이었다. 다만 이곳이 시베리아가 아니라 캐나다이고, 자유가 있다는 것만이 달랐다. 투표에 의해 정해진 날짜에 지도자의 이름이 바뀌든, 독재자가 통치하든, 데모가 일어나든, 산불이 일고 건물 몇 동이 붕괴되든, 네모난 상자 밖에서 일어나는 사건은 그들에겐 의미가 없었다.

달력을 거는 1월을 지나 발렌타인 데이와 어머니날과 크리스마스에 꽃이 잘 팔리고 매상이 그만큼 오르고, 연말이 지나면 또 한 해가 온다는, 아직은 중년이므로 한 해가 가는 게 애석하지 않았다. 애석하긴커녕 얼른 한 해가 훌쩍 가 아이들이 미국의 명문대에 들어가고, 큰 집을 사고, 아이들이 의사와 박사가 되어 캐나다의 상류사회에 진입하고, 후유 한숨을 내쉬며 그때가 되면 백발의 늙은이가 된다는 것도, 이미 죽어 있을지도 모른다는 건 미처 알지 못했다.

죽음 같은 삶.

실제로 가게 앞으로 앰뷸런스는 꾸준히 신호음을 보내왔다. 치열한 삶쪽으로 가게문을 열고 있지만, 통로로 삶과 죽음이 들락거리고, 실제로 새벽 5시에 아빠가 꽃시장에 가려고 짝짝이 양말을 신고(졸린 눈을 감고 양말을 신어야 하니 종종 색깔이 틀린 양말을 신고 있었다) 살비듬히 부숭한 얼굴로 층계를 내려가면, 올라오는 소리가 영원히 들리지 않을 듯한 단절감이 느껴지곤 했다. 아버진 우리가 학교 가려고 일어날 때쯤 매번 층계를 올라오는 것이었지만.

밤이면 거짓말처럼 거리의 소음이 사라지고, 엄마 아빠의 손
도 멈추면, 어김없이 앰뷸런스 경적 소리가 엄마와 아빠 사이
를 지나갔다. 유리를 자르는 칼날처럼. 그러면 나는 또 누가
죽나봐, 하고 위에 누운(우리는 2층침대에서 잤으므로) 언니에
게 소곤댔다.

"산다는 게 별 거냐. 죽음으로 가는 길이야."

언니는 천재다운 소리를 하고, 언니가 잠든 후에도 나는 오
래 뒤치락댔다.

"그럼 언닌 왜 공부해?"

"죽기 위해서."

"맙소사."

낡은 목조층계가 이어진 곳에 우리들의 살림집이 있었다. 자
잘한 돌조각이 박힌 벽은 보랏빛을 띠고, 돌조각은 마모되어
까슬까슬하지 않고 미끈했다. 밤색이었을 층계는 곰팡이 낀 나
무결이 보이고 오르내릴 때마다 삐걱거렸다. 박힌 때가 실핏줄
처럼 드러난 베란나엔 고추장과 된장 단지가 있고, 그 위로는
구불구불 빨랫줄이 걸리고, 공부방 창을 열면 병원 건물과 주
택가의 지붕들 사이로 고추장병과 빨래들이 뒤섞였다.

우리집 옆동의 미나네 베란다에도 간장 단지와 고추장 단지
가 있고, 우리와 다른 게 있다면 상치가 자라는 나무상자가 있
는 거였다. 미나 엄마는 베란다 한쪽에 야채밭을 만들어 호박
덩쿨을 늘이기도 했다. 소음과 먼지 속에서 야채들은 파릇이
고개를 쳐들었지만 그 가여운 얼굴들이 우리에게 무슨 도움을

주었을까. 푸른 들판을 잃은 그것들은 상자 속에서 시드는 엄마 아빠의 모습이나 다를 바가 없었다.

그로서리라는 글자는 엄마의 스카프나 아빠의 모자같다. 아무리 그들이 노는 모습을 기억해보려 해도 되지 않는다. 새벽 꽃시장과 HY 루이스나 다른 도매상을 거쳐 아빠가 오면, 아침 7시부터 물건을 팔던 엄마는 아빠와 교대해서 우리를 학교에 데려다 주었다. 오후 3시에 우리를 픽업해서 피아노 레슨이나 발레 스쿨에 가는 엄마의 유일한 휴식시간은 차 안에서 우리를 기다리는 시간이었다. 기다리는 동안 엄마는 신문을 읽으려고 집어들지만 눈이 침침해 눈을 감고 있었다. 식사를 차려 놓고 엄마가 가게로 내려가고 아빠가 식사를 하러 집으로 올라오고, 두 사람은 바통을 주고받으며 살았다. 그로서리라는 바통을. 밤 11시까지. 1년 가운데 크리스마스날만 빼놓고. 중국인들이 그날 문을 열고 평소보다 몇 배의 매상을 올리는 걸 보고 엄마와 아빠는 지독하다는 표현을 했지만, 게으른 캐나다인들의 눈에 한국인과 중국인은 차이가 없었다. 모으기만 하고 쓸 줄 모르는 수전노들. 낯선 남의 나라에서 반 벙어리와 반 봉사로 사는 그들에게 돈만이 파워였을까?

그것이 내가 바라던 기회였다고 말할 수는 없다. 열네 살이 된 나는 부당함에 괴로워했을지언정 모함을 하기엔 너무 어렸다. 키나 몸무게는 열여섯의 언니를 능가할지언정. 그리고 무엇보다 나는 계획적이거나 치밀하지 못한 성격이었다. 나는 돌발적이고 단순했다.

그런 일은 우연이었다고 생각한다. 아름답고 긴 5월의 둘째

토요일이던 그날이 언니 친구 수잔의 스위트 식스틴 생일이었고, 동시에 아빠가 졸업한 Y 대학 야유회였다. 더구나 나는 부모님이 그날 야유회에 참석하리라고는 상상도 못하고 있었다.

그날 한글학교가 파한 후 돌아오는 차 속에서 엄마가 말했다.
"오늘 엠버싸이드 팍에서 K 대랑 합동 야유회가 있는데 너희도 함께 가자. 헬퍼가 오기로 했단다. 올해는 아빠네 대학이 기필코 이겨야 된다고. 아빠가 빠지면 안 된다며 야단이다."
엄마는 흥분해 있었고, 나와 언니는 얼굴을 마주보며 눈을 크게 떴다. 5월부터 9월까지 밴쿠버의 덥지도 끈적거리지도 않는 삽상한 여름. 새벽에 해가 떠서 9시 넘어야 지는 반짝이는 여름 동안 부모님과 더불어 공원에 가본 일이 있었던가.
물론 있었다. 아빠나 엄마 가운데 한 사람과 셋이서. 트라이앵글마냥 셋이서 우리는 배드민턴을 치고 숲속을 거닐었다. 한 사람이 빠진 기우뚱함. 우리는 그것에 익숙해 있었다. 네 사람의 완전한 구도라니. 우리는 믿어지지 않았다.
"K 대학이랑 운동시합이 끝나고 애들의 달리기 경주가 있을 거란다."
나는 공부에서 해빙된다는 네에 매력을 느꼈다. 언니는 수잔의 생일파티에 가야 했으므로 잠자코 있었지만 나는 환성을 질렀다.
'난 수잔의 생일파티에 가야 해요'라고, 언니는 감히 말을 못하고 있었다. 모처럼의 엄마의 흥분을 깨뜨리고 싶지 않았던 것이다. 언니도 네 사람의 구도에 신경쓰고 있음이 분명했다.
"나도 피구에 출전한단다. 중학교 때 엄마는 탁구선수였지."
엄마는 내내 즐거운 얼굴이었다. 그러나 차를 가게 뒤에 댄

순간 엄마의 즐거움은 깨져 버렸다.

"헬퍼가 못 온다는구먼. 오다가 차사고가 났대. 우리 가게로 오다가 난 게 아니라 어머니를 노인회관에 픽업해드리러 가다가. 우린 일하라는 팔잔가봐. 내가 남을게 당신이 애들하구 갔다와."

우리는 서로 얼굴을 바라보았다. 엄마의 얼굴에 가벼운 실망이 스치고 있었다. 아빠가 빠질 수는 없었다. Y대 축구팀의 주요 멤버이니만큼. 엄마 역시 배구와 피구를 해야 했다. 그때 Y대학 동문회 총무가 뛰어들어왔다. 함께 가려고 온 것이다.

헬퍼는 많이 다치지 않았지만 병원으로 실려가 검사를 받고 있다고 했다. 상대편 잘못으로 난 사고이기에 그는 아픈 척 해야 보상금을 많이 탈 수 있으므로 일하러 올 리 만무했다. 고정적인 일자리도 아니고 그날 하루의 일이어서 더욱.

그때 내가 나섰다.

"나랑 언니가 볼게요."

언니는 수잔에게 갈 기회를 보고 있었으므로 나에게 눈짓을 했지만 나는 모른 체했다. 언니는 6시경에나 갈테니 그때부턴 나 혼자 볼 생각이었다. 부모님은 토요일이라 안 된다고 고개를 저었지만 총무가 적극 나섰다. 그는 묘안이라며 무릎을 쳤다.

"다 큰 처녀 둘이서 왜 못 해요. 헬퍼 쓰는 것보다는 백번 낫지."

나는 언니가 카운터 보고 뒷일은 내가 하면 문제없다고 장담했다. 부모님은 망설이다 내 말로 기울어졌다. 어쨌든 오늘의 시합에 빠질 수는 없는 일이었다.

아빠는 논리적이고 원칙주의자여서 약속을 어기는 일을 가장 싫어했다. 약속시간에 한번도 늦는 일이 없었다. 엄마는 차에 탔다가 다시 가게로 돌아왔다.

"하나야. 계산대는 네가 꼭 맡아야 한다. 세나에겐 훔쳐가는 손님 감시하는 일이나 시키고 너는 계산대에서 떠나지 말아야 해. 알았지?"

엄마는 그러고도 선뜻 나서지 못했다. 1년 364일 갇혀 있으면서 지겹지도 않은지. 닥터 오피스를 갔다가도 다른 일은 제쳐두고 돌아오기 바쁘다. 엄마에게 가게는 갓난애거나 꿀단지다. 첫딸 하나와 둘째딸 세나 사이에 빠진 두나가 엄마에겐 다름아닌 가게다. 미리 알고 두나를 빠뜨리다니, 운명이란 피할 수 없는 그물인 모양이다.

"두나 걱정 그만해요. 엄마보다 잘 할테니. 영어도 내가 더 잘해."

'니가 언니처럼 차분하고 똑똑하면 내가 왜 이러냐?' 엄마가 혀를 차고, 아빠도 '니가 합격점을 받느냐 낙제하느냐는 오늘에 달려 있다. 8시까지야. 그때까진 꼭 올테니 잘 해야 한다. 알았지.' 하고 애원한다.

"줄 서는 것도 아니고 띄엄띄엄 오는 손님들에게 정찰제의 물건을 파는 일이 뭐가 힘들다고 그러세요. 난 새끼손가락으로 할 거야."

"그러니까 맘을 못 놔. 넌 매사가 그런 식이야."

나는 우악스레 엄마 팔을 잡고 엄마를 차에 태웠다.

"효녀 두셨군요. 부럽습니다."

총무는 나를 칭찬해 주고는 곧 따라오라며 먼저 떠났다. 운전석에서 아빠가 부드럽게 웃는 게 보였다. 아빠가 그처럼 흐뭇하게 웃는 일은 드물었기에 나도 기뻤다.

두 분을 전송하고 가게로 가니 언니는 카운터에 얌전히 서서 물건을 팔고 있었다.

"수잔네 집에 가도록 해. 그때부턴 내가 혼자 할 테니까."

"아냐. 안 간다구 말했어."

"가. 문제도 없어. 꽃도 다 다듬어져 있겠다, 날 우습게 보는 것야?"

"아냐. 그냥 책임감이지."

"가든파티로 대단하게 한다면서. 아빠가 언니에게 그런 스위트 식스틴 파티를 해주실 리 없으니까 언닌 구경이래도 해야 잖아."

"괜찮아. 그보다 가게 일이 중해. 부모님께 안 가겠다고 약속 드렸는걸."

난 언니를 보내기 위해 뒷일을 열심히 했다. 언니 친구 주리가 언니와 함께 가려고 전화했을 때 나는 언니가 간다고 대답해 버렸다.

열여섯 생일은 다른 때보다 특별하다. 유년을 작별하는 성년식을 수잔 아빠가 시시하게 할 리가 없다. 수잔의 아빠는 사이몬프레저 대학 교수이고, 딸을 마드모아젤이라고 부르는 멋쟁이다. 내 친아빠도 그런 사람이 아닐까 하는 생각이 들 만큼.

내 아빠도 어디선가 꽃이 만발한 정원을 가꾸고 있을 거다. 딸의 결혼식날 피로연을 열어주려 정원의 아치문에 줄장미 덩쿨을 올리고 있을 거다. 주리가 언니를 데리러 오겠다고 하자 언니는 거절한다.

내가 언니에게 가라고 권한 건 절대로 언니를 함정에 빠뜨리려 한 게 아님을 고백한다. 난 언제든 내 아빠가 열어주는 가든파티에 가겠지만 언니는 기회가 없다.

바지 저고리에 장죽을 물어야 어울리는 우리 아빠가 언니에

게 파티를 열어 주겠는가? 스위트 식스틴 파티의 주인공이 될
수 없는 언니는 구경이라도 해두어야 한다. 훗날 자녀들에게
참고가 되게 하기 위해.

나는 손님이 뜸한 동안 언니의 머리를 빗겨주기까지 했다.
장미가 있는 둥근 문에서 남학생들의 팔뚝을 잡는 일이 얼마
나 멋질까. 해가 진 후엔 수잔네의 거실에서 댄스파티가 있다
고 한다. 맙소사. 우리는 고작 고깔모자와 풍선과 생일케익뿐
인데.

무작정 막을 게 아니라 조금 터 주면 호기심도 없어지고 탈
선도 안 하게 될 텐데. 우리 부모님은 꽉 막혔다.

깨끗한 종이는 물감 한 방울만 떨어뜨려도 금방 물이 든다.
적당히 때묻고 닳아야 물이 덜 드는데. 내가 그런 얘기하면 주
둥아리만 까졌다고 혀를 차시니 뭘 몰라도 한참 모르는 분들
이다.

언니는 부모님께 무조건 순종하는데, 내숭떠는 건지 모르겠
지만 언니의 판단력은 제로다. 그런 머리로 어떻게 일등을 하
는지. 난 무능한 천재는 되고 싶지 않다. 나는 개성파이고 싶
다. 부모라도 시대에 뒤떨어진 건 깨우쳐 드려야 한다.

난 부모님이니 선생님을 그때그때 비판한다. 그들이 나를 못
마땅해 하는 건 나의 예리함에 기가 죽기 때문이다. 난 나의
잠재력을 믿으므로 수그러들 기분이 아니다. 특히 언니처럼 우
유부단하거나 기회포착에 둔할 수 없다. 2년 후 내 아빠는 스
위트 식스틴 파티를 끝내고 나이트클럽에 내 손을 잡고 가실
거다. 그러므로 서둘 필요가 없다. 언니는 그런 멋진 아빠가
없으니 지금 놓치면 영영 끝이다. 난 솔직히 그런 심정에서 언
니가 안타까웠다.

언니가 부모님보다 늦게 돌아올 건 뻔하므로 이 기회에 부모님께 인정받고 싶은 마음도 작용했지만 그건 두번째다.

나는 아버지의 좌우명을 써먹었다. 찬스는 한번 가면 다시 오지 않는다. 아빠는, '노병은 죽지 않고 사라질 뿐이며, 시간도 사라진다. 가기 전에 붙잡아라'고 자신의 젊은날의 실패에 비추어 우리를 타일렀다.

아빠는 대학 졸업 후 장학금으로 덴마크로 유학갈 기회가 있었다. 엄마와 결혼하기 위해 유학을 포기한 아빠는 농과 전공을 살려 유전공학 연구와 식물의 품종 개량으로 이름을 날리는 대신, 낡은 회벽의 상자에 갇혔다. 아빠가 잃어버린 찬스는 세 번이었는데, 50이 가까운 나이이니만큼 그 찬스는 다시 오지 않을 것이라 했다.

엄마도 마찬가지였다. 대학원에 가서 고고학을 탐구하여 교수가 될 꿈을 결혼과 함께 버렸다. 캐나다에 와서 아이를 하나 더 낳겠다는 계획은 구멍가게에 묻혀 버렸다. 엄마는 가게에서 하루 종일 머리로는 교수가 되었다. 공상 속의 엄만 언제나 미모의 멋쟁이 올드미스 교수다. 월남전 때 땅굴에 갇혔던 미국인 포로들 가운데서 절망해 있던 사람들은 다 죽고, 매일 푸른 초원을 떠올리며 골프를 친 사람은 살아나왔다고 한다. 교수라는 명함과 혼자 자유롭게 사는 오피스텔, 남자들의 관심과 친구들의 우정, 사회적 명성, 그런 것이 엄마의 활력소였다. 공상의 끝에 엄마는 땅으로 추락했다. 엄마는 날개를 옆구리에 끼었고 날개는 바로 우리였다. 잃어버린 엄마의 꿈을 재생시킬 우리.

잃어버린 꿈이란 얼마나 무거우며 그걸 지기에 우리가 여리고 허약하다는 걸 모른 채.

애기가 빗나갔지만 부모님의 넋두리를 통해 나는 찬스가 미끄러운 껍질을 가지고 있음을 알게 되었다. 손잡이도 없고 물론 밟고 설 틈도 없음을 알게 되었다. 모래처럼 손가락 사이로 주르르 샐 뿐이다.

빠져나가기 전에 자, 자, 서두르세요.

그리고 마침내 언니는 갔다. 빠른 동작으로 가게를 닦고, 물건값을 찍어 선반에 올리고, 창고까지 말끔히 정리해 놓고.

정말이지 그 민첩함과 완벽함이란. 부모님의 편애를 인정하지 않을 수가 없었다.

6시 반에 언니와 주리가 나가고, 부모님이 8시 반경엔 오신댔으니 두 시간만 카운터에 서 있으면 된다. 나를 만회하는 기회를 찾아 내 머릿속은 빠르게 움직였지만, 오후가 되어 기온이 올라가자 음료와 아이스크림을 찾는 손님이 밀어닥쳐 나에게 달콤한 시간을 허락해 주지 않았다.

그 녀석이 오기 전까진 나 혼자 잘해 나가고 있었다. 부모님께 칭찬받을 만큼. 우리 덜덜이가 큰일 해냈네, 덜렁쇠도 써먹을 데가 있네, 하고 흐뭇해하시기 10분 전쯤.

개봉 진아처럼 주위가 술렁이고 있을 때 허리가 구부정한 녀석이 건들대며 들어와 카운터에 빈 병 열다섯 개를 늘어놓았다. 빈 병은 군소리 없이 돈으로 바꿔줘야 했다. 내가 군소리를 한 것은 빈 병 가운데 여섯 개가 우리집에서 취급하지 않는 토닉 워터병이었기 때문이다. 우리도 반환할 수 없는 쓰레기를 돈 주고 살 수는 없지 않은가. 펑크머리에 너덜대는 청바지를 입은 녀석이 침을 튀기며 삿대질을 한다. 나도 지지 않고 덤빈다. 그러는 동안 손님들은 밀리고, 혼잡한 틈을 타 훔

처가는 사람, 주스를 따서 마시다 바닥에 흘리는 사람, 과자를 바닥에 흩어놓는 어린애로 하여 순식간에 좁은 가게는 난장판이 된다.

녀석은 순경을 부르겠다고 날뛰고, 나는 내가 부르겠다며 전화기를 집어든다. 녀석이 전화기를 든 내 손을 누른다. 내가 비명을 지르고, 손님 가운데 하나가 경찰을 불렀다.

부모님들이 2차로 가는 가라오케도 가지 않고 가게로 돌아왔을 때 순찰차는 가게 앞에 서 있었다.

나는 부모님의 얼굴이 차례로 하얗게 질려가는 것을 보았다. 엄마의 잇새로 경멸의 웃음이 지나갔다.

"너를 믿은 내가 잘못이지……."

엄마가 나를 돌아보았을 때에야 화살촉이 나에게 향해짐을 알았지만 변명하지 않았다. 난 늘 가게에서 손님들과 싸웠으므로. 그들이 어려운 노동일을 하는 우리를 부당하게 취급하는 게 나를 늘 참을 수 없게 만든다. 싱싱한 빵을 사간 지 이틀 뒤에야 바꾸러 온다거나, 신문 한 장 사고 종이봉투에 넣어달라고 까딱거리거나, 우리집에서 사지 않은 물건을 바꿔달라고 할 때면 언제나 나는 참지 않고 덤볐다. 그들이 우리 단골이라 할지라도. 부모님이 그들에게 아부하는 게 난 싫었다.

"니가 일 저지를 줄 알았어."

엄마는 나를 탓하고, 아빠는 언니에게 화를 내셨다. 두 분은 언니 일로 다투었다. 엄마는 언니를 두둔하고, 아빠는 언니가 약속을 어기고 외출한 것에 분노하셨다. 내 보기엔 그 또래들이 할 수 있는 일을 우리는 했을 뿐인데.

일을 크게 생각하면 걷잡을 수 없이 커지는 법인가. 나는 칭찬 한 마디 들으려다가 혹을 붙인 셈이었다. 부모임은 서로를 나무라며 크게 싸우셨다. 서로 책임을 전가하며 신세 한탄으로 번지고, 마침내는 이민 온 걸 푸념했다.

가게 문을 닫은 후 아빠는 Y대학의 승리로 고조되었던 기분이 싹 가겨 양주를 들이키고, 취하는 것과 비례하여 언니를 집에 들여놓지 못하게 하라고 호통을 치셨다. 엄마는 다 죽자고 소리치며 울먹였다.

11시경에 오겠다던 언니는 돌아오지 않았다. 차가 없으니 차편이 날 때까지 올 수 없는 사정도 있었다. 나는 베란다를 내려가 언니를 기다렸다. 외등 아래 밤이 점점 깊어가고 있었다. 밤바람은 달콤했고, 브로드웨이로 차들이 달려가는 소리가 쉴새없이 들려왔다.

나는 층계에 쭈그리고 앉았다. 조금도 무섭지 않았고, 별들이 다정하게 깜빡였다. 12시가 가까워 올 무렵 주리의 차에서 언니가 내렸다. 나는 언니가 가까이 오기를 기다렸다. 걱정반 고소함 반으로 근질거렸다.

언니가 내 앞에 설 때까지 나는 팔장을 낀 채 가만히 있었다. 언니는 살금살금 겁에 질린 채 발자국을 떼어놓고 있었다.

"왜 이렇게 늦었어?"

"아빠 엄만 안 수무시니?"

"응, 언니 쫓아낸데. 아빠가 너무 화나셨어. 가게도 엉망이었고……. 두 분이 크게 싸우셨어."

긴 설명을 안 했지만 12시의 귀가만으로도 언니는 쫓겨날 만한 일이었다. 나는 겁에 질린 언니 얼굴을 똑바로 쳐다봤다.

"어쩌지. 나 친구네 집에 가서 자고 올게. 그게 좋겠지?"

나는 져지(판사)마냥 거만하게 말했다.

"그래. 그게 좋겠어."

아마 그러면 내일 더 혼나겠지. 내 머릿속에 재빨리 그런 계산이 지나갔다. 언니가 뒷걸음쳐 내려갔다. 언니의 다리가 후둘거렸다.

"부탁한다."

언니는 나에게 눈짓한 후 골목을 후진해 나가고 있는 주리에게 손을 흔들며 뛰어갔다.

층계에 앉아서 어둔 밤을 황망하게 헤치는 언니를 내려다보는 일은 유쾌했다. 주리의 차가 골목을 빠져나가고, 언니도 안 보이자 나는 집 안으로 들어왔다. 내가 혼자 들어오자 엄마는 낙담하여 주저앉을 것 같았다.

"언니 안 왔니?"

"아뇨. 안 올 거예요."

"안 올 거라니?"

"12시가 넘었는 걸요. 친구네서 자고 오겠죠."

그때 벽에 걸린 시계가 둔중하게 울기 시작했다. 부모님이 이민 올 때 가져온 구닥다리 벽시계지만 소리만은 젊다. 그 우람한 소리에 엄마는 진저리를 쳤다. 할 수만 있다면 그 소리를 멈추게 하고 싶었으리라. 나에게와 마찬가지로 엄마에게도 그 소리가 무언가를 깨는 음향으로 울린 걸 부인할 수 없었다. 엄마는 자신의 몸이 부서지는 듯 진저리치며 들었다. 울림이 그치자 엄마가 깨지는 소리를 낸 것으로도 알 수 있다.

"너 그걸 말이라고 하니?"

난 어깨를 올려 보였다. 언니가 방금 돌아갔다고 하지 않은 채. 어떠한 경우라도 우리는 친구네 집에서 잠을 잘 수가 없었다. 그것은 우리집의 법이었다. 언니는 우리집의 헌법 제 1 조마저 무너뜨리려 하고 있었다. 이 반란에 엄마가 동의할 리가 없다.

엄마가 언니 친구들의 전화번호를 물었지만 난 알 수 없었고, 그 시각에 전화를 할 수도 없었다. 엄마는 차 열쇠를 챙겼다.

"가자. 그 친구집으로."

나는 주리네 집을 모른다고 잡아뗄 수가 없었다. 엄마도 알고 있으므로. 내가 안 가도 엄마는 혼자서 갈 것이다. 엄마를 혼자 보낼 수 없어서가 아니라 언니를 돌려 보낸 일이 들통날까봐 나는 따라나섰다. 열여섯이 안 돼 혼자 운전할 수 없는 걸 한탄하면서. 엄마는 걱정과 피곤으로 입을 꾹 다물고 어둠을 노려보았다. 나는 자는 게 상책이라 달리는 동안 잠을 잤다.

버나비 디어레이크에 있는 주리네 집은 캄캄했다. 식구들을 다 깨울 수 없었으므로 나는 화단을 돌아 주리 언니의 방에 작은 돌맹이를 던졌다. 다섯 개의 돌맹이를 날린 후 창가에 휘들어진 등나무에 기어오르려고 할 즈금 로미오인가 하고 자신을 줄리엣으로 착각한 주리가 잠에 취한 얼굴을 내밀었다.

"우리 언니 나오라고 해."

나는 급하다는 손짓을 해보였다. 뜻밖에도 주리언니는 언니가 바바라와 갔다고 말했다. 주리는 바바라의 주소가 적힌 종이를 던져 주었다. 바바라의 집은 노스 밴쿠버에 있었다. 세컨네로 다리를 건너 우리는 딥코브쪽으로 달렸다. 비슷한 방법으로 바바라를 깨웠으나 모른다고 했다.

그렇다면 골목을 후진하던 차는 누구의 차란 말인가? 어둠속에 강력한 두 개의 헤드라이트만 보이던 그 차는. 우리는 이번에 코퀘틀람에 있는 수잔의 집으로 갈 수밖에 없었다. 오늘의 주인공인 수잔의 집으로 말이다.

어느새 2시가 넘어 졸립고 짜증이 났지만 가든파티 현장을 향해 가며 나는 다소 흥분해 있었다. 어느날 내 아빠가 열어줄 가든파티와 경쟁장소이기라도 한 듯.

나는 차에서 내려 수잔네의 잘 가꿔진 잔디밭 사잇길을 걸어갔다. 파티가 열렸던 정원은 속삭임같은 축제의 이삭들이 군데군데 남아 단내를 풍겨 어지럼증이 일었다. 나는 나무문을 열고 정원을 들여다보고 싶은 충동을 느꼈다. 수잔은 공주처럼 꽃과 음악 사이에서 나부꼈겠지. 2년 후의 나처럼.

집 안에 불빛이 밝고, 아직도 파티가 안 끝났는지 웅성대는 소리가 들렸다. 부저를 누르자 수잔이 경쾌한 걸음걸이로 층계를 내려오는 소리가 들렸다. 수잔을 보자 질투심보다는 느긋함이 내 안에 차올라왔다. 넌 끝났지만 난 시작이야. 앞으로 2년간의 설레임과 정점으로의 즐거운 여정이.

"세나구나. 언니는 갔는데."

"누구랑요."

"비비안이랑 갔는데."

난 비비안의 주소를 적어달래서 차로 갔다. 수잔의 멋진 모습은 안중에도 없었다.

비비안의 집에 도착하니 차 안의 시계가 3시 34분을 가리키고 있었다. 나는 그때 깨어났는데 들어찬 어둠과 정적으로, 특히 석고처럼 굳어 있는 엄마의 얼굴이 찬물을 끼얹어와 당황했다. 비비안의 집은 빈틈없이 어둠이 들어차 있었다. 주위는 고요하고 바람만 음산하게 나뭇가지에 스쳤다. 나는 침묵에 눌려 부시시 차문을 열었다.

"넌 자거라."

엄마가 무겁게 말했다.

"엄만?"

"불이 켜지기를 기다려야지."

"그때가 언젠데요?"

"누구든 깨어 화장실에 가겠지."

"그때가 아침이라면요? 일요일인데 모두 늦잠을 잘 거에요. 비비안 아빠는 변호사인데 그로서리를 한다면 모를까 늦게 일어날 거에요. 집에 갔다 아침에 와요."

엄마는 고개를 저었다. 결연히. 그럴 필요가 없다고 나는 소리쳤다. 엄마가 언니를 이렇게까지 사랑해도 되는 걸까. 난 부글대다가 이윽고 잠에 빠져들었다. 내가 깨었을 때 차는 부연 새벽빛 속을 달리고 있었다. 나는 숨이 막힐 것 같았다.

비비안 집에서도 허탕쳤음을 엄마의 완강한 턱으로 알 수 있었다. 어둠 속에 예리한 선을 긋는 엄마의 얼굴이 떨고 있었다.

"기다리면 올텐데 엄만 생고생이야. 비비안이 뭐래요."

"비비안 동생이 나왔어. 불이 켜지기에 비비안을 불렀더니 언니는 안 왔다는 거야."

엄마는 울고 있었다. 정말이지 이토록이나 언니에게 사로잡혀 있을 줄이야. 나를 위해서 엄마가 울었던 적이 있을까. 나는 엄마를 냉정하게 바라보았다. 나는 감동할 수가 없었다. 언니가 집에까지 왔다는 말이 다시 목구멍을 타고 넘어갔다. 나는 실종신고를 내겠다며 흥분하는 엄마를 간신히 달래 집으로 돌아올 수 있었다.

다음날에도 언니는 돌아오지 않았다. 전화도 없어 종일 부모님을 안절부절하게 만들었다. 알아볼 곳을 다 알아봐도 아는 친구가 없었다. 물처럼 증발한 것일까. 엄마는 집안을 서성대다 가게로 가서 5분도 안 되어 언니에게 전화왔느냐고 물었다. 가게에서 부모님들은 다투다 지쳐 입 다물고 있었다.

밤중에도 집안 분위기는 돌덩이같았다. 누구하나 숨소리도 크게 내지 않고 소리란 소리에 신경을 집중시켰다. 하루아침에 이런 공격을 받을 수 있는 거지만, 전혀 방비가 없던 부모님은 당황하고 있었다. 특히 믿었던 언니로부터의 기습이라니. 엄마는 이게 꿈이지 생시는 아니라는 소리를 하고 또 했다.

단서를 찾으려고 언니의 책상서랍과 옷장을 뒤져도 먼지 하나 없었다. 정말이지 너무나 정돈이 잘 되어 있고 깔끔했다. 아니 깜찍했다. 어떻게 책상 속에 구겨진 종이 한 장 연필 깎지 하나 떨어져 있지 않을까. 옷장 속에 껌종이나 뭉친 양말 한 짝 없을까. 엄마는 그런 와중에도 언니의 습성을 배우라고 나에게 잔소리하고, 난 너무 완벽하면 복이 굴러나간다고 내 나름의 신조를 폈다. 엄마는 어처구니없어 혀만 차고. 부모님은 저녁식사도 거르고 말았다.

이래저래 반찬은 나 혼자 독차지였다. 오늘만 먹고 내일부턴 다이어트하자며 언니를 위해 만든 튀김새우도 다 비워버렸다.

이튿날 월요일이 되자 언니의 책가방과 런치와 소지품을 챙겨 엄마와 나는 평소보다 일찍 집을 나섰다. 언니의 교실 앞에서 기다리니 시작종이 울리는 것과 동시에 언니가 다가왔다. 엄마는 언니가 살아온 것만 고마워서 왈칵 울음을 쏟으며 시간이 없으므로 3시에 오겠다는 말을 남기고 총총히 돌아섰다.

언니는 말없이 교실로 들어갔다. 눈자위가 검고 볼이 푹 꺼진 프로필을 나에게 남긴 채.

언니는 어디에 있었을까? 수업시간 내내 나는 그 생각으로 선생님 질문에 우물쭈물하기 일쑤였다. 쉬는 시간마다 언니 교실로 달려가봐도 만날 수가 없었다. 점심시간에 언니가 좋아하는 치킨 누들 수프를 사가지고 언니가 있는 탁자에 가서 앉았다. 언니는 친구들이 재잘대는 소리를 들으며 빵을 물어뜯고 있었다.

비낀 햇살이 어리는 언니의 얼굴이 더욱 창백하게 보였다. 이틀 사이로 훌쩍 크고, 저만치 가버린 느낌이다. 소녀를 건너뛰어 유년에서 성년으로. 그 동안에 시계추가 12시를 세 번 친 것뿐인데 3년 또는 6년이 가버린 듯. 투명하던 눈가가 탁하고 볼에 솜털이 일어나 있다. 이제 겨우 열여섯이고 10학년일 뿐인데.

그런 언니가 낯설다. 이틀새 몇 년을 살 수 있는 걸까, 인간은? 누가 언니를? 남자 친구? 언니를 좋아하는 스테판이나 마빈이나 로이? 수초 사이에 수많은 물음들이 엉킨다.

수업종이 울리고 언니가 일어나자 나는 언니에게 다가갔다.

"어디 갔었어?"

"나 집에 안 갈 거야."

"그러면 진짜루 집에 못 들어가. 아빠가 얼마나 화나셨는지 알아."

"그러니까 안 가. 집에 가면 아빠가 나 죽일 거야. 아빤 그런 사람이야."

"그럼 어디 갈 건데?"

언니는 대답을 안 한다.

그날 오후 3시, 수업이 끝나 내가 언니네 교실에 갔을 때 언니는 없었다. 주리네들은 책상에 올라앉아 잡담을 하다가 언니가 방금 교문 밖으로 나갔다고 말해 주었다. 앞문이 아니라 뒤로. 그것도 모르고 나는 앞문에서 1시간을 기다렸다.

엄마도 이틀새 몇 년을 껑충 뛰어넘은 듯 눈이 푹 들어가고 볼이 쪼그라들어 있었다. 나는 엄마 얼굴이 사그라드는 걸 고소롬하게 지켜본다. 어떻게 그런 딸을 낳았는지, 하루에도 몇 번씩 무릎을 꼬집어보던 딸의 반란 앞에 허물어지는 엄마.

아빠는 더했다. 아빠는 분해되고 있었다. 아폴로 13호처럼. 그날밤 아빠는 컵을 던져 티브이를 박살냈다. 그 위에 놓인 언니의 피아노 경연대회 1등 상패도.

그들이 꺾이는 것을 나는 담담히 바라봤다. 결말이 조금 일찍 왔을 뿐. 내가 무얼 어쩌겠는가. 겨우 열네 살짜리가.

침대에 누워 벽을 바라본다. 벽마다 언니의 상장이 가득 걸려 있다. 나에게 자극제가 되길 바라지만 난 그런 것에 흔들리지 않는다. 부모님의 허영심에 혐오가 느껴진다. 몇 개만 걸어두면 복잡하지 않고 좋으련만. 사치스런 취미 대신 자녀교육에 혼신의 힘을 쏟는다고 자부하지만, 남들은 자식 자랑하는 걸 들어주는 체해도 뒤에서 흉보는 걸 모르는 모양이다.

어떤 날 우리집에 초대되어 온 주영 엄마가 딸 자랑을 늘어놓은 적이 있었다. 주영 엄마가 간 후 엄마는 골치아파 혼났다고 푸념했다. 주영 엄마가 자기 딸 얘기를 많이 한 건 사실이었지만, 내 보기엔 엄마보다는 덜했다.

언니의 상장을 엄마는 아트 갤러리에 맡겨 고급으로 표구했다. 음식 사는 데도 세일을 밝히면서 그런 데는 아끼지 않았다.

"부러워라. 훔칠 수 있는 거라면 훔치고 싶네. 그런 딸 낳는 비결이 뭐유?"

엄마는 칭찬을 좀더 늘이려 댁의 딸은 안 그러우? 하고 내

숭떨고.

　어서 열여덟 살이 되어 집을 나갈 수 있다면! 상을 타본 일이 없는 나에게 그 동안 세나는 뭐 했니? 라고 묻는 둔자바리 여인들. 나는 그들처럼 속절없이 늙지는 않을 거다. 엄마는 가난뱅이가 가진 한 섬을 뺏아 백섬 채우고 싶어하는 심술첨지 같다.

　"공부야 그렇다지만 피아노와 발레는 쌍둥이처럼 한날 한시에 시켰어. 도저히 안 돼. 한 자매가 하늘과 땅이니 내가 이러지 않게 생겼냐구!"

　그런 말을 듣고 피아노와 발레 레슨을 때려치우려 하지 않을 아이가 있겠는가. 나는 강심장이 없어 그날로 레슨을 걷어치웠다. 나 역시도 시간을 낭비하고 싶지는 않았으니까. 대신 나는 프로젝트한다고 핑계대고 태권도장에 갔다. 태권도는 발레보다 재미있고 진전도 있었다. 태권도 사범이 운동신경이 발달되었다고 칭찬해 주니 앞차기 돌려차기가 저절로 되었다.

　엄마는 내 다리가 발레를 해서 굵어져 큰일이라며 걱정하던 차였다. 어느날 나는 발레를 그만두었다고 실토했다. 대신 태권를 배운다는 얘긴 안 했지만. 안 그래도 조선무나리에 알통까지 배겨 거정히던 차였다고 엄마는 잘되었다는 듯 말씀하셨다.

　엄마가 내 방문을 열더니 언니가 안 들어와 심란한데 뭐가 좋아 대낮부터 누워 있으냐며, 공부하라고 소리쳤다.

　"오늘 피아노 레슨은 그만두자. 언니도 없고 하니……."

　엄마는 피아노를 큇(그만두는 것)한 줄은 모르신다. 나는 고소를 지었지만, 언니라면 혼자라도 데리고 갔겠지, 하는 생각이 들자 속이 부글댔다. 언니는 피아노를 잘 치니까 한 번도 빠지면 안 되고, 나는 못 치니까 빠져도 된다는 이론은 안 맞지 않은가. 난 이담에 못하는 애를 더 열심히 데리고 다니겠다.

다음날인 화요일, 엄마는 언니 교실 앞에 지켜섰다가 수업이 끝난 언니를 데리고 집으로 돌아왔다. 언니는 소피라는 친구 집에서 잤다고 말했으나 엄마는 더 이상 캐묻지 않았다. 아빠는 여전히 성난 얼굴로 기다리고 있었다.

"프로젝트했대요. 아주 중요한."

엄마는 아빠에게 열심히 변호했다. 아빠는 들은 채 하지도 않고 앞장서 집으로 올라갔다.

아빠는 언니를 꿇어앉히고 소피의 주소와 전화번호를 대라고 했다. 그애 아빠에게 직접 물어보겠다는 것이다.

"그애 아빤 모르셔요. 그애 집은 프린스 루펏이고 그앤 혼자 살아요."

이 말은 아빠의 화를 돋구었다. 아빠는 탁자를 내리쳤다. 언니는 깜짝 놀라 물러서며 훌쩍거렸다. 그런데 언니의 울음은 아빠를 더욱 화나게 했다. 아빠는 남자든 여자든 우는 걸 제일 싫어하시므로.

언니가 소피의 전화번호마저 대지 못하자 아빠는 언니의 어깨를 내리쳤다. 언니가 쓰러지자 아빠도 바닥에 힘없이 주저앉고 말았다.

2

그날 이후 우리집은 조금씩 달라져 갔다. 그때까진 여늬집 못지않게 행복했다고 볼 수 있다. 나같은 말썽꾸러기가 있다고 는 해도 언니 때문에. 수퍼스토어나 세이브언 후드 등의 대형 마켓이 들어서고, 가장 큰 체인인 세이후웨이가 일요일에도 밤 12시까지 문을 열어 코너그로서리가 사양산업에 들어갔지만, 우리 가게는 꽃 때문에 그럭저럭 성업을 유지했고, 부모님은 갱년기에 접어들었음에도 건강했으며, 무엇보다 언니라는 보배 가 있었나.

그런데 비상이 걸린 것이다. 나야 늘 D와 C를 받으니까 그 렇지만 언니가 문제였다. 언니의 통지표에 A가 두 개 없어진 것이다. 물론 중요한 매스(수학)와 영어에서지만 그게 그렇게 당장 폭탄이 떨어질 만큼 대단한 건가. 언니가 A를 독점하면 B 와 C는 누가 가지라구. E와 F를 받는 아이들 생각도 해야지.

부모님은 불쌍한 사람들과 나누는 삶, 베푸는 삶을 살라고 우리에게 말씀하시면서 자신들은 모른다. 이웃을 내 몸같이 사랑하라고 하면서 다른 교회 신자는 모른 체하는 목사님들과 다를 게 없다. 교민 친목과 단결을 외치면서 자기에게 조금 불리하게 한 단체나 교민은 고소하는 한인회장이나. 어른이 되면 마음의 거울에 때가 끼어 자신의 얼굴도 볼 수 없나보다. 난 깨끗한 거울을 지닌 어른이 되겠다. 친구들과 사이좋게 지내라고 하면서 은근히 시기질투하고 남 안 되기 바라고, 싸우기 잘하는 어른은 되지 않겠다. 내 주위엔 그런 어른이 너무나 많다. 내 부모님도 그렇다.

부모님은 양보의 미덕을 모른다. 언니를 위해 시간당 20불씩에 가정교사를 채용한 부모님은 나에게까지 외출금지를 내렸다. 그것뿐만 아니라 번갈아가면서 이층으로 올라와 우리를 지켜보느라고 층계가 닳을 지경이었다. 부득이 외출할 일이라도 생기면 일일이 엄마가 태우고 가서 기다렸다가는 데리고 왔다. 호기심을 자극할 만한 곳은 기웃댈 수조차 없었다. 그럼에도 나날이 언니는 달라져만 갔다. 책도 건성으로 읽었고, 아가사 크리스티의 소설이 펼쳐 놓은 교과서에 끼여들었다. 샤워를 하고는 머리를 말리지도 않은 채 무너지듯 베개에 얼굴을 묻기 일쑤였다. 손톱을 물어뜯는가 하면, 종이를 가닥가닥 찢었고, 머리를 감싸쥐며 소리를 치는 언니.

"어디 갔었지?"

나는 쉴새없이 물었다.

"어디 갔었지?"

언니는 대답하지 않았다. 다만 알듯말듯한 웃음으로 피하였다. 그러나 나는 알 수 있다. 그 구불구불하고 어두운 길의 언저리를. 끝이 아니라 시작을.

그렇다. 이제부터 시작이었다. 매일 새벽 아빠가 짝짝이 양말을 신고 꽃시장에 가서 사오면, 엄마는 장미 묶음을 풀고는 한 송이씩 다듬어 셀로판지에 싸느라 장미가시에 손가락이 찔릴지라도, 모든 건 시작에 불과했다.

삶은 불길한 꼬리를 바야흐로 내보이려 하고 있었다. 전과는 다른 집안 공기. 고달프지만 화기애애하고, 무뚝뚝하지만 웃음이 섞이던 공기는 사라지고 그 속에 무기력함이 들어차고 있었다. 사이렌이 울리기 직전의 불길함이 집안의 설탕 항아리에도 가득찼다.

나는 부모님께 고자질하지 않겠다고 굳게 약속했다. 그래도 영악한 언니는 허점을 보이지 않았다. 상대가 남자라는 것도 말하지 않았다. 난 무얼 숨기는 재주가 없다. 어려서 기저귀를 빠뜨리듯 비질비질 마음의 빗금새로 흘리기 일쑤였다. 언니는 과연 천재는 천재다.

나는 언니가 가끔씩 주말에 나가 자고 오는 곳이 남자네 집이라고 굳게 믿기 때문에 언니는 처녀가 아니라고 생각한다. 그런데도 부모님 앞에서 어쩌면 저리도 솜털 보송대는 처녀티를 내는지.

며칠 전 엄마 친구들이 와서

"우리 수진인 요새 남자 친구를 집까지 불러들여 속상해 죽겠어. 하나는 남자 친구 없니?"

하고 묻자 언니는 자지러지게 놀라는 체하며 팔짝 뛰었다. '난 그런 거 몰라요' 하면서.

"어쩜 요새 애들 같지 않구나. 우등생은 뭐가 달라도 다르니까. 우리 수진이에게 대학 가서나 데이트하라구 충고해 줄래?"

그러자 네, 하며 다소곳이 고개를 끄덕이는 꼴이라니. 수재는 모두 이중인격자란 걸 그때야 알았다. 저 나이에 남자 맛보면 종친 거나 다름없지. 모두들 한 마디씩 칭찬하는 소리를 언니는 눈 하나 깜짝 안 하고 들어 넘겼다. 엄마가 기회를 보아서,

"저앤 공부밖엔 모르는 애예요. 대학에 가서도 남자를 사귀려는지."

그런데도 언니는 눈을 내리깐 채 얌전히 차 시중만 드는 것이었다. 엄마는 친구들만 오면 우리에게 과일과 차를 날라오게 하였고, 언니는 설거지며 부엌 청소까지 말끔히 함으로써 엄마 친구들을 놀라게 했다. 나는 평소에 하던 일도 엄마 친구들 앞에선 하기 싫었다. 내가 모르모트가 되는 것 같아서. '아유 따님들을 어떻게 저렇게 잘 길러 놓으셨어요' 라는 공치사를 겨냥한 표본실의 모르모트 말이다.

그해 여름방학이 시작된 열흘 후, 노을이 겨우 꼬리를 감춘 밤. 어디선가 휘파람이 들려왔다. 거리거리를 덮은 꽃냄새처럼 그것은 발삼향을 지닌 채 우리에게 손을 내민다. 그와 함께 앰뷸런스의 경적이 끼여 들고, 휘파람은 그런 묘한 여운을 지니고 우리를 사로잡았다. 책을 폈다 덮고 방안을 서성대던 언니는 서랍에서 가발을 꺼내 썼다. 금발의 구불구불한 머리는 언니를 딴 사람으로 만들었다. 전혀 다른 여인으로.

"그게 뭐야. 어디서 났어?"

내가 눈을 휘둥그레 뜬다.

"여기서 났지."

언니가 서랍을 가리키며 흐응 하고 웃는다. 눈은 젖어 있고 입술은 말라 있다. 무언가에 쫓기고 있다고 느꼈다.

"꼭 후커(창녀) 같애."

50

"그들도 사람이야."

그 말에 내 등줄기가 서늘해진다. 금시라도 엄마가 들어오는 것 같아 내 다리가 후둘거리는데, 언니는 태연하게 거울을 바라본다. 꼭 영화《택시 드라이버》의 조디 포스터처럼. 깜찍한 변신을 나는 숨을 죽이고 바라본다.

"부모님이 물으면 나 잔다구 해."

언니는 자기의 침대에 옷을 뭉쳐 넣어 사람이 누운 형상을 만들었다. 11시에 가게문을 닫고 올라온 엄마는 우리의 방문을 꼭 열어보신다. 우리가 안 자는 기색이면 '굿 나잇'이라고 말하고, 잠들었으면 살짝 닫는다. 우리와 함께 하는 시간이 별로 없는 엄마는 그렇게 해서라도 우리와 만남의 의식을 치른다.

"어디 가는데?"

언니는 대답 없이 입술에 루즈를 바르고 붓으로 볼을 톡톡 치더니 가방을 들고 일어났다. 언니가 화장하는 것도 처음이지만, 변장을 하고 밤에 나가다니. 벌어진 내 입이 다물어지지 않는다.

언니와 나 사이에 벽이 놓여지는 순간이었다. 우리가 분리된다. 통로도 없이 갈려버린다. 그 순간 내가 소리를 친다면, 언니 머리에서 가발이 벗겨질 것이고, 언니는 어딘가 위험한 곳으로 끌려가지 않아도 되었을 것이다.

나는 언니가 가는 곳이 불길한 곳이며 한번 빠지면 나올 수 없는 수렁이라고 느끼면서도 언니를 막을 수 없다고 도리질한다.

아니 이건 변명이다. 난 막지 않았다. 입에서 단내를 뿜고 오줌을 잘끔대며 언니가 가는 세계를 호기심과 기대에 차서 바라보았을 뿐이었다. 두렵지만 언니가 가는 푸르스름한 길의 뒷모습을 보고 싶다는 유혹이 내 머리를 조였다. 나는 마침내 고개를 끄덕였다. 그리고 문을 열어 젖혔다. 그 불길한 곳으로 언니가 가도록!

휘파람 소리가 낮아지며 언니만이 들을 수 있는 무엇이 되어 언니를 휘감아 갔다. 나는 창문의 블라인드 틈으로 언니의 뒷모습을 쫓았다. 가볍고 속수무책인 언니는 이내 어둠에 포위되어 버렸다. 밤은 아무 일도 없었다는 듯 입맛을 다시고.

"언니와 나의 통로를 닫아버린다. 영원히."

그 순간 내가 떠올린 말은 세상이 끝나도 홀로 살아 있을 그 말이었다.

가게문을 닫고 올라온 엄마는 우리방을 열어보고 조용히 문을 닫았다. 두 분이 두런대며 국수를 삶아 밤참을 먹고 자리에 드는 동안 나는 입술을 바작대며 자는 체하고 있었다. 외등에 하늘거리는 나뭇잎새가 리치(마귀할멈)의 손바닥 같아 홑이불로 머리를 싸고 몸을 동그랗게 오그린 채, 언니와 나를 떼어놓은 정체가 무언지도 모르는 채.

어딘가로 빠져가는 언니. 언니를 붙잡아야 한다고 느끼면서도 나는 후련함으로 떨었다. 멍에라고까지 설명해야 할 만큼 밧줄은 내 목을 조였고, 이제 나는 놓여나게 되었다. 물어뜯던 살촉이 그렇게 빨리 녹이 슬어 부서지다니 어떻게 믿을 수 있을까?

방학으로 늦잠을 자게 되어 다행이었다. 아침 일찍 돌아온 언니는 그림자마냥 힘없이 침대에 쓰러졌다. 향수와 술과 담배와 곰팡이에 뒤섞인, 죽음 같은 냄새를 피우면서. 그렇게 뒷골목의 잡다한 냄새를 피우며 언니는 해가 지붕의 정수리를 칠 때까지 잤다.

언니는 뭐 하냐고 엄마가 물을 때마다 나는 '샤워해요', '공부해요', '피아노 쳐요'라고 대답한다. 친구들이 전화하면 '수영장 갔다', '도서관 갔다'고 적당히 둘러대며 나는 언니의 휘장이 되어주었다.

오후에야 언니는 마취에서 풀린 듯 푸시시 자리에서 일어났다. 이상한 세계에서 떠오르는 것 같은 언니를 보며 나는 비로소 언니한테서 나는 냄새가 남자 냄새임을 알았다. 구두약과 무스와 쉐이브로션이 섞인 남자의 살비듬내임을.

'휘파람 소리……'

언니는 충혈된 눈으로 나를 멍청히 바라보았다. 눈동자가 풀어져 있다.

"누구야. 그 사람?"

"……"

"아무 일 없었어? 괜찮았니?"

언니는 내 말엔 대답을 않고, 오히려 물었다.

나는 가발이 벗겨진 언니의 생머리를 만진다. 깨어진 병조각의 감촉이다. 크레지구루로 붙인다 해도 이미 깨어진 건 어쩔 수 없다.

"무슨 일야? 나에겐 말해줘."

"네가 크면…… 얘기할게. 이담에."

"나 다음 달이면 열다섯 살이야. 생리도 하구. 나두 애기 낳을 수 있단 말야."

언니는 쿡쿡 웃는다. 비린내나는 어린애야. 젖몽우리도 이제 겨우 터졌으면서. 나를 봐. 밥공기만하게 부푼 가슴을 출렁이며 언니는 침대에서 뛰쳐 일어난다. 샤워를 하더니 물을 뚝뚝 흘리며 들어와 내 손을 잡아 가슴을 만지게 한다. 볼록한 입체

감의 가운데가 돌출해 있다. 엄마가 느이들은 모유로 키웠다고 자랑하는 그 빨대다. 나도 그렇게 되고 싶다고 생각한다. 언니는 내 손을 떼더니 침대로 쓰러지며 아아~ 하고 신음했다.

"아픈 거야?"

"아니."

"왜 그래, 그럼."

내가 언니 곁에 앉는다.

"걷잡을 수가 없어."

헤매는 표정으로 언니는 천장을 바라본다. 알몸을 홑이불로 둘둘 만 채. 몸의 돌기를 속수무책으로 열어 놓은 채.

《플레이보이》에서 보던 금발의 여자처럼 헤벌어진 언니를 내가 이상한 듯 바라본다. 열일곱. 아직은 떫고 풋풋한데, 무엇이 언니를 저토록 신음하게 만드는가. 언니의 고른 잇새로 비어져 나와 그것은 벽을 기어오르고 열린 창문으로 나가 덩굴을 튼다. 내 앞에 뱀과 여인이 또아리 친 모습이 보인다. 미켈란젤로인지, 기억력이 부족한 나는 이름을 알 수 없지만, 미술 시간에 선생님이 환등기로 보여준 중세의 그림 속에 여인의 나체를 감고 혀를 널름대는 뱀 그림이 있었다. 홑이불을 또아리 쳐 가슴에 안고 딩굴며 신음을 하던 언니가 벌떡 일어났다. 티셔츠와 바지를 입고 머리를 질끈 동여매고 층계를 뛰어내려 가게로 달려간다. 언니가 층계에서 쿵쾅 소리를 내는 것도 처음이다.

창고는 썰렁하다. 꽃이 시들지 않게 냉방을 해야 해서 엄마는 늘 기침을 콜록인다. 언니는 엄마가 든 가위를 뺏어들었다.

"내가 꽃 다듬을게, 엄마. 엄만 스텐리 파크에 드라이브 갔다 와. 한 시간만 썬텐하고 와요. 엄마 얼굴이 너무 하얘."

"애가. 누가 너보구 일하랬어? 공부나 해라. 장미가시에 찔리면 어쩔려구."

엄마 손가락엔 밴디지가 감겨 있다. 밴디지는 엄마 손가락의 일부가 되었다. 밴디지를 발명한 사람이 엄마에게 얼마나 고마운 분인지를 모른 채 죽어갈 일이 애석하다.

엄마는 언니 등을 떠밀었다.

"지금 꽃 다듬어주는 것보다 공부 열심히 해서 하버드 의대 가는 게 효도하는 거다. 너 정신차려 주는 거지? 다시는 B 없을 거지?"

언니가 고개를 끄덕인다. 전처럼 확실하지 않고 꺽이듯.

"넌 저기 있는 수선화와 카네이션 좀 날라와라. 다듬어 놓은 장미를 가게로 옮기고 물 좀 주고. 그리고 아빠 좀 도와드려라."

언니를 돌려 보낸 엄마가 나에게 말한다. 넌 구제불능이야. 태권도와 일이 어울리지, 하는 것 같다. 나는 엄마가 시키는 대로 한다. 나는 아빠가 값을 찍어 놓은 마요네즈병을 선반에 올린다.

"세나가 다 컸구나."

아빠가 흐뭇해 하사, 엄마는

"세나가 가게도 곧잘 봐요. 방학 동안 파트 타임을 주세요."

한다. 아빠는 세나도 공부해야지 하며, 내가 일하는 걸 언짢아 하신다.

"UBC는 C 있으면 못 들어간대요. 랭가라 칼레지 갈 바엔 일찌감치 일 배워두는 게 낫지. 우리도 편하고 저도 돈 모으니 재미있구. 헬퍼를 쓰면 돈 빼가고 남는 게 뭐 있겠어요. 세나야, 너두 가게 일 하고 돈 벌면 좋지? 열심히 모아 대학 등록금 해라. 언니 미국대학 갈 돈 만들려면 너도 도와야지.”

“그럼요. 좋구 말구요.”

나는 지금 당장 공부 때려치구 그로서리나 하구 싶다고 하여 엄마를 기절시키고 싶었지만 참는다. 물건 진열하는 일이 끝나자 아빠와 엄마가 교대로 저녁식사를 하는 동안 나는 카운터를 지킨다.

“여기다 니가 일한 시간을 적어라. 그냥 일 안 시킨다. 시간당 5불씩 쳐서 줄게. 여름방학 동안 모아봐라.”

“돈 안 줘두 돼요.”

“줄게. 남을 써도 주는데. 공부하려면 가게 일 안 해도 돼. 니가 노니까 시키는 거다. 넌 공부하는 게 싫으냐?”

“싫지는 않은데, 엄마가 너무 공부공부 하니까 골치 아파요.”

“공부해서 남 주니? 너 가지라고 그러지 엄마 달라고 그러는 거 아냐. 학생 때 열심히 하면 일생 편하게 잘 살잖니. 니 인생에서 지금이 젤 중요할 때야. 지금 남보다 노력하면 캐나다에서 상류생활 할 수 있어. 엄마 아빠는 느덜 땜에 캐나다와 이 고생하며 산다. 느덜 성공하는 거 보면 그게 엄마 아빠의 성공이다. 넌 영어 잘하겠다 뭐 걱정이냐. 엄마는 너만큼 영어하면 교수도 하겠다. 한국에 있었으면 여름방학이 어딨구, 낮잠 잘 새가 어딨어?”

“난 낮잠 안 자.”

“엄마 아빠는 죽을 때까지 그로서리 해두 느이가 성공한다면 참을 수 있어. 돈이 얼마나 들어도 느이가 공부하는 밑받침을 다 대줄 거야. 그러니 너도 언니처럼 공부 열심히 해서 미국의 명문대에 가고 의사든 변호사든 되면 좋잖니?”

엄마의 희생은 감동적이지만 너무 들어 귀찮고, ‘언니처럼’이란 말만 도드라져 나를 건드린다. 난 생리도 시작되어 누군가 사랑할 사람이 필요하지만 미워할 사람도 있어야 하는데 미워할 상대가 엄마라면 어떨까?

내가 장미꽃을 든 채 엄마를 바라본다. 튼튼한 뼈대와 옆으로 퍼진 몸. 납작코와 째진 눈. 나는 그때까지 내가 엄마와 한판이란 걸 모르고 있었다. 엄마는 너무나 나와 똑같았다. 그러면 세 살 때 엄마손을 놓치고 거리를 헤매며 목이 쉬게 운 기억은 똑똑히 하면서, 어제 배운 수학공식은 잊어버리는 이 머리도 엄마한테서 온 게 아닌가. 나는 나와 한판인 또 다른 나를 사랑하고 미워해야 하다니! 이 얼마나 얄궂은 운명인가.

엄마도 내가 엄마의 모습을 비추는 거울이라고 깨달은 모양인지 갑자기 나한테서 시선을 거두며 거울 앞에서 손빗으로 머리를 추스린다. 한숨을 쉬고 눈을 내리깔며,

"넌 뭐가 될래?"

하신다. 며칠 전 내가 늦게 들어왔을 때 대나무 자로 때리려는 엄마한테서 자를 빼앗으며 내가 태권도의 대련자세 모션을 썼을 때처럼.

"넌 뭐가 될래?"

ㄱ 말엔 엄마의 나에 대한 언빈이 늘어 있어 듣기 거북했다. 이 세상 사람 모두, 아빠까지 그렇게 물어도 엄마만은 나에게 그걸 물어서는 안 된다.

"엄마. 나 앰뷸런스 운전수 될까?"

엄마가 흠칫 놀라며 장미가시에 손가락을 찔린다. 피가 흐르는데도 엄마는 비명을 지르지 않는다. 엄마의 손에 밴디지를 감아드리며,

"좋잖아요. 모든 차들이 비켜주고 빨간 불에도 달려가고. 난

신나게 달리고 싶어."
하며 내가 이죽거린다.

밴디지 위로 피가 배어 나왔다. 순간 나는 엄마가 나를 위해
서 피를 흘렸다고 생각했다. 나는 감동하여 엄마를 껴안고 싶
었다. 나는 고개를 숙였다. 무릎을 꿇고 싶어 하면서. 그런데도
엄마는 나에게 미소짓지 않았다. 내가 엄마 손을 잡으려 하는
데도. 나는 손을 거두고 집을 향해 느릿느릿 걸어갔다.

며칠 후 언니가 벽에 걸린 엔디 테일러의 사진을 한손으로
쫙 찢는다. 엔디 테일러의 고혹적인 입술이 반으로 갈라진다.
나는 너무 놀라 쓰러질 뻔했다. 언니가 하루아침에 우상, 즉
하나님을 때려부수다니. 어떻게 그런 일이 일어날 수 있을까.
그 후에 일어난 일들을 돌이켜보면 그것은 겨우 시작에 불과
했는데도 나에게는 하늘이 두 조각 나는 충격이었다.

언니는 엔디 테일러의 노래를 들으며 공부하면 머리에 쏙쏙
들어온다고, 공부할 때도 그 노래를 들어야 했다. 샤워할 때,
잠잘 때, 길을 걸을 때에도. 어떤 날 길을 건너다 엔디의 속삭
임 때문에 차에 치일 뻔도 했다. 그들의 노래는 언니에겐 딴
세상의 속삭임이었다. 엔디 테일러의 입술에 손을 얹으면 스르
르 잠이 온다고 했다. 언니에겐 수면제가 따로 없다. 그 또래
의 수많은 소녀들이 그렇듯. 언니처럼 공부 잘하고 얌전한 여
학생도 실체보다 하늘에 뜬 스타를 잡지 못해 안달하는 걸 부
모님은 아실까? 스타가 발을 잘못 디디거나 목청이 노쇠해져
인기가 떨어질 경우 따라 죽는 소녀도 있다. 우리 부모님은 언
니가 그런 소질이 있다는 건 모르신다. 나는 언니처럼 공부 잘
해보려고 두란두란의 음악에 빠져봤지만 별 소용이 없었다. 언

니가 천재거나 엔디 테일러가 최면을 걸거나 둘 중에 하날 거다. 아무튼 언니는 그렇게 엔디 테일러와 결별했다. 한순간에.

어떻게 그게 가능할까. 스타는 과연 혜성이란 말이 맞는다. 그렇더라도 이건 너무 매정하지 않은가.

"너무해. 그처럼 떠받들고 살았으면서. 살짝 떼도 좋잖아?"

난 찢어진 엔디 테일러의 입술에 안타깝게 손을 댔다. 그곳에 스카치 테이프를 붙이는 나를 언니는 감정 없이 바라본다.

"너 가져, 엔디 테일러."

"난 사이몬 르봉이 더 낫더라."

난 엔디 테일러의 붉은 입술과 반짝이는 눈은 질색이다. 남자는 남자답게 울퉁불퉁 생겨야지.

"언닌 엔디 테일러 아니면 결혼도 안 한댔잖아?"

"난 이제 어린애가 아냐."

"어머머! 엔디 테일러 애기도 낳는다 해놓구……."

그 또래 언니 친구들은 모두 그런 소리를 했다. 모두 스타 하나씩을 지니고 살았다. 난 손에 잡히지 않는 스타는 질색이다.

"너나 그래. 너도 그렇게 될 거야."

언니는 가발을 꺼내더니 만지작대며 쿡쿡 웃는다.

"이제부터 니가 그럴 걸 생각하니 우습다. 그러나 넌 멀었어. 넌 일년쯤은 더 디디를 끼고 자야 할 걸."

그날 밤 나는 디디를 옷장 위에 얌전히 올려 놓는다.

"난 이제 애기가 아니야. 넌 너에게 맞는 다른 애기를 찾아야 해."

내가 디디에게 한 인사말이다. 그와 함께 나는 결코 엔디 테일러에게 빠지지 않으리라고 벼른다. 나에게 오빠부대의 나이가 오는 게 무섭다. 아니 무서울 거 없다. 어떤 유혹도 뿌리치면 되니까. 나는 그럴 자신이 있다.

　나는 이제부터 언니 뒤를 좇아가는 짓을 하지 않겠다. 키도 언니보다 커졌으니 앞서 가야겠다. 나도 자의식을 찾을 때가 되었다.

　며칠 후 나는 디디를 미나에게 주었다. 열 살이지만 여덟 살로 보이는 미나는 아직 인형에 매달릴 나이다. 미나는 니트 드레스와 모자를 쓴 디디를 안고 좋아 어쩔 줄 모른다. 우산을 들고 춤추는 사기 인형을 비롯 여러 가지 인형이 있는데도 디디에게만 관심을 쏟는다.

　"세나언닌 디디가 없으면 못 살 거라고 했잖아?"

　난 며칠째 잠을 설친 얘긴 안 한다. 큰 세상으로 나가려면 알을 깨는 아픔이 있어야 하는 걸 미나에게 설명할 일이 난감하다.

　"이젠 아냐."

　나는 소매 없는 티셔츠 사이로 내비친 브래지어를 보여준다.

　"그때 내가 사줄게. 니가 이게 필요할 때 말야."

　그때쯤은 나에게 남자 친구가 있게 될 거니까. 이름만 걸어둔 친구가 아니라 수업이 끝나면 손잡고 운동장을 나가며 살짝 입맞추고, 극장에도 함께 가는. 친구 미셸은 극장에 가면 스티브가 자기의 가슴을 만지고 손을 끌어댄다고 했다. 그곳은 난로야. 화끈거려.

　"난 어른이야."

　내가 미나의 손을 끈다. 알사탕만하게 뛰어나온 가슴을 만져보게 한다. 미나에겐 알사탕이 없다.

　"여자는 가슴이 커야 해. 멜론 정도는 되어야지."

"난 수박만하고 싶어. 돌리 파튼처럼."

"넌 애가 어디루 나오는지 알아?"

내가 우쭐해서 묻는다.

"배루 나오지."

내가 웃다가 사레 들려 쿨룩쿨룩 기침을 한다. 나도 미나 나이 땐 그랬다는 걸 잊고 있다. 내가 4학년 때 언니가 나에게 여자 엉덩이 사진을 보여주었다. 금발의 언니는 가랑이를 벌리고 있었다. 언니가 컴컴한 동굴을 손가락질했다.

"여기서 동굴로 씨가 톡 떨어지지."

언니는 수도관처럼 생긴 남자의 뿔을 손가락질했다.

그 2년 후 학교 영사실에서 나는 애기씨가 애기집에 떨어져 꽃씨처럼 날아앉을 곳을 찾고 헤엄쳐다니는 걸 보았다. 줄을 타고 애기가 물구나무서기를 하고, 어두운 풀밭을 돌아다니고, 손가락을 움직이는 것을. 영사기가 돌아가고 있었지만 나는 영상으로가 아니라 언니의 손가락과 목소리로 인간의 창조과정을 보았다. 애기씨앗이 동굴로 들어가 젖을 빨아먹고 무럭무럭 큰단다. 다 크면 동굴막을 찢고 나오지. 그리고 응아 하고 막힌 숨을 토해내. 언니의 목소리는 승리의 나팔소리 같았다.

모범생 딸이 이웃 그로서리에서 《플레이보이》에서 제일 설명하기 좋은 페이지를 몰래 찍어다 동생에게 보여주며 오줌을 잘금대는 걸 부모님이 아셨다면 무어라고 하실까. 언니는 그때 엉덩이를 까고 변기에 앉아 그 얘길 했다.

"어때 오줌이 나오지?"

난 오줌을 잘금대기는커녕 구역질이 날 지경이었다. 남자의 오줌관이 동굴로 들어간다니. 난 그때까지 그것이 오줌을 만들기 위해 있는 줄 알았다. 그런데 남자들은 찢기 위해 있다니,

나는 미칠 것 같았다.

"상상을 해봐. 자 눈을 감고. 오줌이 한 방울씩 똑똑 떨어지지. 그러면 동굴벽으로 짜르르 메아리가 울려."

언니는 마른 입술에 침을 바르고, 나는 세면기에 머리를 대고 웩웩 대었다. 내가 동굴 출신이라는 걸 믿고 싶지 않았다.

"우린 다 그곳 출신이야."

언니는 화장실 문을 잠가 놓고 언제까지나 변기 위에 앉아 있었다. 엄마는 하나가 변비라 큰일이라며 혀를 차고, 무 줄기를 볶아 억지로 먹이고, 그래도 안 낫는다며 고질병 되면 큰일이라고, 변비가 만병의 근원이라고 걱정을 하며 법석을 떨었다.

언니가 어째서 시험을 보면 일등을 하는지 학교행정에 문제가 있는 게 아닐까? 이래저래 내 머리로는 수학공식이 들어가지 않고, 잘금거리며 안을 청소한 언니는 쑥쑥 잘도 외운다. 하느님은 참 불공평하시지. 나처럼 깨끗한 머리 속에 공부를 담아주지 않으시니. 남학생이 얼씬도 안 하는 나는 꼴찌를 하게 하시고, 남학생과 복도에서 손잡고 다니는 언니는 일등 하게 하시니.

세레나 할머니에게 그 얘길 했더니 더럽지 않고 신성한 거라고 하셨다. 그러도록 노력해야지 안 그러면 성불감증이 되거나 성도착자가 되거나 둘 중의 하나라고 하신다.

세레나 할머니는 엄마나 미나 엄마처럼 만보계를 차고 오늘은 가게에서 얼마나 쳇바퀴를 돌았나 하고 한숨 짓는 짓은 안 한다. 일본에서 우에노 음악학교에 다니셨다는 세레나 할머니는 엄한 집으로 시집가서 전공을 살리지 못하셨다. 아들 둘이 결혼하고, 엄하던 시부모님과 남편도 이 세상을 떠나 자유롭게 되었지만 이젠 소프라노를 부를 수 없을 만큼 늙어버렸다. 그래도 언제나 노래를 흥얼대며 즐겁게 살고, 아는 게 어찌나 많은지 내가 한임술이란 이름 대신 한세련, 즉 영어식으로 한 세레나라고 지어드렸다.

세레나 할머니는 말씀하였다.

"그냥 모든 게 아름답다고 생각해라. 음지와 양지, 하늘과 땅, 해와 달. 그런 건 백짓장처럼 마주 봐야 빛이 나는 것들이란다. 남자와 여자도 똑같지. 그들은 소리가 나는 악기란다. 하나가 되기 위해 태어난 둘이지."

세레나 할머니는 같은 말도 그렇게 우아하게 하신다. 엄마라면 어땠을까. 중학교만 나온 미나 엄마보다 나을 것도 없을 거다. 미나 엄마는 같은 반 남자애가 미나에게 아까 빌려간 지우개 달라고 전화만 해도, 하라는 공부는 안 하고 벌써부터 머리에 피도 안 마른 게 남자 생각혀? 니가 도대체 몇 살여? 하며 부르르 떤다. 학교에서 필름으로 애기 낳는 걸 보여준다고 하니까,

"학교에서 애들 다 버려놓는다니께. 입에서 젖내나는 애들에게 무슨 짓이랴. 그라니께 열서넛 된 것들이 발정난 고양이들처럼 몰려다니지. 애기가 애기를 낳는다니께. 기도 안 차. 이눔의 세상, 한심스럽지."

하며 거품을 튀긴다.

"나도 열세 살에 가출해서 그 뭣이냐 중핵교 졸업장도 못 탔지만, 내사 집이 어려우니께 동생들 학비 벌라구 공업단지 갔던 거지. 즈이들이 소녀가장이냐구. 그 짓이나 할라구 지랄들이지."

길에 불량스런 애들이 지나가면 미나 엄마는 그렇게 한탄한다. 엄마는 미나 엄마가 침 튀겨 주는 게 편해서 '뉘 아니래,'

소리만 하며 캐나다 청소년들을 싸잡아 돌린다.

　나는 매일이다시피 베란다를 뛰어넘어 미나의 창문을 타넘고 들어가 나의 알량한 지식을 떠들어댔다. 미나네 된장 항아리를 깨기도 하면서. 미나 엄마는 구두수선 일을 돕고 미나 동생은 밖에 나가 놀았으므로 미나는 늘 혼자였다.
　어느날 나는 우리집 맞은편 그로서리에 가서 미나에게 《플레이보이》를 보여주었다. 물건을 사는 체 선반을 훑고 있다가 주인이 영수증을 찍는 동안 잽싸게 페이지를 넘겼다. 미나는 눈을 크게 뜨고 풍만한 여자의 사진을 보고 나서 밋밋한 제 가슴에 손을 댔다. 미나는 충격 받은 모션을 썼다. 미나도 처음은 아닐 거다. 내가 《플레이보이》 잡지를 처음 본 게 미나보다 한 살 어렸을 때니까. 난 언니처럼 잡지를 찢거나 변기에 앉아 보여주는 비열한 짓은 안 할 거다. 이렇게 당당히. 대낮의 카운터에서 학습을 시키는 거다. 주인이 의심에 찬 눈초리로 내가 경쟁관계인 그로서리의 딸이라는 것과, 우리가 무슨 짓을 하는지 다 안다는 표정으로 바라보았다.
　할아버지가 우유를 사는 틈을 타서 나는 밖으로 나오고, 미나는 게걸음으로 가게를 빠져나왔다. 미나는 길가에 쪼그리고 앉아 침을 뱉는다. 아무래도 미나를 세레나 할머니에게 데려가야 할 것 같다. 나를 고쳐준 건 카운셀러 선생님도 아니고 세레나 할머니다.
　배가 튀어나온 카운셀러 선생님은 '세상이 왜 이렇게 더러워요?' 하면서, 시간이 흐르면 깨끗해지니 서두르지 말라고 내 어깨를 다독여주었다. 더러운 빨래도 세탁기가 깨끗이 해주고 방도 청소기가 말끔하게 해주는 것과 같은 이치라는 것이었다.

얼마만큼의 시간이냐는 사람마다 다르다고 말했다. 그런 말은 누구나 할 수 있을텐데. 그는 세상에서 가장 쉽게 돈을 번다. 나도 이 담에 카운셀러 선생님이 되어야겠다. 세상에서 가장 어렵게 돈을 벌기 위해서. 난 절대 애들을 고개를 갸웃하게 만들지 않겠다.

3

나는 시간을 건너뛰려 한다.

몇 날 몇 시라고 말할 수는 없다. 시간에는 늘 오차가 있게 마련이니까. 그리고 그간의 사정을 일일연속극처럼 시시콜콜 늘어놓을 수는 없다. 10분간의 면회가 끝나면 다시 차가운 방으로 돌아가야 하니까. 그곳에서 내 머리가 더욱 혼란스러워 서둘러야 한다.

그러니까 내가 열여섯, 언니가 열여덟이 갓 되었을 무렵의 어느날, 언니보다 키가 3센티나 큰 내가 그랜빌을 걸어간다(키뿐만 아니라 몸무게는 언니의 두 배나 나갈 만큼 된다). 나는 프로젝트가 있다고 엄마를 따돌렸다. 우리가 고학년이 되자 하학 후 엄마가 픽업하는 일은 없어지고 대신 아침마다 우리는 버스비를 받았다. 나는 도서관에 가려고 그랜빌로 나갔지만 핫도그나 햄버거를 사먹기 위해서였다. 그리고 수많은 볼거리 때문에. 내가 그곳의 주요 멤버라는 데 자부심을 가졌다. 그곳은 어느 곳과도 비교할 수 없는 특수한 거리이기 때문이다.

내가 말하는 그랜빌은 캐피탈 식스 같은 극장과 아케이드(비디오 게임장)와 레코드 가게가 있어 젊은이들이 모이는 구역을 말한다. 거리의 악사가 동전통을 앞에 놓고 바이올린을 켜고, 길 한쪽에 싸구려 장신구를 잔뜩 늘어놓은 이동가게가 있는 곳. 관광객을 실은 마차도 지나가고, 차의 통행을 막은 유일한 곳인 그곳은 보행자의 천국이자 전전과 전후의 풍물이 뒤섞인 곳이다.

근처에 있는 밴쿠버 퍼블릭 라이브러리에 들렀다가 우리는, 나와 현진이 아니면 신디는 그랜빌로 나가 낙서와 포스터 사이를 어슬렁거리곤 했다. 그날도 무거운 책가방을 끼고 우리가 음침한 가게들을 기웃거렸다.

영어 연수를 위해 오는 동양 학생들이 요즘처럼 많지 않은 그때도 이상한 펑크머리와 요란한 복장을 한 젊은이들 중 단연 중국인들이 우세했다면 여러분은 믿을는지. 보이조지 풍의 서양애들이 단연 돋보였지만 짱딸막하고 납작한 중국애들은 어디서나 법석대었다. 대만이나 홍콩의 부자들이 저택을 남겨놓고 본토로 돌아간 후 그들의 자녀들은 BMW나 벤츠를 몰고 다운타운으로 나가는 것이다. 질질 끌리는 바바리를 입고 책을 옆구리에 낀 채 심각한 얼굴로 걸어가는 선병질적인 얼굴은 이제 구시대의 유물이 되었다. 귀고리에 팔찌를 달그락대며 번들거리는 구릿빛 얼굴을 쳐드는 휘어진 다리의 땅땅한 무리들. 그들이 있기에 다수의 서양 속에 뿌리를 내리는 우리도 우쭐댈 수 있긴 했다. 나날이 그들은 그린빌을 정복해 나갔으니까.

그곳의 어른들은 이마를 찡그리며 젊은이들을 바라보지 않는다. 우리 부모같이 촌스런 사람들은 얼씬도 안 하므로. 내 엄마와 아빠의 스파르타식 금기사항 속엔 다섯번째로 다운타운의 그랜빌이 등장한다. 부모님이 보시기에 그곳은 부랑자들의 소굴이었다. 실제로 공부하기는 싫고 친구를 꼬셔보고 싶은 젊은이들은 그곳에 가 어슬렁대며 대마초를 피우고, 담배를 꼬나물고 휘파람을 분다. 마약 중독자들이 웅크리고 있으며, 마약은 물론 쾌락과 범죄도 거래되고, 시간이 도둑고양이처럼 지나가며, 밤이 늙지 않는 곳. 젊음을 현란하게 해주고 주체 못하는 그들 속의 일원이 될 수 있다는 것이 우리를 묘하게 흥분시켰다.

모두가 날 좋아할 것 같고, 만나고 싶어 안달할 것 같아서 어깨를 으쓱거리지 않을 수 없다. 우리는 풍선처럼 부풀어 지나가는 남자들을 평하고, 그들을 넣고 빼는 일을 마음대로 했다. 그렇지만 우리는 수줍고 주눅들어 촌닭 같은 모습이었다. 무슨 소리에 깜짝깜짝 놀라고, 우리가 실격시킨 남자들이 가까이 오면 잽싸게 피해 움추렸다. 그리고 마침내 어느날 절정에 다달았다.

절정이라니……. 어울리지 않지만 그렇게밖에 표현할 수가 없다. 그랜빌을 몇 바퀴 돌면 우리는 의식을 치루듯 그랜빌보다 한 단계 높은 롭손까지 올라가곤 했다. 나는 서울의 로데오에 가본 적이 없지만, 패션의 본고장을 상징한다면 공통점이 있을지도 모른다. 그랜빌에 비해 깨끗하고 고급스런 그곳에 가면 완전 촌닭이 되지만, 이상한 호기심 때문에 치나칠 수가 없었다.

그날 우린 롭손과 타로가 만나는 코너에서 클라이막스에 도달하게 된다. 나는 롯의 아내처럼 소금기둥이 되어 그 자리에 못박히고, 갑자기 모든 게, 시간과 경적소리와 사람들과…….

옷가게가 끝나고 장신구 파는 가게와 커피숍을 지나 그곳에서 가장 눈에 띄는 파스텔 펜추리. 파스텔 펜추리는 정말 파스텔 색조만 강조되어 있다. 파랗거나 산뜻한 주홍이거나 물이 뚝뚝 떨어지는 연두. 또는 초록의 카리브해가 물결치는 것과 흡사한 출렁임.

그곳의 젊은이들 역시 우아하고 품위를 갖춘 파스텔 색채였다. 커피를 마시며 그들은 맑게 웃고, 행인들은 겉으로 무심히 지나간다. 머리 위에 꽃바구니가 걸리고, 아이스크림 장수의 종소리도 울리고 반짝이고……. 올리브기름과 껍질 벗긴 닭고기와 시중에서 살 수 없는 채소로 만든 샐러드나 소스의 맛도 독특했다. 그곳의 샌드위치는 다른 곳보다 비싸고 모양과 색이 달랐다. 말하자면 우아하고 화려한 뉴모드 샌드위치다. 말만 들어도 먼 나라에 가 있는 듯한 카푸치노와 에스프레소, 카페 라데 같은 커피들. 그랬다. 그곳은 파리의 상젤리제 거리나 나폴리의 곤돌라에서 바라보는 하늘빛 같은 곳이었다. 난 아직 거기서 그런 것을 먹어본 일이 없었다.

그런데 온통 파란색이고 새하얀 곳에 앉아 있는 여자는 언니가 아닌가. 금발을 늘어뜨리고 무릎과 가슴을 내보이며 매니큐어가 긴 손톱에 담배를 끼고 후후 웃고 있는 이국 처녀.

그게 언니라니. 삶에는 순간순간 마술이 끼는 것일까. 언제 매니큐어를 발랐나? 일요일인 어제 종일 피아노를 치고 화학 기호를 외운 언니가. 더욱 놀란 것은 담배에서 연기가 피어오르고 있는 것이었다. 그림이나 꾸민 얘기가 아니라 실화였다.

그리고 어떤 손. 그때쯤 내 몸은 움직일 수 없는 지경이 되었다. 내 가슴이 얼음덩이가 되었다. 이 세상에서 제일 사랑스런 사람을 만나면 그러리라 상상했던 그대로. 에로틱한 영화를 보면 내가 여주인공이 되어 목숨을 바쳐도 좋을 사랑하는 사람을, 즉 남주인공을 바라볼 때와 똑같은 짜릿짜릿한 화학물질이 내 머리 속에서 맹렬히 생산되는 것을 느꼈다.

저 사람은 바로 다니엘 데이 루이스가 아닌가. 영화 속의 다니엘이 아니라 바로 내 앞에 살아 있는, 투명한 두 눈으로 보고, 섬세한 코로 숨쉬고, 육감적인 입술로 말하고 있는. 그리고 그 눈과 코와 입술은 언니를 향해 파르테논 신전처럼 우아하고 엄숙하게 열려 있지 않은가.

나는 질투심으로 이글거려 오직 눈앞이 하얗기만 했다. 백야라는 말을 들어봤어도 하얀 시간은 처음이었다. 도시 속의 사막. 그랬다. 주저앉으려는 내 앞으로 모래바람이 따갑게 몰아쳐왔다.

나는 달려가 두 사람을 떼어놓고 싶었다. 그럴수록 둘은 입술이 맞닿을 지경이 되었다. 세상에 영화 촬영이 아니고 이 하얀 대낮에. 내 손이 부들부들 떨렸다. 내 입이 달싹였다.

'다니엘 위험해요. 지금 물러서요. 당신은 홀로 서야 해요. 만인의 연인으로 혼자 걸어가야 합니다.'

나는 침을 꼴깍 삼키고. 긴장과 거리의 소음과, 어딘가로 빨려가는 소용돌이. 언니가 한 모금 빨아올린 담배를 남자의 입에 끼워준다. 남자는 언니의 볼에 입을 맞추고 가느스름하게 피어오르는 연기를 바라본다. 난 아득해져서 탁자를 두 손으로 짚었다.

언니가 고개를 든다. 떨림이 지나가더니 이내 나를 외면한다. 아니 나를 밀어낸다. 가, 여긴 네가 올 곳이 아니야. 너와 나는 이제 달라. 우리가 비밀을 털어놓던 시절은 끝났어.

현진에게 끌려 맥도날드에 앉은 후에도 가슴의 고동이 멈추지 않는다.

"이건 너무 시시해."

내가 현진이 날라온 주스와 프렌치 프라이를 밀어낸다.

그날 언니는 어둡기 전에 돌아왔다. 부모님이 정한 시간에 맞춰. 아직은 부모님의 작동인형이다. 거짓말처럼 언니의 기다란 생머리는 검은색이고, 매니큐어가 지워진 손톱은 투명하다. 신데렐라의 유리구두는 어디로 갔는지. 엄마가 배고픈 딸을 안쓰러워하며 밥을 차려 주고 이것저것 묻는다. 언니는 건성 대답하며 눈을 내리간다.

가발이 들어 있는 언니 책가방을 내가 바라본다. 책상서랍에서 그것이 어느새 책가방으로 옮겨지다니. 1년도 안 된 사이에 가발과 매니큐어와 미니스커트가 등장했다. 내가 마른 입을 축인다. 파스텔 펜추리에서의 언니는 얼마나 눈부시고 멋있었나! 신데렐라의 마차와 마술지팡이. 이 최초의 흥분이 나를 잠못 이루게 했다.

"누구야?"

밤중에 잠자리에서 내가 뒤치락댄다. 언니는 대답이 없었다.

"남자 친구야?"

"쉿! 그냥 친구야."

거실에서 문단속 하는 엄마 발자국 소리가 들려온다. 우리는 자는 체한다. 엄마가 방문을 열었다. 우리가 잘 덮고 자는지 휘둘러보고 고른 숨소리에 미소 짓고 나갔다. 엄마에겐 만족스런 날이리라.

그런데 지금 무슨 일이 일어나고 있는가. 언니는 입시관문에 들어서지 않았나. 교통정리를 해야 할 시기에 말이다. 자, 나는 어찌해야 될 것인가. 초조함과 달콤함. 이 엇갈린 느낌은 무엇 때문일까? 어둠에 익은 눈으로 천장을, 언니가 누워자는 침대를 번갈아 쏘아보며 나는 몸을 뒤튼다. 옛날의 언니와 새로운 언니. 나는 어느 쪽을 택해야 하나? 길은 언제나 두 개가 나타나 망서리게 한다. 그리고 나는?

나는 어디로 가고 있고, 어디에 닿으려는지. 나도 얼른 저쪽에 도달하고 싶다.

"그 남자도 언니를 사랑해?"

"그만 얘기해. 자자. 너 앞으로 절대 그랜빌과 롭슨에 가지 마."

"왜? 난 엔디 테일러도 뛰어넘었는데. 난 그곳의 일원이란 말야."

"너 몰라서 묻니? 그랜빌엔 마약장수가 우글대. 못된 애들은 다 모이고. 롭슨도 그래. 넌 아직 어려."

나는 코웃음쳤다. 언니는 이미 나를 막을 힘을 잃었다. 그러기에는 너무 눈부셨고, 그와 함께 우상의 자리로 올라섰으므로. 눈을 감자 앞에서 코발트블루의 물결이 출렁이고 언니와 그가 반짝이며 모래펄을 걸어가고 있었다.

낮은 웃음소리.

나는 단침을 삼키며 그들을 향해 팔을 벌렸다.

다음날 나는 그랜빌 가게를 기웃대며 언니가 입은 것과 똑같은 엉덩이만 가리는 블루진 스커트를 샀다. 다리가 길고 가는 언니에겐 어울리지만 알통이 배겨 굵은 내가 입으면 얼마나 꼴사나운지도 모르고. 언니 구두보다 굽이 높은 구두도 샀다. 돼지저금통을 부숴서 꺼낸 돈을 다 털어. 방학 동안 가게

일을 해서 나는 가발과 화장품을 살 돈도 넉넉히 벌었다. 가슴이 찌릿하고 조마조마한게 말할 수 없이 유쾌했다.

엄마 아빠도 우물에서 나와, 오늘날 젊은이들이 어떤 식으로 성장해가는지 바라봐야 한다. 전쟁이나 피난가는 시절도 아니고, 밀개떡으로 허기를 메우던 시대가 아니라 헬스푸드가 스토어의 잘 닦인 선반에 진열되는 시대이니만큼. 무조건 공부해라만 노래해서 되는 게 아니다. 금기사항이라고? 닫아 놓으니까 그 안이 더욱 궁금한 것이다.

우리도 담배를 피워 볼까? 그랜빌 골목에서 내가 현진에게 속삭였다. 나와 함께 미니스커트를 사 입고 굽 높은 구두까지 신고 있는 현진은 고개를 끄덕였다. 내 수중에는 버스표와 담배 한 곽을 살 만큼의 돈이 남아 있다.

맥도날드 햄버거 대신 우린 담배를 샀다. 낙서가 어지러운 벽에 한쪽 다리를 꼬고 기대서서 기세 좋게 담배에 불을 붙여 한 모금 빨았다. 연기가 코와 목구멍을 쏘고 눈물이 났다. 기침을 해댄다. '우리 애는 차 사고는 내도 마약엔 손을 안 대요. 담배도 안 피우고.' 그런 말을 하는 부모님들은 식구들이 모이는 고즈넉한 시간, 뿔뿔이 흩어진 그들의 자녀가 그랜빌 뒷골목에서 무슨 짓을 하는지도 상상해 보아야 한다.

'벼락을 맞거나 잭팟을 터트릴 확률만큼이나 우리 애가 빗나갈 확률은 없다. 다 탈선해도 내 아이만큼은 그렇지 않다.'

모든 부모들은 그렇게 생각한다. 그러나 자녀가 빗나갈 확률은 잭팟이나 벼락에 비유해서는 안 된다. 청소년들은 훨씬 많이 마약과 담배에 빠진다. 스쳐가거나, 손가락만 담그거나, 전신이 푹 빠져 헤어나지 못하거나의 차이뿐. 지금까지도 내 부모님은 내가 담배를 손에 대지도 못한 줄 아시지만, 열다섯에 나는 담배의 속성을 알았다. 펑크머리의 소년들이 휘파람을 불고, 거리의 악사는 라콤파르시타를 치고. 말들이 마차를 끌고 지나가는 길 옆에서. 저쪽 후커가 다리를 꼬고 있는 뒤에서.

어느날 학교에서 돌아오니 엄마가 따라들어왔다. 나는 방문을 열어 젖혔다. 엄마의 후각은 알아줘야 하니까. 나는 학교에서는 담배를 안 피우니까 냄새날 리는 없다. 그러나 어제의 냄새도 잡아내는 엄마다.

나는 책상에 앉아 무언가 중요한 글을 쓰는 체했다. 엄마는 이것저것 묻고 나서 언니 의자에 걸터앉았다. 영어로 휘갈기고 있었으므로 내 글을 읽을 염려는 없지만 얘기가 길어지면 곤란하다. 나의 그랜빌 출입이나 언니 일을 발설하게 될 수도 있고, 무엇보다 혼자 있고 싶었다. 엄마가 가게로 내려가면 화영에게 전화해서 내일은 무얼 할 거냐든지 선생님과 남학생들 얘기를 늘어놓을 생각이었다.

"신디가 담배를 피운다는구나. 그애 엄마를 만나 넌지시 귀뜸했더니 펄쩍 뛰는 거야. 중상모략이라나?"

나는 엄마를 외면했다. 귓볼이 달아올랐다.

"세상에 지 자식 담배 피우는 것도 모르니 그게 온전한 엄마냐?"

나는 등을 움찔거렸다. 간지럽고 스물거렸다.

"다른 건 몰라두 담배와 마약은 하지 말아야지. 그런 데 빠져 가출하는 애들이 늘어나니 세상이 말세지. 말을 안 해서 그렇지, 봉세네 누나도 가출했대. 중국 남자랑 살고 있다는데 부모만 모른다더라."

나는 고개를 좀더 수그리고 볼펜에 힘을 주었다. 시나 소설

74

을 잘 쓰면 좋으련만. 고작 내 머리엔 이 고비에서도 낙서만 나온다.

엄마는 언니가 가출한 것을 어느새 잊으셨나요? 엄마의 두 딸이 담배피우는 걸 아직 모르시나요? 나는 그렇게 쓴 후 박박 지웠다. 엄마는 내가 지우는 것을 탐탁잖게 바라보았다. 엄마는 다 알고 있다는 표정이었다. 나의 사소한 잘못도 기억의 창고 안에 쟁여 두고, 언니가 한 나쁜 일은 순식간에 잊는 게 엄마의 특기다. 언니에 관한 한 재고(在庫)가 없다.

미나 엄마는 또 어떤가.

"세상에 머리에 피도 안 마른 것들이 《플레이보이》를 훔쳐보고 잠자리서 몽정인지 뭔지를 한대유. 며칠에 한 번씩 침대가 흠씬 젖어 빨래해대느라 어깨가 빠개진다구 영빈 엄마가 푸념을 하는데, 그런 건 어디까지나 남의 일로 끝나야지. 너도 그럴 거냐구 으름짱을 놨더니, 우리 진우는 절대 안 그러겠다며 나랑 손가락 걸고 약속했구먼요. 송장 빽다구 하면 뭘 하남유. 아까 목욕을 시키는데, '필링 굳'이라고 하는디 말짱 도로아미타불이지."

하며 엄마를 찾아와 하소연한다. 나와 미나는 못 들은 체 딴청을 부리다 살짝 눈빛을 주고 받고. 참 멀고도 가까운 게 부모와 자식의 거리다.

엄마는 나에게 공부한 후 방청소를 하라고 이른 후 일어섰다. 나는 네네, 대답하고 나서 엄마가 충계를 내려가자 언니의 가발을 꺼내 쓰고 거울 앞에 섰다. 그럴 듯하다. 내 가슴은 이제 사과 사이즈가 되어 옷을 입어도 태가 난다. 나는 빨간 매니큐어를 칠하고 얼굴에 파운데이션도 발랐다. 밑화장이 안 되어 부푸러기가 일었으나 볼에 비져 나왔던 여드름이 가려졌다.

여드름약이 떨어졌음을 알았다.

나는 침대 밑에서 구두를 꺼내 신고 담배를 꺼내 입에 물었다. 그런데 어쩌자고 불을 붙였는지.

엄마는 이웃집에서 나는 담배 냄새도 맡는다. 담배 알레르기가 있어 이름만 들어도 두통이 오므로 속일 수가 없다. 아빠가 담배 피우던 재작년까지 밖에서 피우고 와도 두통이 났으므로 아빠는 침을 맞고 담배를 끊으셨다. 내 집 두고 밖에 쪼그리고 앉아 피우는 게 처량해서 끊으셨다고 하셨다. 그런 엄마가 장미꽃을 팽개치고 이층으로 달려오지 않으실 리 없다.

내가 거울 앞에서 모션을 쓰다가 퍼뜩 담배불을 끄자 엄마가 방문을 열었다. 운이 좋은 언니는 도서실에 가고 없었다. 진짜로 도서실에 갔는지 모르지만. 나는 이제 겨우 시도해 보는 듯 억지로 기침을 해대며 가슴을 두드렸다. 내 머리는 어떻게 하면 이 궁지를 빠져나갈까 하는 생각으로 가득찼다. 엄마는 참을 수 없는 얼굴로 기절 직전이었다. 그런 모멸의 시선을 던지다니 기절하는 편이 낫다는 생각을 하면서도 내 머리가 비상하게 움직였다. 나는 연극 대사를 외듯,

"로미오, 로미오"

라고 콧소리로 불렀다. 그러자 엄마의 눈에 차츰 온기가 돌아왔다.

"니가 줄리엣을 하는 거냐?"

"네."

"그건 재작년에 언니가 했지 않니? 무슨 눔의 학교가 맨날 로미오와 줄리엣만 하니?"

"이 시대 최고의 고전이니까요."

나는 겨우 위기를 넘겼다. 나는 현대판 줄리엣이므로 담배를

피운다고 설명했고, 엄마는 담배 피우는 연극이라면 당장 집어 치우라며 학교에서 세계명작을 다 버려 놓는다고 개탄했다. 엄마는 나에게서 성냥과 담배를 압수했다.

언니의 서랍을 뒤졌다면 더 큰 부속품을 찾아냈을 걸. 운좋은 언니. 운은 날 때 타고나는 거지.

자기 자식이 남의 자식보다 잘 나고 특출하다는 공상 때문에 얼마나 많은 엄마들이 돌이킬 수 없는 실수를 하는가. 엄마가 공부 잘하는 새침떼기 딸을 조금만 의심했더라도, 세레나 할머니만 계셨더라도, 내가 달려가 언니 일을 상의했을 것을. 세레나 할머니는 형제 자매를 만나러 한국에 가신 지 석 달째였다.

그럭저럭 위기를 넘겼지만, 나에 대한 엄마의 잔소리가 심해졌다. 가출 후 언니에게 세심한 배려를 한 것과는 대조적으로. 엄마는 언니에게 매사에 조심했다. 언니가 타격받지 않을까, 겁내지 않을까, 정서불안이 오지 않을까, 병나지 않을까 하여 유리그릇 다루듯 했다.

나는 무쇠탈 대접이었다. 언니는 깔끔하고 멋스러운 것을 좋아했으므로 언니의 반찬엔 딸기나 아스파라가스 싹으로 장식을 하고, 물컵도 부엌 캐비넷이 아니라 차단스 안의 장식용으로 사용했다. 언니는 그릇을 쓰기 위해 있다고 생각했다. 엄마는 좋은 그릇은 모셔 두었는데 언니에게만은 눈치보며 사용하는 것이었다.

그날 그런 일만 일어나지 않았어도, 그런대로 내 마음에 평온함이 유지되었을 것이다. 그날 나는 아빠와 언니, 셋이서 식사를 하고 있었다. 누구나 먼저 먹는 사람이 가게 보는 엄마와 교대하게 되어 있었다. 그날은 언니가 먼저 먹었으므로 언니가 가게로 내려갔다. 난 외동딸처럼 행복해져서 부모님이 눈살을 찌푸리는 것도 모른 채 음식을 씹고 있었다. 이제 그만 수저를 놓으라고는 말 못하고 부모님은 잔소리를 늘어놓기 시작했다. 신발을 벗어서 가지런히 놓아라, 흙탕 묻힌 운동화는 당장 빨아라, 빨래감은 흰색과 검은색을 섞지 마라. 드라이기를 옷이 타도록 마냥 돌리지 마라. 속옷과 양말을 서랍에 뭉쳐 놓지 마라. 음식 먹은 접시를 침대 밑에 넣어 썩히지 마라.

나는 네, 네 하고 건성 대답하였다. 일일이 신경쓰다간 조로병에 걸릴 것이다. 너처럼 방을 어질러 놓은 애가 공부를 잘할 리 없지. 물건을 쓰고 팽개치지 말고 제자리에 갖다 놔라. 넌 이제 어린애가 아니야. 깨끗이 사용하면 치울 것도 없단다. 언니처럼 말이다.

인간 쓰레기.

욕구불만으로 내가 꾸역꾸역 밥을 퍼먹었다. 그러자 이번엔 밥 잘 먹는다고 야단이시다. 난 소화불량이나 불치병에 걸리고 싶지만 그것도 맘대로 안 된다. 그 당시 나에게는 먹는 일, 특히 그랜빌로 가서 핫도그를 사서 먹는 일이 없었으면 살아갈 의미가 없었을 것이다.

'살이 찌면 머리가 둔해 공부가 될 리가 있겠냐.'

'공부, 공부, 공부.'

아, 어디론지 가고 싶다. 가야 한다. 나는 식탁에 앉아 마음으로 짐을 싼다. 그레그 노먼의 부모같이 아들이 공군사관학교에 떨어지자 골프를 시켜 세계적인 골퍼로 만든 부모의 품에 안기고 싶다. 안 되면 여자군인이라도 되어야겠다. 아프리카로 가야 할지 모른다. 아프리카는 싸움이 그치지 않으니까.

그때 안톤한테서 전화가 왔다. 아빠가

"누구냐?"

하면서 즉시 끊으라는 눈짓을 보내셨다. 10여 초도 안 되어 아빠가 내 곁에 서서

"끊어!"

하고 소리치셨다. 나는 끊을 수가 없었다. 시험은 모레이고 안톤의 형이 같은 역사 선생한테 배워서 시험 예상문제를 알고 있었다. 현진과 수지는 안톤과 내일 함께 공부하기로 했는데, 난 물론 못 한다고 하고 노트를 하루만 빌린 것이었다. 지금 안톤이 노트의 잘못 쓴 부분을 얘기해 주고 있으므로 나는 끊을 수가 없었다. 아빠는 내가 안톤과 노닥이는 줄 아셨다.

아빠는 안톤한테 들리도록

"끊어!"

하고 다시 고함치셨다.

"아빠 말씀이 안 들리니?"

엄마가 말리기는커녕 곁에서 불을 붙인다. 난 안톤이 알려주는 시험 예상문제에 정신이 팔려 있었다.

"어디서 배운 버르장머리야."

아빠가 수저를 던지며 일어섰다.

"세나야. 아빠가 걱정하시잖니?"

"내가 안톤의 노트를 빌려서 그 얘기하는 거에요."

"니 노트는 어쩌고 빌려?"

아빠의 시뻘개진 목젖이 떤다.

"공부시간에 넌 뭐 했니?"

엄마의 역정에 아빠는 전화기를 빼앗아 부엌바닥에 던졌다. 꽈당 소리를 내며 전화기는 부숴져 안의 부속을 다 쏟아내었다. 난 전화기 속에 그렇게 많은 부속품이 있는 줄 그때 처음

알았다. 난 두 손으로 얼굴을 감싸고 울음을 터뜨렸다.

"시끄러. 니 나이가 몇이라고 벌써부터 그래. 남학생과 전화하지 말랬잖아?"

"공부 얘기 한 거에요."

"그게 다 핑계지. 안될 나무는 떡잎부터 시든다더니 그 꼴에 연애까지 하려고 드니. 늬 언니를 봐라. 어째 넌 하루도 조용히 넘어갈 때가 없니?"

아빠의 그 말에 나는 악을 썼다.

"난 연애 안 해. 언니가 하지."

나는 방으로 들어가 이불을 뒤집어쓰고 흐느꼈다.

그날밤 언니는 아빠에게 불려갔다. 손바닥을 자로 10대나 맞으면서도 언니는 아니라고 잡아뗀다. 엄한 아빠지만 언니의 눈물에는 약해서 나만 중상모략자로 몰리고 언니는 방면되었다.

언니는 방에 들어와 벽에 기대앉았다. 어릴 때부터 한 방을 쓰며 모든 것을 나눠가지던 언니. 나의 우상은 그렇게 깨어진다. 한낱 속물이 되어. 속물 중에도 가장 비열한 속물이 되어.

가장 가까운 사람에게 비밀이 있는 사람은 그 인격을 의심해야 한다. 나는 언니를 쏘아봤다. 언니가 피한다.

비겁자. 도망자.

내가 언니에게 할 수 있는 못된 말을 하였다.

"도와줘. 나를 그대로 가만 놔둬. 나에게도 계획이 있으니까."

나는 언니의 말이 살에 닿는 게 싫어 손을 털었다.

"나도 허수아비 아냐."

나는 언니를 외면하고 돌아서고, 언니는 조금만 기다려줘 하며 애원한다. 무얼 기다리라는 건지. 한몸이던 우리가 갈라서고, 걷잡을 수 없이 멀어지고, 부모님하고 사이도 더욱 나빠지게 기다려보자는 건지. 내가 입술을 문 채 고개를 젓는다. 지금부터가 아니라 오래전부터 언니와의 사이가 깨어지고 있었음을 알게 되었다.

이후 나의 학교생활은 점점 재미없었다. 안톤의 말 한 마디로, 난 이상한 아빠를 가진 애로 소문이 나고 남학생들은 히죽거리고, 여학생들은 슬금대며 피한다. 현진과 신디와는 여전히 그랜빌 가는 버스에 함께 오르지만 전처럼 내가 주도권을 잡지 못하였다. 나는 겉으로는 우쭐대었지만.

그애들을 휘어잡으려면 더 많은 모험이 필요했지만 난 발이 묶였다. 나에게 발은 삼손의 머리카락 같은 것인데, 머리 잘린 삼손이 무슨 힘을 쓰겠는가. 그애들은 점차로 더 많은 모험에서 나를 제외시켰다.

"세나는 못 가. 집에서 허락 안 해주실 거야."

남학생들과 어울려 가는 극장이나 게임룸에도 나는 가지 못하고, 처지며 아무것도 모르는 미나를 붙들고 그랜빌과 롭슨 이야기를 떠벌릴 뿐이었다.

나는 집에 싫증이 나기 시작하였다. 틈을 내어 가게에 가 부모를 노와수는 일도 안 하게 되었다. 혼자 공상에 잠겨 있거나 언니의 범죄도구(부모 몰래 하므로)를 꺼내 치장하였다.

이제는 마크가 내 생활에 끼여든 애길 해야 할 차례다. 나는 마크를 보자 한눈에 빨려 들어가고 말았다. 수만 볼트에 감전되었다고 해야 맞다.

처칠스쿨과 우리 학교의 농구시합이 열리던 날, 강당은 마크 파이팅을 외치는 내 목청으로 떠나갔다. 그때부터 나는 농구시

합창을 찾아다니며 목이 터져라 마크를 응원했다. 학교 가면 마크를 찾아헤매고, 길에 나가면 남학생들이 모두 마크로 보였다. 소리는 전부 마크 음성으로 들리고 집에서도 마크만 보였다. 부모님이 무얼 물어도 엉뚱한 대답을 하기 일쑤고, 언니에게 마크가 오늘 무얼 했느냐는 소리만 한다.

"공부하고 샌드위치 먹고 랩회의 하고 그랬지."

"그런 거 말구. 여학생과 무얼 얘기 했냐구? 마크는 무슨 과목을 잘해? 어떤 타입의 여자를 좋아해? 어디 살아? 부모는 뭘 해? 어느 대학 갈 거래?"

"마크는 너 같은 여학생은 싫어해. 그러니 꿈에서 깨셔."

언니가 그 말을 하면 난 언니의 숨이 넘어가도록 간질밥을 먹인다. 언니가 콕콕대는 비명소리에 엄마가 달려오고, 선머슴애 등쌀에 언니가 못 큰다면서 내가 쥐어박히고.

마크는 공부도 잘하고, 날씬한 근육질의 잘생긴 운동선수여서 특별났지만, 지금 생각하면 내가 마크에게 열을 올린 것이 맹목적이었다는 생각이 든다. 실은 마크가 내 마음에 들어온 것은 학생 대표이던 언니와 마크가 할로윈 데이에 쓸 호박을 사러 슈퍼마켓에 가는 것을 보았을 때였다. 파티장 테이프 장식도 그들은 함께 했다. 그리고 마크가 언니에게 단순 이상의 호감을 보이는 걸 눈치챘다.

나는 할로윈 댄스파티에 가지 못한 채 이상한 복장에 꼬마리치처럼 꾸미고 트릭오어 트레이트를 외치며 다녀야 하는 일보다, 마크가 언니에게 열을 올리는 게 슬펐다. 친구들과 어울려 내 생애 마지막 트릭오어 트레이트에 참가했지만 내 마음은 공허했다.

학기 초, 마크가 11학년 대표에 출마하자 나는 마크의 선거에 열중한다. 그의 참모라도 되는 양 저학년들에게 그를 피알하러 다니고, 포스터를 만들어 지정된 곳에 붙였다. 학생들은 내 뒤통수에 대고 V자를 그리며 마크라고 외칠 지경이었다. 그리고 나는 마크가 선거날 전교생 앞에서 해야 할 연설물에 결정적인 문구를 넣게 함으로써 그가 당선되는 데 일조했다.

  나는 타고난 유머 감각으로, 마크에게 자기 민족의 기념일에 대대적인 행사를 하는 유대인 학생들처럼 동양계를 위해서도 챠면과 스시와 김치 데이를 만들겠다고 함으로써 기립 박수를 받게 하였던 것이다. 그가 월남계의 후안에게 아슬아슬한 표차로 이기게 된 것이 단연 그 대목 덕택이었음을 나는 알았고, 마크와 나 사이에도 그런 중대한 대목이 끼여들게 되었다. 나는 절대로 나를 과대포장 안 한다. 순수하고 솔직하다고 자부하는 만큼.

  당선 인사를 끝낸 후 마크는 나에게 고맙다고 윙크했다. 나는 그가 나에게 호감 이상의 무엇을 느낀다고 생각했다. 그것으로 나는 대만족이었다. 그 높이까지 가고자 그 동안 그랜빌의 방황이나 잠자리에서의 뒤치락댐이 있었다고, 지난 일을 젊잖이 회고하게끔도 되었다. 훌쩍 큰 느낌에 불안함도 있었지만, 마크를 향한 것이라 나른하게 나를 사로잡았다. 나는 마크가 있기에 외롭지 않았다.

  그러나 마크는 아니었다. 장차 수상이 되겠다는 마크는 국회에 진출하려면 나같은 내조자가 필요한 것쯤은 알아야 할텐데. 다른 애들은 기껏해야 마크 마크 하며 콧소리나 내고 몸을 꼬며 마크를 따라다녀 방해만 되었다. 난 참사랑이 그렇듯이 그에게 헌신적이었다.

"무슨 열녀 났니?"

하면서, 언니는 마크의 선거운동을 해주기는커녕 마크를 찍지도 않았다. 언니는 나보고 벌렁코 제리를 찍으라고까지 했다. 그런데 마크가 말하는 것 좀 들어보라지.

가을이 깊어졌다. 나뭇잎이 내 안에 울적한 방울소리를 울리던 어느날, 운동장을 걸어가는데 마크가 뛰어왔다. 그가 나에게 관심을 보이다니. 방울소리가 단박에 꽉 찬 울림이 되어 나를 건드렸다. 나는 멈춰 서서 마크를 보았다. 깊어진 그의 푸른 눈동자를.

우리는 잠깐 잎이 진 나무 아래 마주서 있었다. 마크가 이마의 머리를 쓸어올릴 때 그의 속눈썹이 금빛으로 타는 것을 나는 보았고, 바로 그 아래서 내 심장이 뛰는 소리를 들었다. 내가 그에게 무언가를 결심하게 한 것이다. 당당한 마크를 수줍게 하고 있었다. 정말이지 그를 위해서 무어든 하고 싶었다.

"넌 날 아주 잘 안다고 생각해. 널 도와주고 싶어. 네가 문을 열도록."

"그래 고마워. 이걸 네 언니에게 전해 주겠니?"

마크는 용기를 내어 나에게 편지 봉투를 내밀었다. 나는 비틀어지는 입을 오무리고 태연한 척 편지를 받았다. 나는 마크가 돌아서 가는 발자국 소리를 듣고 있었다. 그의 발밑에서 나뭇잎이 부서지는 소리를.

그는 나에게 등을 보인 채 멀어져갔다. 나는 판단력이 둔해졌다. 이윽고 물체가 초점을 맞추기 시작했다. 나는 여지없이 짓뭉개진 것이다. 아무런 하자 없이 단지 어리다는 이유로. 나도 9학년으로 내년이면 플럼파티에 참석할 자격이 주어지는데.

나는 편지봉투를 찢었다. '하나에게'라고 씌어진 것을 본 나는 그것을 쓰레기통에 넣지 않을 수가 없었다. 상처받았다는 느낌뿐.

마크를 복도에서 만나면 '하이' 하고 손을 올리는 짓도 말아야겠다. 나는 집에도 가기 싫고 그랜빌도 가기 싫어 학교 동네를 빙빙 돌았다. 마크가 농구 연습을 하는 강당에 가거나, 음악실에서 피아노를 꽝꽝 쳐보거나, 휘파람을 불면서 걷다가 길 가는 어린애를 보고 미소짓는 일도 하지 않았다. 중국인 식료품상에 들어가 잘 익은 사과를 손톱으로 꼭꼭 누르는 짓이나 했다. 사과는 콕 소리를 내며 내 손톱 밑에서 단물을 튕겼다. 나처럼 아무 잘못도 없이, 풋풋이 익어 그 자리에서 인정받고 싶어한 이유만으로. 나는 인질을 잡고 난동부리는 탈출자들을 비로소 이해할 수 잇을 것 같았다. 13층 꼭대기에서 한많은 세상 어쩌구 하며 빈 소주병과 신발만 유품으로 남겨 놓고 뛰어내리는 청소년도. 나처럼 똑똑하고 착한 학생들이 그렇게 삶으로부터 추방당하기 쉽다는 것도. 딸기까지 꼭꼭 찔러 빨개진 손가락을 하고 나는 어두워지자 슬슬 집쪽으로 걸어갔다. 더 늦으면 쫓겨나므로. 아직 입양될 곳을 정하기 전이지 않은가.

나는 언니에게 솔직하게 다 얘기했나. 언니는 편지를 버렸다는 얘기에 깔깔대며
"그렇게 질투나든?"
하면서 나의 분통을 건드렸다.
"염려마. 받은 체할 테니까."
아무렇지 않게 수학문제를 풀고 있는 언니를 물끄러미 쳐다봤다. 나는 침대에 걸터앉아 손톱을 물어뜯었다. 언니 손을 끌어다 깨물고 싶었다. 아이 낳는 여자들이 남편을 깨물 듯이.

언니가 숨겨놓은 남자가 궁금해졌다. 그 남자를 한 번만 본다면 마크 따위는 가랑잎처럼 날려버릴 수 있다고 생각되었다. 나는 언니의 무심한 얼굴로 다가갔다.

"언니 요새도 그 남자 만나?"

"누구?"

"다니엘 데이 루이스."

"앤. 넌 환상에 살아. 그 사람은 그냥 루이스야. 내가 그 얘기했더니 그이도 웃더라. 네가 보고 싶다면서."

"정말야. 그가 날 보고 싶어했어? 보여줘."

나는 언니 뒤로 가서 언니를 안았다. 언니가 아프다며 소리를 질렀다. 나는 모르겠다. 어디서 그런 힘이 나왔는지. 나는 세게 언니를 조여 안았다.

"부탁야. 놓아줘. 나를 놓아줘."

언니가 애원했다. 나는 언니를 놓아주지 않았다. 언니가 방바닥을 뒹굴었다. 언니가 나에게서 벗어나려 간질밥을 태웠지만 나는 꿈쩍하지 않았다. 웃기는커녕 내 눈썹엔 엷은 눈물이 어렸으니까.

일주일 후 나는 복도에서 마크를 만났다. 사물함을 챙기는데 그가 심각한 얼굴로 다가왔다. 나는 웃음이 났다. 실은 넌 무언가의 대용품이지 하고 나는 마크의 잘 생긴 얼굴을 보면서 뇌까렸다.

"이번에는 나의 말을 전해주겠니?"

"물론이지."

"생일을 축하한다고 말해줘."

"오케이."

나는 휘파람을 불 듯이 말했다. 직접 말하지 덩칫값도 못 하는 치킨(못난이) !

그것으로 되었다. 마크는 한 번 획 지나간 바람 정도의 가치밖에 없었다. 나는 언니와 마찬가지로 마크보다 큰 무엇이 있다. 마크가 돌아서 가는 것을 보면서 나는 웃었다. 밴쿠버의 이름난 의사의 아들이고 쉐난쉬(부자촌)의 토박이인 그를 외면하는 언니, 치어걸로 뽑힌 늘씬한 산드라를 제쳐두고 조그만 동양여자에게 열을 올리는 마크나 나에겐 이상한 나라의 아이들이었지만, 이제부터 난 그 위에 군림하겠다고 마음먹었다.

언니의 생일날. 중국요리를 시켜다 친구 몇 명과 먹고 친구들은 생일케익을 놓고 생일축하 노래를 불렀다. 공부하라는 엄마의 성화에 친구들이 재재거리지도 못하고 슬금슬금 돌아가고 나자, 언니는 책상 앞에 붙들려 앉혀졌다.

아빠가 문자를 쓰면서 목표대로 매진하라는 연설을 마치고 가게로 가시자, 엄마가 오셔서 의대에 꼭 들어갈 각오로 학업에 충실하라고 다독거려 주었다. 우리는 건성으로 책을 펴놓았을 뿐, 눈은 딴 데 가 있었다. 언니도 나처럼 객쩍은 공상을 하는 얼굴이다. 설거지를 끝낸 엄마가 사과와 켄탈롭을 깎아 책상 위에 놓아주고 우리가 공부하고 있음에 만족하여 가게로 내려갔다.

"난 의사가 되기 싫어. 하루 종일 환자들 보며 산다고 생각하면 숨이 막혀."

"나두."

"넌 너 좋은 거 해."

"언니두 그래."

"난 저널리즘 공부하고 싶어. 기자가 되고 싶어. 현장에서 뛰는."

"난 코미디언 되고 싶어. 쇼 프로 진행자가 되든지. 오프라 윈프리처럼. 난 백만장자가 될 테야. 언닌?"

"난 사랑하는 사람과 행복하게 살고 싶어. 공부나 돈보다 행복이 첫째야."

언니의 목소리가 서늘하다. 창으로 비낀 햇살이 비쳐드는 탓일까 눈자위가 그늘지고 움푹 패었다. 저녁 잘 먹고 난 얼굴이 왜 저럴까.

"말해줘."

나는 언니의 손을 잡았다.

"그 사람. 다니엘 데이 루이스에 대해서 말야. 지난 주말에도 만났지?"

언니는 가만히 눈을 내리깔았다.

"나도 공부를 열심히 하려고 해. 그이도 그러길 바라고. 당분간 안 만나려고 해. 그런데 그게 안 돼. 한 번만 얼굴 보고 참아야지 하면서도 이번 한 번만 하고 다시 되풀이되는 거야."

언니는 꿈꾸듯 중얼대었다. 이 최초의 고백이 나를 당황하게 하였다. 언니 혼자만의 행복과 기쁨이 나를 따돌리고 있었기 때문이다.

"언닌 곧 12학년이 돼. 언닌 물론 공부는 잘해. 그러나 조금 참으면 어때? 부모님이 눈치채신 거 같은데. 배겨날 것 같아?"

나는 조금만이라고 말했지만, 실은 조금도 허용해주고 싶지 않았다. 언니 혼자만의 행복이 나에게는 의미가 없었다. 아니 나의 불행에 영향을 끼쳤다.

"그이가 지금 저기서 숨쉬고 있다는 것만으로도 내 가슴은 너무 뛴단다. 한 번만 그 얼굴을 보고 목소리를 들으면 죽어도

88

좋을 거 같아."

"언니 미쳤어?"

나는 소리를 질렀다. 정말이지 언니 혼자만 언제까지나 행복해도 좋은 건가?

그때 현관의 부저가 울렸다.

"나가 봐. 그리고 마크면 나 없다고 해."

언니가 말했다. 나는 현관으로 나갔다. 마크였다. 그는 칠이 벗겨진 베란다에 우뚝 서 있었다. 그의 말끔한 차림과 들고 있는 하얀 상자가 베란다를 더욱 더럽고 남루하게 하고 있었다. 마크가 상자를 내밀었다. 맙소사. 상자엔 핑크빛 리본까지 매어져 있었다. 내 생일은 아직 넉 달 남았는데. 그리고 장미 두 송이 값을 절약할 수 있는데.

"언니는 없는데. 친구들과 나갔어."

나는 마크의 얼굴에서 내 말이 얼마만큼 빠르게 퍼져나가는지 바라보았다. 외등을 켰지만 그리 밝지 않았기에 그의 흰 얼굴이 얼마만큼 짙어졌는지는 알 수 없었다. 그러나 학생대표이고 유명한 의사 아이작의 아들이 어깨가 쳐지고 있는 것을 보는 것 같았다.

"생일 축하한다고 전해줘."

"슈어(물론이지)."

날씬한 스포츠카 마즈다 24 OSL 이 멀어지는 것을 나는 한참 바라보았다. 달려가 그를 붙잡고 싶은 충동은 잠시뿐 나는 다시 냉정을 되찾았다. 언니는 상자를 끄르더니 장미 두 송이를 뺀 후 나머지를 나에게 내밀었다.

"너 가져."

"필요없어."

나는 상자를 밀치고 언니에게 다가앉았다.

"자 얘기해 줘. 다니엘에 대해서. 아니 루이스, 나의 루이스에 대해서."

"너의 루이스?"

언니가 장난스레 웃었다. 언니는 내가 장난하는 줄 알고 있었다. 언제나 중요한 순간마다 언니는 나를 당황하게 하면서 웃겼다. 매사에 빈틈 없는 언니가 나에겐 너무 많은 허점을 보였다. 나는 고개를 끄덕였다.

"그래, 언제라도 너에게 보여주고 싶어. 아니 세상 사람 모두에게. 나의 루이스를."

언니는 나의 루이스란 말을 아주 달콤하게 발음했는데, 그래서가 아니라 그 뜻의 분명함이 나에게 상처를 입혔다. 나에겐 없는 루이스를 왜 언니 혼자 독점해야 하는가? 나는 언니의 얼굴을 멍청히 바라보았다.

"그는 검은 옷을 좋아해. 늘 발에 끌리는 치렁치렁한 코트를 잘 입어. 아무튼 그는 독특한 사람야."

"어디서 만났어."

나는 그의 병적인 날카롭고 하얀 얼굴을 그려보려고 노력했다. 카리브해 바다처럼 파란 파스텔 펜추리의 색조 아래 그는 아직도 빛나고 있었다. 그처럼 선명히. 그리고 아름답게.

"공항에서."

"공항이라니 언니가 언제 공항에 갔었단 말야?"

"기억나니? 수잔의 스위트 식스틴 파티날. 난 늦게 왔지. 소피의 차를 타고 돌아왔어. 소피는 골목에서 나를 기다리겠다고 했지. 내가 쫓겨날 거라고 말했으니까. 넌 층계에서 날 기다리고 있었어."

"그래, 그랬지."

난 너무 똑똑히 그날을 기억하고 있었다. 언니의 최초의 가출이 시작된 날이니까. 이 얘기도 그때로부터 시작되고 있다. 나는 언니의 눈을 똑바로 바라보았다. 언니는 여전히 도취된 얼굴로 수학기호를 쓰던 연필을 멈추고, 그것을 뱅글뱅글 돌리면서 어딘가 한 지점에 딱 멈춰 있었다.

"너를 본 순간 난 사태를 짐작했지. 난 다시 소피의 차로 달려갔어. 그런데 그곳에 소피의 차는 없었어. 너랑 얘기하는 걸 보고 곧 집으로 갔다는 거야. 내가 따라간 차는 다른 차였고, 나는 브로드웨이에서 버스에 올라탔어. 후안이 말해줬거든. 잘 곳으론 공항 대합실이 최고라구. 난 공항에서 대합실을 찾지 못했어. 아무데도 내가 누울 만한 의자는 없었지. 그래서 나는 기다렸어. 승객들이 나오는 곳에서. 누군가를. 아니 기다리는 체하고 있었어. 그런데 그가 온 거야. 그는 나에게 그랜빌 아일랜드로 가는 길을 물었어."

"그래서 그날 그를 따라갔단 말야?"

"아니, 난 공항에서 서성이며 밤을 새웠어. 꼬박 이틀을."

나는 맥이 빠졌다. 옆길로 빠지지 말고 어서 말해줘. 나는 조급해졌다. 내 예상은 빗나가고 있었다. 그렇다면 그를 언제 만났던 말인가.

"그는 내가 가르쳐준 그랜빌의 아트겔러리 근처 바닷가의 벤치에 앉아 있었어. 나는 광장에서 비둘기떼를 보고 있었지. 내가 빵을 내밀자 비둘기는 내 손등에 앉았어. 그리고 그가 광장을 걸어왔지. 햇빛을 온몸에 받으면서. 아무 말 안 하고 우린 비둘기를 보며 서 있었지만, 오래 사귄 듯 서로를 다 알게 되었어. 공항에서 만난 닷새 후에 말야."

언니는 꼼짝 않고 어느 한 점을 보고 있었다. 내 곁에 앉아 있지만, 어느새 그랜빌 아일랜드의 비둘기떼 속에. 나와는 아주 멀리에. 나는 가만히 아득히 멀어진 언니를 바라보았다. 그도 이미 나에게서 너무 멀리 가버렸다는 슬픔이 나를 엄습하였다.

언니는 계속 꿈꾸듯 중얼거렸지만 나는 그만하라고 애원했다. 편지를 찢고 싶은 심정으로 나는 이미 깊어진 그들의 얘기를 듣고 싶지 않았다. 그와 언니를 다 잃어버렸다는 걸 나로서는 인정할 수 없었으므로.

그 즈음도 매일 가정교사(튜터)가 왔다. 언니를 미국의 명문대에 보내려는 부모의 야심과 불안이 만든 합작품이라고 할까. 테리란 이름의 UBC 졸업반 여학생으로 메부리코와 광대뼈, 어깨까지 닿는 붉은 머리를 풀어놓고 있었다. 나는 곁다리로 배울 때마다 테리의 머리를 내 손으로 숏커트 하는 공상을 했다.

어느 날 저녁 식탁에서 엄마가 말했다.

"넌 돈이 하늘에서 뚝 떨어지는 줄 알지만 엄마 아빠가 뼈빠지게 일해 버는 돈이야. 하루 튜터값이 내가 새벽부터 밤중까지 일해서 버는 값인 걸 넌 한 번이라도 생각해 봤냐? 니가 지각이 있다면 성적이 올라야지"

엄마의 목소리가 떨리고 있다고 나는 생각했다.

"내가 튜터 오라고 했어요. 한 번이라도?"

두 시간을 꼼짝 않고 책상 앞에 붙들려 있기란 고역이어서 나는 은근히 튜터가 병 나기를 기다리고 있던 참이었다.

"너 그걸 말이라고 하니? 공부를 못하면 고분고분하든지…….
말끝마다 덤비기나 하고 너 뭐가 될려고 그러니?"

엄마를 쥐어짜면 콜타르 같은 즙이 흘러내릴 것 같았다. 나는 도사렸다. 가정교사는 부모님의 마지막 카드다. 가정교사가 오고부터 그들은 신경질이 많아지셨다. 묶어놓고 윽박지른다고 우리의 성적이 죽순처럼 커나갈까?

"엄마 아빠 100퍼센트 한국인이라 500년 전 방식으로 우릴 명령해요. 붓으로 글씨 쓰고 제사 때 제문 읽고 한자를 쓰는 아빠와 우리가 어떻게 통해요. 우린 볼펜으로 글씨를 쓰는데. 엄마도 너무 구식예요. 친구 생일파티에도 못 가는 애들은 우리밖에 없어요. 외식 시켜주고 수영 가고 배트민턴 함께 친다고 다예요? 우린 친구가 그리운 나인데. 아빠가 얘기해 주는 도덕경이 대체 뭐냐구요?"

엄마는 한동안 어이없어 눈만 크게 뜨고 있었다.

"세상에 내가 난 자식이 하는 소리냐, 그게?"

엄마는 고개를 절레절레 흔들었다.

"여름방학에도 다른 애들은 놀기만 해요. 실컷 놀라고 학교에선 숙제도 안 내잖아요. 여긴 보충수업이나 특별수업도 없고 모든 걸 자발적으로 하라고 가르쳐요."

"그래 넌 자발적으로 하냐? 말을 안 들으니까 잔소리하는 거잖니? 나도 입이 아퍼. 너 때문에 정말 힘들어. 피곤해."

"엄마는 알미운 소리만 하니까 그렇죠."

"지나가는 애들에게 내가 이러니? 딴 애들이 뚱뚱하든 공부 못하든 내가 상관할 바 아니다. 공부해서 너 갖지 엄마 주냐?"

"내가 공부 못하고 싶어서 못해요?"

엄마의 눈거풀이 바르르 떨렸다. 엄마가 마침내 토해냈다.

"나가, 너 당장 나가. 나 그렇게 사사건건 덤비는 딸 필요없어."

"나 엄마 딸 아냐."

나도 참지 않고 소리쳤다. 엄마가 몸서리를 치며 식탁을 내리쳤다.

"그래, 아니다. 그러니 나가!"

나는 일어섰다. 울지 않으려 했지만, 문을 열고 충계를 뛰어내려가는 동안 눈물이 볼을 타고 흘러내렸다. 앞이 부옇게 흐려 보이지 않았지만 무턱대고 걸어갔다. 자동차의 크랙슨 소리가 나고, 내 가까이에서 거리의 소음이 점점 더 커졌다. 세레나 할머니의 아파트 소파에 주저앉은 후에야 조금 정신이 났다. 그러나 걷잡을 수 없이 슬픔이 치밀었다. 나는 무릎걸음으로 세레나 할머니에게 다가가 치마자락을 잡았다.

"난 친딸이 아니에요."

세레나 할머니는 미소지으며 내 어깨를 쓰다듬었다.

"누가 그러든?"

"난 다리 밑에서 주워왔대요. 어려서부터 그런 소리 들었어요. 내 엄마가 나를 낳지 않았어요. 딴 엄마가 버린 거에요. 딴 엄마가 내 친엄마에요."

세레나 할머니는 웃고 나서 내 손을 잡더니 엄지손가락과 검지손가락을 깨무셨다.

"어느 손가락이 더 아프냐?"

"다 아파요."

"그렇지. 그처럼 부모에게 자식은 다 마찬가지란다. 야단치는 방법이 성격에 따라 다를 뿐이다. 나에게도 두 아들이 있었지. 큰 애는 명랑하고 강했지. 내가 때려도 꿈쩍도 안 했단다. 그래서 난 큰 앨 야단치고 걸핏하면 때렸지. 둘째는 약하고 예민했지. 그래서 야단치지 못했단다."

"속으로는 야단치셨겠지요."

"아냐. 칭찬만 해줬다. 넌 외성적이고 쾌활하니까 부모님이 맘 놓구 야단치는 거야. 언니는 내성적이고 예민해서 말 한마디에도 상처를 입으니까 조심스러운 것이지. 너 같은 애가 부모님에게도 만만하고 좋단다. 부모님은 자식을 똑같이 사랑하니 걱정마라. 니 나이 땐 누구나 그런 생각 한단다. 내 나이가 되어 지난 일을 돌이켜보면 다 우습지."

세레나 할머니는 홍차를 가져다 주셨다.

세레나 할머니는 젊었을 때 어떤 모습이었을까. 어딘가에서 내 친엄마도 지금 저렇게 품위 있고 우아하게 홍차를 마시며 미소 짓고 있을지 모른다.

"사랑이 지극하니까 잔소리하고 매를 드는 거란다. 너의 엄마가 지나가는 처녀에게 공부 열심히 하라고 말씀하시던? 자 가서 엄마께 잘못했다고 빌고 공부하거라. 그리고 기도하는 거 잊지 말고. 자 기도하자."

세레나 할머니는 내 손을 잡더니 나를 위해 기도해 주셨다. 인품이란 이런 것이 아닐까. 백합의 은은한 향기 같다. 저절로 녹아 고개를 숙이게 만든다. 집으로 돌아가자 엄마는 오븐을 닦고 계셨다.

"세나야. 어딜 가려거든 말하고 가라고 했지. 넌 무슨 말을 돌아서면 잊어서 큰일이야. 말 없이 나가 전화도 없으면 엄마가 걱정한다는 생각이 안 드니? 언니는 꼭 전화하는데, 너는 왜 번번이 안 지켜?"

나는 엄마 뒤에 바싹 다가섰다. 맙소사. 당장 나가라고 해놓고 어쩌면 저렇게 변덕스러울까. 내 잘못이 아닌 일로 나를 언니와 비교하다니. 나는 엄마한테서 나에게 미안한 빛이 있는지 어떤지 찾아보려 했지만, 그런 것이 있을 리 없었다. 전과 다름없는 엄마. 나에게 무덤덤하고 차가운 엄마 그대로였다.

"청소기 내놓았으니 거실과 방 좀 밀고 예습 좀 해라."

세상에 나가랄 때는 언제고 저 말하는 것 좀 보라지. 나는 바큠을 하드로 놓고 양탄자를 밀었다. 머리 속에서 꼼지락대는 소리가 났다.

'실은 너 나가라고 한 게 아니었다. 난 너 없으면 못 살아.'

'나도 그래 엄마. 미안해요.'

그런 말들이 진열장의 사탕처럼 굴러다녔다. 선반은 내 손에 닿지 않는 것일까. 엄마는 아예 그곳에 그런 게 있다는 것도 알지 못하는 것일까. 그때나 그 후에나 엄마는 부드럽게 녹일 사탕을 갖지 못했다. 그런 게 필요한지도 모르셨다. 나 역시도 그런 엄마를 이해하기보다 오해하는 쪽으로만 갔다. 마음의 문은 경사져 있어 굴러오를 수가 없었다. 더구나 그를 향한 나의 막연한 그리움의 정체는 또 무엇인가. 나는 혼란스러워 나에게 악령이 씌워진 것이 아닌가고 자문해 보곤 했다. 세레나 할머니는

"지금 알에서 부화되고 있는 것이란다."

하고 말씀하셨지만 부화된 후의 세상에 대해 나는 아무것도 몰랐다.

지금 세레나 할머니를 만나고 싶다. 그분이 몇 년만 더 사셨어도 내가 이렇게 되지 않았을 것을. 현명한 사람은 타고난다. 지금 난 지혜롭게 판단을 내려야 하는데. 어디로 가야 할지. 그들이 나를 어디로 데리고 갈지 알 수 없다.

"언니. 언니. 지금 어디에 있어?"

4

언니가 12학년이 되던 그해 여름, 아빠는 우리집 전화를 없앨 생각을 하셨다. 가게 전화를 집으로 연결하여 검열을 거친 것만 우리가 받을 수 있게 하려는 것이었는데, 남학생의 전화는 받을 수가 없게 된다. 남자 선생님이라 할지라도. 우리가 공부하는 시간엔 여자 친구와도 통화할 수가 없게 된다. 외톨이가 될 것이 뻔했다.

"난 열 살에 동생들 학비를 벌었다. 새벽에 일어나 산에 가서 나무를 해다 팔고, 보리쌀과 자반고등어를 사가지고 돌아왔지. 어머니는 병들어 누워 계시고, 아버지는 징용 나가 안 계시고, 내가 식구들을 먹여 살렸다. 피난갈 때도 동생을 업고 갔어. 죽을 끓여 먹이고. 어려서부터 지게를 져 내 등이 이렇게 굽은 거다. 학교 갔다오면 병아리 모이 주고, 닭장 치우고. 나무 한 짐 해왔다. 니들은 너무 호강이여. 전쟁을 아냐. 가난을 아냐."

그러면서 아버지는 밭농사를 하는 결손 가정에서(할아버지가

6·25 때 군대에 나갔다가 돌아가셨기에) 밀개떡도 배불리 먹지 못하던 시절을 오늘과 비교하신다.

"지금 우리집은 대궐이다. 낡았지만 리몰딩(改修)해서 안은 새 집과 다름없고, 방은 니들이 원해서 함께 쓰는 거구. 안방까지 내주었잖냐? 느이들 침대와 책상을 들여놓으려고 그런 거지만 어느 부모가 딸들에게 안방을 내주던? 뭐가 부족하냐? 뭣 땜에 말 안 듣고 속을 썩여. 돈을 벌어오라고 하냐 집일을 하라고 하냐?"

우리 나이에 초가집 이엉을 얹고 소먹일 꼴을 베었다는 아빠 말씀을 들으며 영화나 비디오 또는 책에서 본 전쟁을 떠올리려 노력했다. 폭탄 속을 벌거벗고 뛰쳐나온 월남 소녀나, 눈과 배만 남은 비아프라 유아들을 생각하고, 학교의 푸드 뱅크에 깡통음식이나 과자를 넣었다. 그러나 지금은 평화시대고 물자가 넘쳐나는 때라 실감을 못 느꼈다. 그것은 로빈후드나 보물섬과 같은 얘기였다. 난 로빈후드나 쿡 선장이 못 되어 보아서 그들을 모른다. 두엄더미에 파리가 끓고, 그 옆에 초가집이 있고, 구멍난 고무신과 떨그럭대는 빈 도시락통과, 고드름을 따먹는 허기진 모습은 우리에겐 떠오르지 않는다.

부모님은 교대로 우리를 데리고 나가 외식도 하고 배드민턴을 치고, 수영도 했지만, 우리는 이미 부모품을 떠나 친구를 찾을 나이가 되었으므로 부모와의 외출을 되도록 피하였고, 그러면 부모님은 서운하다고 푸념했다. 아빠는 그러면서도 우리를 고생시키지 않으려 여전히 새벽 5시에 짝짝이 양말을 신고 꽃시장에 가는 것이었다.

골프장 가면 한국인들이 버글대는 데도 골프도 안 치고, 틈나면 붓글씨를 쓰셨다. 우리 방 벽에 금기사항을 써 붙이시며,

"이게 내 사진이다. 내가 죽어도 이걸 보면 된다."
라고 말씀하셨다.

  대학교 입학할 때까지 남학생을 사귀지 말 것.
  어두워진 후 귀가 금지(여름엔 8시. 겨울엔 5시)
  부모에 효도하고 학교에서 선생님 말씀 잘 들을 것.
  형제간에 우애 있을 것.
  친구를 가려 사귈 것.
  미래에 대한 목표를 세우고 매진할 것.
  항상 부지런할 것.
  검소한 생활을 할 것 등등.

  아빠의 훈시를 들으면서도 무심코 휴지를 함부로 버리고, 음식을 남겨 쓰레기통에 넣던 나. 아빠는 불같이 화를 내시고, 쌀 한 톨을 아끼는 마음에서 인간성이 확립된다는 말씀이 시작되고.
  엄마는 또 어떤가. 여자이기에 말씀을 너무 좋아하셨다. 정말이지 어른들한테서 말씀을 빼면 남는 게 없을 것 같다. 어렸을 때 엄마 몰래 밥을 변기에 쏟아붓곤 했다. 어느날 들켜서 매맞고 밤중에 베란다에 손을 들고 서 있었다.
  '많이 먹어라. 많이 먹어야 큰다.'
  열 살 이후엔 너무 먹는다고 혼나고. 모든 게 뒤죽박죽이라 무어가 무언지 모르겠다. 아무튼 난 부모님 비위를 건드리려 태어난 존재 같았다. 아들이기를 바라던 부모님에게 잉태되는 순간부터 배신을 한 게 잘못이었나?

그 당시 나는 외톨이었다. 고민을 털어놓거나 가수나 남학생들 애기로 시시덕대려 전화를 걸어온 친구들은 엄마의 정중한 거절에 당황했다. 세나가 지금 집에 없단다. 샤워중이란다. 잔단다. 그때그때 둘러붙이면 그와 함께 우리의 몇 년간 쌓은 우정도 끊어졌다. 친구들은 너 장학금 받을 거라며? 하고 빈정대고, 마침내 전화는커녕 말도 안 하고 나를 피했다.

나는 반발했으나 언니는 무감각하게 받아들였다. 학교공부나 친구에 대해 관심이 없는 듯했다. 언니의 눈은 오래전에 나사를 몇 개 풀어버렸다. 세상을 발로 차버렸거나 세상에서 채였거나 그 중 하나일 것이다. 세상이 언니를 차버렸을 확률이 컸다. 언니는 누구를 찰 힘이 없으므로. 열여덟의 언니가 시드는 걸 보고 있어야 하는가? 언니 친구들도 대부분 남자 친구가 있고, 언니가 그들보다 1~2년 먼저 남자와 침대로 갔다 해서 대단할 건 없지만.

우리반 친구들 가운데 몇 명은 피임약을 먹고 있었다. 열대여섯이던 그때. 육체적으로 조숙하지 않은 애들일수록 더했다. 신디가 아침마다 우유와 먹는다는 피임약을 보여주었을 때 나는 그 약을 언니가 먹고 있음을 알고 놀랐다. 놀랐기보다 가슴이 찌르르 하며 전율이 일었다. 언니가 외출하고 난 후 우연히 언니의 가방에서 쏟아져 나온 알약을 보고 두통약인 줄 알았는데 그게 그 유명한 피임약이라니. 두통약과 다름없이 보였지만 그건 우리가 성인으로 가는 표지판이었다. 신디는 그 약이 환희와 고통을 동시에 준다고 말했다.

나도 그곳으로 가고 싶었다. 산타 할아버지에게 편지를 쓰는 나이도 지났고, 벽에 걸린 아빠의 모자까지 들추며 바니 계란을 찾던 그때. 그로부터 오랜 세월이 지났다. 그리고 디디와도 결별하지 않았는가?

시계처럼 동그란 투명 플라스틱 곽에 들어 있는 노랗고 하얀 알약. 생리기간만 빼고 스물네 알이 날짜에 맞춰 들어 있는 걸 소피아도 나에게 보여주었다. 쉬는 시간이면 그애는 남자 친구인 데니스에게 달려가 무릎에 안겨 있곤 했다. 서로 담배를 나누어 피우며. 복도에서 친구나 언니 친구들이 남학생과 허리를 끼고 다니는 걸 보면서 난 다른 건 몰라도 담배를 나누어 피는 남자 친구나 있었으면 하고 바랬다. 주니어 플럼 때 멋진 파트너를 만나기를.

그즈음 나는 매일 수학책 뒤에 튤립꽃이 그려진 편지지를 넣어두고 편지를 썼다. 대개 롱펠로우나 릴케의 시를 베끼는 거였지만. 수신인은 물론 그였다. 그는 아직도 내게 그리운 사람으로 남아 있었던 것이다.

그즈음의 어느날 오후. 엄마가 부엌에서 미나 엄마와 만두를 빚고 있었다. 아빠는 미나 엄마에게 함부로 말 주고받지 말라고 주의를 주었지만, 엄마가 하기 쉽고 걸직한 우리말 방송을 끌 리가 없다. 가만히 앉아서 세상사를 알려면 미나 엄마의 안테나에 주파수를 맞추는 도리밖에.

"밴쿠버는 너무 말이 많아요. 만 명이 안되는 교민이 옹기종기 모여사니 그렇지만. 어찌 그렇게 남의 말 하기 좋아하는지. 도시가 오밀조밀하니까 모두 쫄따구가 된다니까. 토론토만 해도 넓어서 남의 말 그렇게 안 하고 통이 크대요. 사람은 큰 데서 살아야 한다니까."

엄마는 그렇게 말하지만 남의 말 하고 듣는 걸 미나 엄마 이상으로 좋아한다. 두 사람은 얘기에 열중해서 내가 부엌에 들어가도 몰랐다.

"쌀 사러 갔다 정미 엄마를 만났는데, 어젯밤에 정미가 닭날
개 뜯다 뼈가 목에 걸려 이머전시로 병원에 갔었대요. 지난 달
엔 정미 오빠가 차 사고를 내더니 그 집도 삼재가 들었는지
바람 잘 날이 없다니께."

"둘도 힘든데, 옛날에 우리 부모님들은 다섯 여섯을 어떻게
키웠는지."

"뉘 아니래요. 그것들이 건강하게 잘 자라줄지, 대학에 잘 갈
지, 취직은 잘할지. 고비고비 넘어도 결혼이란 태산이 있고, 말
도 안 통하는 파랑눈이와 결혼하면 어짤라는지. 정정태 씨네
딸이 필리피노랑 결혼하는 거 아세요. 푼잡이보다 좀 나을까?"

"그래도 검둥이보단 낫지."

"아이구 흉칙해라. 난 우리 미나가 검둥이와 결혼한다면 함
께 죽을 테니께."

"대학도 중요하지만 실은 결혼이 더 큰일이야. 요즘은 한국
애끼리의 결혼도 이혼이 많으니까."

"형님이사 애들이 공부 잘하니께 걱정 없지만, 난 우리 애들
대학 못 갈께비 요즘 잠도 안 와요."

"나도 세나 때문에 걱정여. 미나는 여자답게나 생겼지. 우리
세나는 키만 멀대같이 크고 몸집은 남자 이상이니 누가 데려
갈지. 대학도 제대로 못 가게 생겼으니 그런 인간을 어디다 써
먹어."

"여자 같은 남자도 많으니까 세나가 남편 휘어잡으며 살겠지
요."

"글세 휘어잡히며 살 남자가 있겠느냐구?"

엄마가 한숨을 쉼과 동시에 나와 눈이 마주쳤다. 엄마는 움

찔했으나, 이내 말을 바꾸어 배고프냐고 물었다. 금방 만두를 쪄준다면서. 미나 엄마도 호랑이가 제말 하면 온다더니 언제 왔느냐며, 몸이 어찌 그리 날렵하냐며 씨름선수 같은 내 몸을 훑어보았다. 오븐에서 물이 끓고 엄마가 서둘러 냄비에 만두를 넣었지만, 나는 배 안 고프다며 부엌에서 나와버렸다.

"넌 안 먹는대도 걱정이 안 되더라."

그러면서 엄마는 미나 엄마와 가십애기를 하며 깔깔대었다. 어느집 남편과 어느집 부인이 바람났다는 얘기. 춤추다 눈이 맞았으며, 두 사람이 이혼을 각오하고 있다고 혀를 찼다. 어느집 딸이 가출을 하여 남자와 살림을 차리고, 어느집 딸은 서양애와 한국애를 번갈아 사귀고, 두 달에 한 번씩 남자를 갈고, 맨 그렇고 그런 얘기들이다. 그런 얘기만 나오면 엄마는 가게로 내려갈 생각도 안 한다. 한 시간이 지나 미나 엄마가 간 후 내가 샤워하는 동안 엄마는 내 방을 뒤졌다. 표시 안 나게 하지만 나는 다 안다. 머리카락이나 연필 깎은 깍지, 껌종이 같은 게 없어진 게 그 증거다. 시침 떼지만 엄마의 입이 방송을 한다.

"휴지를 책상서랍에 넣어놓지 말아라. 연필 깎으면 그 즉시 버려. 베개 밑에 과자봉지 넣어놓지 말구. 침대 밑에서 웬 스푼이 나오냐?"

맙소사. 언니 침대 밑엔 피임약이 있는데. 똑똑한 엄마의 헛점을 보라지. 차라리 내 앞에서 뒤지면 자존심이 덜 구겨지겠다. 등잔 밑이 어둡다. 언니가 잠그는 서랍이야말로 비밀투성이인데. 서랍을 공개하는 나의 소탈함은 모른다.

미셸이 고민을 적은 편지를 네모로 접어준 걸 뒤져내어 연애편지 받은 거냐며 펄펄 뛰던 엄마는 꼭 개구리 같았다. 콩팥

이 약해 그 나이 아줌마들보다 10년은 일찍 눈자위가 튀어나온 엄마는 바세도씨병 환자로 보였다. 외모에도 신경 써야 하는데, 얼굴이 변하는 건 아랑곳없이 나를 감시하기에만 혈안이다. 나보구 다이어트하라고 노래하면서, 엄마는 살만 쪄서 허리가 없어졌다. 나보고 운동하라고 하면서, 엄마는 만보계만 차고 있다. 운동을 해야지, 만보계만 차고 있다고 날씬해지나?

"내가 어쨌다구?"

어느 소녀들보다도 건강하고 발랄하며, 공부 잘하려고 노력하는 내가. 그리고 무엇보다 나는 얼마나 정직한가. 감추는 일이란 담배 한 가지뿐이다. 남자 친구도 생기면 공표할 생각이다. 엄마가 기절하는 건 그 뒤의 문제다. 엄마는 나에겐 남자 사귀면 안 된다고 으름장 놓지만, 아줌마들에게는 나를 데려갈 짝이 있을지 걱정이라고 말한다. 그러면 아줌마들은 짚신도 짝이 있다고 하며 위로한다. 내가 짚신인가? 나는 내가 짚신이 아니란 걸 보여주기 위해서도 연애를 해야겠다. 미나 엄마는 세나가 독신이나 과부상은 아니니까 걱정 말라고 했다.

이래저래 쌓여서(스트레스가) 그날 밤 난 외출을 했다. 저녁 식사 후 바로 그 가발을 쓰고. 언니가 나간 후 언니가 해놓은 것과 똑같이 나는 침대에 옷과 책을 넣어 누운 형상을 만들어 놓았다. 내 잘못이 아니다. 일이 잘되려고 그러는지, 나가려는데 엄마가 이층으로 올라오셨다. 나는 얼른 겉옷을 벗고 책상에 앉아 수학책을 폈다. 엄마는 보기좋게 속는다.

"언니 어디 있니?"

"화장실에요."

엄마는 화장실을 힐끗 보았으나 열어보진 않으셨다. 언니에겐 어떤 핑계도 무사통과니 잡힐 리가 없다. 그날도 화장실의 불은 꺼져 있었다. 엄마는 결정적인 실수를 한 것이다.

엄마는 배불뚝이 내 침대를 보고 담요를 들치더니 질겁을 했다. 하마터면 들고 있던 과일 접시를 놓칠 뻔했다.

"왜요. 송장이라도 누워 있는 줄 알았어요?"

"그러고 보니 꼭 누가 누워 있는 거 같구나. 책은 왜 침대에 쌓아 놓았니?"

"정리할려구요."

"웬일이야. 내일은 해가 서쪽에서 뜰려나. 참 오래 살고 볼 일이네."

엄마는 혀를 찼지만 내 말을 믿는 눈치였다.

"낼 입고 갈 옷을 챙겨 놔라. 늦어서 동동대지 말고."

언니가 내일 입을 옷을 얌전히 개어 놓은 걸 보면서 엄마는 그렇게 말했다.

"네."

난 다소곳이 순종했다. 엄마를 빨리 가게로 내려보내기 위해서. 아침마다 샤워하고 나는 옷장을 뒤집어 엎는다. 마구 흐트리고는 뭉쳐 담을 새도 없이 이리 뛰고 저리 뛴다. 언니는 엄마가 발동 걸고 기다리게 하지 않는다.

"넌 언제나 철이 날지. 백날 가야 언니 반도 못 따라 갈 거다."

기어코 그 말을 하고 엄마가 가게로 가자, 언니의 옷을 꺼내 입고 허리를 바짝 조인 후 요란한 귀고리와 팔찌를 하였다. 파운데이션을 바르고, 향수를 뿌리고. 베란다를 타넘어 미나의 방을 두드렸다. 멍청해 있는 미나에게 화장품을 가져 오래서 눈썹을 그려주고 파운데이션과 루즈를 발라주었다. 미나는 나에게 목숨이라도 맡기겠다는 표정이었다. 미나 엄마와 아빠는 거실에서 한국 연속극 비디오를 보느라 미나가 안방을 몇 차례 들락거려도 모른다. 브래지어까지 집어와도. 미나는 금방 꼬마 숙녀로 변했다. 나는 마법의 손을 놀려 재빨리 침대도 위장하였다. 겁먹은 미나의 손을 잡고 일어섰다. 미나의 손이 끈적끈적하다. 끈적한 손으로 브래지어를 벗으려 하였다. 너무 커서 겉돌았으므로.

"조금만 참아. 거기선 돌리 파튼 사이즈는 돼야 시선을 끌어. 아무리 니가 납작하기로 니 엄마는 여태 브래지어도 안 사주니. 6·25 때 엄마 뱃속에 있었다면서 어찌 그리 짜. 고추장 된장 담그고, 조개 잡으러 다닐 시간에 나 같음 딸 브래지어 사겠다."

"기집애는 헛 거래. 울 엄마는 진우만 예뻐해."

미나가 입을 삐죽였다.

"한국 엄마들은 아들만 좋아해서 큰일야. 울 엄만 그나마 아들이 없으니 다행이지. 내가 살아남지 못했을 거야. 니 엄만 어제도 돌부추 뜯으러 갔었다니 한심하지. 울 엄만 못 따라가서 안달하고. 모두 제정신이 아니라니까. 지금이 어느 때라고."

나는 그랜빌에 나갈 이유를 찾으려고 계속 꼬집었고, 미나는 열심히 배음을 넣었다.

"그저껜 종일 씀바귀를 캤어. 내일은 미역 따러 간다나. 산딸기 따다 잼을 만들지 말고 그 시간에 우리와 대화를 나누면 좋으련만."

"그러면 우리가 이 시간에 왜 이러겠지? 우린 정말 부모들과 대화가 너무 없어. 우리가 어느날 처녀가 된다는 걸 모르는 바보들이야. 니가 생리를 안 해서 그나마 다행이지."

"곧 할 거라며 생리대는 사다 놓으셨어. 빨래는 질색이시니까."

"저번 날 우리 가게 오셨을 때 내가 말해 주었기 때문이겠지."

그날 그냥 우리 가게를 나가더니 조금 싸다고 슈퍼마켓에서 산 모양이었다.

"그나저나 너도 빨리 생리를 해야 할 텐데."

나는 미나의 손을 잡고 층계를 내려가 나무 아래서 담배곽을 꺼냈다. 미나가 깜짝 놀라 손으로 입을 막는다.

"이곳이 내 비밀 창고야. 창고치곤 참 불편한 곳이야. 편리하기도 하고."

쥐구멍에서 양말을 찾아오기도 하는 엄마지만 나의 방공호를 알 리가 없다. 난 담배를 호주머니에 넣고 미나와 캄캄해진 거리를 뛰어갔다. 동생이 있는 건 유쾌한 일이다. 의기투합한 동생일 때는 더욱. 동생으로 태어난 것으로 난 얼마나 손해보고 있는가. 버스에 올라 뒷자리에 나란히 앉자 미나가 소곤댔다.

"언니, 언제부터 담배 피웠어."

"한 2년 되었지."

나는 보스답게 내답하였다. 1년을 2년으로 늘이고, 매일 다섯 개비쯤 피우는 체를 한다. 남자 친구가 있어야 미나에게 큰소리를 칠 텐데.

"내가 손가락만 까딱해도 걔들이 휘파람을 불고 난리야."

버스가 켐비 다리를 지나는 동안 나는 큰소리로 떠벌렸다. 그건 사실이다. 얼마 전까지도 나를 어린애 취급하던 그들이 나를 보면 두 손에 입술을 찌르고 괴성을 지른다. 그애들이 장화를 절그럭대며 걸어가면 내 가슴도 전에 뛰던 것과 다르게 뛴다. 나의 구경거리였던 그들이 나와 동지가 된 것만도 큰 수확이다. 버스에서 내려 번쩍이는 불빛 아래서 미나는 여기저기를 호기심에 차서 두리번대었다. 나는 밤의 그랜빌이 익숙한 양 똑바로 앞만 보고 걸어갔다.

"이런 거다. 여기가. 별거 아냐. 실망했니?"

"아니."

"이런 데도 와 봐야 우리가 인생을 보는 안목이 생기는 거야. 현장실습하는 거니 겁먹지 마. 남자 보는 눈을 길러야지. 넌 꼬임에 잘 넘어가는 애라 자칫하면 신세 망치게 돼. 언니 잘둔 줄 알아. 우리 언니 이런 데 데리고 오는지 아니?"

난 내 힘으로 밤의 그랜빌을 개척했다.

"세나 언닌 오늘이 처음 아냐?"

"처음이긴. 손가락을 꼽을 수도 없는데."

미나가 질린 표정을 하며 숨을 들이킨다. 그때 한 떼의 펑크 머리 소년들이 소리를 지르며 우리 앞을 지나갔다. 미나는 내 옷을 움켜 잡았지만 난 소년들에게 손가락을 까딱해 주었다. 다행히 소년들은 나를 곁눈질만 하고 지나갔다.

나는 담배 불을 붙여 한 모금 빨고 미나에게 주었다. 미나가 고개를 젓는다.

"담배도 피워 봐야 인생을 알게 돼. 어른들이 그러잖니. 산전수전 겪어야 사람된다고. 산전수전이 별거야, 이런 거지."

미나가 선망에 찬 눈으로 어둠을 태우는 빨간 담배불을 보더니 한 모금 빨았다. 이내 기침을 꺽꺽 대며 토하는 모션을 하였다.

"첨엔 다 그래."

눈을 가느스름하게 하고 그랜빌의 밤을 향해 담배연기를 날리는 기분이란 그리 대단할 것도 없었지만 나쁘지 않았다. 시커먼 벽과 어두운 골목에서 검은 그림자들이 스쳐갈 때마다 미나가 내 팔에 매달리는 기분을 나는 즐겼다.

"그만 가. 언니."

"무섭니? 여기도 사람 사는 동넨데. 진짜 깡패들은 신사야. 거지나 창녀가 순박한 거야. 오죽 꿈이 작으면 거지나 창녀가 됐겠니? 펑크머리 했다고 다 나쁜 애들은 아냐. 근지러워서 그래, 젊음은 근지러운 거잖니?"

소년들의 세상 고민을 다 짊어진 듯한 얼굴을 하고 발길질을 하며 가고, 뒷꽁지를 기른 중국애가 문신을 하고 은팔찌를 흔들며 우리에게 레슬링 선수 모션을 해보인다. 그들이 휘파람을 불며 따라오라고 손짓한다. 그들로부터 들척지근한 바람이 밀려온다.

"발을 꼬지 마. '나 외로워요'라는 창녀의 신호래."

발을 꼬고 있던 미나가 얼른 발을 내린다. 캐피탈 식스 앞에서 나는 미나의 손을 잡았다. 밤은 은밀함이 더하고 어디선가 무엇이 꼭 일어날 듯한 긴장을 느끼게 한다.

"저 여자가 창녀야. 저 남자는 알콜 중독자고, 저기 비틀대는 사람은 마약을 맞았고, 저 사람은 마약거래상이고. 저곳은 술주정배이들의 지정석이고."

거리의 악사도 사라져 그랜빌은 괴괴하다. 차량 통행이 금지된 곳이라 음산하기조차 하다. 일을 저지르려 어디론지 가고, 한 건 못 올린 사람들만 불을 켜고 어슬렁댄다.

"쟤네들 골목에서 마리화나 피우고 있는 거야."

내가 아무렇지 않은 듯 말했다. 우리는 레코드점과 옷가게를 어슬렁거렸다. 문은 잠기고 안에 불만 환히 켜 있다. 커피숍을 지나 아케이드로 갔다. 담배 연기가 자욱한 속에 게임머신이 소리를 지르고 있다. 머신에서 뿜는 불빛으로 얼굴들이 수은빛으로 번쩍대었다. 남자애들이 우리를 의식하고 힐끔대었다. 담배 연기는 가득차고. 아케이드를 한 바퀴 돌고 다시 밖으로 나갔다.

"세상이 뭐 별건 줄 아냐? 담배 피우는 사람들과 안 피우는 사람들로 이루어졌을 뿐이야."

나는 담배에 불을 붙였다. 맛도 모르면서 멋으로 그렇게 하였다. 그랜빌의 밤하늘에 별이 총총하다. 언니는 어디서 무얼 하고 있을까. 지금의 나로서는 언니를 찾을 길이 없다. 언니가 있는 그곳으로 가고 싶다. 그곳엔 음악과 술과 담배와 더 흥미진진한 마약 같은 것이 있을 것이다.

그렇다. 마약. 영화 《대부》에 나오는 마약 밀매자. 내가 왜 그와 마약을 연관시켰는지 모른다. 살인이라도 일어날 듯한 음산한 밤이 준 연상작용이었는지. 그를 생각하자 마음이 아리다.

그렇다. 내가 이곳에 온 것은 언니와 그를 만나기 위해서다. 위험을 무릅쓰고 골목골목 뒤졌지만 그들은 이곳에 없다.

"가자. 여기가 뭐 별거냐."

나는 미나의 손을 끌고 버스 정류장을 향해 갔다.

미나에겐 나를 능가하는 소질이 있었다. 무어라 꼬집어내긴 어렵지만. 미나는 나 몰래 혼자서 그랜빌의 밤을 쏘다닌 게 분명하다. 화장을 하기 시작했고, 노출되는 옷을 입기 시작한 게 그 증거다. 창을 뛰어넘는 데도 명수가 되었다. 촌뜨기가 제법이다. 미나가 제 친구들과 얼려 그랜빌로 나가는 걸 알게 되자 난 미소를 지었다. 그들도 곧 시들해지겠지. 아니면 마리화나 피우는 무리들과 섞이거나.

난 언니를 찾아야 했다. 아니 다니엘 데이 루이스를. 언니는 여전히 부모 몰래 밤외출을 하고, 난 단침을 꼴깍대며 언니를 살피고 있다.

그리고 이듬해 봄. 드디어 그 일이 일어났다.

간수의 안내를 받으며 내가 면회실로 들어갔다. 저만치 빛을 등지고 앉은 검은 실루엣이 보인다. 그 사람이다! 다니엘 데이 루이스!

'다니엘.' 나는 가만히 불러보았다. 그인가? 저 사람은. 그리고 언니는? 언니는 어디에 있나?

그해 여름 일요일.

청소년부의 예배가 시작되기 직전(어른들의 예배는 11시에, 청소년부의 예배는 오후 1시에 있었다), 언니는 예배를 보지 않고 포스터나 그리겠다고 했다. 멕시코 선교를 위한 기금마련 CAR WASH 포스터다.

"예배 끝나고 함께 해. 수연이와 주미도 그린댔어. 함께 하면 금방 끝날 거야."

"앞으로 그만둘래. 주일예배."

나는 그 말의 뜻보다 언니가 너무 갑자기, 아무렇지도 않게 말하는 데 놀랐다. 하느님에게 예배하는 일보다 삶에서 더 중요한 일은 없다고 말하던 언니가 아닌가. 나는 부모님의 뜻에 따라 주일에 교회에 왔다갔다 할 뿐이었지만. 언니는 검은 매직펜으로

"세차. 2달러. 가장 빛나게, 가장 멋지게 달리세요."

라는 문귀를 포스터에 써넣었다.

"엄마 아빠가 알면 걱정하실 거야. 그리고 그건……."
'죄악이야'라는 말이 나의 목구멍에서 꼴깍대었다.

"니가 말 안 하면 되잖아. 부모님께."

또 하나의 비밀을 가지라구? 하나도 간수하기 힘들어 죽겠
는데?

"이유나 말해."

예배실로 가는 친구들 발자국 소리가 나를 초조하게 했다. 3
분 남았다. 언니가 얌전히 들고 온 성경책과 찬송가도 무언의
질책을 하듯 탁자 위에서 언니를 내려다 본다.

"이유는 없어."

숙인 옆 모습을 보인 채 언니는 멕시칸 모자를 쓰고 손을
흔드는 나를 그리더니 입에 나팔을 그린 후,

"당신 애인의 얼굴에 흙이 묻었습니다, 흙을 닦아 주세요."
라고 쓰면서 쓰는 데만 열중한 체했다.

"기도하는 일에 지쳤어. 하느님을 더 이상 짜증나게 하고 싶
지 않아."

'닦아주세요'라고 쓰면서 언니가 그렇게 중얼거린다. 포스터
는 낙서로 변하고 입에서 나오는 소리는 궤변이다.

"언닌 자신이 타락하고 있다고 지금 나에게 선포하는 거야?
가장 언니답지 않은 짓을 하는군."

나는 빈정댄 후 혼자 예배실로 갔다. 언니는 여전히 꼼짝 않
고 앉아 매직펜만 만지작대었다.

언니가 밥을 먹을 때나 자기 전에 하던 기도를 그만둔 것이
언제부터인지 꼬집어낼 수는 없지만, 아무래도 그와 연관이 있
을 것 같다. 왜 기도 안 해? 하고 물으면,

"하느님께 매달리고 싶지 않아. 하느님도 어쩐진 못하셔. 난 이미 하느님의 권한 밖으로 밀려났어."
하고 중얼거리던 언니였다.

그날 예배 후 우리가 양동이와 물걸레를 챙겨들고 떠들썩하게 근처의 주유소로 가서 세차하는 동안 끝내 언니는 보이지 않았다. 물론 우리와 함께 갔고, 열심히 물걸레로 차를 닦았다. 내가 멕시칸 모자를 쓰고 종이 나팔을 입에 대고 신호등에 멈춰 선 차들을 향해 소리치는 동안 언니는 옷을 흠뻑 적셔갔다. 마치 세례교인처럼.
100대가 넘는 차를 닦은 후 맥도날드에 가서 햄버거와 콜라를 마시고 친구들과 떠들어댈 때도 언니는 구석에 처박혀 있었다. 집으로 돌아올 때에야 언니는 겨우 입을 열었다. 불쑥.
"유다를 어떻게 생각하니."
"갑자기 웬 유다?"
나는 언니처럼 성경을 통독하지도 않았다. 유다도 성경보다 영화를 통해 알고 있었다. 나는 심각해 있지 않았다. 진탕 살풀이를 했으므로 힘이 솟아 있다. 종이 나팔을 들고 세차할 손님을 향해 목이 쉬도록 외지는 일이 왜 그리 신났는지 모른다. 미지의 세상을 그리는 호소인 듯 가슴 밑바박에서 소리가 나왔고, 매상을 언제나 두 배 이상 올렸다. 친구들은 놀랐지만, 세차가 나의 살풀이라는 걸 모르기 때문이었다. 언니는 알았을까. 넌 무어든 해낼 거야. 내가 종이 나팔을 불면 언니는 그렇게 말했다. 언니 얼굴이 백짓장 같다.
"그럴 수밖에 없었다고 생각 안 하니? 유다는 성실했어. 예수님이 지출 장부를 맡길 만큼."

"그런 거 따지고 싶지 않아. 그냥 유다는 배신자다, 하면 그만이야."

"언젠가 넌 그 유다가 될 거야."

난 일격을 맞고 멈춰섰다. 언니의 그 말이 섬찟해진다. 언니가 그렇게까지 날 무시하다니. 아니 날 밀어내다니.

"언니는 나를 몰라서 하는 소리야. 배신자들은 날 때부터 그렇게 타고나."

"난 닭이 울기 전에 너를 세 번 부인하겠지?"

언니는 내가 따져도 무감동하게 그렇게 중얼거렸다.

"무슨 소리야? 언닌 정말 이상해졌어. 그 때문이지?"

나는 언니가 돌아버린 게 아닌가 생각했다. 45도의 각도로 보면 사물이 다 45만큼 삐뚤어져 보인다. 나는 언니를 언제부턴가 삐뚤어지게 보고 있었다. 언니도 나를 그렇게 보았나?

"베드로가 회개하고 스스로 십자가에 거꾸로 매달린 게 중요한 게 아냐. 예수님을 부인한 게 중요해. 언젠가 목사님은 회개한 게 중요하다고 했지만. 난 그 반대야."

"싫컷 반대해. 난 베드로든 유다든 몰라. 성경을 따지며 믿고 싶지 않아. 모두들 하느님이 옳다고 하니까 따르는 것뿐이야. 언니는 갑자기 왜 따져?"

"너에게 말하고 싶었지. 안 들은 걸로 해, 그럼."

난 언니가 그런 식으로 내 위에 서려는 게 기분 나빴지만 언니에게 꼼짝 못 했다. 논리적이고 정연한 언니를 어떻게 따라갈 수 있을 것인가. 그런 언니의 동생인 것이 나의 행운인지 불운인지도 모르면서.

전에는 언니가 나에게 기도하라고 지적해주었다. 나는 밥을 먹다가도, '너 기도 안 하니' 하는 힐책에 수저를 놓고, 잘 먹겠습니다, 하고 기도했다. 자려고 누웠다가도 아이구 참, 하고 일어나 침대 모서리를 잡고 중얼중얼 기도를 했다. 그러던 언니가 그날 이후부터 예배에 참석하지 않았다. 물론 나와 함께 꼬박꼬박 교회에는 갔다. 부모님 보는 데서 성경책과 찬송가를 챙겨 들고, 교회 뒤뜰을 지나 문으로 들어가 예배실 대신 빈 방으로 가곤 했다.

그 후 나는 자주 그 말을 떠올렸다. 내가 언니를 배신하고, 언니는 나를 부인한다. 이 말은 언니와 나 사이에 균열이 있음을 의미했다. 나는 우리들 사이에 끼여들 이물질을 겁내 하며 언니와 더욱 가까워지려 애썼다. 수업이 끝나면 언니를 기다리다 언니가 여자 친구들하고 나오면 그 친구들을 질투했다. 남학생보다 여학생의 경우 더했다고 고백한다. 수잔과 비비안과 신디나 숙연, 재선과 또 많은 신디들. 그녀들이 언니와 깔깔대면 나는 언니를 빼앗아오고 싶어 지글대었다. 남학생의 경우 달려가 갈라놓고 싶었다.

그해 가을 언니는 12학년이 되고 내가 10학년이 되었다. 언니의 성적은 가정교사 덕분으로 B는 유지되었지만 미국의 명문대에 가려면 어림없었다. 언니의 성적 부진으로 엄마는 맥이 빠져 있었다. 교회에 가는 유일한 희망도 잃고, 하느님이 무심하다거나 하느님은 안 계신다고 중얼거렸다. 한 달에 한 번 구역예배를 드렸는데, 엄마는 이유를 붙여 피했다. 종일 청소하고, 먹을 걸 만들고, 목사님과 교우들을 접대하느라 힘만 들지 효험이 없다는 거였다. 엄마는 구역예배도 일종의 푸닥거리로 알았다. 목사님이 공은 하늘에 쌓이지 이 땅에 쌓이는 게 아니라고 말하지만, 엄마는 죽은 후의 세상은 가보지 않아서 모르

며 사는 동안 대가를 받고 싶다고 했다. 언니가 성적이 부진해
진 일로 내세까지 의심하다니 엄마의 속을 모르겠다. 전에도
믿음이 안 온다는 얘긴 했었다. 불행을 겪어보지 않아서 죽자
살자 하느님께 매달려지지 않는다고 했다. 교회는 엄마에게 악
세사리 같은 것이었다.

아무튼 언니의 성적이 떨어지자 엄마는 시름시름 앓으셨다.
종합검진을 하자 암이 아니라 갱년기 장애라고 했다. 그게 언
니라는 장애물을 만나 더블 장애가 되었다. 나까지 합치면 트
리플의 장관(壯觀)이다. 우리의 성적, 특히 언니의 성적이 엄마
의 스트레스를 낳는 벽돌이다. 무엇으로 그걸 부술까.

그러던 어느날 후안이 레드 로빈에서 만나자고 했다. 그가
월남갱이란 소문도 있어 찜찜했지만, 마크에 대한 반발로 나는
승낙했다. 보트 피플인 후안은 하버드에서 정치학을 공부한 후
월남의 대통령으로 개선한다고 떠들었다. 하버드에서 입학허가
를 주었다는 소문은 아직 들은 일이 없지만.

월남갱들이 총을 들고 토론토 한국 아줌마들이 계 하는 방
에 뛰어들어 금품을 빼앗고 폭행을 했다는 소문은 미나 엄마
를 통해서 엄마 귀에 들어갔고, 엄마는 우리가 절대 사귀어서
는 안 되는 종족란에 두번째이던 인도인을 세번째로 밀어내고
월남인을 집어넣었다. 첫째는 물론 흑인이다. 우리반의 흑인
베티는 얼마나 상냥하고 예쁜지 엄마는 모른다. 밴쿠버에서도
얼마 전 중국 음식점에 월남갱들이 침입해서 한국인 청소년들
로부터 돈과 카메라를 빼앗았다. 후안의 똘만이도 그 안에 끼
였다는 소문이 있다.

그 유명한 후안한테서 데이트 신청을 받다니. 이제 플럼 파
티에 파트너 못 구해 고민할 염려는 없는 것이다. 그 애가 총

학생회장이 된다면 나쁠 건 없지. 우리 세대에선 인종차별이나 피난민을 괄시하는 일은 없애야 한다. 그건 평화를 깨는 일이기 때문이다. 인류에게 평화가 그 어느 때보다 요구되는 이 시대를 주도할 우리가 아닌가.

그 토요일 낮에. 나는 엄마와 언니의 화장품으로 난생 처음으로 정성껏 화장을 했다. 속눈썹까지 올리고, 입술을 자줏빛으로 칠했다. 어찌나 파운데이션이 잘 먹었는지 마크에게 보여주고 싶기까지 했다. 미니스커트와 볼륨을 살린 스웨터를 입으니 터질 듯 풍만했다. 그랜빌에서 산 팔찌를 하고, 제일 큰 귀고리를 달고 머리에 무스도 듬뿍 발랐다. 입술과 똑같은 자줏빛 스타킹에 굽 높은 부츠를 신고 거울 앞에 서니 스테파니 공주가 무색할 정도로 유니크한 미녀가 되었다. 듬뿍 뿌린 향수가 엄마의 후각에 미치지 않도록 베란다를 타넘어 미나네 층계를 내려갔다. 도토리를 널고 있던 미나 엄마가
"엄메 저게 누구여?"
하면서 소리친다. 나는 베란다에 널린 도토리를 밟고 넘어질 뻔하였다.
"후크처럼 하구 너 어디 가냐?"
미나 엄마의 그 말은 내 기분을 잡치게 했다. 미나 엄마가 아는 몇 개의 영어 중에 후크가 끼여 있다니 기절할 노릇이다. 못난 강아지 욕부터 배운다고, 미나 엄만 영어로 하는 욕을 모르는 게 없다. 차를 주차시키는 파킹을 퍼킹(섹스)이라고 하지를 않나.
"아이구 오늘은 퍼킹이 안 돼 진땀 뺐네. 잘 안 하면 누가 박잖어."

하는 소리를 정말 실감나게 하는 것이다.

"대낮부터 뭔 존 일 있냐?"

나는 땅으로 내려서며 쉿! 하고 손가락을 입에 댔다.

"그 스타킹 좀 야하지 않냐?"

미나 엄마는 '너도 잘 되긴 애저녁에 글렀다' 하는 얼굴이다. 골목을 빠져 나올 때까지 푸념이 들리는 것으로도 알 수 있다.

"자식이 애물이라니께. 가지 많은 나무 바람 잘 날 없다구."

'키우느라 등골만 빠지고 좋은 소리 못 듣고. 즈덜 덕을 볼 건가. 늙어서 양노원으로 쫓지나 않으면 다행이지. 신세댄지 X세댄지, 말짱 가께표들이지. 무자식이 상팔자라니께……' 어쩌구하는 소리가 그치지 않는다.

다음부터는 미나 엄마가 주는 도토리묵은 먹지 말아야겠다고 벼르며, 엄마 백에서 몰래 꺼낸 열쇠로 엄마 차의 시동을 걸었다. 나는 열여섯 살이 되는 생일날 운전면허를 땄다. 물론 스위트 식스틴 파티는 못 했다. 친부모를 찾지 못했으므로.

레드 로빈에는 쌍쌍의 청소년이 앉아 있었다. 여자 친구나 남자 친구끼리 온 그룹도 있다. 젊은 부모가 유모차를 밀고 오기도 하고. 아무튼 아름다운 가을이다. 창가의 자리가 꼭 차 있었으므로 중앙의 시끄러운 자리로 안내되었다. 나는 메뉴책을 들여다보는 체하지만 눈은 실내를 둘러보고 있었다. 마크가 와 있기를. 그리하여 나와 언니를 비교하기를. 관심도 없지만 가끔은 생각난다.

후안이 절그럭대며 나타났다. 그는 주뼛거리거나 어색해 하지 않고 의젓하게 자리에 앉더니 웨이터가 날라온 냉수를 벌컥벌컥 마신다.

"너에게 부탁이 있어."

말도 더듬지 않고 힘차게 한다. 요컨대 월남인들이란 무드를 모른다.

"해봐."

나도 주저없이 대꾸했다.

"이번 선거에서 날 도와줄 수 있어. 난 마크를 이겨야 하거든."

마크를 이겨야 한다는 소리에 내가 반색을 했다.

"그래. 마크는 이겨야 해. 그 애의 콧대를 꺾어야 해."

우리는 마크라는 매개체를 통해 금방 의기투합했다. 그가 병원균이나 되듯. 이미 무언가가 전염된 듯 몸서리친다.

"고마워. 네가 그래 주니. 난 이번 선거에서 이겨야 해. 하버드에 장학금 받고 가야 하니까. 난 부모가 없어 학비를 못 내거든."

부모가 없다는 말에 나는 그를 부럽게 바라보았다.

"좋겠다."

후안이 갑자기 탁자를 탁 쳤다. 주위에서 모두 우리를 보았다. 우리가 싸우는 줄 알고 웨이터가 왔다.

"좋겠다니 너 비꼬는 거니?"

"난 고아가 부러워."

"행복한 푸념 말아. 부모가 없으면 이리저리 떠돌아다녀야 해. 공원의 벤치에서 잠도 자야 하구."

후안은 음식점에서 손님이 남긴 음식을 훔쳐 먹던 얘기며, 친지집들을 떠돌며 잠을 자던 얘길 해준다. 정부에서 주는 패밀리 얼로완스에 의존해서 몇 달간 산 적도 있다고 했다. 우웃 값만으로 숙식을 해결하다니. 지금은 먼 친척 아저씨 집에 얹혀 살지만 고등학교를 졸업하면 나와야 할 형편이라고 했다.

그래서 하버드의 기숙사로 직행해야 한다는 것이다. 난 넌 될 거라며 용기를 북돋워주었다. 안 될 거라면 그가 탁자를 칠 게 뻔했기에. 어린 나이에 고생을 해서 그러는지, 그의 눈은 광기에 차 있었다. 세상에 복수한다는 마음뿐인지 대화 중에 그는 자주 복수라는 말을 쓰고 있었다.

나는 그를 도와주기로 약속했다. 그리고 이것이 데이트가 아니라 전략회의라는 것을 알게 되었다. 군더더기가 필요없기에 우리는 장미니 사랑의 노래니를 따지지 않고 담백해질 수 있었다. 식사 에티켓도 필요없어서 부담 없고 좋았다. 소스를 흘리고, 프렌치 프라이를 분질러 발장난을 하며 먹는 편안함. 장신구와 화장한 얼굴이 도리어 글그렁거렸다.

"우리는 세계평화를 위해 같은 동포와의 결혼을 피해야 해. 난 월남애랑 결혼 안 할 거야. 그게 내 첫째 목표야. 국회에 진출해서 난 국제결혼을 적극 권장하겠어. 그게 세계통일의 길이야."

"어쨌든 마크는 허점투성이야. 성공하지 못할 거야."

"난 실력으로 마크와 겨루고 싶어. 너의 도움을 받아서 말야."

일어서면서 우리는 굳은 악수를 나누었다.

엄마가 기다리고 있었다. 어디 갔었느냐고 다그쳤다. 엄마의 얼굴엔 '남학생 만났지?'라고 써 있었다. 엄마의 얼굴이 비굴해 보임과 동시에 나는 떳떳해지자고 스스로에게 속삭였다. 나는 선거운동 때문에 후안을 만났다고 말했다. 엄마의 입가에 '요것 맹랑하다' 하는 비웃음이 지나갔다.

"니가 지금 선거운동 하게 되었어?"

"그것도 공부예요. 사회적인."

"이게 어디서 말대답이야."

아빠가 서슬이 퍼래 파리채를 집어들었다.

"난 친구도 없어요. 부모님이 다 떼어 놓아서. 난 바보 병신이 될 거야. 혼자 고독하게 죽어갈 거에요."

억눌렸던 감정이 한꺼번에 치솟았다. 아빠의 감정도 동시에 폭발하였다. 우린 폭약이었던 것이다. 아빠는 이민 15년 동안 스트레스가 쌓일 대로 쌓여 더는 한 발짝도 나갈 수가 없었다. 아빠가 그 생활을 청산하고 유람을 떠나든지, 어딘가 부딪쳐야 했다. 아빠의 친구들은 한국에서 모두 장 자리에 오르고, 아빠와 4·19 데모를 주동한 친구 중엔 국회의원과 대학 학장이 된 사람도 있다. 더는 갈 곳이 없는 아빠는 모든 기대를 우리에게 걸었다. 우리가 기대를 저버리는 건 아빠의 죽음과 마찬가지였다.

아빠는 파리채가 부러지도록 나를 때렸고, 나도 아빠에게 덤벼들었다. 어딘가에 부딪치지 않으면 안 되는, 우리가 샌드백이 아닌 깨지는 벽으로 만난 것이다. 거기까지 밀고 갔다. 막판까지.

"왜 나만 가지고 그래. 나만 못살게 굴면 집을 나가버릴 거예요."

"나가, 나가, 나가버려. 내 눈에 보이지 말아라. 너 따윈 소용없어. 지금 당장 나가. 꼴도 보기 싫다. 하나만으로 충분해."

아빠까지 이렇게 나오다니.

"하나 언니요?"

내가 코웃음을 친다.

"넌 달랐다. 싹부터 달랐어. 일을 저지를 줄 알았지."

"솔직한 건 잘못이고 부모를 속이는 건 칭찬받는군요."

무언가가 나를 부추긴다. 조금만 더, 조금만 더라고 그것이 속삭인다. 나보고 입을 열라고 한다. 나는 내 욕망이 시키는 대로 하기로 한다. 언니를 까발린다. 언제부턴지 아세요?

"깜쪽같이 속이는 게 잘못이 아니라면 나도 이제부터 속이기만 할게요."

"뭐라구. 다시 말해봐."

"백번 천번이라도 말할게요. 하나 언니가 남자 만나요."

나는 분명하게 말했다. 아빠는 머리를 싸쥐었다. 사자 울음소리 같은 게 새어나왔다.

"그럴 리가 없어. 네가 거짓말 하는 거지?"

우리의 인생도 영화나 책처럼 건너뛸 수는 없을까. 우리의 삶에도 징검다리나 서스펜션 브리지같이 양쪽 계곡을 밧줄로 엮어 만든 다리라도 있었으면 좋겠다. 그러나 조물주는 우리에게 이를 허락치 않으셨다. 불행이 시작된 지점에서 지금 난 출발해야 한다. 차가운 보도를 지나, 육중한 문을 지나, 인생의 한 단계이듯 계단을 올라가 면회실의 문을 연 지금.

나에게 등을 돌리고 잇는 검은 실루엣만 보이는 그. 그에게 가려면 아직 스무 발자국이 남아 있다. 나는 그날로 돌아가지 않으면 안 된다. 그를 만나기 전에.

그날 아빠의 발작을 지켜보며 나는 후안에게 들은 떠돌며 사는 법을 떠올리고 있었다. 며칠쯤 공항 대합실에서 잠을 자고, 빈민구제소에서 빵을 타 먹고. 그곳의 빵은 기름진 고기가 듬뿍 들었다고 했다. 물론 쇠고기 기름이겠지만. 그리고 그 니 그로 베티가 며칠간은 재워줄 수 있을 것이다. 원 베드룸에서 일곱 식구가 복닥거리지만 베티는 늘 행복한 웃음을 짓고 있다. 여럿이 나누며 사는 방법을 터득하고 싶다. 베티에게 가면 행복해지는 현장실습을 할 수 있을 것이다.

그 다음은 지난 봄 우리 학교 앞 버스정류소에서 만난 간호사 코라가 있다. 동전을 바꿔 달라기에 쿼라(25센트)를 한 개 그냥 주었더니 갚겠다며 우리집 주소를 물었었다. 우표값이 더 든다고 그만두라고 했더니 직접 오겠단다. 세상에 개스비가 얼만데? 코라는 내가 아는 사람 중 제일 순진한 여자다. 코라는 꼭 놀러오라고 몇 번이나 말했었다.

현진이나 실비도 내가 집을 나온 걸 알면 부모 몰래 얼마든지 재워줄 것이다. 난 자존심상 그 애들 신세는 안 질 것이다. 같은 동포에게는 떳떳해지고 싶으니까. 나는 절대 집으로 다시 돌아오지 않겠다. 부모님이 빌어서 돌아오게 된다면 조건을 제시하리라.

첫째, 고양이를 사줄 것.

둘째, 용돈을 지금보다 두 배로 올릴 것.

셋째, 전화를 마음대로 쓰게 할 것

등을 머릿속에 쓰고 있는데, 한동안 숨넘어가던 아빠가 꽤 소리를 지르신다.

"가서 냉큼 언니 찾아오라는데 뭐하고 있는 거야?"

나는 슬금대며 뒷걸음로 층계를 내려가다 엄마와 맞부딪쳤다. 아빠가 쓰러지지나 않나 하고 엄마가 새파래지셔서 달려오는 중이었다. 아빠는 아직도 발작이 멈추지 않은 상태였다. 엄마에게 아빠는 더욱 고함을 친다.

"애를 어떻게 키웠길래 버릇들이 이 모양이야? 가서 당장

하나를 찾아와!"

"도서실에 공부하러 간 애를 왜 찾아요?"

"세나 말을 들어봐. 도대체 이 집에서 무슨 일이 일어났는지. 당신은 봉사야? 귀머거리야?"

"왜 나 혼자 애들을 키웠어요? 당신은 뭐하구?"

"당신이 사사건건 애들을 싸고 돌았잖아. 애들을 떠받들어 키워 놓으니 이 지경이지. 교육 좀 똑바로 시켜. 하나가 남자와 자고 돌아다닌다니 이게 도대체 무슨 소린지 내가 알아야겠으니 어서 데려와."

"그 애처럼 얌전한 애를……. 당신 망녕났수?"

"세나에게 물어봐. 지금 저 애가 무슨 말을 했는지."

엄마가 나를 노려본다.

"세나야. 언니가 무슨 잘못을 한다구 니가 입을 놀려. 왜 분란을 만들어. 너 때문에 조용할 날이 없어. 언니 하나 있는 걸 크지 못하게 하려고 그래? 왜 극성이냐? 넌 어린애가 아냐."

나는 충계를 뛰어내려갔다. 엄마가 내 뒤를 따라왔다.

"무슨 말인지 말해봐. 너 땜에 내가 바작바작 말라."

엄마는 서둘러 나를 차에 태우며 투덜댔다.

"무슨 일이냐. 하나에게 무슨 일이 일어난 거야?"

우리집 골목을 빠져 나가면서 어디로 가야 할지 몰라 엄마는 짜증을 냈다. 꽃을 다듬다 늘어 놓은 것도 심란하고, 요즘 우울증이 심해져 가는 엄마는 열이 오르는지 차의 냉방을 튼다. 날이 흐려 덥지도 않은데.

"오크리지로 가요."

나는 생각나는 대로 말했다. 오크리지 도서실이 아니라 언니는 그곳의 푸드 숍에 있을지도 모른다. 햄버거나 프로즌 요구르트를 빨면서 친구들이 남자들을 흘금대고 배우나 가수 얘길 하는 걸 보겠지. 니들은 아직 어린애야 하면서.

"언니가 남자를 만난다니 그게 무슨 소리냐?"

나는 엄마가 쇼크 받을 일이 즐겁다.

"모르면 가만히 있지, 왜 아빠를 화나게 해? 아빠를 니가 몰라서 그래? 언니에게 남학생들이 줄줄이 따라다니는 거 나도 알아. 언닌 아빠가 하도 엄하시니 눈 하나 안 줘. 아빠 쓰러지시면 우린 길바닥에 나앉아야 해. 은행 모게지를 무슨 수로 갚니? 못 갚으면 건물을 차압당하는데. 이제까지 고생한 거 수포로 돌아가. 너 그걸 알기나 하냐?"

나는 알고 싶지도 않다고 말한다. 엄마는 솔직한 걸 싫어한다. 엄마도 솔직하지 않으므로.

엄마가 싸가지 없다고 펄펄 뛴다. 너무 화가 나 빨간 불인데 가다가 순경에게 걸리고 만다. 뒤에서 앵 소리가 나더니 순경이 다가와 드라이브 라이센스 보여달라고 한다. 엄마가 우물쭈물한다. 급히 나오느라 운전면허증을 안 가져온 것이다. 순경이 벌금 175불짜리 위반 티켓을 내민다. 순경에게도 퉁명스럽게 대해 한 푼도 에누리 받지 못한다. 병원 가는 길이라며 아픈 체하거나, 불쌍한 얼굴로 애원하면 반액 정도 면제되기두 하는데.

"돈 175불을 벌려면 나랑 아빠가 가게에서 종일 동동대야 한다. 돈 벌기가 얼마나 어려운지 너 아니? 지금 몇 초 만에 175불 날리는 거 너 봤지? 세상은 그렇게 무자비하단다. 용서가 있는 줄 아냐?"

엄마는 이래저래 속이 상해 계속 잔소리를 한다.

"엄마보다 세상이 나에게 더 자비로워요."

"너 왜 그렇게 나빠졌어? 커갈수록 점점 비뚤어지니."

엄마는 따귀라도 갈겨주고 싶지만 운전대에 붙들린 손 때문에 못하고 눈썹을 치켜올린다. 차가 오크리지 도서실 앞에 멎자 내가 내려서 오크리지몰로 가려고 했다.

"거기 말구 도서실에 가봐. 아이구 가슴이야. 자식이 아니라 애물이지."

도서실로 가지만 언니가 있을 리 없다. 푸드 숍에도 없다. 버나비 라이브러리에도, 다운타운 라이브러리에도 없었다. 친구집에서 포테토 칩을 먹으며 남자들 얘기를 하고 있을지 모르지. 아니면 그 사람과? 엄마는 그때까지도 언니 일보다 내가 아빠를 열나게 한 일에 더 화가 나 있었다. 한국정육점과 식품점에 들리고, 엄마가 아는 아줌마들을 만나 노닥였는데도 시간이 많이 남아, 우리는 엘리자베스 파크에 가서 어두워지기를 기다렸다. 세레나 할머니를 찾아보았지만 없었다.

공원은 꽃이 지고, 잎이 떨어져 있어 쓸쓸함만 더해줬다. 카메라를 메고 기웃대는 관광객들만 즐거워보인다. 우리는 산책할 기분도 나지 않아 차 안에 앉아 저녁해가 전나무에 떨어지는 걸 바라보았다. 엄마 아빠 손을 잡고 어린애가 깡총대며 걸어간다. 나에게 그런 어린 날의 그림은 없다. 가족이 공치기하거나 바베큐하는 것은 먼나라 얘기 같다.

그런 생각을 하노라니 서글퍼서 언니 일을 꾸며댄 거라고 쓸어담고 어제로 돌아가고 싶었다. 부모님은 더 이상의 편안함이나 행복을 바라지 않고 이대로만 가기를 바라고 있다. 다람쥐 쳇바퀴 도는 이대로. 폭풍이 휘몰아치기 전의 고요 같았다. 엄마는 여전히 아무것도 모르고 있다.

"너는 기억나지 않겠지만 한국에서 우린 편안히 잘 살았어.

난 초등학교 선생하고 아빠는 은행대리였구. 주말을 즐기고, 여름에 바캉스를 갈 만한 생활이었지. 어린 너희들 손을 잡고 캐나다에 온 게 내가 스물여덟 살 때다. 그때부터 그로서리하면서 느이들 잘 되기만 바라며 살았다……."

엄마가 회고조로 서글프게 중얼댄다. 엄마를 스물여덟 살로 보내고 싶다. 한국을 떠나기 전 꼬맹이들로부터 절을 받던 그 시절로. 엄마도 늙었다. 갱년기 장애가 올 만큼. 스물여덟에서 마흔셋이라는 인생의 황금기가 상자갑에 갇혀 흘러갔다. 인생에는 왜 그리 되돌려놓고 싶은 순간이 많을까. 언니가 그날 수잔의 생일파티에서 늦게 오지 않고, 가출을 하고, 밤외출을 하기 전까지로.

모든 게 뒤죽박죽이다. 이제 언니와 나의 관계는 엉망이 되리라. 나는 어찌해야 좋을까. 머리가 혼란스러웠다.

해가 뉘엿뉘엿 기울기 시작한다. 엄마가 시동을 건다. 차가 켐비에서 우회전하자 내가 될 대로 되라는 심정이 된다. 집을 떠나 새출발하는 거다. 세레나 할머니의 말이 꼭 맞다. 우리는 나이가 먹어갈수록 괴로우며 어려운 일에 부딪힌다. 작년보다 난 고민이 그만큼 많아졌나. 햄릿 같은 고민이다. 왜 사느냐, 죽지 못해 사느냐? 하는 의문이 점점 커진다.

미나와 미나 동생 앞에서 슈퍼맨처럼 손을 벌리고 베란다에서 떨어지던 때가 생각난다. 다리가 부러지지 않고 삐고 말았지만 한 달 이상 침을 맞으러 다닐 때마다 머리를 쥐어박히던 그때가 그립다. 이스터 데이에 바니를 기다리고, 산타에게 전화 걸고 싶어 안달했던 그때. 미키마우스와 일곱 난장이와 황금박쥐와. 그것들이 너무 일찍 나에게서 떠났다.

더 이상의 유예기간은 없다. 내 생의 전환점, 아니 고통의 시작을 알리는 소리가 울리고 있다. 클라이막스가 아니라 시작이다. 언니가 지적한 시간은 다가오고 있었다. 층계를 오르는 내 다리가 떨린다. 예수를 팔아먹기 위해 가는 유다의 걸음처럼. 난 아니라고, 나는 비겁자나 배신자가 아니라고, 적어도 언니를 팔지 않는다. 고개를 저었지만 나는 약하다. 당장에라도 그런 일이 없다고 주워담으면 아빠는 발작을 멈추고 엄마도 편해지리라. 다시 조용한 우울에 잠기고, 언니는 그 또래의 조숙한 처녀들처럼 밤과 낮을 줄다리기하며 대학에 가겠지.

방으로 들어간 나는 망설임 속에 손으로 턱에 받치고 꼼짝 않고 앉아 있었다. 고등학교 졸업도 못한 지선 언니도 있지 않은가. 친구들이 시험공부할 때 유모차를 끌고 아이스크림을 빨며 백화점에 아이 쇼핑을 다녀오지 않았는가? 중국인 남편은 지선 언니가 하고 싶은 걸 다 해주고, 시부모가 사준 저택에서 편하게 산다. 내 언니가 그렇게 되어서는 안 되는가? 지선 언니도 부모가 일찍 알았다면 낙태 수술을 하고 학교로 갔을 것이다. 그랬다면 귀여운 엔디와 사랑하는 남편은 어디로 갔겠는가? 남자를 침대에 숨겨 놓기까지 한 지선 언니가 지금 행복한데. 언니가 2~3년 그 세계에 일찍 발을 담갔다고 해서 역사가 달라지는가?

내가 마구 흔들린다. 이가 덜덜 떨릴 정도다. 발자국 소리가 나면 언닌가 하고 소스라친다. 언니가 돌아오지 않으면 좋겠다. 오지마. 오지마.

내가 손을 젓는다. 미나 엄마 아빠가 야생 딸기술과 도토리묵을 들고 왔다. 그들처럼 마음 편히 단순하게 살 수 있다면! 미나 아빠는 우리 아빠처럼 인생의 무거운 명제도 없다. 우리 아빠는 아틀라스도 아니면서 세상을 혼자 짊어지시려 하신다.

"이형, 술 한잔 합시다. 나두 한국 생각하면 하루도 못 참아요. 내가 남의 구두 밑구멍이나 들여다보게 생겼어요. 한국에서 같으면 국정을 논할 내가."

한국에서 미장이를 한 미나 아빠는 한국에선 지프차 타고 출근했다고 큰소리친다. 그런 미나 아빠가 반갑다. 사흘이 멀다고 술 마시러 오고 아빠를 불러가지만 아빠는 여간해서 어울리려 들지 않는다. 미나 아빠가 너무 가볍다고. 엄마는 아빠가 편찮으시다며 그들을 돌려보낸다.

"아자씨도 병 나실만 하지. 좀 쉬엄쉬엄 사시라구 하세유. 아줌니도 쉬어가매 하시구. 죽을 때 싸갖고 갈 거 아닌게."

미나 아빠의 강경 사투리만 여운을 남긴다. 논리나 학문이 그들에겐 골치 아픈 나발일 뿐이다. 닳고 달은 남의 신발을 꿰매고 하루의 고단함을 한잔 술과 뽕짝으로 풀고, 베개에 해골을 눕히는 게 그들의 최고 행복이다.

"아자씬 가게에 금송아지 매 났나 가게가 꿀단진가. 그러다 병 나시면 그 돈 뭐한대유."

그들이 돌아가고 날이 어두워진 바로 그 밤이 결국 나와 언니를 갈라놓았다. 불자동차 사이렌이 들려오고, 월로체스트 센터를 지나가는 앰뷸런스의 바퀴가 덜컹대던 그때.

9시 반경이었나?

층계를 올라온 언니가 현관문을 밀고 속삭였다.

"나한테 전화 온 거 없었니?"

나는 내 뒤의 아빠의 성난 호흡을 느끼고 눈을 내리깐 채 두 사람 사이를 피했다. 칸막이 역할을 하던 내가 빠지자 언니가 아빠 앞에 무방비로 드러났다. 언니가 아빠의 노기 띤 얼굴을 바라봄과 동시에 아빠가 언니의 책가방을 빼앗아 던졌다. 그러자 속에 있는 것들이 쏟아졌다. 성냥과 껌과 아세톤. 담배와 피임약 같은 것이.

"이게 도대체 뭐냐? 그 동안 뭐하고 돌아다녔는지 말해."

언니의 질린 눈이 나를 찾고 있었다. 나는 얼른 언니의 시선을 피했다. 아빠는 이미 사태가 돌이킬 수 없음을 알고 주저앉으셨다. 언니는 나에게 도와달라는 눈짓을 보내지만 나는 뒷걸음쳐 방으로 들어오고 말았다.

아빠의 고함 소리와 언니의 변명 소리가 뒤섞이고 이어 베란다에서 부서지는 소리가 났다. 엄마가 달려와 언니 편을 들었지만 아빠는 엄마가 애들을 싸고돌아 우리집이 잘못되었다고 비난했다.

"나가. 나가. 다 다 보기 싫어."

아빠의 고함소리는 울음에 가까웠다. 이미 술에 취한 아빠는 탄식하며 술병을 기울였다. 얌전한 도덕가인 아빠는 술에 취하면 딴 사람이 되시고, 늘어나는 술병과 비례하여 엄마와의 말다툼이 늘어나고 있었다.

그날은 양주 한 병을 다 비우셨으리라. 아빠는 휘청거렸고 쓰러지기 직전이었다. 아빠가 그렇게 절망하시는 걸 본 일이 없었다.

나는 블라인드를 걷고 밖을 내다보았다. 외등 아래 언니가 쓰러져 있었다. 언니는 내가 창문을 열어주기를 기다리고 있었음에 틀림없었다. 초조하게 손가락을 깨물면서 언니가 창가로 기어왔다. 얼굴의 윤곽은 보이지 않았지만 눈물로 얼룩진 눈은 많은 걸 얘기하고 있었다. 나는 아빠의 눈치를 보았다.

"문 열어 주지마. 열어 주려거든 다 나가."

아빠가 거실의 물건을 부수고 있었다. 엄마가 말리는 소리가 나고, 이어 울부짖음이 들렸다.

"이 밤에 애를 맨발로 쫓아내면 어째요?"

라고 엄마가 덤비고 있었다. 깨진 유리병과 티브이 아래 아빠가 신음하고 두 사람의 울부짖는 소리는 그치지 않았다.

다음날 잠에서 깨어나며 나는 습관적으로 언니의 침대를 더듬었다.

"언니. 자?"

손 끝에 아무것도 닿지 않았다. 나는 벌떡 일어나 앉았다. 언니가 없다고 느끼는 순간 장막이 걷히고 앞이 툭 터진 느낌이 왔다. 무방비상태 속에 놓여난 기분이었다. 나는 방안을 휘둘러보며 생각에 잠겼다.

오랫동안 꿈꾸던 것이 바로 이런 것. 침묵마저도 나 혼자 누리는 게 아니었을까. 내 앞을 막아서는 건 아무것도 없었다. 이 자유와 거칠 것 없음이 나를 묘한 흥분에 빠지게 했다. 언니는 눈에 보이지 않는 끈으로 얼마나 오래 나를 옭아매었던 것일까. 그때 어떤 기척이 니는 듯해서 나는 깜짝 놀라고 있었다. 그러나 나는 아직도 움추려 있는 내 마음과 마찬가지로 문을 활짝 열어젖히지 못하고 문틈으로 밖을 내다보았다. 언니를 찾기 위해서라기보다 찾지 않기 위해서. 베란다는 부드러운 햇살과 먼지와 약간의 소음뿐 언니는 없었다. 그리고 어디에도.

그와 함께 내 가슴이 튕겨났다. 어떤 이미지에 의해서. 덥수룩한 앞머리와 우수에 찬 눈동자. 꼭 다문 입술과 날카로운 코. 매끈한 볼. 그는 얼마나 매력적인가. 그러자 나는 울고 싶어졌다. 나는 외롭고 버려져 있었다. 그들의 웃음 뒷전으로 밀려나 버렸다. 나는 당황했지만 잇새로 빠지는 신음소리를 막지는 못했다.

이것은 이율배반적인 것이었다. 언니가 없는 홀가분함 대신 고독에 떠밀려야 한다는 건. 나는 거울 속의 내 얼굴을 들여다보았다. 네가 바라는 것은 무엇이냐?

힘 안 들이고 귀찮은 것을 제거하고 원하는 것을 얻으려는 이기심뿐인가 하고 자문해보았다. 정말이지 알 수 없었다. 인간의 마음 속에 그토록 복잡한 가닥가닥의 길이 있다니. 내 마음이 그 수십 가닥의 길로 다 통해져 있다니. 무기력함과 원망과 초조함. 죄의식. 울고 싶은 마음.

정말이지 나는 돌아서고 싶었다. 단순하고 철없고 아무것도 몰랐던 나로.

나는 휘청대며 거실로 나갔다. 엄마가 앉아 있었다. 하룻밤 새 10년은 늙어버린 엄마가. 만지면 바스라질 듯한 모습으로 힘없이 고개를 들었다.

"언니는?"

엄마가 고개를 저었다.

"밤새 찾을 곳을 다 찾아봤다. 아무 데도 없다."

엄마는 울먹였다. 나는 달려가 엄마의 어깨를 안아주고 싶었지만 참았다.

"어디 집히는 데 없니?"

엄마도 이미 알고 있는 눈치였다. 나를 야단칠 기력도 없이 나에게 매달리고 있었다. 지푸라기라도 잡으려는 심정으로. 나는 고개를 저었다.

"가자. 어디든."

나는 엄마 옆자리에 탔다.

"공항으로 가요."

그랬지만 이미 재상연의 낡은 필름을 보는 느낌이었다. 물론 언니가 아침 10시의 혼잡한 공항에 있을 리가 없다. 주차장으로 걸어가며 엄마가 절망적으로 외쳤다.

"이 일을 어째야 좋으니. 어떻게 살아가야 하니. 난 하루도 살 수가 없다. 그 애 없이는."

"언니를 욕심내지 마세요."

엄마가 걸음을 멈추었다. 내가 언니를 숨겨 놓은 듯 원망하며 나를 바라보았다.

"언닌 애기가 아니에요. 엄마 품을 떠날 만큼 컸어요."

엄마가 곤혹스런 얼굴로 바라보았다.

"캐나다가 그런 데냐? 부모도 자식도 모르는 나라냐? 애지 중지 키워 놓으면 부모에게 덤비고 등지는 곳이냐?"

엄마가 이민 온 걸 깊이 뉘우치며 자포자기가 된 심정으로 물었다. 나에게라기보다 자신에게. 보이지 않는 어떤 힘에 대항하듯이.

5

    다음날도 언니는 돌아오지 않았다. 학교에는 언니의 병가를 내고 우리는 매일처럼 언니를 찾아 돌아다녔다. 보름이 지나자 경찰에 실종신고를 냈는데 연락이 없었다. 집안은 한숨과 절망의 숨소리로 채워졌다. 아빠는 매일 폭음을 하고 물건을 부수고 자기 자신도 부수어갔다.

    종일 언니를 찾다 지쳐 돌아온 엄마는 더 이상 갈 데가 없다는 것에, 길이나 희망 모두 바닥이 난 데 절망했다.

    학교에서 드날리는 언니가 있어 우쭐댔던 나. 언니가 친구들과 깔깔거리면 질투심에 부글거리던 나는 질투할 상대가 없어 비틀댔다. 하나 동생으로만 존재하던 내가 하나가 없어져버림으로써 자리를 잃고 말았다. 그리고 밤에. 언니야말로 이층 침대가 있는 우리들 방에서 방을 가득 채우지 않았나. 내가 뒤척이고 있으면 위에서 살그머니 손이 내려왔다.

    "너 자니?"

"아니."

"난 말야……. 난……. 너 듣니?"

"말해 봐."

"난 그냥 나이고 싶어. 부모님이 만드는 내가 아닌 나. 흙에 뒹굴어 옷을 더럽히고, 만점이 아닌 시험지를 받아도 무방하고, 떠들고 쿵쾅대고 인사성 없고 제멋대로인 나. 아무렇게나 뭉쳐진 나. 구겨지고 흩어진 나 말이야."

"그렇게 하지. 누가 말려."

"난 네가 부러워."

"그럼 나처럼 멋대로 굴어. 매일 야단 맞고 구박 받으며."

"넌 그럴 수도 있어. 난 못해. 난 그래선 안돼. 낮은 참을 수 있지만 잠들려고 하면 무언가 나를 눌러. 난 숨쉴 수도 없는 거 있지? 난 가면을 벗고 싶어. 난 나로부터 자유롭고 싶은 거야. 어떤 때는 이대로 깨어나지 않기를 바라기도 해."

언니가 없는 빈 방에서 언니에게도 괴로움이 있었다는 걸 나는 새삼스럽게 깨닫는다.

면회실의 벽을 등지고 있는 그에게 한 발짝 다가선다. 지금 내가 바라보는 것은 밤이 아니라 언니다. 언니의 운명이 내 손에 의해 휘둘려질 걸 아무도 알려주지 않았다. 내가 언니의 삶을 짓밟으려고 했었나? 아니다. 나는 그저 언니의 동생이고 싶었다. 좋다거나 철없다거나를 떠나 언니 없으면 살 줄을 모르던 동생이었다.

언니와 함께 제리코 비치를 걸어갔다. 모랫벌로 내려가 나무 둥치에 앉아 깔깔댔다. '우리는 손가락 사이로 모래를 흘려보냈다'라는 일기를 쓰고 싶다. 바닷물이 찰랑대고, 발밑으로 손가락만한 게가 기어다녔다. 스텐리 파크를 자전거를 타고 달리고, 손을 놓고 누가 오래 달리는 지 시합을 했다. 노스 밴쿠버 해안에 쌓인 유황이 노릇하게 햇살에 구워지던 하오. 대기는 전나무에 내린 안개를 밀어올리고, 목재를 실은 동력선이 통통거렸다. 갈매기가 머리 위를 날고, 엄마가 풀밭에서 책을 보고 있다 라고도 쓰고 싶다.

친구와 전화를 할 수 없었던 동안 나와 언니는 책으로 얼굴을 덮고 침대에 누워 발장구쳤다. 엄마가 오면 일어나 앉아 책에 눈을 박고, 너무 열중해 엄마의 말을 못 들은 체하고, 엄마가 나가면 물장구치듯 서로 물을 끼얹으며 깔깔대곤 했다. 언니가 속삭인다. 어서 해, 어서 해.

다섯 살 때 백화점에 갔다 산타의 양말 주머니를 엄마가 사주지 않자 바닥에 딩구는 나를 언니가 달래주었다. 내가 잡은 최초의 손. 그게 엄마가 아니라 언니였다.

우단 구두도 비 맞으면 못 쓰게 된다고 엄마는 사주지 않았다. 한 달 후 내 생일날 밤중에 잠든 내 손에 언니가 우단구두를 들려주었다. 우단구두를 신고 깡총대는 꿈을 꾸고 있던 나에게. 어쩌면 그렇게 꿈이 맞아떨어졌는지. 2년 후 작아져서 내가 그걸 버리자 언니가 쓰레기통에서 주워내어 흙을 털고 비닐봉지에 넣고 모자를 두는 상자에 넣어두었다. 모자와 구두라니. 그 우단구두를 사기 위해 언니는 휴일이면 마린 집에 가서 마린과 개구장이 동생 폴을 보아주어야 했었다. 두 달동안.

언니가 잘 접어놓은 내 우산. 빨아 말려놓은 운동화. 개어놓은 옷. 그 사랑스런 손가락이 언니의 것이라니. 언니가 떠난 후에 그걸 알다니. 어두운 밤마다 언니가 삐걱거리는 충계를 내려가는 동안 언니가 우리의 순수했던 날을 깨버린다고 생각한 건 잘못이었다. 언니 때문에 깨어진 것은 없다. 그리고 얼마나 순진했는지. 언니가 층계를 내려갈 때마다 난 밤한테도 언니를 빼앗기고 싶지 않았을 뿐이다.

언니는 돌아오지 않았다. 하루 또 하루. 언니가 가고 새로운 그 많은 밤에 나와 부모님은 앉아 있기만 했다. 똑같은 속에 들어가보지 않은 사람은 우리의 침묵을 모르리라. 그 속에는 온갖 소요가 들어 있었다. 몸부림이라고 할 모든 것들이 말이다. 비가 시간의 구분을 없애주는 그 긴 겨울 동안에도 우리가 들은 건 없다. 똑같은 시간들. 일몰과 일몰이 연결되는 나날 동안 브로드웨이에서 사람들 발자국이 쌓였지만 우리에겐 아무것도 없었다.

그 음울한 날들을 생각하고 싶지 않다. 그러나 시간은 건너뛰지 않는다. 나에게 기다릴 여유도 주지 않는다.

살아 있는 죽음. 우리들은 죽었나? 그렇더라고 언니에 비하면 우리는 살아 있었다.

그즈음 학교에서 오면 가게에서나 집에서 싸우는 소리가 들렸다. 목청을 높이고 으르덩대던 그때는 그 후에 온 일보다 백배 나았다. 무언가 의사를 전달할 수 있다는 건 희망이 있고, 힘이 있다는 걸 의미한다.

"나가란다고 나가는 게 인간이야. 돼먹지 못한 것."

아빠는 언니가 나가버린 데 말할 수 없는 배신감을 느끼고 그것이 증오로 변해간다. 아빠가 한 번도 다른 편에 놓아본 일이 없는 언니로부터의 공격이라 더욱.

"그 앤 세나와 달라요. 대가 세지 못해요. 그 애가 한 번이라도 우리를 거역한 적이 있었는 줄 알아요. 너무 착하고 순진해서 나쁜 놈 꾀임에 빠진 거에요. 너무 닦달하지 말았어야 해요. 그 앤 윽박질러선 안 되는 애였어요."

언니가 없는 그때에도 엄마는 나와 언니를 비교하며 언니편을 든다.

"뭐든지 그저 내 탓이군. 물건 잘못 사왔다, 시든 꽃 사왔다. 애들을 너무 묶어놓는다. 안 된 건 툭하면 다 내 탓이지. 이 집엔 가장의 권위란 없어. 가장이 설 자리가 어디야?"

"지금 우리가 가장 설 자리 따지게 되었어요. 하나를 찾는 게 급선무지. 순간순간이 목을 조이는데. 이대로 죽을 거 같아요. 정말 죽고 싶어요. 여태까지 소식을 안 전할 애가 아닌데 죽었나 봐요. 요즘 여기두 범죄가 들끓는데 온전할 리가 없어요. 자초지종을 들어보고 상황을 판단해야지, 당신은 자기만 옳다고 휘둘러요. 결국 그 손으로 그 애를 죽이고 말았어요."

"죽긴 왜 죽어. 그년이. 어디서 우리가 싸우는 것까지 보고 있을 텐데."

고고한 아빠의 입에서 욕이 나오고, 두 사람의 감정도 극에 달해 있다. 나는 숨을 죽이고 방에 앉아 끄윽 소리가 나지 않게 뜨거운 것을 삼키고, 나도 어디론가 사라지고 싶다고 귀를 틀어막곤 했다.

"그 앤 세나와 달라요. 죽었든지 못된 놈들에게 끌려가 감금되었을 거에요."

엄마는 언니가 폭행당하는 것이 보여 소리를 지르며 깨어나고, 골목에 나가 서성거리고, 새벽에 휘청대며 들어왔다.

내가 학교에서 돌아오면 두 분은 기대에 차서 나를 바라본다. 그리고는 내 입에서 언니에 대한 단서가 나오기를 기다린다. 내가 단서이기나 한 듯. 언니의 친구들이 무슨 소식을 가져왔나. 언니가 학교로 나를 찾아왔나 눈이 빠지도록 내가 아니라 소식을 기다린다. 언니가 당장이라도 층계로 올라올 것 같은 기대로 일어서고. 엄마가 밤에도 문을 열어놓고, 브로드웨이까지 나가 언니를 기다린다. 언니가 집 열쇠를 가지고 나갔건만 문을 잠글 때마다 언니를 향해 잠그는 것만 같아 못하겠다고 하신다.

학교에는 언니가 가출했다는 사실을 알리지 않았다. 언니가 퇴학당하거나 정학당할 걸 겁내서이다. 몸이 아프다고 얘기하고 곧 나갈 거라고 말했다. 의사의 진단서는 닥터 한이 써주었다. 폐결핵이라고. 캐나다인들은 누구를 의심하지 않는다. 그것이 그들의 장점이자 약점이고, 캐나다가 발전을 못 하는 이유다. 그들의 무사태평이 경쟁과 서두름이 없는 사회를 만들었다. 법질서를 지키면서 서로 속이지 않고 느긋하게 사는 사회. 언니의 부재는 그런 사회의 도움으로 우리가 누설하지 않는 이상 잘 보호된다. 언니의 친구들은 언니를 문병오고 싶어하고 궁금해하지만 치료차 미국에 갔다는 말을 믿는다.

12월이 되어 언니의 가출이 한 달이 넘어도 경찰로부터는 아무런 제보도 들어오지 않았다. 돌아오지 않더라도 어딘가 살아 있기만 한다면……

엄마의 꿈은 줄어지고 줄어져 거기까지 갔다. 그러면서 매일 언니를 찾으러 다닌다. 아침에 지도를 들고 밴쿠버 동부지역을 샅샅이 돌고, 오후엔 서부로. 다음날엔 리치몬드로. 그 다음날엔 버니비……. 코퀴틀람. 뉴웨스트민스터. 써리 델타 냉리. 더 멀리로는 미션과 치리콱까지. 호프까지. 엄마의 발걸음은 넓어져 브리티쉬 컬럼비아주 경계를 넘는다.

매일 엄마는 지쳐서 돌아오고, 아빠의 폭음은 계속되고, 가게는 물건이 빠지고 꽃도 구색이 빠지고, 더럽고 엉망이 되어간다. 매상은 떨어지고 아빠는 손님 앞에서도 비틀대고 엉망으로 취해 쓰러지기도 한다. 학교에서 돌아오면 난 가게를 보았지만 엄마를 따라다닐 때가 많았다. 운전하면서 길에 젊은 여자를 보면 엄마에겐 다 언니로 보이기 때문에 아무데서나 급정거를 하고, 빨간 불에도 그냥 가서 엄마는 접촉사고도 자주 내고, 언니를 찾기도 전에 엄마가 먼저 차 사고로 죽을 것 같았다. 교통위반 딱지는 이틀이 멀다하고 떼였다. 엄마에겐 보이는 것이 없었다. 언니 외엔.

  어느 날 다운타운 롭손에서 엄마는 언니를 보았다고 했다. 차를 주차시키고 뛰어갔을 때 언니는 거기 없었다고. 그 이후 언니를 보면 엄마는 아무데나 차를 세우고 달려가고, 그런 날이 계속되자 언니를 안 보는 날이 없다. 가서 그 여자의 팔을 잡고도 언니라고 착각했다.

  그해 12월. 매일처럼 비가 내려, 네 시만 되면 건물도 나무도 어둑하고 꺼무룩하다. 검회색의 하늘에서는 비와 안개가 뒤섞이고, 다운타운과 바다가 그 속에서 희뿌옇게 떠오른다. 학교에서 세 시에 끝나므로 아무리 서둘러도 네 시에나 출발하게 된다. 그 날도 네 시가 채 안된 시간인데도 어둑했다. 크리스마스 트리 위에 진액을 끼었으면서 안개는 내리고.

  엄마가 속력을 내지만 어디로 간단 말인가. 공사장 기중기 위의 반짝이 전구만큼이나 언니는 멀리 있다.

  "오늘은 역으로 가요. 기차역으로."

  나는 소리쳤다. 그 이상한 설레임이 어디서 왔던 것인지. 엄마의 하얀 얼굴에 희망 같은 게 어렸다가 사라진다. 엄마는 아주 빠르게 감정을 처리하는 데 숙달되어 있었다. 운전을 하면서 눈물을 떨구고, 잠시 후에는 테이프의 노래를 틀고 고개를 끄덕인다. 메인으로 나가 1가를 지나고 스카이트렌 레일을 지나 아이반호 호텔을 끼고 우회전하여 퍼시픽 센트럴 기차역에 도착한다. 여기는 낭만적인 이름과는 달리 낡고 더러운 아이반호 호텔 창에 무거운 커튼이 내려져 있다. 그 중 어느 방에 언니가 있지 않을까. 저기 역광장의 빈들대는 젊은애들 무리 속에 언니가 있지 않을까. 건물 벽에 벌거벗은 소년이 소녀에게 물을 끼얹는 그림이 휘갈겨진 저 역 안골목 어디쯤, 추위에 웅숭그리며 걸어가고 있지 않을까 하여 우리는 사방을 두리번거렸다.

역건물 옆의 공터에 철망이 쳐져 있고, 자전거 부속과 썩은 나무와 못 쓰게 된 타이어가 쌓여 있다. 936이란 팻말이 있는 걸로 보아 그곳도 주소가 있는 땅인데, 쓰레기만 널려 있다. 공터 앞의 올드 아메리칸 호텔에는 캐나다 국기와 미국 국기가 사이좋게 어울려 입체감을 이루고, 두 나라가 빈곤과 쓰레기더미에서 미소짓고 있다. 지도자들은 다 어디로 갔는지. 국기가 마치 그들이 벗어놓은 속옷 같다.

엄마가 역광장을 가로지르며 기차를 기다리는 사람들을 살폈다. 언니처럼 생머리를 허리에 늘어뜨린 여자가 우리의 숨을 멎게 하였다. 스페인계의 여자인데도 우리의 시선을 긴장시킨다. 언니가 대륙횡단 기차를 타고 올 리가 없지. 그러면서도 우리는 언니가 내릴 듯이 기다렸다. 마약 중독자로 보이는 마르고 불결해 보이는 백인을 보면 다 언니의 유괴범처럼 보였다. 바로 그 휘파람.

그는 상징적인 이니셜 외에 존재하지도 않으면서 너무도 분명하게 존재한다. 수염이 더부룩하고 머리가 길며 눈이 퀭한 사람은 다 그다. 그런 프로필들을 싸잡아 엄마는 욕을 퍼부었다. 그들이 공범자이기라도 한 듯. 역사 어디에도 언니는 없었다. 기둥 뒤까지 살펴보았지만.

"유괴범은 극형에 처해야 해. 길복판에 매달아 군중이 침을 뱉게 해야 해. 그냥 죽여두 아깝지."

역사 앞에 두 손을 주머니에 지르고 건들대는 한 무리의 젊은이들을 엄마가 싸잡아 몰아붙인다. 사람들이 우리의 걸음을 멈추게도 하고 비켜 가게도 한다.

"저 애들은 언니와 상관없어요. 심심해서 건들댈 뿐이에요."

"왜 심심해. 한창 공부하고 일할 나이에? 못된 짓 하려고 저러지."

"크리스마스는 다가오고, 돈은 없고, 따분하니까."

그럴 때 그랜빌의 불빛이 아련히 떠올랐다. 언니의 부재와 함께 나에게서 사라진 환상의 거리를 내가 그리워한 건 아니지만, 그랜빌의 추억이 부랑자들에 대한 공감을 불러일으켰다.

"그러다 저런 놈들이 살인도 저지르지."

엄마는 진저리를 쳤다. 철물점에 녹슨 냉장고와 고철더미가 쌓여 있고, 일을 끝낸 인부들이 작업복 차림으로 포장이 벗겨져 질척한 길로 나온다. 그들의 얼굴엔 하루의 피곤이 깔려 있고, 우리에겐 하루의 고통이 밀려온다. 무수히 오고 떠나는 기차에도 기대를 걸 수 없게 되었다. 한 블록 건너 공장지대에 드문드문 더러운 집들이 보이고, 길을 건너면 차이나타운이다. 그 더러운 집들과 차이나타운을 우리는 샅샅이 뒤지고 다녔다. 우리가 제일 많이 간 곳이 그곳인데 더러운 집들이 몰려 있기 때문이다. 극빈자들이 연명할 수 있는 곳. 우리 언니가 번듯한 새 아파트에 살고 있기를 바랬지만, 우리도 모르게 발길은 빈 촌을 헤맸다.

그날도 그 비현실적인 거리가 우리를 잡아끌었다. 차이나타운을 돌고 지난 길을 다시 지나고, 프린세스란 예쁜 이름의 길마저 누더기를 걸치고 있어서 놀랐다. 몇 가구가 사는지 창마다 빛깔이 다른 커튼이 처져 있었고, 늙은 창녀가 내다보고 있었다.

우리는 있음직한 집 앞에 차를 세우고는 주변을 지켜보았다. 더러운 발코니 아래 화분이 놓여 있어, 여기도 사람이 살고 있구나 하는 위로와 함께 절망도 안겨주었다. 페인트가 벗겨진 너덜거리는 문 안, 이끼 긴 층계 위 베란다에 있는 소쿠리 의자. 물이 고인 비닐통과 쓰레기더미. 어두컴컴한 복도. 그 사이로 파릇한 잎새가 흔들거리는 걸 보면 언니가 있을 것 같아 가슴이 철렁해졌다. 우산 장난을 하며 소년들이 지나가고, 지하로 내려가는 난간이 부서진 통로엔 검은 고양이가 인광을 뿜어낸다.

다닥다닥 붙은 창에서 커튼처럼 제각각의 불빛이 새어나오는 곳을 우리는 안타깝게 바라보았다. 거기에 언니가 있을 것 같아 문을 노크하였다. 얼굴이 창백하고 머리를 질끈 동여맨 남자가 문을 열고 나와, 그런 사람 모른다고 고개를 저었다. 그리고 젓고 또 젓고.

"저기 베니스마켓에 가면 이 동네 정보를 알 것 같구나."

잭슨코너의 베니스마켓에 엄마는 필사적으로 희망을 걸었다. 빈민가의 구멍가게로 선반에 빼곡히 스파게티누들과 소스와

치즈를 쌓아 놓은 이탈리아 식품점이다. 언니 또래의 아가씨가 에이프런을 입고 카운터에 서서 허리가 굽은 노인에게 긴 빵을 팔고 있었다.

처녀는 고개를 저었다. 그런 사람 이 동네 이사오지 않았다고, 한 번도 물건 사러 온 적이 없다고.

우리는 터덜터덜 뒷길의 아파트로 가서 게딱지 같은 문 앞에 섰다. 문마다 페인트도 딴 색인데, 552호, 548호, 546호라고 써 있다. 548호에서 전족을 한 할머니가 고개를 내밀고 고개를 젓는다. 물론 할머니가 영어를 알아들을 리 없고 우리 또한 중국말을 모른다. 길마다 어김없이 노 파킹 팻말이 붙어 있다. 철저히 폐쇄된 구역이다. 어디나 외부인의 침입을 막고 있다. 그곳의 그런 본질 때문에 우리는 접근에 애를 먹었고, 또 그 때문에 이곳을 이잡듯 뒤지지 않을 수 없었다. 창녀집에 LUCKEY ROOM이라고 써놓은 걸 연민에 차서 바라보면서.

우리는 비에 흠뻑 젖었고, 어디에도 인적이 그쳤다. 우리는 텅빈 빈민가 한가운데 있었다.

"이제 어디로 가봐야 하니?"

울음이라기보다 부르짖음이다. 엄마의 눈에 눈물이 방울져 떨어진다. 빗방울보다 커서 먼 가로등 빛에 반짝임을 남긴다.

"그 앤 냉장고도 없이 살 거야."

엄마가 창가에 통조림류와 소스병을 늘어 놓은 창을 올려다 보며 중얼거렸다. 엄마는 계속 눈물을 뚝뚝 흘리고, 나도 눈 안에 고이는 눈물을 깜박대며 밀어넣지만 내 힘은 미치지 못했다. 그러는 동안 엄마가 의붓엄마가 아니라 친엄마라는 생각이 나를 감쌌다. 그 빈민가에서, 언니의 부재로 인한 엄마의 존재를 깨닫고 있는 것이다. 그런 고통을 통해 우리가 공감하

고 언니를 느낀다는 것이 서글펐지만 삶에는 그렇게 함정이
있고, 함정에 빠짐으로써 결속하는 힘도 생기나 보다.

  그런 결속이 새벽에 나를 일으켜 가게로 내보냈다. 엄마와
아빠에게로. 아빠가 꽃시장에 간 동안 엄마와 함께 꽃을 다듬
고, 가게의 물건값을 찍었다. 선반에 물건을 올리고 카운터를
닦고, 엄마와 함께 하는 동안 이건 전과는 다른 생활이라는 느
낌이 나에게 생기를 불어넣었다. 똑같은 일을 하지만 자발적인
것과 그 반대인 것과의 차이는 하늘과 땅 사이만큼이나 크다.
그리고 상대가 우호적이냐 배타적이냐에 따라서도.
  엄마는 나에게 전과는 달리 사근대거나 언니가 없는 빈 자
리를 나를 통해 채우려 하지 않았지만, 나는 저절로 좁혀지고
있는 걸 피부로 느낄 수 있었다. 그래서 가게일도 전보다 열심
히 했다. 앞에서 말한 대로 자발적으로.
  아빠 역시 말이 없고 무뚝뚝하게 대했지만 언니가 없는 빈
곳을 내가 채우고 있다는 느낌을 가끔씩 전해 왔다. 가라앉은
아빠의 눈을 통해. 그렇다고 내가 언니의 자리를 독차지하고
싶어한 건 아니다. 내 자리는 언니에 의해 가려져 있었고, 위
태로웠기에 나는 안간힘을 썼을 뿐이다. 나는 그저 나를 지키
는 보호색을 입고 싶었을 뿐이라고 말하고 싶다.

  빵을 안 잡수시는 아빠를 위해 엄마가 김밥을 말고 내가 뒷
설거지를 할 때, 나는 따스한 손이 내 등에 닿는 것을 느끼곤
했다. 엄마의 손은 김밥에 있지만 동시에 내 등에도 있었다.
나는 그릇을 반들반들하게 닦았다.
  엄마는 냉장고에 언니가 먹을 수 있게 언니가 좋아하는 포

도와 캘리포니아 크림치즈와 피치 요구르트를 넣어 놓고, 언니가 올 거라는 확신을 가졌다. 엄마는 식탁에 스푼과 포크와 물컵을 놓는다. 물론 랩으로 싼 김밥도. 언니가 나간 후 한 번도 언니의 식사를 빠뜨린 적이 없다. 밤중에 일어나 물을 마시러 부엌에 갔다가 저녁 식탁에 고스란히 남아 있는 언니의 그릇이 가슴을 철렁하게 할지라도, 엄마는 언제나 언니의 자리를 지켰다.

언니의 흔적은 어디에나 남아 있지만, 부연 아침빛에 언니의 그릇과 스푼이 떠 있는 걸 보고는 엄마는 비틀거리며 의자 등을 잡았다. 엄마는 그릇을 조심스레 치우고 새 그릇에 새 음식을 담아 그 자리에 놓았다.

언니는 왜 그렇게 한 자리를 고집했는지. 언제나 창을 등진 모서리에 앉았다. 잠깐 차를 마실 때라도 앞 자리를 두고 안쪽의 자기자리에 앉곤 했다. 언니의 그림자는 어디에고 선명하다.

수업이 끝나도 남쪽문을 나서서는 화단을 끼고 돌아 주차장 옆길을 지나 건너는 지점에서 길을 건너 버스 정류장으로 갔으니까. 이름이 하나여서 늘 하나를 고집했을까. 반찬도 그것에 젓가락이 가면 그것만 집중적으로 먹어 엄마의 잔소리를 듣곤 했다. 정말 언니는 세나와는 너무 달랐다. 집 열쇠를 매다는 열쇠 고리가 다섯 살 때부터 쓰던 거라 모서리가 둥글어졌다면 더 무슨 말을 해야 할까. 잉크가 다할 때까지 볼펜도 잃어버리는 일이 없었다.

나는 언니의 책상서랍을 열어보았다. 나처럼 뒤죽박죽이 아니라 얄밉도록 정돈되어 있다. 자는 자끼리, 연필은 연필끼리. 언니가 쓴 편지나 일기가 있을까 하여 뒤져보았지만 그런 건 없었다. 잠겨 있는 서랍에 단서가 될 만한 것이 있을까. 열쇠가 없어 열어보진 못하지만 난 그 서랍 여는 것을 보류하고 싶다. 언니와의 만남을 아끼듯.

내 방은 언니의 모습으로 가득 차 있다. 어느 걸 만져보아도 달짝지근한 숨결이 만져진다. 자다가 일어나 나는 이층 침대의 시트를 더듬고 밋밋함에 놀란다. 번개가 치는 날 엄마방으로 가지 않고 나는 언니의 침대로 기어올라가곤 했다. 언니가 엔디 테일러의 입이 찢어지지 않게 조심하면서 벽에 몸을 붙이고 내 머리를 만져 주었다. 번갯불로 방이 훤하고, 천둥이 창을 흔들어도 언니는 침착했다.

"저건 구름이 상승기류를 만나서 전기를 만드는데 그때 두 개의 다른 전기 즉 음전기와 양전기가 만나 부딪쳐서 소리를 내는 거야."

"그러니까 무서워. 맞으면 죽잖아."

"벼락은 우리가 사인을 보내야 떨어져. 이불에 머리를 묻고 있으면 괜찮아."

언니는 이불을 내 머리에 씌워 주었다.

"어떤 사인?"

"상대와 전기가 일어나야 해. 우리 침대는 나무로 되어 있고, 이불은 솜이라 전기가 안 일어. 우리집도 나무로 지었잖니."

그러면 나는 언니 가슴에 고개를 묻은 채 잠이 들었다. 언니가 간 후로 나는 자주 깨어나는 버릇이 생겼다. 누군가 머리를 가만히 흔들어서 눈을 뜨게 되고, 머릿속이 말짱해진다. 요의가 없어도 변기에 앉아 찔끔거리며 언니가 《플레이보이》 잡지를 보여주던 생각을 하는 나. 그러면 팔을 벌리고 아아~ 하고 소리치고, 소리는 빈 벽을 흔들고 다시 나에게 돌아온다.

언니가 쓰던 물건 중 화장실에 남아 있는 건 칫솔뿐이다. 비누는 닳아지고 수건도 빨았다. 그리고 몸무게를 다는 저울. 아침마다 그 위에 올라가 눈금을 보며 오늘은 점심 굶어야겠어, 하던 소리가 둥둥 떠다닌다. 나는 불현듯 달려가 언니 칫솔에 손을 댄다. 그 까슬까슬한 감촉에 숨죽인다.

그러면서 언니가 다가서기를. 반쪽과 반쪽이 합쳐지기를 기다린다. 나갈테면 지 물건 다 싸가지고 가지 남겨두어 사람을 못살게 군다고 나는 덤비고, 언니는 이내 그림자도 걷어간다. 정말이지 땅으로 스며들었단 말인가. 나에게마저? 그럴 수는 없다.

밤중에 베란다로 나가

"언니~."

하고 부르는데, 검은 물체가 부시시 일어났다. 엄마다. 우리는 와락 끌어안았다. 엄마가 내 등을 토닥였고, 나도 엄마의 어깨를 껴안았다. 우리의 얼굴엔 어느새 눈물이 흐르고 있었다. 이상한 일이다. 언니가 나간 후 엄마는 아무리 슬픈 영화나 얘기를 들어도 울지 않는다.

"나에 비기면 저건 반도 슬프지 않아. 저런 일로 눈물을 흘리는 사람들은 행복한 사람들이야."

그런 엄마가 언니 얘기만 나오면 눈물을 쏟는다. 나는 눈물을 통해 엄마에게 가까이 가는 게 겁나기도 하고 기다려지기도 했다. 왜냐하면 그것이 엄마와 나를 하나로 묶어주었기에.

크리스마스도 연말연시도 쓸쓸함 속에 지나갔다. 흩어졌던 가족들이 만나는 그리팅 시즌이었으므로 언니가 예고 없이 나타나지 않을까 설레기도 하였으나, 끝내 나타나지 않았으므로 쓸쓸하였다. 엄마와 아빠는 동창회 연말파티에도 나가지 않았고, 친한 이웃끼리 외식을 하고 노래방에 가서 춤과 노래로 즐기던 연례행사에도 참석을 하지 않으셨다.

　날이 가고 오는 게 의미가 있는지 없는지, 좋은지 나쁜지, 전연 감정이 없는 얼굴로 변해 버렸다. 친지들에게 언니의 얘기를 절대 꺼내지도 않았지만, 물으면 '한국에 공부하러 갔어요' 하고 말았다. 모른 사람에겐 동부에 갔다고 했다. 거짓말이라 그때그때 변한다. 동부라면 이 넓은 북미대륙 어디란 말인가. 사람들은 고개를 갸웃하면서도 묻지 않았다. 일신상의 얘기를 캐묻는 일은 서로 안 한다. 누추함을 감춰 주고 싶은 배려이기도 하고, 경쟁에서 졌다는 피해의식을 갖지 않으려는 무관심이기도 하다. 겉으로는 묻는 체하고 관심을 드러내지만 실은 겉발림이다.

　교민들은 비슷한 시기에 릴레이를 시작했기에 15년이 지난 지금 그 결과가 선명해졌다. 누구는 10만 불을, 또는 50만 불을, 백만 불 이상을 벌었고, 누구는 파산하여 누락되고, 누구는 집 한 채라도 건졌고, 누구는 애들 농사에 성공했고, 누구는 반타작이고, 누구는 전멸상태고. 그들은 마음의 저울로 상대의 수화을 재고, 뒤진 사람에게 동정하고 앞질선 사람에겐 냉정해진다.

　그러므로 이민사회에선 참다운 우정을 기대하긴 어렵다. 캐나다의 경제정책의 실패로(수익의 반을 세금으로 빼앗아 실업자를 먹여살리니 부지런한 사람들은 의욕을 잃고, 실업수당이나 타려는 사람만 늘어 자원이 풍부함에도 빈국으로 처진다) 살기가 어려워지니 그 현상이 점점 심해진다. 같은 입장이라 덮어주려는 이해가 생긴다. 그게 무관심으로 나타나 무관심이 내 엄마 아빠의 고통을 덜어주기도 한다. 그들이 꼬치꼬치 물었다면 엄마와 아빠는 하루도 견디지 못했을 것이다. 자신이 실패한 케이스의 모델이 되다니 아빠의 자존심으로 어떻게 허락할까.

그러나 우리는 알고 있었다. 아는 사람은 다 안다고. 뒤에서 수근거리는 소리를 우리는 듣고 있었다. 엄마가 교회에 발길을 끊고, 어쩌다 가더라도 친교실에도 안 들리고 서둘러 피하는 것을 그들이 모를 리가 없다. 그들의 도움을 받고자 내가 말씀드리면 아빠는 알려서 도움 될 거 없다고 거절하신다. 언니가 제발로 나간 이상 돌아올 의지가 없으면 안 올 거라며, 아빠는 경찰의 도움도 기대하지 않는다. 언니가 숨어버렸는데 경찰도 어찌할 것인가. 찾는 데까지 찾지만 친지를 통해 수소문하거나 소문낼 필요는 없다고. 아빠는 한 마리의 초라한 두더지가 되려 했다. 그렇다고 알콜이 아빠를 구원해 줄까?

새해에도 나와 엄마는 차이나타운에 속하지 않는 빈민가를 열심히 뒤졌다. 헤스팅과 메인이 만나는 동네를 지나 물건을 싸게 파는 그 유명한 식품점 선라이스 근처로. 나는 그 이름을 철이 나고부터 들었다. 그곳은 빈민가 상점답게 구질구질하지만 싼 맛에 종일 손님이 끊어지지 않았다. 그것은 언제나 엄마에게 어려운 시절의 추억을 불러일으켰지만, 오랜 세월이 흐른 훗날 더 비참해진 모습으로 그 주위를 돌아다녔던 엄마의 심정이 어땠을까 지금 생각해본다. 하나가 크면 딴 세상이 오리라 생각했지만 엄마가 생각한 딴 세상은 상상도 못할 모습을 드러냈으니.

우리는 선라이스 마케트를 중심으로 퍼져 있는 주택가로 갔다. 파웰 스트리트와 코르도바를 따라 더러운 건물 사이로. 전 깃줄이 엉킨 골목을 지나 어디쯤 있을 언니를 향해 걷고 또 걸었다. 상가 건물 뒤로 쓰레기통마다 낙서가 휘갈려 있었다. 술주정꾼이 쓰레기를 뒤지고, 길바닥에 헌옷과 가구들이 뒹군다. 저곳, 건물 뒤의 쓰러질 듯한 베란다를 연결하는 서커스 줄 같은 사다리들. 때가 덕지덕지 낀 창틀과 이끼가 말라붙은 벽. 거기에 언니가 있다면 너무 끔찍하다.

삭아서 만지면 부서져버릴 것 같은 커튼을 올려다보며 나와 엄마는 진저리를 쳤다.

"그냥 가. 저런 데 언니가 있을 리 없어요."

문을 열면 어떤 손이 나와 나를 흡입하여 다시는 못 나가게 할 것 같다.

"돈 한 푼 없이 맨발로 나간 애가 어디로 갔겠니. 저긴 그래도 길바닥보다 낫잖니."

"무슨 짓을 해서라도 저런 데서 살진 않을 거에요."

무슨 짓이란 말에 엄마 얼굴이 하얗게 굳었다. 나는 거무죽죽한 층계로 올라가 문을 두드렸다.

차 한 대가 골목을 가로막아 서 있고, 꽉 끼는 청바지를 입은 여자가 운전석 남자의 한숨을 사서, 히룻밤 자신을 팔려고 비틀었다. 나와 엄마는 시선을 피한다. 피하는 곳도 쓰레기더미다. 전봇대에도 이끼투성이다. 쓰레기 널린 공터에 새들이 날고, 둥근 돔의 성 제임스교회가 다른 세상의 모습처럼 보인다.

그곳에 산재해 있는 루밍 하우스들(싸구려 여인숙). 낮에도 술에 절어 있는 인디언들, 알콜 중독자나 마약 중독자들, 그외에 범죄자들, 뚜쟁이들로 연명해온 건물은 눈만 흘겨도 쓰러질 듯했다. 루밍 하우스의 보이들은 우리가 언니의 사진을 보여주기 전에 고개를 흔들었다. 그러면 우리는 낙담하면서도 안도의 숨을 내쉬곤 했다. 조금만 더 가면 공원이고, 벚꽃나무가 봄기운을 뿜고 있다. 자연은 정직하고 빈틈없는데 사람에겐 헛점이 너무 많다. 철망에 부서진 자전거 바퀴와 찢어진 인도 사리가 걸려 있다. 사람들은 여기서도 무감각하게 머리를 저었다. 엄마가 내 팔을 잡아당겼다.

"그만 가자. 이제 이런 곳엔 오지 말자. 쉐난쉬로 가자."

엄마는 우리가 쉐난쉬에 사는 것처럼 말한다.

"쉐난쉬는 갑부들만 살아요."

"우리가 전혀 생각 못한 곳에 언니가 있을지도 모른다. 쉐난쉬에 말이다."

나는 엄마의 차디찬 손을 꼭 쥐었다. 그런 엄마를 통해 봄이 멀었음을 확인하는 일이 싫었다. 겨울이란 계절의 끝이 아닌가. 엄마가 끝으로 가고 있다. 엄마가 육십 노파로 보인다.

다음 날 우리는 킹 에드워드로 나가 오슬러 뒷길을 빙빙 돌았다. 부자촌은 올드 쉐난쉬다. 집들이 수목에 가려 보이지 않고, 벤츠나 자가가 천천히 지나가고, 부티나는 날씬한 중년여자가 앙증맞은 개를 끌고 걸어간다. 그 외에는 그 넓은 길에 한 사람도 보이지 않았다. 여자도 어느 틈에 사라져버렸다. 누구에게 묻는담. 무얼 어떤 식으로. 밀어내는 데 이력이 난 상류사회의 사람들에게 어떻게 접근할까 막막하다.

개조심이란 팻말이 보이고, 으르렁대진 않지만 곧 달려들 것 같아 함부로 걷지도 못하겠다. 이곳의 길은 공유가가 아니라 개인재산 같아서 공짜로는 밟아서는 안 되는 것 같다.

도대체 그곳에 틈이 있는가. 대문으로 들어가는 길이 한참이

나 되고, 마당이 운동장만 하고, 집은 식구를 찾기 힘들 만큼 넓다 해도 타인을 들여놓을 틈은 없는 것이다.

파출부나 세탁부, 간호사라면?

저택 앞을 서성대며 엄마가 맥빠지게 중얼대었다.

"느이들이 성공해서 이곳에 살기를 바랬지. 느이들만이라도. 떵떵대며 저곳에 터를 잡길 바랬다. 아빠와 난 아무렇게나 살더라도 느이들이 여기서 산다는 것만으로 왕이 된 기분일 거라고 늘 얘기했지."

"밴쿠버의 내노라 하는 의사나 변호사 같은 터줏대감들의 아성이에요. 홍콩 갑부들이나. 우리가 아무리 발버둥쳐도 진입 못해요. 여긴 쉐난쉐에요."

잘못 왔다고 나는 엄마에게 말하고 싶었다. 그때 엄마가 소리쳤다.

"왜 못 해."

엄마는 어디서 그런 힘이 솟아났는지 쉰 목청에서 날카로운 고음을 냈다.

"할 수 있어. 할 수 있었어. 1년 전까지도 모든 건 가능했다. 느 언니는 그럴 수 있었어. 이런 일만 없었다면. 왜 이런 일이 일어났는지. 느 언니가 너무 탁월하니까 운명의 신도 탐이 난 거야. 내가 십팔 년 동안 누렸으니 내 운은 다했다고 알려준 거야. 이제 내 삶은 끝났다."

엄마는 바닥에 주저앉아 두 손으로 얼굴을 감쌌다.

'나는요? 나는 허수아빈가요? 엄마 딸 아닌가요?'

나는 소리치고 싶었다. 빈민가에서도 티내지 않던 엄마가 부자촌에 와서 약한 모습을 드러내는 것도 놀라웠지만, 내가 엄마에게서 철저히 제외되어 있다는 데 충격을 받았다. 언니의 부재 속에서마저 제외되다니.

"그러나 나는 쓰러지지 않겠다. 네가 있으니까. 언니를 빼앗아간 운명에 복수하는 거야."

엄마의 눈이 불타고 있다. 언제 절망하고 가라앉았냐는 듯. 이상한 것은 그 말을 듣는 순가 내 속에서 무언가가 살아나고 있었다는 것이다. 꿈틀대며 표피를 찢어내고 있는 이빨자국까지 느꼈을 지경이었다.

'네가 있으니까'라는 한 마디의 말. 그것이 무슨 힘을 지녔을까. 언니의 부재가 나와 엄마와 아빠를 묶어주었다면 그것은 눈물이나 슬픔 같은 것으로였을 것이다. 거기 합류하며 내가 부모님과 가까워지고 있었다 할지라도 중간에는 언니가 있었다. 언니라는 다리.

그런데 돌보다 단단한 그것이 부서지다니. 나도 할 수 있다. 하고 싶다. 도달하리라. 그때 내 속에서 그런 욕망이 꿈틀대었다. 내 속에 있는 또 하나의 나. 나의 다른 반쪽. 언니가 아니라 나는 나의 잃어버린 반쪽을 찾아야 한다고 조바심치고 있었던 것이다.

그후 나는 나의 반쪽을 찾았나? 나의 반쪽이 언니처럼 공부 잘하고 빈틈없으며 나무랄 데 없이 반듯하다는 것을 알아내었나? 그 얘기는 잠시 미룬다. 일의 순서를 매겨야 하므로. 그리고 나를 기다리고 있는 그에게 어서 가려면 서둘러야 한다.

우리는 하루도 빼지 않고 다녔다. 씻을 새도 없어 머리에 비듬이 끼고 꾀죄죄한 엄마와 잠을 설친 해쓱한 나. 나는 잠을 설치며 공부했는데 그건 사실이다. 나는 어느 새 밤잠을 안 자며 공부하고 있었다. 나도 모르게 모든 게 달라지고 있었다. 부모들이 형제를 똑같이 키워도 반대 아이들이 나오듯이 나는 두 개의 나를 관리하지 않아도 저절로 전과 다른 나로 돌아가고 있었다. 구실만 찾던 내가 나도 모르게 책상 앞에 앉아 책을 펴드는 걸 상상해 보라. 여러분도 이해하기 힘들 것이다.

다시 언니에게로 돌아가자면, 우리는 그레이트 밴쿠버 전역을 얼마나 돌아다녔는지, 어느 거리에 어떤 식의 집이 있는지, 예를 들어 둥근 발코니의 스페니시 스타일, 영국의 튜더 스타일, 동양식이 가미된 기와지붕의 나직한 집과 정원들. 밴쿠버의 인종만큼이나 많은 갖가지 집들이 어느 지역에 밀접해 있나도 알게 되었다. 키퍼의 차이나타운과 프레저의 인도촌, 웨스트부촌에 있는 유대인 커뮤니티 센터, 저팬타운과 킹스웨이에 있는 코리아타운. 그런 민족의 분포까지 알게 되었다. 그 동네 사람들의 취향. 개를 데리고 산책을 많이 하는 지역과 동네의 테니스코트가 늘 만원을 이루는 곳, 하다 못해 어느 거리엔 어떤 나무가 많다는 것까지 알게 되었다. 박사학위 논문이라도 쓸 만큼 우리는 그런데 통달했는데, 기적 같은 일이 우연속에 낄 수도 있지만, 무작정 거리를 뒤진다고 언니를 찾을 수 있었겠는가. 무슨 단서를 가지고?

구름처럼 사람들은 수시로 이동을 하고, 발 달린 언니가 어디에 있을지, 어디로 갔을지 알지도 못한 채 석 달 만에 타이어를 갈아낄 만큼 다녀야 했으니.

인생의 목적이 사랑으로 귀결된다면 부질없는 것이다. 받는 쪽이 아니라 주는 쪽은 너무 큰 희생을 한다. 사랑은 누군가를 희생시키려 존재하는가?

부푼 나무들이 손을 뻗쳐 있어 우리는 숨이 막혔다. 언니가 없는데도 나무에 일제히 꽃이 피어난 것이 신기하고 이상했다. 우리를 가파른 곳으로 밀고 가던 그 눈부신 봄날. 꽃향기에 취해 울멍대며 꽃핀 나무 아래를 지나기가 민망스러웠다. 언니가 간 후 처음 맞는 봄이 낯설고, 너무 야단스러워 우리는 어디론가 숨고 싶었다.

하룻밤 자고 나면 연두빛 속에 분홍빛이 떠 있어 설레임이 섬득함으로 변하는 동안 우리는 고색창연한 웨스트의 거리와 밴쿠버 스페셜 스타일의 집들이 총총한 이스트의 거리에서 많은 사람들을 만났다. 젊은 여자를 보면 유모차를 밀고 가는데도 달려가 언니인가 확인했다. 언니가 아이를 낳았을 리 없건만 그때쯤 나에게도 그 또래의 여자가 다 언니로 보이게 되었다. 길게 묶은 생머리의 뒷모습을 보고 달려가 그 앞에 섰을 때 그게 남자라도 당황하지 않는 법도 알게 되었고. 왜 그리 머리 기른 남자가 많고, 옷을 헐렁하게 입어 분간을 못하게 하는지. 하다 못해 거리의 패션에도 눈을 뜨게 되었다. 이 동네에서 사람을 만나고, 같은 사람에게 같은 말을 묻다가 엄마는 땅에 주저앉아 꽃잎을 움켜쥐고 울음도 말라 꺼이꺼이 소리를 냈다.

어떤 날, 그냥 그런 날 중의 하나이므로 어떤 날이라고 해야겠다. 비대한 할머니가 리봉을 맨 앙증맞은 개를 데리고 걸어가고 있었다. 우리는 개를 매개로 이야기를 시작하였다. 할머니는 희끗한 금발에 사람 좋은 웃음을 띠며 친절하고 수다스럽게 우리를 동정했다. 조카의 친구집에 세들어 사는 동양여자가 꼭 언니 같다는 것이다.

그 할머니는 우리 차를 타고 친절히 뉴웨스트민스터의 퀸스파크 옆에 있는 그 집까지 함께 가줬다. 프레저 강이 있고, 강물에 목재가 둥둥 떠서 전마선에 끌려가는 뉴웨스트민스의 구석구석 어디에 어떤 풀, 어느 공터에 노란 민들레꽃이 만발했다든지, 스카이트렌 레일 밑에 산딸기 덩굴이 우거진 걸 아는 우리가 못 찾을 리 없다. 그러나 언니가 숨어버릴까봐 할머니와 동행하길 간청한 것이다.

그 집이 낡고 작아서 우리는 안심했다. 은둔하기 위해 강을 건너 멀리 이만큼 언니가 왔을 것이라 추측되었으므로. 우리는 설레며 대문 앞을 서성거렸고, 그 집으로 들어갔던 할머니가 한참 후 우리에게 오라는 손짓을 했다. 어둑한 통로에 세탁장과 부엌과 서너 개의 문이 보였다. 좁은 공간에 그것들이 어떻게 놓여 있는지 숨이 막힌다. 가구도 없는 방안에 애기옷과 다이퍼(애기 기저귀) 상자가 흩어져 있다. 어느 문에서 화장실의 물 내려가는 소리가 들렸다. 언니가 숨쉬고 있는 소리. 제발 화장실에서 언니가 나오길. 우리는 숨을 멈추고 기다렸다.

방금 오줌을 눈 어린아이를 데리고 화장실을 나오던, 긴 생머리에 뼈가 가늘며 얼굴이 하얀 그 동양 여자. 우리보다 그 여자가 먼저 우리를 알아보았다. 그 여자가, 내가 3학년 땐가 길 건너 런던 드러그 옆에서 도너츠집을 하다 몬트리올로 이사간 엄마 친구의 딸 희경 언니라는 걸 아는 데는 한참이나 걸렸다. 나와 희경 언니는 누가 먼저랄 것도 없이 움찔했다.

"아니. 희경이가 웬일이야. 부모님은 몬트리올에 여태 사셔?"

엄마가 그렇게 말하자 방으로 피하려던 언니는 체념한 듯 팔을 내려뜨린다. 희경 언니는 피아니스트가 될 거라고 했다. 희경 언니의 피아노 티처인 그 유명한 파커가 그랬다. 천재적인 소질을 가졌다고. 파커한테 레슨을 받기도 힘든데 파커가 아끼는 제자라고. 희경 언니의 부모는 언니를 미국 줄리어드음대에 보내기 위해 몬트리올에 나온 대형 슈퍼마켓을 인수하여 한 10년 고생할 생각으로 떠난 것이 8년 전쯤이었다. 그들의 10년 고생이 부러워 엄마의 친구들은 배를 앓고, 아직도 배앓이가 안 끝났는데, 줄리어드에서 두각을 나타내야 할 희경 언니가 여기 있다니. 엄마를 숨도 못 쉬게 한 건 아이였다. 갓두 돌을 넘겼을까 한 아이는 눈만 하얀 검둥이었다.

나는 그때나 지금이나 사람의 얼굴색을 가리고 싶지 않다. 우리는 부모를 선택할 수 없듯이 얼굴색도 선택할 수 없었다. 까맣다고 그들을 무시한다면 노란 우리는 어쩔 것인가. 백인들이 속이 노란 우리가 겉이 하얀 체하는 걸 비아냥거릴 때마다 나는 마틴 루터나 제시 잭슨 목사처럼 인권주의자가 되리라 결심했었다. 세계를 하나로 묶으리라. 검은 머리와 노랑머리, 빨강 머리로. 부모님이 의사나 변호사가 되라고 할 때마다 지진아인 나의 꿈은 그보다 높은 곳을 날았다면 사람들은 웃으리라.

혹인들이 못 배우고 가난하다 보니 난폭해지고, 범죄에 물들고, 악순환만 거듭되었다. 지금은 노예보다 월등히 나아졌지만 사람들 뇌리에 노예의 후손이라는 차별의식이 남아 있는 이상 그들이 폭력을 떠나기는 어렵다. 특히 로스앤젤레스 같은 곳에서. 그래서 그들은 폭동을 일으키고 한국인이 희생양이 되기도 했다.

희경 언니는 무덤덤한 얼굴로 곱슬곱슬한 아이의 머리를 만진다. 아이의 손바닥만 빼고 순검정이다. 만지면 검은 물이 들 것 같다. 내가 셸이라는 그 아이를 안아주자 엄마가 징그러운 벌레를 보듯 찡그린다. 희경 언니는 엄마의 물음에 짤막하게 대답하고 입을 굳게 다문다. 그처럼 섬세하던 손가락은 어디로 갔는지.

쉘의 아빠는 트럼펫을 부는 음악도라고 한다. 쉘이 생겨 둘 다 학업을 중단했는데 음악에 대한 미련은 없고 현재가 행복하다고 말한다.

"부모님은?"

엄마는 희경 언니의 부모 일이 궁금한 모양이다. 그들의 아픔이 똑같은 무게로 와 닿기 때문이리라.

"엄마가 알고 생활비를 조금 보내주세요. 아빤 모르시고."

엄마가 그럴 거라며 고개를 끄덕인다.

"오빠와 동생은 내가 여기 있는 줄 몰라요. 여기 와서도 아무도 안 만나고 살아요. 여긴 날씨가 좋으니까. 겨울에도 안 추워서 왔어요."

온 지 1년 가깝지만 엄마가 아무도 만나지 말래서 한국인은 안 만난고 산단다. 우리의 방문도 전혀 뜻밖이라고. 무슨 일이냐고 묻는다. 엄마는 그냥, 하나를 만나면 알려달라고 말했다.

"우리는 거기서 산단다. 헤더에서. 네가 필요하면 연락해라."

고개를 끄덕이고, 희경 언니는 감정 없는 얼굴로 우리를 보낸다.

"그나저나 저 집 큰일 났구나. 아버지가 한양댄지 명지댄지 부교수를 했는데. 얌전한 분들인데 충격이 얼마나 크겠니. 어쩌다 저렇게 되었는지……."

엄마는 희경 언니에게 혀를 찬다. 남의 행복이 더 커보이듯 불행도 남의 것이 더 커보이나 보다. 나에겐 희경 언니네보다 우리가 더 큰일인 것 같은데.

"거기 가서 스물네 시간 여는 주유소 딸린 그로서리 하며 고생 많이 했다는 소문 들었는데, 좋은 꼴 못 보구 쑥밭 됐구나."

엄마는 희경 언니네 한탄하느라 언니도 잊은 듯하다. 슈퍼마켓을 번번히 그로서리라고 하면서. 사람들이 남의 행운보다 불행에 더 관심을 보이는 것이 마음 아파서라기보다 위안받으려고 그런가 보다. 남의 행복을 통해 대리만족하기보다 불행을 통해 만족하기가 더 쉬운 모양이다. 엄마는 동지가 생겨 힘나는 듯한 인상을 주었다.

니 언니도 어딘가에 살아 있으면 좋으련만……. 하고 저의를 흘리기도 했지만. 살아 있되 검둥이 아이만은 낳지 않았기를 바라는 건 분명했다.

6

　그리고 그해 2월말 밤중에 노크소리가 나서 문을 열자 언니
가 거짓말처럼 문 앞에 서 있었다. 우리는 관 뚜껑이 열린 듯
놀랐다. 많은 걸 묻고 싶었지만 불안해 할까봐 입을 다물고,
서로 눈치만보다 다들 잠을 설쳤다. 학교엔 병가를 내어 폐결
핵 치료차 한국에 가 있었다는 증명서를 뒤에 제출했다.
　집 나간 지 거의 석 달. 겨울방학과 할리데이 시즌이 있었고,
2월의 봄방학도 끼여 결석한 날은 두 달이 채 안 되었으므로
언니는 유급하지 않고 12학년으로 다니게 되었다. 성적이 좋은
데다 그 동안 봉사활동도 많이 했기에 학교에선 의심없이 받
아들였다. 중간 시험과 학기말 시험만 통과하면 되었다. 더구
나 언니는 폐결핵 환자답지 않은가. 해쓱하고 야윈 언니에게
선생님과 친구들의 호의가 쏟아지고, 언니는 전보다 말이 없지
만 모범생의 자리로 돌아왔다.
　엄마는 다시 나갈까 병이라도 날까, 정서가 불안해지지 않을
까 염려하여 전보다 더 비위를 맞추며 떠받들고 감시한다. 곧

시험이니 시험이나 끝나면 밝혀내겠다면서. 언니가 나간 후 갱년기 장애를 일으켜 추워졌다 더워졌다 하여 밤에도 이불을 뒤집어 썼다 차냈다 어찌할 바를 모르던 엄마는 다시 열심히 교회에 나가시고. 갱년기가 되면 그렇게 변덕스러워지는 건지.

언니 없을 땐 너밖에 없구나 하더니, 언재 그랬더냐 싶게 그때 빈민가를 뒤질 때의 연대감은 깡그리 잊고, 언니 공부하는데 조용해라, 언니 자는데 떠들지 마라, 언니를 그야말로 공주 취급하셨다. 나도 그런 대접 받는다면 당장이라도 가출해 보고 싶었다.

나는 하루에도 몇 번씩 집나갈 충동을 느끼곤 했다. 엄마가 오렌지 주스를 짜서 언니를 따라다니며 한 모금만 마시라고 간청할 때, 밥 한 수저 더 먹으라고 애걸할 때 말이다. 난 일부러 주스를 안 마시고 밥도 굶어 보았지만 효과가 없었다. 밥 안 먹겠다고 소리치고 나서 몰래 깡통을 따서 데워 먹는 일도 지긋지긋하다. 난 병도 안 나는 돌덩어리고, 내돌려도 쳐다보지 않는 박순이고, 떠밀어도 반응할 줄 모르는 지렁이로 아신다. 어느날이고 집을 나가 부모님을 깜짝 놀라게 만들고야 말겠다고 나는 별렀다.

어느날 언니에게 내가 정색을 하고 물었다.

"어떻게 된 거야?"

"뭘?"

"다니엘 데이 루이스. 그 사람과 있었던 거야?"

"그 사람 다니엘이 아니야."

"다니엘이 아니라구? 함께 있었지? 자 나에게 말해봐. 언닌 열여덟이야. 성인이야, 나도 열여섯이고. 자 여자끼리. 우리 감출 거 없잖아."

"그래, 너에게 얘기하려고 했었어. 그이에 대해서."

그 순간 내 머릿속이 흔들렸다. 그이라구? 다니엘 데이 루이스? 어떻게 언니 혼자 그를 소유하지? 그것도 석 달씩이나? 그이도 미쳤군. 학생을 학교로 보내지 않고.

"그는 부모도 없대? 언니가 고아가 아닌 건 알았을 텐데."

내 목청이 올라갔다.

"그인 자유로운 사람이야. 그의 자유로움이 나를 사로잡아. 나를 헤어날 수 없게 해."

"그게 술수야. 언니는 어리석게 걸려든 거야. 그런 사람이 언니를 사랑했을 리가 없지. 노리개였을 뿐. 그렇지 않다고 말할 자신 있어?"

이번에는 언니가 사나워졌다. 언니는 나의 따귀를 갈길 자세였다. 그러기 전에 내가 언니의 가느다란 팔을 잡았다. 언니의 팔은 그 동안 더욱 앙상해졌다.

"그이를 모르면서. 넌 가만히 있어. 넌 사랑이 뭔지 몰라."

"안 봐도 상상이 가. 그는 여자 후려내는 돈판이야."

나는 그가 언니를 사랑했다는 데 대해서 용서할 수 없는 기분이 되었다.

"그만두자. 너완 얘기힐 기분이 아니야. 니가 뭘 아는 애라면 내가 벌써 얘기했지. 수잔에게가 아니라 너에게 했지. 동생에게 터놓을 수 없는 나도 외로워."

"그래서 그 동안 나만 보면 학교에서도 실실 피하기만 했군. 고생은 독판 시켜놓고서. 진짜로 피해자는 나야. 난 더 외롭다구."

나는 질투심에 사로잡혀 소리쳤다. 언니는 멍청히 나를 바라보았다.

"그와 언니의 자유란 방종이겠지. 무분별한 쾌락이고. 그리하여 결국 그는 언니를 버렸고. 뻔해."

언니는 현기증을 가누기라도 하듯 책상 모서리를 붙들었다. 얼굴이 백짓장처럼 하얘졌다. 나는 순간 언니를 붙들어주고 싶었지만 그만 두었다. 언니는 나에게 애원하는 것 같았다.

"나를 돌려보낸 사람은 그야. 타일러서. 깊은 사랑으로 말야. 그이는 희생적이야. 참을 수 없으면서도 참기로 한 거야. 그이는 참는데 나는 못 하겠어. 그이는 늘 나를 달랬어."

언니의 눈이 꿈을 꾸듯 허공에 머물렀다. 앞에 있는 그를 잡으려는 듯 손을 뻗쳤다.

"사랑하는데 돌려보냈다고? 만인의 연인인 그가 언니 하나루 만족한다구. 그인 언니에게서 떠났으니 꿈에서 깨. 이젠 우리도 고생은 지긋지긋하니까."

"넌 어쩌면 그런 말을……."

언니는 흥분으로 떠느라 말을 잇지 못했다.

"사실인걸. 언니 얼굴을 거울로 봐. 그의 사랑이 식었다고 써 있는걸. 식지 않는 사랑은 이 세상에 없어. 무덤까지 가지고 간다구? 언니는 그 소리가 하고 싶겠지. 참 어리석게도."

나는 그를 언니에게서 떼어내는 일이면 무어든 하고 싶었다. 언니는 귀를 막으며 침대 위에 쓰러졌다.

"그만 너와 얘기하지 않겠어. 난 이제까지 카인이 있다고 믿지 않았지. 그런데 있는 거야."

"날보구 유다라더니 이젠 카인이라는 소리군. 언니 멋대로 싫컷 가지고 놀아. 내 걸 다 차지하고서. 언닌 무어든 나에게서 빼앗기만 했지. 난 당하기만 했어. 동생으로 태어난 죄로 말야."

"너~너, 입에서 나오면 다 말인 줄 아니?"

언니는 신음하며 침대에서 솟구쳤다가 다시 쓰러졌다. 그 후 3일간 언니는 고열을 앓았다. 석 달이나 떠돌다왔으니 엄마가 녹용이다, 인삼이다 다려먹여도 앓을 만도 했다.

그러나 난 속으로 열불을 앓았다. 열불이 얼마나 더 무서운지. 겉은 멀쩡하니 아무도 알아주는 사람 없이 방치된다. 어느 날 나는 그가 언니에게 선물했다는 수실로 짠 주머니를 가위로 싹둑싹둑 조각을 내버렸다. 그가 만졌을 언니의 머리도 자르고 싶었다. 언니는 주머니를 찾다가 길에 흘린 모양이라며 그의 유일한 선물을 잃어버린 걸 애석해 했다. 그가 준 생일 카드와 장미꽃 말린 것도 내가 부숴버렸는데, 언니는 물론 나를 의심했지만 내가 부모님께 발설할까봐 참는 눈치였다.

그와 언니와의 스토리를 아는 게 겁나고 싫으면서도 나의 이중적인 마음은 알고 싶은 쪽으로 기울어졌다. 이상한 것은 내가 묻지 않아도 언니가 저절로 그와의 일을 고백한 일이다. 한번 터놓자 언니는 틈만 나면 그의 얘기를 했고, 마침내 나는 귀를 막아야 했다. 한 얘기를 하고 또 해서 나는 수렁에서 빠져 나오려 귀를 막아야 했다. 그러나 처음 들을 땐 나도 모르게 홀려 들어갔다.

제리코비치의 모래 위에서 언니는 모래에 손을 파묻고 모래집을 짓기에 열중하고 있었다. 마치 그와의 집을 짓듯이. 그러면서 눈은 그를 찾아 헤매는 것이다.

"여행을 왔었대. 동부로부터 대륙을 횡단하며 서쪽 끝에 이르렀어. 배낭 하나만 매고. 그리고 이젤과. 그인 화가야. 고양이의 눈과 곤두선 털 하나하나를 살아 있는 듯이 그려. 내가 그를 다시 만난 건 스텐리 파크 동물원 앞에서 돌고래를 그리는 그를 보고였어. 가가이 간 내가 물었지."

나는 단침을 꼴깍 삼켰다. 화가라니. 이건 너무 멋지지 않은가.

"화가냐는 나의 물음에, 그이는 끄덕였고, 그걸로 우리는 의기투합했어. 함께 갤러리를 돌아다니고 도자기 굽는 걸 구경하고, 바다를 보며 맥주를 마시고, 자연스레 그는 다정히 내 손을 잡아주었지……. 우리는 자주 그랜빌 아일랜드에 갔어. 비둘기 광장으로."

언니는 꿈꾸듯 한없이 계속하고, 수많은 장면을 되살리듯 이야기할 때마다 나는 참지 못하고 그만하라고 소리질렀다.

"나도 나를 자제하려고 해. 12학년이다. 대학에 가야 한다. 하고 말야."

그때까지 언니에게 미국 명문대에서는 입학허가서가 오지 않았다. 언니도 부모님 못지않게 그 일에 신경 쓰고 있었다. 우편물을 꺼내올 때마다 오늘도 안 왔니? 하고 부모님은 번갈아 물으시는데, 그때마다 언니는 어두운 얼굴을 했다. 그날 아침에만 해도 김정혁씨네 아들이 예일에서 입학허가서가 왔다러라, 하버드나 스탠포드는 서류를 늦게 심사하는 모양이지? 하며 아빠는 언니의 의중을 떠보셨다. 언니는 고개를 푹 숙이고 아무 말도 못 했다. 꼭 오겠지. 그 동안 가정교사 두고 열을 올렸으니 꼭 될 거다. 너 같은 애가 안 되면 누가 되겠니? 엄마가 그러실 때 언니는 얼굴이 빨개지기까지 하였다. 난 그런 언니가 딱하기도 하고, 부모님이 실의에 빠지는 모습을 얼른 보고 싶기도 했다. 캐나다 명문대에서도 연락이 없었다.

마크와 후안과 릴리안은 벌써 입학서류를 받았다. 하버드는 아니지만 마크는 존스홉킨스의대, 후안은 버클리, 릴리안은 스탠포드에서 입학허가서를 받았다. 그들은 물론 캐나다 명문인 퀸스와 맥길, 토론토대학과 UBC로부터 모두 장학금 제의를 받았다. 언니는 8월까지 기다려야 할지도 모른다. 그것도 등록 못하는 빈 자리가 나올 경우. 이래저래 언니는 방황하고 있었다.

5월 중순, 우리는 언니의 졸업 드레스를 가봉하러 갔다. 언니는 땅만 보고 걸었다.

"언니 파트너는 누구로 할 거야? 마크야? 그는 렌비어와 헤어졌다며?"

졸업 파트너는 같은 학교 학생이래라만 하기에 내가 언니의 의중을 떠본 것이다.

"관심없어 그런 일."

"입학허가서 안 와서 그래?"

언니는 매일 학교에서 돌아오면 우편물부터 점검했다.

"일류대에 가는 게 그렇게 중요한 건 아냐. 부모님을 실망시켜 드려선 안 되니까 가긴 가야 하겠지만. 내가 나를 찾는 게 더 중요해."

"무슨 소리 하는 거야? 나라면 몰라도 언닌 그런 소리 하면 안 돼."

"왜?"

언니가 걸음을 멈추고 서서 나를 실눈으로 바라보았다.

"몰라서 물어? 언닌 부모님의 희망이야. 삶 자체야. 나같은 허접쓰레기가 아니란 말야."

"난 그게 싫어. 내가 왜 부모님의 삶이어야 하니? 난 나야. 그냥 나이고만 싶어. 너는 아니고 왜 내가 부모님의 삶의 전부가 되어야 하니?"

"내가 묻고 싶어. 왜 혼자 독차지하지. 왜 나를 밀어내지?"

"난 밀어낸 적 없어."

언니가 풀이 죽어 작게 말한다. 속눈썹이 가늘게 떨리고 있었다. 이제 무르익은 봄인데, 우리는 봄 가운데 있는데, 언니가 떨고 나도 추워서 어깨를 움추린다.

"언니는 내걸 모두 독차지했어. 한번도 나에게 양보한 적이 없어. 그렇다구 내가 구걸을 한다구? 천만에. 난 구걸하기 싫었어. 부모님의 알량한 관심이나 손길을 목마르게 그리워해 본 적은 있지만 구걸하긴 싫었어. 언니가 나에게 단 한번의 찬스라도 준 적이 있어? 있으면 말해봐. 내가 부모님의 울타리 안에 기웃거리게나마 했어? 언니는 항상 그 안에 있으면서. 배부른 푸념일랑 그만둬. 언닌 미국 일류대에 가야 해. 그래서 부모님의 사랑에 푹 파묻혀 보얗게 살이 올라야 해."

"내가 독차지했다구? 그랬다면 미안해. 난 조금도 그걸 원하지 않았어. 그걸 다 너에게 주고 싶다. 이제라도 너에게 주고 난 정말 가벼워지고 싶어."

파밀라의 양장점이 저만치 보이는 41가와 켐비에서 우린 멈춰 서 있었다. 차 바퀴가 아스팔트에 스치는 소리가 가까이 들리고, 유모차를 밀고 가는 여자가 우리를 힐끗 돌아보았다. 지난번 싸웠던 일이 머리에 스쳤다. 언니가 내 손을 움켜잡았다.

"자 너에게 다 주지. 난 조금도 달갑지 않으니까. 내가 독차지한 게 있었다면 다 너에게 줄게."

말을 마치고 내 손을 놓더니 언니는 빠르게 파밀라 양장점을 향해 걸어갔다. 나는 당황하고 있었다. 너무 잦게 부딪치고 있는 것에.

"말은 하면 하는 만큼 손해다. 안 하면 그저 본전은 되지. 말을 할 때 스무 번만 생각하고 해라. 내가 이 말을 해서 상대방이 어떻게 생각할까 하구 말야."

세레나 할머니의 나직한 음성이 귓전에 맴돌았다.

"한 번도 할까 말깐데 스무 번이나 하라구요?"

"그래 스무 번이다."

"난 못 해요."

나는 세차게 도리질치고, 양장점 쪽으로 가지 않고 반대방향으로 갔다. 그 드레스 내게 꽉 껴도 엄마는 늘려서 나에게 줄 것이다. 난 그 드레스를 물려 입지 않겠다. 언니가 드레스의 주름을 많이 넣건 길이를 짧게 하건 상관없다. 내 드레스가 아니니까. 언니는 언니고 나는 나니까.

나는 주먹을 꽉 쥐고 41가 버스에 올랐다. 그랜빌과 아뷰터스를 지나고 꽃집과 옷가게가 늘어선 상가가 나왔다. 어두워질 때까지 나는 어슬렁대며 상점을 기웃대다 랑콤 루즈 선터취테라와 빨간색 매니큐어를 산 후 맥도날드에서 빅맥 두 개를 사먹고 집으로 갔다. 8시였다. 엄마가 왜 혼자 오느냐고 묻는다. 언니가 먼저 왔어도 그렇게 물었을까. 그 생각하며 나는 심드렁하게 대꾸했다.

"언니 집에 안 왔어요? 먼저 온 줄 알았는데."

"언닌 어디 갔는데?"

"몰라요."

"언니랑 꼭 함께 다니라고 했지? 이제 겨우 마음 잡아가는데……."

엄마는 내 방까지 따라와 꼬치꼬치 묻는다. 나 먼저 저녁 먹으라는 소리도 없다. 배고프냐고 묻지도 않는다. 오직 언니, 언니 드레스 어떻더냐? 맘에 들어 하더냐? 그 소리뿐이다. 그럴 줄 알고 빅맥 사먹길 잘 했지.

나는 오랫만에 언니가 없는 시간을 느긋이 즐긴다. 음악을 꽝꽝 틀어놓고, 침대에 누워 발을 구르고, 벌떡 일어나 거울을 보고, 언니 옷을 꺼내입고 가발도 써본다. 입술에 루즈를 발라본다. 흐리게, 점점 더 진하게. 농염해지도록. 그럴 듯하다. 요염한 포즈를 취해 본다. 모델 나오미 켐벨처럼 엉덩이를 꼬고 걸어본다. 입으로는 마이클 잭슨의 빌리 진을 부르며.

'데얼 이즈 낫 마이 싼'을 '데얼 이즈 낫 마이 마더'로 해보고 이를 드러내고 씩 웃는다. 어디선가에서 내 엄마가 내가 보고 싶어 울고 있을 것 같았다. 나를 버린 엄마래도 보고 싶다. 그 엄마에겐 모든 걸 다 용서해주고 싶었다.

그날밤 자다가 일어나 언니 침대를 더듬어 본다. 언니가 없다. 또 가출? 이젠 제법 이력이 붙었나 겁도 없이. 해볼 테면 해보라지. 나도 배짱이 늘어 언니의 생각을 털어버리고 잠들어버렸다.

누군가 나를 흔들어 깨웠다. 누가 나를 일으켰다.
"말해봐. 어디서 언니랑 헤어졌니?"
엄마가 내 어깨를 흔든다. 옷이 뜯어질 정도로.
"왜 그래요. 잠도 못 자게."
"지금이 이 갈며 잘 때냐? 난 여태 꼬박 새웠다. 언니가 안 왔어. 누구네 집에 간다고 하든?"
"말했잖아요. 언니는 가봉하러 가구 난 안 갔다구."
"함께 가다가 왜 넌 뺐니?"
"가기 싫었어."
"왜?"
형광등 빛 때문에 엄마 얼굴이 백짓장 같았다.

"2년 후 그걸 물려 입을 생각을 하니까 기분이 안 나서."

"아이구 이걸……. 넌 왜 그리 철이 없니. 언제 사람 될래?"

엄마가 내 팔을 때린다.

"언니 안 올지두 몰라."

"뭐라구. 대체 무슨 일이 일어난 거냐? 그만큼 조심하라 했건만……. 너 나 죽는 거 보고 싶어?"

"그냥 내 추측이에요. 친구집에 갔을 거에요. 이젠 졸업인데. 너무 조이지 마세요. 열여덟이면 성인이에요. 여기 애들은 그 나이면 독립해서 혼자 살아요."

"너 그걸 말이라구 하니. 다운타운에서 엊그제 살인사건 난 거 알지? 얼마 전 UBC 근처 해변에서 처녀가 납치된 사건도 있었잖니? 가보자. 언니 찾으러."

엄마는 나를 일으켜 앉혔다. 언니 친구네 집에 전화해 보라고 한다.

"올 거에요."

나는 자리에 누워버린다.

"너는 인정머리가 없어 큰 일이다. 형제간이 좋은 게 뭐냐. 이럴 때 걱정해주는 거지."

"내가 안 해도 엄마가 다 하잖아."

몸살이 나려는지 으시시 춥고 머리가 띵해 일어날 수 없었다. 무언가 생살이 도려지고 있는 아픔이 왔다. 엄마는 내가 앓는 데는 아랑곳없이 차의 시동을 걸고 어디론지 가버린다. 밤새 나는 신음했다. 나와 언니 사이는 어둠 같은 게 막아서 있었다. 나는 언니에게 가려고 뛰었지만 발이 나아가지 않았다. 나는 언니 기다려어~ 하고 소리를 질렀다.

"나 시간 없어. 너를 만나 줄 시간이 없어."

"어디 가는 거야. 기다려. 나를 기다려 줘."

나는 허우적대며 언니에게 다가갔다. 벽이 가로막은 것 같기도 하고 언덕이 있고 숲이 펼쳐 있었다.

누군가 나를 흔들어 깨운다. 다시 엄마였다.

"학교에 가보자."

형광등 불빛 대신 부연 아침빛이 창을 비집으며 들어오고 있었다.

"언니는요. 어딨어요?"

"아직도 안 왔어. 학교에 가보자. 아빠 아시면 난리 난다. 몇 번 찾으시는데 잔다고 했다. 심장이 졸아붙는 것 같다."

"오늘 토요일에요."

"가볼 덴 다 가봤어. 학교서 졸업예행연습 같은 거래도 안 하니?"

"안 해요."

나는 온몸이 나른했지만 엄마에게 끄들려 일어나 차에 태워진다. 열이 나고 두통이 심했다.

"타이레놀 좀 주세요."

"참아라. 나도 골치 아프고 온몸이 쑤셔. 약은 안 먹을수록 좋다."

"너무 아파요."

나는 의자등으로 반쯤 쓰러졌다. 엄살이 조금도 아니었음을 고백한다. 엄살이라니. 그게 어느 복된 자의 푸념인가. 엄마는 밤 새웠는지 얼굴이 해쓱하다. 하얗다 못해 퍼렇다. 희망 때문에 몸이 상할 바엔 희망에 매달리지 않는 게 좋을 것 같다. 엄마는 그렇다 치고 난 왜 아픈가. 어제 아뷰터스와 41가의 상가를 쏘다닌 것밖에 없는데. 남학생들을 보고 가슴이 두근댄 것

정도. 그랜빌에 비하면 아무것도 아닌데. 엄마가 넌 잠만 쿨쿨 자고 뭐 했다고 아프냐는 것이었다.

"저녁밥 안 먹었잖아요.

"니가 뭐래도 사먹고 왔으니 안 먹었지. 빅맥 먹었잖니?"

"어떻게 알았어요?"

"니 손에 빅맥 쌌던 종이상자가 들려 있었잖아. 콜라 컵이랑."

"그랬었나?"

이크 실수. 굶어 아픈 척할 수도 없다. 진실한 말 한마디도 엄살로 몰릴 판이다. 난 이래저래 피곤하기만 하다. 의자등에 기대 눈을 감고 있으니 엄마는 그런다고 야단이다. 언니가 어디에 있을지 궁리하고 당장 찾아내라는 거다. 그런 거 모르면 어디 써먹느냐며.

"메이비 나 캔서에요."

내가 이마를 짚으며 심각하게 말한다.

"웃기지 마라. 너같이 밥 잘 먹고 잘 자는 애가 무슨 캔서야. 말이 씨가 된다고 그런 말 함부로 하는 거 아니다."

현기증을 가누며 학교를 샅샅이 훑고 와도 언니는 못 찾았다고 엄마는 짜증만 냈다.

"토요일에 언니가 왜 학교엘 와요. 한글학교도 아니고."

토요일마다 여는 한글학교는 언니의 대입준비로 그만두게 되었다. 나도 8학년 때 덩달아 그만두게 되었다. 엄마가 나 하나 데리고 버나비 끝에 있는 한글학교까지 갈 수 없으므로. 우리는 파밀라 양장점에 가보았다. 파밀라가 언니는 어제 가봉을 한 후 바로 갔다고 했다. 누굴 만나는 것 같지 않고 혼자 왔다 혼자 갔다고 했다. 집으로 돌아와 언니 친구들에게 전화해도 모른다는 대답뿐이었다.

다음날 일요일도 언니가 돌아오지 않았다. 상습 가출증 환자가 된 것인가. 아무튼 예사로운 일이 아니다. 부모님은 싸우다, 한숨만 푹푹 쉬다, 다시 말다툼. 그리고 만만한 나를 들볶기만 했다.

밤에야 언니는 나갈 때처럼 소리 없이 들어왔다. 화장실 갔다 오니 언니가 방에 있었다. 반갑기보다 화부터 난다. 어디 갔었느냐고 물어도 언니는 무릎에 얼굴을 파묻고 아무 말도 안 했다.

"부모님이 이번엔 참지 않으실 거야. 나만 닥달 당했어. 왜 그래 정말?"

나는 언니의 어깨를 흔들었다.

"나를 찾지 않았으면 좋겠어. 나를 이대로 내가 가는 길을 가게 해준다면."

"언니가 무얼 바래? 공주처럼 떠받들려 살면서. 배부른 푸념 하지 마. 난 하루라도 언니 같은 대접 받았으면 좋겠다."

"공주? 바늘 방석의 공주냐?"

"내 보기엔 실크 방석이다. 눈 똑바로 떠."

언니가 고개를 든다.

"난 나를 찾고 싶어. 찾을 거야."

나는 언니 옆에 앉았다. 내가 언니 같아진 기분이라 과히 싫진 않다.

"그럼 이제까지 가식으로 살았단 말야."

"나 아닌 나로 살았어. 진열장의 상품처럼 말야. 어딜 보나 틀로만 꽉 차 있어. 나를 틀에 끼우려는 손들만 있어. 옭아맨 이 끈을 풀어내고 싶은 거야."

"그래서 어디서 무얼 했어. 친구들도 다 모른다고 하던데.

174

마크에게까지 전화해 봤어. 엄마가 친구 집집마다 찾아다니고. 어됐단 말이나 해야 할 거 아냐?"

"이담부턴 그런 짓 하지마. 난 어디에도 없어. 나는 나만의 내 세계에 있으니 그애들을 통해 나를 찾으려 하지 마."

"부모님은 뭐라실까. 언니가 이런 줄 아시면."

"난 이제 두렵지 않아. 두려운 건 없어."

언니는 떨림도 없이 평온해 보인다. 어떤 세계에 대한 열망으로 빛나기조차 한다. 어디서 그런 힘이 나올까.

"난 부모님의 작동인형이 아냐."

언니의 얼굴에 확고한 의지가 나타나 보였다. 앞에 새로운 세계가 열려 있는 듯. 그런 언니가 낯설게 느껴졌다.

그때 방문이 벌컥 열리고 아빠가 언니보고 나오라고 사납게 소리치신다. 언니가 고분고분 방을 나간다. 이어 아빠가 호통치시는 소리. 언니의 침묵. 언니는 어디 갔었느냐, 무얼 했느냐? 대학 갈 생각이 있느냐? 장차 계획이 뭐냐? 라는 등등의 질문에 대답을 안 한다. 마침내 폭발한 아빠가 회초리로 언니를 후려친다. 언니는 꼼짝 안 하고 매를 맞으며 고개를 떨구고 있다.

아빠가 뒤로 벌렁 쓰러져 회초리를 놓친다. 가슴의 응어리를 풀 수 없으신 것이다. 무너지고 있다는 절망감. 그것이 아빠를 쓰러뜨린 것이다.

"내 내 내가 이런 느 느 느이들 믿구……. 이날 이적지 내 내 내가아~"

갑자기 말을 더듬으며 아빠는 손을 허우적대신다. 그 주름지고 앙상한 손을 지금 기억한다. 새벽마다 짝짝이 양말을 신고 운전대를 돌리던 손. 겨울이면 캄캄한 어둠 속에서 차창에 낀 성애가 녹기를 기다리시던 아빠. 한국에서 친구들이 국회의원 되고, 사장 되도 이를 부러워하지 않고, 좁은 상자갑 속에서 종일 담배와 껌을 팔면서도 희망이 있기에 굳굳하던 아빠였는데.

그리고 이튿날. 6월 11일.
내가 언니의 부재를 확인한 건 6월 11일 아침 6시 43분이었다. 기지개를 켜고 일어나 앉아 책상 위에 얌전히 놓인 하얀 사각봉투를 보자 나는 즉각 언니가 떠났음을 알았다. 언니의 침대를 만져볼 필요도 없이. 이번에는 쉽게 돌아오지 않을 것도 동시에 알았다. 그것은 예견된 일이었다. 먼 곳을 보는 타는 듯한 눈초리로 그것을 이미 난 알고 있었다. 그 남자. 다니엘 데이 루이스가 보인다. 그 남자가 언니에게 어떤 영향을 미쳤는지 모르지만, 눈먼 사랑 때문만은 아니라고 여겨졌다. 그는 단지 탈출구가 아니었을까? 어디로 향해져 있건 언니는 비상구를 향해 뛰었으리라. 어젯밤 아빠에게 매를 맞고 그 따위로 멋대로 하려거든 당장 나가라는 호통을 들었기 때문만도 아니다.
"졸업식에 네가 상장을 몇 개 타니?"
"답사는 네가 하니?"
꿈에서 덜 깬 엄마 아빠의 그런 물음은 언니의 가출을 재촉한 촉매 역할을 했을 것이다. 언니는 각 과목 우수자에게 주는 상도 타지 못하게 되었다. 일등이 큰 의미가 없음을 언니는 터득하고 있었지만, 부모님께는 통하지 않는다는 걸 알았다. 피아노를 찰 치니 음악상은 맡아놓았을 거구, 연극도 잘했고, 영어는 몰라도 수학은 네가 받지 않겠니? 결석은 좀 했어도 시험도 잘 봤으니까. 상을 못 타, 엄마 아빠가 어디로 숨게 하지 않겠지. 엄마가 그날을 설레며 기다릴수록 언니는 숨고 싶었으리라.

사각봉투 안에서 언니는 담담하게 말하고 있다. 편지라기보다 이별사이자 언니 자신을 비추는 거울이라고 보는 게 좋겠다. 편지는 내 앞으로 되어 있었다.

세나에게.

부모님과 너를 보고 가려고 했지만 그냥 가는 게 좋겠어. 아주 가는 것도 아니고 잠시 동안이야. 휴가여행이라고 해도 좋고 딴 도시로 유학 떠난다고 해도 좋아. 어차피 난 둘중에 하나를 택하려고 했는데 조금 날짜를 당겼을 뿐이야. 학기말 시험과 프로빈스 시험도 끝나고 이제 졸업식만 남았으니 나도 홀가분해. 졸업장은 네가 받아두길 바란다. 난 어디서든 공부할 거야. 내 힘으로 내가 꿋꿋이 서 볼 거야.

당분간은 여행을 하게 될 것 같다. 전에도 말했듯이 날 찾지 마. 기다리지두 말구. 언제든 빠른 시일 안에 난 집으로 꼭 돌아갈 거야. 나는 오직 나일 뿐. 가출이라고 생각지 말아줘. 나를 개척하러 가는 거니까. 나는 타락하지도 않을 거고 지금보다 힘차고 큰 내가 되어 돌아올 기야.

그 동안 부모님께 잘 해드리길 바래. 내 몫까지 다. 부모님께 잘 말씀드려 줘. 내 걱정 조금도 마시라고.

부모님도 자식 때문에 희생하지 말고 이젠 부모님의 삶을 찾으시라고. 난 나를 찾는 외에 부모님의 자화상도 찾아드리고 싶어. 아울러 너도. 우리 식구는 모두 서로에세 옮아매어져 있어. 모두 제각각의 길이 있는데 우린 너무 서로에게 의존하고 의미를 부여하고 찾았어. 이젠 서로 떨어져 서로를 바라볼 때야. 가까이에선 자기 얼굴도 보이지 않아. 일정한 거리와 시간이 우리에겐 필요해. 되도록 빠른 시일에 너와 부모님을 만나길 바라겠어.

        6월 10일 밤. 하나.

  이 앙증맞고 뚱딴지 같은 선포에 부모님은 말을 못 하신다. 언니가 나를 통해서나 몇 마디 언급했을 뿐 부모님께 직접 쓰지 않은 것도 괘씸하고, 무엇보다 돌발적이 아니고 계획적이라는 것과 남자가 연루되었다는 추측이 부모님을 괴롭혔다. 졸업을 앞두고 이 무슨 날벼락이냐며 엄마는 울부짖었다. 아빠는 긴 탄식과 함께 쓰러지셨다. 희끗희끗한 머리와 벗겨진 이마가 안쓰러웠다. 언니가 벗어나길 갈망한 건 바로 저런 극진한 사랑이었던가. 사랑과 기대라는 두 개의 축은 맞지 않고 삐걱대었다. 언니가 찾고자 하는 것은 양친의 울타리 밖인 저 넓은 벌판이었다. 부모님이 보시기에 거칠고 울퉁불퉁하며 위험으로 가득찬 세계.

  나는 언니가 비워놓은 방안을 둘러보았다. 모든 게 제자리에 그대로 있었다. 책상 위의 저금통장도 변함없이 딸그랑대었다. 옷장의 몇 가지 옷 외에 없어진 게 없었다. 그것이 부모님을 더욱 걱정스럽게 하고 배신감을 증폭시켰다. 언니의 흔적이 고스란히 남아 있으나 방안은 바람 빠진 풍선처럼 찌그러져 보였다.

  "나쁜 놈의 꾀임에 빠진 거야. 그 앤 그런 애가 아니다. 우리를 저버릴 애가 아냐. 겁많고 부모와 선생님 말을 법으로 알았던 애야. 누가 집히는 애가 없니 너에게 아무 말도 안 했어?"

  부모님은 나에게 그 말을 수없이 물으셨다. 나는 다니엘 데이 루이스에 대해 말했다.

178

"그 남자보단 언니가 더 열중인 거 같았어. 언니를 꾀어낼 사람은 아니에요. 그는 단지 탈출구였을 뿐이에요."

"탈출구라니?"

"숨구멍 말에요."

"아이구 망측해라. 어린 게 못하는 말도 없구나. 그 놈이 언니를 꾀이지 않았다구? 즈이들 잘되라구 이날 이적지 고생만 했건만, 그 날도둑놈을 어디서 찾아야 하나? 인상착의나 이름을 말해봐. 당장 경찰에 신고할 테니까."

"몰라요. 그냥 다니엘 데이 루이스야."

"불란서 놈이냐?"

"그럴 거에요."

"다니엘은 또 뭐냐? 루이스는 뭐고?"

"불란서 배우야."

"니가 지금 우릴 놀리는 거야? 똑바로 말해봐. 넌 그러니까 언니가 나갈 줄 알았구나. 알면서도 우리에게 시침 뚝 땄어. 니가 일 저지를 줄 알았어. 할 말은 죽어두 안 하구, 안 할 말은 떠들구. 꼴 좋다. 할 말 못 할 말 못 가려 느 언니 신세망치구 우리 골병들게 생겼으니."

모든 책임은 나에게 쏟아지고, 우리는 매일 그 문제로 옥신각신했다. 나는 야단을 맞으면서도 다니엘 편을 들었는데 왜 그런지 몰랐다. 그를 생각하면 공연히 눈물이 나는 것 외엔.

언니를 찾으러 다닐 때는 목적이 있기에 엄마는 활기가 찼었다. 이제는 그럴 필요가 없으므로 고인 물이 되어 사그라들고 있다. 엄마는 쭈글쭈글해져 갔다. 아빠는 새벽 꽃시장에 나가지 않으셨다. 늦게서야 시든 꽃을 사다 구색도 맞추지 않았으므로 신선한 꽃으로 날리던 가게는 문병객들 기억에서 잊혀지기 시작했다.

언니가 바란 건 그게 아닌데. 각자의 자리로 돌아가 힘차게 자기의 길을 갈 바라고 있었는데. 부모님도 우리의 뒷바라지에서 놓여나 사교와 여행으로 즐기시면 좋으련만. 곁에서 보아야 하는 나는 답답하기만 했다.

집안엔 한숨과 먼지만 푹푹 쌓이고 하루가 한 달의 무게를 남겼다. 우리 셋은 언니의 그림자인가? 이렇게 삶으로 향한 문을 닫아버리면 숨막혀 질식하지 않을까? 부모님은 빨리 늙으려 경쟁하는 사람들 같았다. 한숨 소리로 나는 부모님이 어디 계신지를 알 수 있다.

졸업식을 앞두고 언니 친구들은 파트너 구하려고 법석을 떨었다. 나는 그 떠들석한 한 구석이 비어 있음에 마음이 아팠다. 핑크로 부푼 속이 뻥 뚫린 게 싫어서 나는 멀찍이 돌아갔다. 그들이 손짓하면 잽싸게 피했다.

그러든 어느날 마크가 큰 소리로 나를 막았다. 마크를 보는 것도 오랜 만이라 나는 기다렸다. 언젠가 언니에게 왜 그리 마크에게 쌀쌀맞게 구느냐고 물었을 때, 니가 선거운동 해주며 그만큼 도와주었으면 지가 너에게 그럴 수 있니? 렌비어가 너보다 어디가 더 나아서? 하는 언니의 말이 내 속을 흔들었다.

그 동안 열심히 마크를 피해왔다는 생각이 들었다. 나는 부모님의 반대로 후안의 선거운동도 못 해주었고, 학생회장에는 마크가 당선되었다. 내가 해주었으면 후안이 되었을 텐데. 그건 나 혼자의 희망사항이었는지 모르지만. 후안은 나에게 아무렇지 않게 대했다. 복도에서 만나도 고개를 까닥이거나 한팔을 올려보이곤 무심히 지나갔다. 총학생회장 같은 거 대단할 게 없다는 태도로. 그럴 만도 한 것이 학교의 어깨들을 거느리고 있었으니까. 여학생들에게는 마크가 단연 인기였지만, 남학생들은 후안을 따랐다. 그와 함께 후안이 월남갱이라는 소문이 퍼지고 있었다. 하버드에 가서 정계로 진출하느냐, 범죄조직으로 빠지느냐? 기로에 있지만 후안은 명문 맥길대로부터 장학금을 타게 돼 있어, 판단을 내리긴 아직 일렀다. 나는 마크나 후안이나 추억 속으로 던져버렸다. 어느 대학에 가기로 했어? 하고 물을 만도 하지만, 나는 바닥을 구두코로 콕콕 찍으며 무관심을 가장해보였다. 마크는 학생대표답게 의젓하다. 금빛 머리와 속눈썹이 보기 좋게 반짝인다.

"하나에게 내가 만나잔다고 말해줄래? 졸업 전에는 돌아오겠지?"

"울 언니 졸업식에 안 올 거야."

"뭐라구?"

마크는 나에게 바싹 다가섰다. 양파 냄새인가 했더니 쉐이브 로션 냄새다. 면도가 잘 된 마크의 파릇한 턱의 까슬까쓸한 감촉이 전해왔다. 제기랄. 나에겐 감각을 만들어내는 방이 딴 사람보다 한 개 더 있는지. 마크에게만은 가동을 중지해야 되는 게 아닌가?

"그딴 형식적인 거 뭣 하러 하니? 졸업장만 받으면 되지. 울 언니 성적증명서랑 졸업증명서 떼갖구 한국 갔어. 거기서 대학 다닐 거야."

난 부모님과 입을 맞춘 대로 그렇게 말했다. 조국에 방 한 칸 마련하지도 않고 우리는 언니를 보낸 셈이다. 부모님도 친구들에게 그렇게 말하곤 했다. 그러면 친구분들은 모두 반색을 한다.

"잘 됐네요. 한국으로 진출하는 게 좋지. 아무리 여기서 날고 겨봐야 백인사회의 주류가 될 수 없을 거면, 일찌감치 내 나라에 가서 자리잡고 떳떳이 살아야지. 우리 애도 대학 졸업하면 한국에 보낼 생각이에요."

그들이 10년 이상 캐나다 생활을 하면서 터득한 건 상류사회로 갈수록 보이지 않는 인종 갈등이나 차별이 심하다는 것이었다. 부당한 대우를 받거나 백인에 비해 능력을 평가절하당하지는 않지만, 동양인이 백인사회를 뛰어넘는 데에는 높은 벽이 있고, 뛰어넘었다 해도 동등한 자리에 서지는 못한다는 사실이었다. 그것은 A형의 피에 B형을 수혈할 수 없는 이치다. 백인과 동양인은 영원한 물과 기름의 관계라고 보면 옳다.

나는 어렸을 때, 백인 친구들로부터 차이니스라고 손가락질을 받거나 몇몇 애들의 노골적인 배척감, 그리고 대다수의 속에 감춰진 동양인에 대한 질시를 통해 내가 그들과 다르다는 것을 느꼈다. 다르다는 것은 이질감을 넘어 영원히 하나가 될 수 없다는 원리를 지니고 있다. 왜냐하면 우리는 동족이 아니기 때문에.

우정이나 사랑과는 다르다. 인종을 뛰어넘은 사랑과 우정은 역사가 흐르는 이상 멈추지 않을 것이다. 개인이나 몇몇 그룹에 한해서는 그렇다. 그러나 국가간 종족간의 집단을 두고 볼 때 그 사이엔 눈에 보이지 않는 제한구역이 있다. 우리가 사춘기에 심한 정서적 불안을 느끼는 이유도 거기에 있다. 우리는 백인들이 지칭하듯 속은 하얗지만 겉이 노란 바나나인 것이다. 부모님들은 뛰어넘으라고 북돋우지만, 그 벽이 우리의 한계 밖인 걸 모르신다. 부모님과 우리의 갈등도 거기서 비롯된다. 언니도 자신의 한계점을 발견하고 탈출구를 찾은 것이다. 그걸 마크에게 설명할 길은 없다.

"그렇구나."

마크는 이마를 덮은 매력적인 금발을 올리며 중얼댔다. 언니와의 추억을 떠올리는 모습이었다. 지가 언니와의 추억이 있을지는 모르지만, 간부회의를 마치고 맥도날드에 갔다든가, 할로윈 데이에 호박을 함께 샀다든가 하는 정도겠지.

이튿날 들으니 마크의 파트너는 엔젤라로 정해졌다고 했다.

"엔젤라라구?"

엔젤라는 신디 크로포드처럼 생긴 영국계의 후리후리한 미녀다. 그럼 그렇지. 연미복을 입은 마크가 땅딸이 렌비어와 졸업식 팡파레의 아치를 지날 리가 없지. 학생 대표로 답사를 해야 하는 마크가 말이다. 엔젤라가 내 목을 조르는 느낌이었다.

"너무 멋질 거야. 졸업식이 아니라 그애들의 엥게지(약혼) 파티 같을 거야."

"엥게지라니. 제딴 것들이. 오죽하면 착해지라고 이름도 엔젤라일까?"

졸업식 같은 게 없었으면 좋겠다.

어깨를 늘어뜨리고 층계를 오르는데 미나 엄마가 부른다. 손끝이 초록이고 쑥 냄새가 난다.

"너에게만 말인데, 나 이런 소리 아무에게도 못 한다. 느 엄마에겐 더더욱. 느 언니 소식 들었니?"

미나 엄마의 눈이 은근해진다. 우리는 미나네게도 언니가 한국 갔다고 말했는데 어떻게 안 것일까. 몰래 엄마 아빠가 싸우는 소리를 들었나 보다.

"그럼요. 어제도 편지 왔는데."

내 거짓말도 하루하루 는다. 나도 악이 바친다. 학교에선 언니가 없으니 모두 깔보는 것 같고, 집에서는 외딸이 누리는 특혜는커녕 환경마저 열악해진 것 같고, 허전함뿐이다. 그리고 묻고 싶어하는 눈들. 끈적대는 그걸 뿌리치기에 힘이 빠진다. 비밀을 간직하기란 얼마나 힘든지. 비밀도 가끔씩은 자랑하고 싶어진다. 아빠는 학교동문들에게 무슨 소문을 들으면 곰삭였다 엄마에게 말하고, 엄마는 썩혔다 미나 엄마에게 말한다. 미나 엄마는 그 즉시 초단파로 방송하고, 그렇게 사건이 문어발식이되어 퍼진다. 엄마는 미나 엄마에게만은 절대 눈치채게 해서는안 된다고 다짐을 두셨다. 그 집은 입방정으로 복을 까불러.

"고등학교를 한국으로 가는 거 첨 보네. 그리고 모두들 한국에서도 일루 유학하라구 안 하냐?"

"앞으론 반대가 될 거에요."

"하여간에 느 언니는 모 아니면 도여. 중간은 안 할 거랑께. 우리 미나는 걸이나 할 거라 속편햐."

내가 쌜쭉해져 집으로 돌아오자,

"난 멀 숨기면 좀이 쑤시고 디시기가 아픈데……. 저번 날 치리왁으로 비듬나물 뜯으로 가는데 즈 언니랑 똑같은 애를봐서 그라는디……."

하고 중얼거리는 바람에 나는 앞뒤를 생각하지도 않고,

"어디서요?"

단숨에 미나네 베란다를 타넘은 내 눈이 등잔만해진다.

"아이구 깜짝야. 왜 그러케 숨넘어가냐?"

"말해봐요. 어디서 울 언니 보셨나?"

"어디서긴 남바 완 하이웨이서지. 차를 타구 스쳤으니께. 그날은 비듬나물이 다 느 언니로 보이드랑께."

"무슨 색 차를 타고 있었는데요?"

"누가 그 판에 차 색깔까장 보냐?"

"퍼런 색 시보레가 아니던가요?"

내가 바싹 긴장해서 깜빡인다.

"글쎄, 퍼런 색 같기도 하고……. 근디 뭘 그러케 의도 있게 묻냐?"

미나 엄마가 문자를 쓸 때는 한껏 감정이 고조되었을 때다. 손님들이 음식상을 보고 놀라는 체하면 용렬하게 차린 걸 가지구 뭘 그래요 하며 얼굴이 상기되는 걸 본 적이 있다.

"그냥요."

나는 대수롭지 않은 듯 흘려버렸지만 이미 덜미를 잡혀버렸다.

미나 엄마는 그 후로 나를 보면 은밀한 웃음을 치고, 내가 혼자 있을 때 쑥버무리나 부추전을 가지고 와 슬쩍 물었다.

"그랑께 니가 적적하겄다. 꼭 쌍둥이들 같더니. 느 언니한테 연락은 자주 오냐?"

"그럼요. 아줌마한테도 인사 전해드리랬는데……."

"아이구 증말 헷갈리네. 호의를 무시하면 그건 사람도 아니다. 입은 비뚤어졌어도 말은 바루 히랬다구. 인 그러냐? 내가 시빙 힛밀 할라구 이러는 거 아녀."

"그런데 아줌마 입은 왜 비뚤어졌어요?"

"응 이거. 어려서 나물 캐러 갔다가 호미로 찍혀서 난 숭터여. 나 이날 이적지 틀린 말 안 하구 살았다. 남 속여본 적두 없구."

나는 찔끔했지만 언니 얘길 고백할 순 없었다. 차츰 미나에게 놀러가기가 어려웠다. 미나 아빠까지도 게딱지처럼 나에게 언니 얘기를 듣고 싶어 했기에 거짓말쟁이가 되고 싶지 않았다. 미나네같이 순박한 분들은 남 안 되길 즐겨 알고자 하는 게 아니라 도와주려거나 단순한 호기심으로 그러는 거지만, 긴급뉴스로 타전하는 일만은 막아야 했다.

"울 언니 연세대학에 갈 거래요."

나는 그런 능청을 예사로 떨었다. 그러고 나면 정말로 언니가 한국에서 학교에 다닌다는 착각이 들었다. 착각은 현실을 낳는 계란인지.

"그려. 느 언니는 어디 가서두 두각을 빛낼겨."

미나 아빠는 그렇게 추어주었지만, 우리의 대화는 초점이 맞지 않아 반대방향으로 튀기 일쑤였다.

"느 언니는 참 흔하게 생겼는 게비다. 어제 빅토리아섬에 미역 따러 가서도 봤으니께."

"우리 언니가 미역 캐러 왔어요?"

"페리에서 내릴 때 봤지. 뒤따라가는데, 차를 순서적으로 빼야 하니 꼼짝없이 기다릴 수밖에 더 있냐. 나가서 보니께 어느새 없더라."

나는 그 말을 믿어야 할지 안 믿어야 할지 갈피를 잡지 못했다. 손을 덥썩 잡으며 도와달라고 고백하고 싶은 충동을 누르며, 다음날 엄마와 빅토리아 섬으로 가서 바닷가를 뒤지고 돌아다녔다. 한발 늦었음을 알면서도. 밤중에 지쳐 돌아오는데 미나 엄마가 어디 갔다 오느냐고 물었다.

"어딜 그렇게 댕겨유? 요샌 통 얼굴을 볼 수가 없으니 존 일 있나 부죠?"

아무렇지도 않은 인사말인데도 엄마는 찔끔한다. 무얼 숨기고 사는 건 고문이다. 삶에는 왜 그렇게 고문도 많은지.

"애가 배울 게 많아서요."

엄마가 주리를 트는 소리를 냈다.

"세나도 다 컸는데 어떻게 일일이 댈구 댕겨유. 난 미나 열여섯 되는 생일날 운전면허 따게 할 건디. 큰딸은 살림밑천인데 부려먹다 시집보내야지. 안 그려요?"

"그래요."

하며 엄마는 슬쩍 피해버린다. 매듭과 고문은 스스로 만들 때가 더 많다. 미나 엄마에게 마음을 툭 터놓으면 그건 매듭이 아니라 따끈한 위로가 될 것을. 그렇지 못하는 우리가 바보스럽고 반성이 될수록 마음은 더욱 도사려지고 숨기기에만 바쁘다. 언니로 인해 난 내 또래 아이들보다 훨씬 일찍 위선을 배운 셈이다. 우리는 가면을 쓰기에만 급급했다. 언니를 찾으러 떠날 때 미나 엄마가 골목에서 불쑥 나타나

"어딜 가셔유? 왜 그렇게 얼굴이 나빠지셔유?"

하면 엄마는 새파랗게 질리곤 했다. 진실하지 못했으므로.

"몸 생각하며 댕기셔유. 자식 땜에 희생을 너무 하셔요."

그런 위안을 왜 기꺼이 받지 못했던 것일까. 허세가 그렇게 한 거라고 지금도 느낀다. 우리집에 놀러와 철저히 무관심을 가장하고 내 방을 기웃거리던 다른 아줌마들에 비해 미나 엄마는 진솔하고 인간미가 있었다.

그해 6월 27일 언니의 졸업식날. 엄마는 하루 종일 포인트 그레이 스쿨 앞을 서성거렸다. 졸업식장 근처로는 가지 못했다. 언니 친구들의 부모가 의기양양하게 앉아 있는 그곳을 엄마는 다가설 엄두도 못 내고 구석에 숨어 눈치만 보았다. 나약하고 비굴한 인간의 모습을 하고서. 언니가 나타날지 모른다는 기대

란 얼마나 허망한 것인지. 손가락을 꼽으며 그날을 기다리고
겁낸 사람답게 시간이 다가올수록 엄마는 오무라들었다.

언니의 친구들은 상기되어 사뿐히 드레스를 잡고 파트너의
에스코트를 받았다. 연미복이나 신사복으로 빼입은 남학생들은
머리에 무스를 잔뜩 바른 채 의젓하게 걸었다. 쌍쌍이 두 줄로
꽃모양을 그리며, 그들은 대관식날의 공주와 왕자처럼 식장으
로 들어갔다. 그 순간만은 언니가 홀연히 나타날 것 같아 입술
이 바작대었다. 신데렐라처럼 유리구두를 반짝이면서 말이다.
요술 지팡이는 어째서 우리에게 반대로 움직였나.

마크와 후안과 또 많은 언니의 친구들이 상을 받고, 송사와
답사를 하고, 졸업생들이 차례로 단상에 올라 교장으로부터 리
본에 묶인 졸업장을 받았다. 졸업생 이름이 하나하나 호명될
때 하나라는 이름은 끼여 있었지만 언니는 없었다. 우리의 망
상과 현실 어디에도.

그들은 떠밀지 않았지만 우리는 사정없이 밀려났다. 선생님
들이 우리를 알아보고 주춤대자 우리는 숨을 곳을 찾았다. 언
니의 친구들이 아는 체를 할까봐 우리는 도망쳤다. 식을 마치
고 졸업생들은 꽃더미에 묻혀 카메라 푸레쉬를 받고, 리무진을
타고 파티장인 펜페시픽 호텔로 떠나갔다. 우리는 나무 뒤에
숨어서 바라보았다. 엄마들이 리무진에 손을 흔들고 우리 곁을
지나갔다. 그들이 우리와 스칠 때 우리는 증발하고 싶었다.

무엇이 내 엄마를 단두대에 올렸을까. 가슴에 죄인이란 이름
표를 달고 심판을 받는 여인의 모습이 바로 그때의 엄마였다.
나는 엄마를 나무에서 끌어냈다.

"오지 말자고 했잖아요. 언니가 여기에 온다면 집에는 벌써
왔게요."

축제가 끝난 운동장은 우리의 가슴 같았다. 6월인데 적막한 바람이 풀밭을 가로지르고, 엄마가 폭삭 사그라들 것 같아서 손을 놓을 수가 없었다. 더 이상 초라해질 수는 없다고 나는 고개를 저었다. 무슨 일에나 집착하면 초라해진다. 줄을 놓아 버리면 가벼워진다. 나는 엄마를 언니한테서 벗어나 자유롭게 해주고 싶었다.

"잊어요. 우리에게 언니는 없어."

내 말소리가 바람에 부딪쳤다. 이 포인트 그레이 세컨더리 스쿨을 언니의 친구들은 떠났다. 넓은 세계로 가려고 추억과 작별했다. 그들은 다른 세계와 만나고 다시 떠나리라. 삶이란 만남과 이별 연습이고 맨끝은 이별로 끝난다. 우리는 언니와 조금 일찍 그 의식을 치뤄버렸다. 운명의 수레바퀴를 돌릴 힘이 인간에겐 없다.

"나도 별짓 다해 봤다. 잊기는커녕 하루하루 더 생생해지기만 한다."

"애착하지 마세요. 엄마도 살아야 하잖아요"

엄마가 휘청대며 땅에 주저앉았다.

몇 명이 카메라 셔터를 누르고 있었지만, 학교 앞에서 그들을 기다리는 리무진은 시동이 걸려진 채였다. 이윽고 마지막 리무진도 떠나고 운동장엔 우리만 남았다. 패자들은 언제나 맨늦게까지 남는다.

나는 엄마를 일으켰다. 출구를 찾아드릴게요. 나는 중얼거리고 있었다. 출구를 찾으려는 게 아니다. 내가 출구가 되어 엄마를 지나가게 하고 싶을 뿐. 엄마를 이대로 멈추게 할 수는 없는 일 아닌가. 서둘지 말아라. 나는 나에게 타일렀다. 한발한발 정확히 내디뎌야 한다. 갈길이 아직 멀었다. 누군가 나에게 그렇게 속삭이고 있는 듯한 느낌을 받았다. 엄마가 사방을 둘러보았다.

"살펴보거라. 언니가 숨어 있는지. 졸업식 날인데……."

"찾으려고 하지 마세요. 언니는 오고 싶으면 와요."

"어디서 죽었는지 살았는지 알아야 할 게 아니냐."

울음이 엄마의 몸을 집어삼키며 넘실대었다.

"죽긴 왜 죽어요. 언니는 온다고 편지에 썼잖아요. 어디서 공부도 열심히 할 거에요."

"지가 무슨 돈으로 공불해."

"정부에서 학자금 융자해주잖아요. 많은 학생들이 그렇게 해요. 내 친구는 방학이면 돈벌어 집세도 내는데요. 매달 100불씩."

"살았으면 오늘 안 올 리가 없다."

"그만두세요. 졸업장은 집으로 부쳐줄 거에요. 내일 내가 찾으러 가도 되고요."

엄마의 팔을 잡고 뛰었다. 운동장의 잔디가 빙빙 돌았다. 엄마가 앞으로 고꾸라졌다. 언니가 죽었다면 시체라도 붙들고 싶다는 무언의 항변이 비져 나왔다. 나는 엄마를 일으킨 후 거의 안다시피하고 뛰었다. 언니로부터 엄마를 떼어놓으려는 듯이.

그 이후 나는 언니를 찾으려 다니지 않았다. 11학년이 되어 시간도 없었지만, 언니를 나에게서 떼어놓는 작업이기도 했다. 언니가 필요한 시간을 언니에게 주고 싶었다. 부모님은 내 말을 듣지 않았다. 죽는 날까지 언니를 찾겠다고 하셨다. 며칠에 한 번씩 지친 얼굴로 돌아와 자리에 눕는 엄마를 볼 때마다 부모에게 있어 자식이 무얼까 생각해봤다. 세레나 할머니는 자식이 죽으면 부모도 따라 죽어 빈 껍데기만 남고, 자식이 불행해져도 마찬가지라고 하셨다.

"나도 언제나 자식을 위한 기도를 앞세운단다. 그 애들이 건강하고 바르게 살게 해달라고 수없이 기도하지. 부모 마음은 다 똑같단다."

나는 언니의 물건을 정리하여 광으로 옮겼다. 이제 언니의 잠겨진 서랍만 남았다. 열쇠가 없으므로 부숴야 한다. 그것마저 부수면 언니와의 관계가 다 부숴지고 말 것 같아 나는 미루기로 했다. 언니를 다 떼어내 홀가분해지기를. 언젠지 모르지만 그때에 서랍을 부수리라.

엄마가 언니를 찾아 리자이너나 몬트리올, 토론토 등지로 다닌 얘기는 줄이기로 한다. 내가 따라다니지 못해 세세히 알 수도 없고, 엄마가 며칠 만에 지쳐서 돌아오고, 그때마다 그만큼 늙어버렸다고 쓰고 싶다. 내가 11학년과 12학년 동안 엄마는 며칠씩 타도시로 다녔다. 휴가를 다녀온 가게의 단골들(전부 서양 사람들)이 언니와 비슷한 여자를 나이아가라폭포 앞에서 보았다느니, 몬트리올대성당에서 보았다느니 알려주면 엄마는 그곳에 가보지 않고는 못 배기셨다. 다녀와서도 마찬가지였지만.

가게는 남은 세 식구가 최소한 먹고 살기는 해야 하므로 지탱을 했는데, 꽃도 진처럼 다듬어 팔지 못하고 포장된 걸 받아다 팔아 이익이 크지 않았고, 다른 물건도 그런 식이었다. 아빠는 그나마의 운영도 허덕대었다. 팔고 변두리에 작은 집 사서 마당에 채소나 기르며 사시고 싶었지만 언니가 언제 돌아올지 몰라 우리는 병원 앞길, 하루에도 수없이 앰뷸런스가 앵앵대는 10가를 떠나지 못하고 있었다.

7

이제 렌즈를 나에게 맞추어야겠다. 앞에서 내가 아닌 나, 공부 잘하고 말 잘 듣는 나로 돌아갔다고 얘기했지만, 정도를 뛰어 넘어섰다고 해야 옳다. 10학년 말에 B이던 나의 성적은 11학년이 되자 A가 되고 12학년 동안에도 곧 올 A가 되었다. 감정에 메마른 부모님만 아니었으면 내 기분은 훨씬 더 좋았을 텐데 부모님은 잘했구나, 하는 말씀뿐이었다. 그러나 나는 알고 있었다. 그 말에 부모님이 매달리고, 그것만이 연명하는 숨줄이 되고 있음을. 모두들 내가 잘해서가 아니라 전과 달라져서 놀랬다. 전에 하도 못 해서 아직도 그러려니 하는 모르는 사람들이 더 많았다. 엄마는 언니를 감추기에 바빠서 나를 드러내는 일은 깜빡하고 있었다. 그러나 나는 그만한 일에 타격을 받지 않았다. 나는 열여덟 살이 되어 키가 167센티, 몸무게 65킬로로, 의욕에 불타 있었으므로. 무어가 되어야겠다기보다는 나는 되어가고 있었다. 12학년 졸업을 앞두고 본 프로빈스 시험에도 나는 상위 점수를 받았다. 부모님이 언니에게 원하던 것이 나에게서 실현되고 있었다.

    졸업이 다가오던 5월이었다. 어느날 집으로 하얀 봉투가 날아들었다. 우리는 모든 걸 그 봉투에 걸고 있음을 서로의 얼굴을 보고 알았다. 그 편지는 여느 우편물하고는 달랐다. 고지서와 안내서, 보험청구서는 물론이고 친척들의 물 건너온 편지와도 또 다른 뉘앙스에 손가락이 파닥였다.

    주의깊게 살펴보던 아빠가 고개를 갸웃하셨다. 엄마는 두 손을 가슴에 대고 눈을 감았다. 입으로는 녹슨 양철을 타고 내리는 누수 같은 것이 흘러나오고 있었다. 언니가 떠난 후 그런 긴박하고 위험한 순간이 수없이 많았지만, 예를 들어 한밤중 앰블런스 소리가 날 때 제네랄 허스피탈 이머전시 문 앞에서 멎었지만, 우리는 언제나 우리집 앞에서 멎었다고 느끼곤 했다. 소녀들의 납치·강간사건 뉴스가 나올 때라든지, 그들의 익사사고나 실종 소식이 전해질 때…… 같은 긴박감이 우리 셋의 얼굴을 팽팽하게 당겨 정삼각형을 만들고 있었다.

    난 빠르게 흰 봉투를 폈다. 내 이름이 씌어 있고 수신인 난엔 홍콩, 구룡반도라고만 씌어 있었다. 파도 저 너머에 언니가 있는가? 언니가 아니면 언니를 감시하는 어떤 기관에서? 봉투를 찢는 내 손이 떨리고 부모님의 입에서 침이 꼴깍 넘어갔다.
    "언니에요. 언니."

    네 졸업을 축하해. 네가 하고 싶은 공부 맘껏 하길 바래. 난 3일 후면 홍콩을 떠나. 부모님은 건강하신지. 모든 게 궁금할 뿐이야. 그럼 만날 때까지. 안녕.
                      1989년 5월 일. 하나.

그리고 밑에는 "조금만 더 여유를 줘."라고 서둘러 쓴 한 마디가 첨가되어 있었다. 무언가 절박한 상황이 그 한 마디에 담겨 있었다. 편지는 짧은 만큼 우리에게 갈증과 궁금증을 불러일으켰다. 언니가 그 동안 홍콩에서 살았는지. 홍콩을 떠난다는 3일 이후가 우리가 편지를 받은 4일 전이었다. 언니가 홍콩을 떠나 어디론지 가 있을 시간이었다. 언니는 행선지를 밝히지 않았지만 그 말을 함으로써 엄마가 그 낯선 동양의 항구를 뱅뱅 돌게 해주지 않았다.

"니 졸업두 알구 있는데 지 졸업을 몰랐을 리가 없지."

엄마는 언니가 살았음을 알았으니 죽어도 좋다는 얼굴이었다.

"만날 때까지라고 쓴 걸 보니 꼭 오겠구나. 무슨 사정이 있는 거지. 그 애가 우리를 잊었을 리가 없어."

엄마는 언니가 당장 들어설 듯 설레이고, 아빠도 마음을 놓으시는 모습이었다. 언니는 그 짧은 손짓으로 끝에까지 간 절망을 해소시켜 주었지만 잠시뿐이었다. 우리는 언니의 편지를 달달 외우며 언니가 홍콩에는 왜 갔을까, 무얼 했을까, 지금은 무얼 할까를 얘기했지만, 우리의 대화는 언제나 물음표에서 끝나 버리곤 했다.

이제 언니를 다시 만난 얘기를 해야겠다. 내가 UBC에서 사이언스를 공부하던 그해 겨울이었다. 나는 스탠포드와 필라델피아와 브라운대학, 의대의 명문인 존스홉킨스의 입학허가서를 받는 외에 캐나다 유수의 대학들에서 장학금 제의를 받았다. 맥길에서 만이천 불, 퀸스대학에선 만오천 불, UBC는 오천 불의 장학금이었다. 망설임 끝에 UBC로 진학했다. 오천 불로도 1년간의 등록금을 내고 남았다. 장학금 액수도 많은 데다 조용하고 학구적인 퀸스대학에 가고 싶었으나 부모님 곁에 머물고 싶었던 것이다.

중간도 못하던 내가 장학금으로 대학에 가게 된 것은 대단한 일이었으나 엄마는 친구들에게 자랑도 안 하셨다. 언니라면 어땠을까. 밴쿠버가 떠들썩했겠지. 교민신문의 '자랑스런 2세' 난을 장식하며.

느 언니가 그랬다면 오죽 좋으랴. 느 언니와 함께 나란히 대학에 갔으면 그보다 더한 경사가 어딨겠냐 하는 말뿐이었다. 언니가 빠진 나의 자리는 낮던 높던 반쪽일 수밖에 없었다. 반쪽은 기울기 쉽고 빈 칸의 횡함을 더욱 돋보이게 한다. 내가 빛나면 나의 반쪽은 그만큼 위축되기에 부모님은 마음을 졸이셨다. 나는 언니라는 반쪽을 찾아 내가 완성되기보다 나만의 온전한 나로 완성되고 싶었다. 나에게 어떻게 그런 힘이 나왔는지 모른다. 그땐 세레나 할머니도 돌아가셔서 물을 곳도 없었다. 내 친구들이 우정과 사랑에 아파할 때 나는 그 밖에 있었다. 언니를 좇아 조숙한 티를 내고, 그랜빌을 서성대는 것으로 나의 유년과 하이틴은 끝나고, 성년의 의식은 미뤄지고 있었다.

다시 언니를 만나던 때로 돌아가보자면, 바로 내가 그 무중력의 공백지대에 있을 때였다. 크리스마스가 가까워 카드를 사려고 젤러스 파킹 랏에 차를 세우고 길을 건너던 참이었다. 전날 내린 눈이 질척하게 녹아 아스팔트는 번들거리고, 그 위로 크리스마스 트리 전구가 노랑과 빨강으로 부서져 내리고 있었다. 나는 외투 대신 방수천으로 된 자켓을 입고 장갑도 끼지 않았다. 외투가 무거워 보이는 포근한 날씨였다. 사우스 불리바드의 길을 건너려고 막 고개를 처드는 순간 저 앞에서 언니가 보였다. 내가 그 여자를 유심히 본 건 특이한 복장 때문이었다. 눈이 일 미터도 넘게 쌓이는 동부에서 갓 도착한 듯 중무장을 한 그 모습은, 따뜻한 겨울에 익숙한 나의 눈에 구경거리였다. 나 말고 딴 사람들도 돌아보고 있었다.

무거운 외투가 땅에 질질 끌리고 털목도리가 눈만 빼고 얼굴을 감고 있었다. 그리고 장갑과 장화. 여자에게서 눈만 빼꼼히 보였는데, 집을 나간 후 언니가 일 밀리도 크지 않았다면 거기에 딱 맞을 키를 하고 옷이 무거워 걸음을 뒤뚱댔다. 내가 그때 언니의 키를 어림짐작할 수 있었다면 좀더 일찍 언니를 알아보았을 것이다. 무심코 스친 후 나는 돌아보았다. 그리고 알았다.

그 여자가 작아보인 건 옆에 키 큰 남자가 바싹 붙어 있기 때문이었다. 그 남자. 비로소 남자에 대해 생각이 미쳤다. 그러다가 내 머리끝이 서는 것과 동시에 휘파람 소리가 들려왔다. 아주 잠깐이지만 높고 째지는 듯한 소리가 내 몸의 어딘가를 가르고 지나갔다. 남자 역시 땅에 질질 끌리는 외투 차림인데 목도리를 느슨하게 풀어져 있었다.

날카로운 얼굴이 겨울 공간에 돋을새김을 남길 때 내 가슴은 얼어붙었다. 이 세상에서 가장 사랑하는 사람을 마주했을 때의 가슴. 그것이 내 것이었다. 그리고 다니엘 데이 루이스라는 이름.

나는 자리에 얼어붙은 듯이 섰다. 남자가 차문을 따는 동안 언니가 나에게 눈짓을 보냈다. 아는 체하면 안 돼 하는 느낌이 언니의 세찬 고갯짓 뒤로 지나갔다. 남자가 언니를 태운 후 차문을 닫았다. 언니와 세상의 통로를 닫듯이 결연히. 그때 남자는 시동을 걸었다. 내가 꿈에서 보던 퍼런 색 시보레가 아니었다. 새빨간색의 폰티악 트랜삼이었다. 차가 어둑한 주차장을 빠져나갈 때 언니가 뒤돌아보았다. 차는 미끄러질 듯 킹스웨이로 사라졌다. 뒤따르다 나는 킹스웨이 못 미쳐서 멈추었다. 무언가에 홀린 것 같았다. 그 여자가 꼭 언니가 아니라는 생각도 들었다. 내가 터무니없이 이상한 몸짓으로 다가가자 단순히 그 여자가 나를 경계했다고 볼 수 있다. 그러나 그렇게 곤혹스런 눈을 가진 여자가 언니 말고 누구겠는가. 모두 들뜨고 즐거운 할리데이 시즌에 그렇게나 무겁고 힘든 걸음을 옮기는 이가 언니 말고는 없다는 생각이 나를 휘어감았다.

부엌에서 그릇이 떨어지는 순간을 포착할 때가 있다. 아이구 저거 떨어지네, 하면서도 손이 그릇을 미처 잡지 못한 채 쨍그렁 소리를 듣는다. 설탕 봉지가 떨어지는 데도 아이구 저거 쏟아지네 하며 바라만 보게 된다. 내가 그랬다. 뜨거운 걸 쥐고 나서 한참 후 앗 뜨거 하면서 덴 손가락을 귀에 대듯, 언니다! 라는 놀라움뿐.

그러자 내 머리를 치는 게 또 있었다. 차의 넘버를 보지 않은 것이다. 밴쿠버의 차에는(밴쿠버는 브리티쉬 컬럼비아주에 있다) 뷰티플 브리티쉬 컬럼비아라고 씌어 있다. 그들이 에드몬튼이나 킬가리에서 왔다면 차넘버에 알바터라고 씌어 있을 것이고, 리자이너에서 왔다면 보리그림 옆에 사스카추완이라고, 토론토에서 왔다면 온타리오라고 씌어 있을 것이다. 렌트카라면 버젯이라고 씌어 있다. 그들이 뉴웨스트민스터 쪽으로 갔다고 생각되자 3년 전에 보았던 희경 언니가 떠올랐다. 희경 언니를 만난 몇 달 후 잡채와 만두를 싸들고 엄마와 다시 찾아갔었는데 희경 언니는 이사가고 없었다.

나는 차를 타고 뉴웨스트민스터의 퀸스 파크에 있는 그 집으로 갔다. 주소는 분명히 같은데 그 자리에 새 집이 들어서 있었다. 하기야 그 동안에 나도 대학생이 되었는데 집이라고 계속 같은 모습으로 서 있으란 법은 없지. 가서 두드리고 싶은 마음도 나지 않았다. 희경 언니의 차도 없고, 무엇보다 조금 전에 보았던 빨간 색의 트랜삼도 없었다.

짙은 어둠 속에 나는 망연히 서 있었다. 모든 게 다 희미하였다. 산다는 일. 언니가 없다는 일. 내가 찾는 사람은 언니가 아니라 다니엘 데이 루이스라고, 그를 찾으러 무수한 방황을 해야 한다는 생각만 선명했다.

나는 경찰에 언니를 폰티학 트랜삼을 탄 남자가 싣고 가는 것을 보았다고 신고했다. 빨간색의 트랜삼이 몇 년형이냐고 그들은 물었다. 몇 년형인지도 차 넘버도 모른다고 하니까 그들은 컴퓨터로 조회해보더니 그레이트 밴쿠버에만도 253대가 있다고 하였다. 그리고 무엇보다 차 주인의 이름을 공개할 수는 없다고 했다. 언니를 찾도록 최선을 다하겠지만 다른 차 주인들도 법의 보호를 받아야 하므로. 언니의 실종신고를 낸 지가 언젠데 그들은 기억이나 하면 다행이다. 경찰만 원망할 수 없는 게 언니가 밴쿠버에 살지 않는다면 그들도 어쩔 수 없는 일 아닌가. 언니는 다른 도시에 살 가능성이 많았다. 그 납치자(나는 지금부터 그를 그렇게 부르겠다)의 얼굴에 씌어 있다. 그는 노바스코시아 쯤에 가서 살겠지. 뉴펀들랜드의 광활한 바다를 보며. 바다에 막혀 더는 갈 수 없는 춥고 음습한 땅에 말이다. 그래서 언니는 따스한 밴쿠버의 겨울을 군용 벙커 같은 모습으로 뒤뚱대며 지나갔으리라. 시간이 나면 뉴펀들랜드에 가보리라. 그곳에서 나는 언니를 만날 수 있다는 확신을 가졌다. 아니 다니엘 데이 루이스를.

나는 부모님께 말했다.

"언니는 살아 있어요. 시집 보냈거니 하고 접어두세요. 기다림도 미련도……."

부모님은 정말이지 더는 갈 데가 없는 듯 누렇게 말라 줄기마저 거둬지는 고구마 덩굴 모습을 하고 있었다. 그때 그로서리 건물을 신축하는 일이 없었으면 그들은 쓰러졌을 것이다. 우리가 이민 오고 제일 변화된 곳이 우리가 사는 일대였다. 할리데이 인이 마주보이고, 런던 드러그가 있고, 미장원과 음식점과 전자제품상이 늘어선 그곳은 공장지대를 낀 후진 거리였는데, 몇 년 새 활기찬 상가로 변하였다. 가정집이 허물어져 상가빌딩이 되더니 이제 우리집과 몇 군데만 남았다. 켐비와 12가의 쉐라톤 호텔 앞에 시티 스퀘어라는 초현대식 몰이 들어서면서 그 일대는 비약을 거듭하고 있었다. 우리는 그곳을 떠날 수 없기에 건물만 허물고 다시 짓게 되었다. 미나네는 집을 사서 나가고, 우리는 건물이 지어지도록 시청 뒤에 아파트를 얻어 세를 살았다. 부모님은 종일 교대로 건물 신축장에 나갔다. 공사가 진척되는 것도 봐야 했지만, 주목표는 물론 언니였다. 인부들이 돌아간 빈 공사장에 그림자가 언제나 있었고, 그림자 중의 하나엔 술병이 들려져 있었다.

대학 1학년 여름방학에 나는 리자이너를 거쳐 대륙을 횡단하여 뉴펀들랜드까지 갔었다. 퀸스대학의 썸머스쿨에서 물리학과 화학을 공부하면서 휴일이면 차로 토론토 외곽의 런던과 그 위 멀리 뉴펀들랜드까지. 내 상상 속의 바다가 끝나는 곳이었다. 거기까지 가면 바다가 끝나고, 더 멀리 황량함이 나를 불렀다. 인디언들이 카누를 타고 바다를 떠돌고, 물개들이 떼지어 돌아다니며, 끝날 것 같지 않은 대지가 바다와 연결되었다. 문명에 밟힌 인디언 마을과 아직은 원시를 지니고 있는 인디언 원주민촌까지 나는 긴 외투의 사람을 찾아 돌아다녔다.

어떤 땐 바로 거기 있는 듯한 착각 때문에 한 발짝도 내디딜 수 없었다. 낯선 바다와 도시에 서면 그들이 밴쿠버에 있을 것 같아 몸을 뒤쳤다. 내가 나를 찾아 헤매는 것만치나 막연하고 힘든 여행이었다. 어느 부락에서 텐트를 치고 쉴 수도 없었다.

몬트리올에서 퀘벡으로, 퀘벡에서 세인트 존으로, 거기서 배를 타고 하리팍스까지. 하리팍스의 시드니를 거쳐 다시 배를 타고 대서양을 건너 뉴펀들랜드의 코너부룩과 세인트 존스까지. 세인트 존스는 그 큰 섬인 뉴펀들랜드에서도 더 갈 곳이 없는, 바다에 닿아 있었다.

자 이제는 다왔다. 캐나다의 서쪽 끝에서 동쪽 끝까지. 바다와 땅이 만나서 갈라지는 곳까지. 여행이 아니라 사람을 찾는 일. 잃어버린 자신의 일부를 찾는 일은 제 살을 떼어내는 일인지. 수많은 사람들과 풍광을 보고 다니며 내 젊은 날에 거대한 캐나다 지도를 그렸지만, 작은 읍의 노천카페에서 언니를 보고 달려갔다 돌아서 오는 길의 헐거움. 그리고 매력적인 그 남자와 빨간색의 폰티악 트랜삼까지. 키 크고 마른 남자는 다 그 다니엘로 보이고, 빨간색 스포츠카는 다 폰티악 트랜삼으로 보였다. 나는 수없이 달리고, 멈춰서고, 돌아보았다. 마침내 집으로 돌아와 나는 몸살을 앓았다. 40도를 넘나드는 고열로 신음하면서도 반쪽이 떨어져 나가질 않아 헛소리를 했다. 언니보다 다니엘 데이 루이스를 떼어버릴 수 없었다.

그해 10월 우리는 새 건물의 이층으로 옮겼다. 아래층엔 구두 수선소가 아니라 구두와 모자를 파는 가게와 그로서리와

200

꽃집이 들어섰다. 그로서리는 팔고 부모님은 꽃집만을 경영했다. 사람을 두고 출장 꽃꽂이 장식도 하고 꽃바구니 배달을 했다. 갈색과 빨강이 어우러진 초현대식 건물과 살림집. 새롭게 달라졌다. 속은 고여 썩은 냄새를 내고, 부모님은 물기가 말라 푸석거렸다.

방을 더 들여 나와 언니가 방을 한 개씩 차지하게 되었다. 이층침대를 어린애 있는 친지에게 주고 침대도 따로 샀다. 잠금서랍을 열지 못한 채 언니의 책상을 넣고, 치웠던 물건을 배열하며 엄마가 언니 방에서 울음을 터뜨렸다. 눈물샘이 아직도 마르지 않았는지. 주인은 없고 물건만 들어찬 방은 휑하니 넓다. 옷장에 옷을 넣으며 엄마는 언니 옷에 코를 박고 깊숙이 냄새를 맡았다. 그 동안도 언니가 보고 싶으면 노트와 책을 만지고 옷을 만지작거렸지만, 언니의 방을 정하고 나니 그 덧없음이 목울대를 밀고, 아빠도 뒤숭숭해 술만 마시고, 남들에겐 부러운 이사였지만 우리에겐 초상집 같았다. 이 무거움이 언제까지 가려는지. 나는 언니가 잠근 서랍을 망치로 내리쳤지만 부수지 못했다.

그해 12월 16일. 그러니까 이사한 지 두 달 후 내가 대학 2학년의 학기말 시험으로 정신없던 오후 늦게, 도서실에서 공부를 하고 있는데 자넷이 나에게 쪽지를 건네주었다. 펴보니 〈12월 23일 오후 3시. 4가와 던바에 있는 스타버그 커피숍으로 와. 부모님께 말하지 말고. 하나〉라고 씌어 있었다.
"누가 주었지?"
"젊은 여자던데……."

"어디 있어?"

"저 밖에."

나는 밖으로 뛰어나갔다. 비와 안개와 희끄무레함. 검은 나무 아래 웅크리고 걸어가는 학생들. 단조로운 겨울 저녁을 그리는 건 그 밖에는 아무도 없었다. 나는 빗속에 서서 멀어지는 자동차의 불빛을 바라보았다. 나는 종이를 다시 펴보았다. 언니와 헤어졌던 동안이 3년이 아니라 30년보다 더 멀게 느껴졌다. 23일이면 일주일 남았다. 언니가 온다. 언니가 온다! 모래면 시험이 끝나니 한가하게 기다릴 수 있다. 나는 부모님께 말씀드려야 할지 망설였다. 부모님 마음을 헤아리면 얘기를 안할 수가 없었다. 얘기를 들은 부모님은 기대와 열망으로 어찌할 바를 모르셨다. 음식을 장만하고 부산을 떨다가 언니가 안 올지도 모른다는 조바심에 빠지곤 했다.

"너 혼자 나오라고 했으니 혼자 가고 우리는 잠복하고 있다 여차하면 언니를 데리고 와야겠다."

"그럴 필요없어요. 내가 언니를 데려 올게요."

"그냥 있을 수 없다."

"언니가 편지에 썼었죠. 제발로 걸어 들어오겠다고. 오기로 했나 봐요. 혼자 오기 멋쩍으니까 나를 부르는 거예요."

"어떻든 우리도 가서 살펴보고 있겠다."

아빠도 강경히 나오므로 나는 막을 수가 없었다.

그날 나는 시간에 맞추어 4가의 스타버그 커피숍의 초록색 프렌치 도어를 밀치고 들어갔다. 언니는 구석자리에 등을 보인 채 앉아 있었다. 커피잔을 앞에 놓고 생각에 잠긴 얼굴은 나와의 약속은 잊은 듯한 모습이었다. 앞자리가 비어 있고 의자 등엔 외투가 걸쳐져 있었다. 젤러스백화점 앞에서 본 남자의 겨울 외투라는 생각이 미치자 내 가슴이 찌르르해졌다. 그 사람이다. 다니엘 데이 루이스. 그를 다시 보게 된다. 내 가슴은 뜨겁게 부풀기 시작했다. 나는 언니를 바라보고 서 있었다. 할 말이 밀어닥쳐 무슨 말부터 해야 할지 몰랐다. 앞에 앉은 여자가 언니라고 확인하는 것도 벅찼다. 꼭 언니였는데 가까이 오니 아주 낯설었다. 먼 시간을 거슬러온 듯 단정하고 촉촉한 얼굴은 나이들어 보이고, 무언가 꼬집어낼 수 없는 아름다움을 풍기고 있었다. 나는 단번에 주눅들어 왜소해지는 기분이 들었다. 그토록 힘든 시간을 보내고도 언니는 왜 여전히 빛나고 있는지 몰랐다. 그러나 자세히 보면 너무 달라 있었다.

나를 알아보았는지 못 알아보았는지, 좋은지 싫은지 감각이 없는 맹한 얼굴. 그 얼굴을 언니라고 보기는 어렵다.

"지금은 시간이 없겠어. 내가 시간을 잘못 봤어."

언니는 무감동하게 그렇게 말했다. 나는 탁자를 두 손으로 짚었다.

"지금 곧 공항으로 가. 이층 에스컬레이터 앞 커피숍. 거기서 기다려."

나는 다니엘이 와서 의자 등에 걸린 옷을 집어들기를 기다렸다. 그를 한번만 다시 보아야 했다. 내 심상이 바작바작 졸아들었다. 손에 땀이 배어났다. 이윽고 내 옆으로 그가 지나갔다. 화장실을 다녀오는지 카운터에서 돈 계산을 했는지 모르지만, 그 순간 그는 미끄러지듯 언니를 앞세우고 나갔다. 나는 조바심치며 뒤따라나갔다. 어둠 속에 그들의 모습이 보이지 않았다. 어디론지 증발한 것일까. 또다시 어디론지! 앞이 아득해졌다.

얼마 후 엄마가 달려와 내 팔을 잡았다.

"가자. 어서. 아빠가 언니를 뒤따라가셨다. 어서 우리도."

"공항 커피숍으로 오래요."

"공항이라면 어디로 떠나려는 게 아니냐?"

"가보면 알겠지요."

엄마가 내 차에 올라타고 나는 시동을 걸었다.

"어디로 간다고 말 안 하든?"

엄마는 초조한지 입술에 침을 발랐다. 나는 고개를 저었다. '그냥 슬프고 맥빠진 얼굴이었어요.' 하려다 그만두었다. 언니는 집으로 돌아올 결심을 한 것인가? 알 수 없는 일이었다. 엄마는 연신 시계와 신호등을 번갈아보며 한숨을 내쉬었다. 나는 끼익 소리를 내며 멈춰서고, 파란불도 잘 못 봐 뒤에서 빵빵거리게 했다. 70킬로 이상의 속력으로 달렸다. 지난 일들이 머릿속에서 소리를 내는데, 어떻게 몸은 공항으로 가서 에스컬레이터 위에 서 있는지 기이했다. 그는 어디로 가는 것일까. 내 생각은 하나의 점에 머물렀다. 나는 엄마를 데파추어(승객들이 떠나는 곳)인 레벨 2 정문 앞에 내려드렸다.

"난 탑승구 쪽을 돌아보고 커피숍으로 가겠다. 아빠가 차를 안 놓치고 잘 오셨는지 모르겠구나. 밤눈이 어두운 분이라 걱정이다. 절대 언니를 그냥 보내서는 안 된다."

엄마는 신신당부하며 승객들로 혼잡한 문안으로 뛰어들어갔다. 커피숍의 의자에 앉고 나서야 나는 이게 꿈은 아닐까 싶었다. 눈 앞에 사람들이 왔다갔다하건만 도무지 현실감이 없었다. 어떻게 언니를 만났으며 언니가 이리 온다는 것인가. 하리팍스와 뉴펀들랜드를 뒤져도 없는 언니가 말이다. 이건 우연일까 행운일까. 종잡을 수가 없었다. 초조하게 초침을 세면서, 숨은 부호에 걸리고 넘어져 나는 심란했다. 20분, 30분. 언니는 40분이 지나자 나타났다. 꿈이 아니란 걸 알리듯이. 오랫만이란 느낌표도 없이. 스르르 와서 앉았다. 혼자였다.

"그는?"

"갔어."

"가다니?"

"떠났어."

맥이 탁 풀렸다. 언니보다 내가.

"아주?"

언니가 고개를 끄덕였다.

"그렇게 끝날 거였어? 모든 걸 다 내던지고도?"

"돌아선 거야. 내가."

"어떻게 된 거야. 오늘 어떻게 나랑 만나게 된 거야. 언니를 찾아 대륙의 끝까지 가도 없더니. 어째서 만난 거야? 그리고 그는 왜 갔어? 그는 어디로 갔어? 얘기해 봐. 차근차근. 자 이걸 마시면서."

나는 커피를 내밀었다.

"잘 지냈어. 내가 찾지 말라고 했지. 그인 집으로 돌아가고 나도 집으로 돌아가고. 그리고……. 지금 그는 떠나갔어."

"3년이야. 3년을 좀더 차근차근 얘기해봐. 어디서 무얼 했어."

"우린 많은 곳을 돌아다녔어. 퀘백엔 오래 머물렀어. 난 한 학기 동안 칼리지에서 건축학을 공부했지. 기초인 파인 아트를. 그이가 나의 재능을 발견했어. 아키텍추어 말야. 난 건축설계가 그렇게 재미있을 수가 없어. 그게 내 적성에 맞는 걸 알았어."

"아키텍추어라고?"

그러고 보니 언니는 세련된 것 같았다. 어딘지 배가본드답고 예술가다웠다. 긴 머리는 생머리가 아니고 곱슬거렸고, 그게 언니의 복장과 딱 어울렸다. 입고 있는 코트도 고동색도 자줏 빛도 아니고, 뱀 무늬인지 호랑이 털 무늬인지 추상적인 물결 무늬가 있고, 같은 천의 핸드백도 언니에게 어울렸다. 키도 커보였는데 옷차림 때문인 듯했다. 눈자위가 그늘져 나이 들어보였지만 아름다움이 돋보였다. 나는 다시 그 언니에게 사로잡히는 기분이었다.

"어디서 살았어. 홍콩에서 보낸 편지는 뭐야? 차는 트랜삼이었어?"

"우린 아시아를 여행했어. 구룡반도와 앙코르와트, 타지마할, 경복궁과 불국사. 북해도와 이즈반도. 그도 한국에 흥미를 느꼈지."

맙소사.

"중국에 간 건 그가 화가이자 고고학자이기도 해서였는데, 중국에 관한 논문을 쓰기 위해서였어. 북경에서 고색창연한 자금성을 보고 상해의 복잡한 거리와 누런 강물과 연운항의 인력거와 무궁화꽃, 화과산에서 삼베 보자기에 싸놓고 파는 청포묵을 먹기도 했어. 연운항에서 열여덟 시간 동안 기차를 타고 우린 상해에 도착했지. 그 다음 홍콩으로 갔고……."

내 입술이 바작대며 탔다. 시간에 부서지는 무수한 반짝임. 내 눈앞엔 아시아의 거리들이 펼쳐지고 그 반짝임 속으로 그와 언니가 가고 있었다. 모든 것이 낯설고 모든 것이 아름답고, 그들은 내가 바라는 모든 요소를 갖추었다. 그들은 사색에 잠겨 신기한 세상을 바라본다. 우리가 초조하게 사방을 두리번거리던 때에.

"그래서. 그래서 그 다음엔 무얼 했지?"

"그래서 그는 돌아갔어."

"혼자 여행하려고?"

무언가 줄이 끊어지는 느낌이었다. 언니는 이제 그에게 소속되어 있지 않았다. 나는 축축한 손바닥을 티슈로 문질렀다.

"그는 그림을 그려야 했어. 그 동안도 몇 개의 그림을 그려 경비에 충당해야 했지만……."

"그림을 그린 후 다시 만날 거야?"

다시 내 입술이 탔다. 언니는 대답 없이 눈을 내리깔고 생각에 잠겼다. 손으로 커피잔을 뱅글뱅글 돌리면서. 잠시 후 언니가 일어났다.

"가자."

"어디로?"

언니가 집으로 돌아갈 거라고 나는 생각했다. 그러면서 나도 모르게 물었다. 언니가 다음 비행기로 그를 따르지 않을까?

"모르겠어. 나도 모르겠어. 지금부터 무얼 해야 할지."

언니는 초조한 듯 핸드백 끈을 조였다 폈다 하면서 입술의 거스랭이를 이로 떼었다. 입술은 메말라 있었고 눈은 아까보다 좀더 충혈되었다.

"그이는 말했지. 우린 가자 집으로 돌아가는 거라구. 뒤돌아봐서는 안 된나구. 훌륭한 예술가가 되라고 말했지. 건축이야말로 시간과 공간을 초월한 복합적인 예술이라고."

언니가 꿈꾸듯 중얼거렸다.

"나는 할 거야. 아주 멋지게. 그도 말했어. 조형미를 살린 아름다운 작품을 설계해 보라고."

"그래서 다시 함께 여행을 할 거야?"

"모든 걸 우연에 맡기기로 했지. 시간이 우리를 만나게 해주면 그렇게 하자고."

"그의 집은 어디야?"

"그는 어디에도 소속되어 있지 않아. 그는 시간의 구속을 받지 않는 사람이야. 자유인이야."

"쉽게 말해봐. 그는 무얼 좋아하고 무얼 사랑해?"

"가면서 얘기하자."

언니는 내가 일어나길 기다렸다.

"엄마 아빠가 오실 거야. 여기로."

그 말에도 언니는 '그래' 할 뿐 별 반응이 없었다. 얼마 후 엄마가 달려왔다. 언니를 얼싸안으며 어찌할 바를 모르셨다. 죽었다 살아난 사람이 있다면 바로 그때 엄마의 얼굴이리라. 아무리 3년 만의 상봉이지만 이건 너무하지 않은가. 무감동한 채 먼 곳을 헤매는 언니를 부둥켜안고 엄마는 아껴 놓았던 눈물을 쏟았다.

"어디서 무얼 했니. 지금은 말하지 마라. 쉬어야지. 집에 가서 푹 쉬려무나."

언니가 가라앉거나 하늘로 솟아 사라질 듯 안절부절 못하며 에스컬레이터를 내려가는 꼴이라니. 나는 안중에도 없이 엄마는 언니를 데리고 아래층으로 가서 유리문을 나섰다. 밖에 나가서야 나에게 차가 어디 있느냐고 묻는다. 엄마가 얼른 집에 가자고 야단이다. 아빠를 아무리 찾아도 없으니 집에 가 계신 모양이라며.

아무튼 언니는 왔다. 언니는 다시 그들의 어린애가 될 것이고, 그들은 생을 다시 찾으리라. 나와는 무관한 일이다. 나는 한 번도 엄마 아빠의 영역에 속한 적이 없고 그들의 어린애가 아니었으니까. 언니가 돌아와서 좋지만 왠지 허전하다. 착잡한

지 서운한지 설명할 수 없는 감정이다. 어디 속한 적이 없는데 밀려나는 이 기분은 어디서 온 것인가.

그 동안 엄마가 칠십 노파의 모습으로 쭈글쭈글 변한 게 보이지도 않는지 언니는 미안하다는 소리도 안 했다. 어느새 희망을 움켜쥔 듯 엄마는 당당해져 있었다. 언니의 차를 놓치고 집으로 돌아간 아빠는 기진맥진해보였지만 언니를 보시곤 생기를 찾으셨다. 컴퓨터 처리로 고엽제가 살포된 풀밭에 초록을 입힌다면 바로 그런 빛깔이 아빠의 얼굴에 넘쳐 흐르는 빛깔일 것이다. 아빠의 눈물이라니. 언니가 위대해보였다. 두 분은 언니의 눈치를 살피기에 급급하셨다. 너 때문에 우리는 이사갈 수도 없었단다. 이걸 새로 짓는 일에 매달려 그나마 견뎌낼 수 있었지.

"네. 네."

언니는 무얼 견뎌냈는지도 모른 채 건성 대답했다.

그 후 며칠간 언니는 잠만 잤다. 먹고 자고 멍청히 메마른 얼굴로 앉아 있곤 했다. 연말연시라 더 견디기 힘든지……. 일주일이 지나자 부모님이 너도 학교에 갈 준비를 해야지 하고 말해도 네, 네 대답만 할 뿐이었다. 그런 언니를 보며 날이 살수록 부모님은 어두워져 갔다. 절망을 느끼는 일보다 눈으로 보는 일이 더욱 견디기 힘들다는 듯. 언니는 초점이 흐려 있고, 무얼 물으면 엉뚱한 대답을 하기 일쑤였다. 우리와는 다른 세상에 있다라고 나는 느꼈다. 어떤 다른 사람과 함께 하는. 언니는 자면서도 어딘가를 헤매는 모습이었다. 아주 조금 먹고 조금 자고 남은 시간을 모두 다른 것에 할애했다. 바로 그에게.

새해가 오고, 3월 어느날 언니가 수면부족으로 눈자위가 검어진 얼굴로 꼼짝없이 앉아 있었다. 내가 화장실 청소를 끝내고 돌아오니 여전히 그대로였다. 실체감이 없고 빚어놓은 물체 같았다. 나는 언니의 무릎을 흔들었다.

"자, 돌아와. 무얼 해야 할 거 아냐. 부모님이 걱정하시는데. 새 학기에 대학에 안 갈 거야?"

언니는 나를 바라보았다. 동공이 열리고 눈앞의 선을 집어내기까지 한참 걸렸다. 그것이 나라고 알기까지는 더 시간이 필요했다. 우리는 맥길대에 언니의 서류를 보내고 합격통지서가 오기를 기다리고 있었다. 아직 3월이어서 이르지만 거기 모든 걸 걸고, 언니가 힘차게 다시 시작하길 바라고 있었지만 언니는 관심없어 했다. 내가 대학생인 것에도 자극받지 않았고, 어느날 UBC로 데려가 여기저기 구경시켜주어도 건성으로 대하며 그의 얘기만 했다. 정말이지 넌더리가 나도록. 머리에 이상이 생기지 않고서야 한 사람 얘기를 그렇게 끈질기게 할 수 있을까. 내가 듣기에 진력이 날 정도로 언니는 그의 이야기를 시작하였고, 또한 같은 말을 몇 번씩 되풀이하면 나는 대꾸해주지 않을 수 없었다.

"그이는 어디에도 없어. 그이가 이 하늘 밑에 없어. 그걸 생각하면……."

나는 언니의 팔을 잡았다.

"그는 어디 있어?"

언니는 창을 통해 노스 밴쿠버산을 바라보았다. 만년설을 인 산봉우리에 그가 있다는 듯 어느 한 점을 파고 들었다. 한참만에 언니가 입을 열었다.

"퀘백이야. 그는 부인과 아들에게로 갔어. 지금 식탁에서 아이들과 장난치고 있는 그가 보여. 그를 꼭 닮은 애들도 보이고.

부인이 음식을 날라오고. 행복하고 은밀한 순간이 그를 감싸고 있었다."

맙소사 그의 부인과 아들이라니.

"그의 가족을 알아?"

"아니. 본 일은 없지만 보여. 그들은 그가 돌아오길 기다렸고, 그는 돌아갈 생각을 했어. 어느 날 갑자기. 그가 옳았어. 그래서 나는 돌아왔고……. 건축설계 공부를 하면서 살아갈 수 있을 것 같았어. 그가 옳았고 나도 고개를 끄덕였는데……."

그에게 부인이 있다는 말이 나에게 충격을 주었다. 부인 있는 그를 상상할 수가 없었다. 발밑에서 모래가 빠져나가는 소리가 들려왔다.

"그런데?"

"살아갈 수가 없어. 숨쉴 수도……"

언니는 고개를 저었다. 얼굴은 젖어 있었다. 눈물과 또 많은 것으로. 눈물이 턱으로 흘러내렸다. 티슈로 닦아 준 후 언니의 두 손을 움켜쥐었다. 언니와 화해하는 느낌이었다. 싸운 일도 없으면서. 나는 언니의 머리를 추스리며 언니를 달래었다.

"언니는 젊어. 다시 출발해야 해. 이미 끝난 일이잖아?"

언니는 고개를 끄덕였다.

"끝이라고. 나도 받아들였어. 그런데 그게 아니야. 나는 다시 출발점에 와 있는 거야. 그를 만났던 지점으로."

언니가 흐느꼈다. 고통이 쥐어짜여 나오는 진액이었다. 나는 언니를 껴안았다. 너무 작고 바스라질 것 같아 나는 놀랐다. 언니는 어디로 갔을까? 겨우 스물한 살에 이렇게나 멀리로 가고 있다니.

"언니 혼자 출발해야 해. 지금 그 지점에 있는 거야. 왜 맥길을 고집하지. 나와 함께 UBC 다니면 안 돼? 부모님도 그러길 바라시는데. 언니와 떨어져 있길 나도 바라지 않아."

"맥길은 그가 있는 퀘백과 가까워. 그가 가까이 있다는 게 나에게 위로가 될 거야. 휴일이면 난 퀘백의 그에게 갈 수도 있어."

"그만 둬. 부질없는 짓이야. 잊어야 해."

나는 언니에게서 그를 떼어내고 싶었다. 더불어 나에게서도. 나는 언니가 그와 헤어진 걸 반기고 있었다. 그를 떼어놓고 우리가 멀리 바라보며 꿈꾸면 되지 않는가. 별을 언니 혼자 독점하다니 가능한 일인가? 허사의 아름다움밖에 몰랐던 나는 그를 던지지 못하는 언니의 고통을 알지 못했다. 그리고 내가 그와 언니의 만남을 원한다 해도 그건 불가능한 일이 아닌가?

그 일주일 후쯤 학교에서 돌아와 나는 책상 위에서 언니의 편지를 발견하였다. 편지라기보다 메모에 가까웠다.

"퀘백에 다녀올게. 삼일이나 닷새쯤. 공항엔 나오지 말아."

돌아온다는 날짜는 3월 29일로 되어 있었다. 닷새 후였다. 부모님은 맥길이 있는 몬트리올도 아니고 웬 퀘백이냐고 물으셔서 나는 그곳의 아트스쿨에 알아볼 일이 있어 급히 갔다고 변명했다.

"그렇더라도 알리지 않고 갈 게 뭐냐."

엄마는 푸념하였다.

"잘 말씀드려 달라고 나에게 부탁했어요."

"그러니까 넌 알았구나. 넌 우리에게 숨기지 말아야지. 언니가 그 몸으로 비행기 타는 것도 무린데. 웬만하면 너를 딸려 보낼 것을. 앞으론 언니 일을 나에게 숨기지 마라."

엄마는 나를 꾸지람했지만 나는 서운하지 않았다. 언니는 대학생이 아니다. 언니는 부모님을 실망시킨다는 생각이 나를 너그럽게 만들었다. 링에 올라 주먹을 날리기도 전에 상대 선수가 쓰러졌을 때의 당혹감 같은 게 나를 성숙시키고 있었다. 나는 강의가 없는 시간은 도서실에 처박혀 지냈다. 나는 의대에 진학하여 미생물학을 전공할 생각이었다. 예술이나 어떤 학문에 특별한 취미도 없어 사이언스를 택했지만, 의사가 되기로 결심한 데는 부모님에게 어느날 갑자기 보여주고 싶은 마음이 작용했다. 보이리라. 복수하듯이.

언니는 예정보다 하루 앞당겨 돌아왔다. 갈 때보다 더욱 초췌해진 채. 부모님과 나는 거실에 삼각형으로 서서 언니가 현관으로 들어오는 것을 바라보았다. 우리는 안도하며 눈짓을 주고 받았다. 그러나 이제까지는 시작이었으며 수렁이 점점 깊어진다는 예감이 동시에 우리의 머리를 조였다. 3년 전 언니를 찾으러 퍼시픽 센트럴 역을 서성거리며 우리가 예상한 최악의 상태에 가까워졌다는 것을. 말은 안 했지만 우리는 언니를 입원시켜야 한다고 생각했다. 나와 엄마가 동시에 달려갔다. 아빠는 의자에 주저앉고. 우리는 방으로 가 외투를 벗세 노와수었다. 무일 먹겠느냐고 하자 언니는 고개를 저었다.
"좀 쉬거라."
엄마가 언니를 침대에 눕히자 언니는 베개에 머리를 묻고 엎드렸다. 이불을 당겨주고 우리는 나왔다. 거실에서 우리는 내일 병원에 가보자고 상의했다.
"이럴 바엔 집에 안 오고 어디서라도 살아주는 게 나을 뻔했다."

아빠가 침통하게 말했다. 나와 엄마는 말없이 동의하며 어찌할 바를 몰랐다. 엄마가 참을 수 없다는 듯 고개를 들었다.

"저렇게 될 바엔 허락하는 게 나아요. 즈이들 좋다면 만나 살게 하지요."

엄마는 간절히 아빠를 바라보았다. 아빠는 눈을 감고 깊은 생각에 잠기셨다.

"우선은 살구 봐야 할 거 아냐요. 학문이고 명예고 목숨이 있고 나서의 일이지."

얼마나 어처구니없는 일인가. 너무 늦게. 아니 처음부터 그건 불가능한 일이었다. 그가 언니를 기다리며 목매는 줄 알다니. 나는 고개를 저었다. 나는 그가 언니를 버렸다고 생각했다. 그는 가족을 택했다.

"그는 부인과 애들이 있는 사람이에요. 가정으로 돌아갔어요. 그런 사람을 언니가 저러는 거에요."

아빠의 눈썹이 꿈틀했다. 주먹이 부들부들 떨리고 있었다.

"이런 못된…… 당장 내 앞에서 죽는대도 눈도 깜짝 않겠다."

그 동안 몰라보게 빠지고 센 머리와 구부정한 허리. 마른 목젖이 떨고 있는 걸 나는 바라보았다. 냉정하게 소리치지만 허세로 보일 만큼 아빠가 약해보였다.

"어쩌다 만나도 그런 사람을…… 마귀가 씌었지. 인력으로 된 일은 아냐."

엄마의 이 실망과 한탄을 나는 우월감을 가지고 들었나? 그렇다고 고백한다. 언니와 엄마에게 잘못은 없지만 그들은 잘못 없음으로 나에게 상처를 주었고, 감수성을 건드렸다. 그러나 나는 스무 살이었고, 누구보다 언니를 사랑하고 있었다고 말하고 싶다.

다음날 나는 언니와 우렁의 패밀리 닥터인 닥터 한의 오피스로 갔다. 아빠의 대학 선배이기도 한 그는 대머리를 긁적이며 사람을 안심시키는 웃음을 웃었지만, 스물두 살 난 처녀가 어쩌다 이 지경이 되었는지 고개를 갸웃했다.

"어허. 다이어트를 너무 했군. 살이 쪄야 보기 좋은데. 건강미가 최고라구."

그는 언니의 혈압을 재보고, 눈과 목을 들여다보고, 가슴에 청진기를 댔다.

"혈압도 정상이고 맥박도 모두 다 괜찮아요. 극도의 신경쇠약인데 매사를 긍정적으로 생각하도록 해요. 스트레스를 쌓아놓지 말구. 젊으니까 잘 먹고 잘 자면 곧 좋아져. 걱정거리를 붙들고 있지 말아요. 어디가 나쁜 건 아냐. 마음을 느슨히 갖고 즐거운 일을 찾도록 해요."

그는 혈액과 소변을 비롯한 각종 검사하는 용지를 써주었다. 울트라 사운드와 위내시경, 엑스레이. 여름 동안 나는 언니를 붙들고 병원의 검사실을 찾아다녔다. 언니는 차에 태워지고, 의자에 앉혀지고, 검사실로 가고. 입술에 거슬랭이가 앉고, 묻는 말에만 고개를 까딱거렸다. 모든 검사엔 이상이 없었다. 폐결핵도. 마음의 상서는 치료약이 없다는 것이 우리를 불안하게 했다.

언니는 처음엔 수면제 한 알을 먹던 걸 두 알로 늘이고, 나중엔 두 알로도 쉽게 잠을 못 이루었다. 마침내는 정신병원에 가야 하는 게 아닌가 하고 우리는 긴장하고 있었다. 언니는 벗어나야겠다는 의지도 없이 고통 속으로 한발 한발 들어가고 있었다. 마치 고통을 즐기기라도 하는 것처럼 자신을 물가로 내맡기고 있었다. 입만 열면 그의 얘기를 하면서 말이다.

"그가 곁에 있다는 생각. 그걸 떠나선 살 수 없어."

언니가 그럴 때마다 나는 퀘백에서 그를 만났는지 물어보았지만 언니는 대답하지 않았다. 그는 그곳에 있고, 그곳에 없어, 라든지 어디에도 있고, 어디에도 없어라고 할 뿐. 어느 날 병원에서 돌아오는 길에 엘리자베스 파크로 가서 우리는 벤치에 앉았다. 언니는 버릇처럼 그의 얘기를 꺼냈고, 나는 다시 물어보았다.

"그의 주소에 그는 없었어. 다른 가족이 살고 있었지. 그들이 어디로 이사갔는지 아는 사람이 없었어. 그의 가족이 거기 살았는지도…….."

"서로 연락하지 않기로 했던 거야, 헤어질 때?"

"우린 그런 얘기도 안 했어. 거처를 모른다는 건 있을 수 없으니까. 서로의 존재를 느끼는 것. 어디를 가든 알게 된다고 생각했지. 그가 곧 내게로 온다고 믿었어."

날리는 꽃잎이 언니의 무릎에 떨어졌다.

"이렇게 어느 한 점을 응시하고 있노라면 그의 발자국 소리가 들려. 저 꽃들을 헤치고 그는 다가오고. 내 어깨를 잡고…….. 다정하게…….."

"그는 오겠지, 언제든. 조급해 하지만. 누구나 각자의 갈 길이 있는 거야."

나는 조금 냉정하고, 조금 다정하게 말했다. 얼마나 많은 내 친구들이 남자 친구에 의해 상처받았는지. 온 세계를 다 줄 듯이 사랑하는 여자에게 무릎을 쉽게 꿇는 남자일수록 쉽게 떠나가 여자를 울리는 걸 나는 보았다. 뜨거웠던 사람들이 한순간 차갑게 돌변한다고 상상이나 할 수 있을까. 어려운 여건을 물리친 그 남자 손으로 그 사랑을 파괴하리라고 여자들은 믿지 못하지만 그건 명백한 사실이다. 영원한 사랑은 없다. 변하는 게 사랑의 본질이다. 나는 친구들의 경험을 통해 그것을 알았고, 그것이 나에게 위안을 주었다.

"그이는 그런 사람이 아냐. 우리의 사랑은 그렇지 않아."

"아름답고 숭고하다는 말이지? 최면제야 그건. 불륜의 사랑을 하면서도 자넷은 자기 것이 이 세상에서 젤 아름답대. 똑같은 상황의 다른 사람들은 저속하고 불결하다면서. 사랑이 아름다워 보이는 것은 도취감 때문이야. 도취는 4, 5년 이상 가지 않아. 2년, 3년이 못 갈 수도 있대."

난 언니와 루이스가 사랑을 했는지 모르지만 루이스야말로 3년도 못 갈 사람이라고 낙인찍었다. 그 선병질적인 불란서인. 아직도 그는 서늘하게 다가오지만, 그런 부류의 사람이리라. 그만큼 매력 있고 그만큼 우리를 잡아끄는 만큼.

"스테판이 주애를 버렸어. 스테판 잘못이 아니야. 그게 사랑의 속성이야."

"그는 그런 부류니까."

언니는 스테판에 대해 냉소적으로 말했다. 그러면서 고고하고 거만한 표정을 지었다. 그런 부류를 낭떠러지로 던지고 자신은 수직으로 날아오른다. 자신의 날개가 쉽게 부러지고 상처받는다는 것을 모른 채. 나는 언니를 끌어내리고 싶었고, 그래서 친구들의 경우를 얘기해주었지만, 언니는 고고하게 머리를 들고 있었다.

8

이 일을 어떻게 얘기해야 할까. 살다 보면 이런 일도 있는지 나는 의심스럽다. 어느 날, 아니 나는 날짜도 기억한다. 교회청년회 멤버들이 스테린 파트에서 모임을 가졌던 날이니까. 6월 4일이었다. 밴쿠버의 여름답지 않게 무더웠고, 햇살이 붉게 튀고 있었다. 언니는 커튼을 여는 것도 싫어했다. 방을 어둑하게 하고 침대에서 꼼짝도 안 했다. 나는 언니를 끌어내려 했다.

"제발 나를 그냥 둬. 난 여기 혼자 있고 싶어."

언니가 친구들을 만나려 하지 않는 걸 이해했지만, 어두운 방구석에 처박혀 환상의 제물이 되게 할 수는 없었다. 내가 옷을 입히려 하자. 언니는 애원했다.

"쉬고 싶어, 두통이 나."

언니는 베개에 얼굴을 묻고 꼼짝도 않았다. 나는 방문을 닫아주고 밖으로 나갔다. 거리거리는 축제일처럼 붐비고 있었다. 스텐리 파크에서 교회 친구들을 만나자 나는 평소보다 떠들었다. 그렇게라고 하지 않으면 울어버릴 것 같았다.

불고기를 구워먹고 우리는 인어상이 보이는 잔디에서 한 달 후로 다가온 멕시코 선교 기금 마련 바자회를 토의하고 잉글리시 베이로 나갔다. 너무 더워져서 물놀이를 하기 위해서였다. 우리가 갔을 때 잉글리시 베이 모래엔 더위를 식히는 피서객들로 가득하였다. 대개는 반나의 젊은이들이었다. 그들은 수영복 차림으로 선탠을 하며 즐겁게 떠들고 있었다.

우리는 물속에 들어갔다 나와서 모래에 뒹굴었다. 태양은 머리 위에 있었고, 모래에서는 더운 김이 뿜어져 올라왔다. 사람들의 환성소리가 물과 섞이고 요트의 미끄러지는 소리가 귀를 간지럽게 했다. 얼굴을 수건으로 덮고 나는 모래에 엎드려 눈을 감았다. 얼마나 시간이 지났는지. 입이 텁텁하고 나른한 상태에서 깨어났다. 물결 소리가 아주 가까이서 찰랑대고 있었다. 저만치서 친구들이 공을 던지고 있는 게 보였다. 모래가 부드럽게 내 등을 조이고 있었다. 나는 일어나서 무얼 마시려고 길가의 나무 밑으로 걸어갔다. 스무 걸음 정도 갔을 때였다. 갑자기 내가 그 자리에 멈춘 것이.

내 앞에 반나의 남녀가 가고 있었다. 앞에도 옆에도 뒤에도 껴안고 뒹굴거나 키스를 하는 연인들 투성이라 누구를 지적할 필요는 없었다. 그런데도 그들이 유독 내 망막을 흔들었다. 지금도 그 장면이 내 눈에 똑똑이 보인다.

내가 햇살 아래 잉글리시 베이의 바다를 뒤에 두고 걸어간다. 내 앞에 10여 미터 길이의 모래가 남아 있고, 모래의 끝은 행길이고 뚜껑을 연 차가 주차되어 있다. 내 앞에 날씬한 여자의 다리가 있고 터질 듯한 엉덩이와 날씬한 허리선이 있다. 여자의 등에 물결치는 금발머리와 어깨를 두른 털이 부숭한 남자의 팔이 있다. 해바라기 모양의 태양의 문신이 있는. 내가 그들을 보게 된 것은 여자의 웃음 소리가 유난히 높고 투명해서이기도 했지만 태양의 문신을 보고서였다. 내 의식은 빠르게 4년 반 전으로 날아가고, 파스텔 펜추리의 카리비안 색조가 출렁대었다. 나는 기우뚱하고 돛이 부러지는 소리. 순간 나는 그 자리에 얼어붙었다. 나는 그때 그가 루이스가 아니길 얼마나 바랬던지. 목이 뻣뻣해지고 휘청이면서 나는 오직 그것만을 열망했다. 그러나 나는 부인할 수 없었다.

저 여자는 그의 부인인가? 아니다. 아니었다. 여자의 나이는 잘 해야 열여섯 살, 아니 그 아래일 수도 있다. 조숙한 여자들이 지니는 투명함. 터질 듯한 무르녹음. 그러나 맑고 앳된 목소리만은 숨기지 못한다. 유아적인 가벼운 몸짓과. 여자는 풍만함에도 불구하고 열다섯 살이나 그 아래의 풋내를 풍기고 있었다.

루이스는 그때보다 나이 들고 노련해져서 명실공히 돈판 같은 모습으로 자신을 거리낌없이 드러내고 있었다. 태양과 차들과 사람에게. 아니 나에게. 그는 여자를 부둥켜 안고 짙게 키스했다. 이곳이 도심의 길가라는 것도 잊고 여자의 몸을 마음대로 했다. 금발의 처녀는 몸을 틀며 그에게 달라붙었다.

나는 그가 루이스임을 의심하지 않았다. 저렇게 꼼짝 못하게 하는 사람이 그밖에 누가 있는가. 저렇게 농염하게, 그보다 더한 추억으로 언니를 죽여가고 있는 사람이 저 사람이 아니면 누구겠는가.

그들은 길가에 세워두었던 자전거를 자물쇠에서 풀더니 타지 않고 끌고 행길을 건너 걸어갔다. 나는 그들을 따라갔다. 수영복 차림으로 걷는 것으로 보아 근처에서 살고 있는 모양이었다. 잉글리시 베이를 중심으로 고층 아파트 건물이 빼곡히

차 있고, 젊은이들이 밀집해 살고 있었다. 그 중의 어느 한 곳
으로 그들은 들어가리라. 더 깊은 쾌락과 절정을 향해서.

내 예상은 맞아서, 5분쯤 걸어가더니 길가의 어느 건물로
들어갔다. 새로 지은 고층 콘도로 전체가 유리로 된 성 같은
곳이었다. 나는 현관에서 그들을 바짝 추격했다. 여자가 힐끗
돌아보았으나 내가 거주자인 줄 알고 싱긋 웃었다. 여자의 이
가 유난히 반짝임은 유아적인 신선함을 주었다.

그들과 함께 엘리베이터에 탔을 때 내 가슴은 나쁜 일을
하는 듯이 두방망이질을 쳤다. 수영복 차림에 수건만 걸친 차
림도 어색했다. 그들은 수건을 걸치지도 않았는데. 나는 마음
을 진정시킨 후에 루이스의 얼굴을 바라보았다. 그를 좀더 자
세히 보아두고 싶었다. 한 번도 나는 가까이서 그를 본 일이
없다. 더구나 이처럼 나를 드러내놓고. 그 역시도 나를 본 적
은 없다.

그도 나를 보았다. 여자의 풍성한 금발을 지나서. 여자는 그
의 옆에 바짝 붙어 있었고, 나는 그들의 자전거를 피해 이쪽에
있었으므로 루이스와는 대각선의 위치였다. 어느 정도의 거리
를 두고, 우리의 눈이 마주쳤다. 그러자 루이스는 나에게 미소
지었다. 아주 노련하고 느글느글하게. 아찔했지만 나는 눈을
곧추 떴다.

친밀함과 다정함, 편안한 느낌이 어린 여자를 사로잡는 것이
라고 그를 꿰뚫어보았다. 파스텔 펜추리에서도 그는 그 위에
눈부신 젊음을 가지고 나를 압도했다. 이렇게 그와 함께 올라
가고 있는 게 믿어지지 않았다. 내 심장이 다시 뛰기 시작했다.
어둑한 방안에 누워 있는 언니는? 언니를 안아야 할 손이 금
발을 휘감고 있었다. 나는 그에게서 금발을 떼어놓고 언니에게

로 데리고 가고 싶은 충동을 느꼈다. 아니 그가 딴 사람이 된 것을 보여주고 싶었다. 자 이제부터 나는 무엇을 해야 하는가.

여러 가지 생각이 얽히는 동안 내 심장의 박동이 더욱 빨라졌다. 그들에게 나의 숨소리가 들릴까 조심스러웠지만, 그들은 서로에게 열중해서 나는 안중에도 없었다. 나에게서 시선을 거둔 그는 어느새 여자를 안고 볼을 부비고 있었다. 그의 면상을 갈겨주고 싶었지만 참았다. 숫자를 바라보면서 남자의 잇새에서 나오는 녹작지근한 비음을 들었다.

"봉뿌띠 내 사람."

그 독특한 프랑스적인 발음은 여자를 속수무책으로 만들고 있었다. 금발의 소녀도 어느날 밀려와 상한 지느러미를 드러내리라.

엘리베이터가 12층에 멎자 그들이 내렸다. 나는 그들이 자전거를 내리도록 도와준 후 신중하기 위해서 13층의 버튼을 눌러 올라갔다 다시 12층의 버튼을 눌렀다. 그들이 이미 없어져버렸는지 걱정했지만 복도의 끝에서 여자의 조심성 없이 웃는 까르르 소리가 들려왔다. 루이스가 자전거를 들여놓고 있었다. 나는 시간을 두었다가 그들의 방을 확인했다.

1225호. 금박을 입힌 그 숫자가 돋을새김으로 망막을 덮쳤다. 잉글리시 베이와 웨스트와 노스 밴쿠버가 한눈에 보이는 콘도 12층. 어디나 유리로 되어 밴쿠버의 오밀조밀한 만이 발 밑에 깔려 있었다. 언니의 열망과 지나간 추억과 고통을 밀어내며 1225호 문은 완강히 내 앞에 버텨 있었다. 나는 그 문을 부수고 들어가 그를 떨어뜨리고 싶은 충동을 받았다. 교묘한 속임수와 뻔뻔스러움, 그리고 그 눈부심과 사랑스러움. 어떻게 그를 잊겠는가. 나는 순간 언니를 이해했다. 언니의 상심과 죽음을.

나는 복도를 서성이며 루이스를 내 앞에 세우고 분석하기 시작했다. 그는 어느새 20년을 훌쩍 뛰어넘었던 말인가. 서양 사람의 나이를 쉽게 측정할 수 없고, 햇살의 조화도 있었겠지만 그늘과 빛 속에서 그는 자기 나이를 숨기지 못하고 있었다. 아무리 줄이려고 해도 여자 나이의 두 배가 넘어보였다. 그렇다면 저 풍경은?

나는 벽에 손을 대고 가슴의 고동이 가라앉길 기다렸다. 나는 이 일을 어떻게 수습해야 할지 몰랐다. 언니를 환상 속에 놓아두느냐 현실로 끌어내느냐?

엘리베이터로 콘도를 내려가며 나는 사건을 추적해보았다. 사설탐정이 된 심정으로. 언니가 그를 만난 게 열여섯이 갓 되었을 때다. 조금 전 금발의 소녀도 열여섯 전후일 것이다. 루이스는 소녀를 공격하는 치한이다. 언니 이전에도 소녀가 있었을 테고 이후에도 있다. 언니가 루이스가 없다고 한 말을 나는 다른 의미로 수긍했다. 진정한 루이스는 없다. 그는 가짜다. 가면이기에 사람을 마취시키고 질식해서 죽게 만든다.

며칠간 나는 혼란에 빠졌다. 루이스는 저기 유리 콘도에 있고, 언니는 여기 루이스의 환상 속에 있다. 나는 언니의 환상과 루이스의 현실을 왔다갔다 했다. 언니가 루이스의 얘기를 할 때마다 나는 조마조마해졌다. 언니가 모르는 편이 낫다는 결론을 내렸다. 그러나 그러기엔 언니가 너무 가엽지 않은가.

나는 루이스를 시험하기 위해서라기보다 그를 찾아서, 좀더 분명히 하기 위해, 그럴 의무감에서, 도서실에 간다고 둘러붙이고 이틀이 멀다 하고 잉글리시 베이로 나갔다. 여름이었고, 근처에 사는 그들이 다시 그곳에 안 갈 리 없었다. 잉글리시 베이와 스텐리 파크 때문에 여름 동안 콘도를 빌렸을 수도 있었다. 여름이 가기 전에. 나는 조급했다.

나는 자전거를 타고 스텐리 파크의 자전거 코스를 달렸다. 그들도 물론 달릴 것이다. 시간을 마출 수 없어 자전거 드라이브길에서 그들을 만나지는 못했다. 그들이 여행자여서 이 도시를 떠났는가도 염려되었다. 나는 그들과 같은 콘도에 산다는 걸 보이려 쇼핑백을 들고 콘도 앞을 서성대기도 하였다. 어느 날 길로 뻗힌 그들의 베란다에 두 대의 자전거가 놓여 있는 걸 보고 나는 안심했다. 적어도 그들이 이곳에서 여름을 날 거라는 확신이 들었다.

2주일이 지나자 나는 아예 아침 일찍 잉글리시 베이 통나무 아래 책가방을 펼쳤다. 엄마가 어딜 그렇게 다니냐고 언니와 함께 있으라고 잔소리했지만 듣지 않았다. 한 달이 지난 어느 날, 잉글리시 베이의 모래펄에 가로놓인 통나무 위에서 나는 루이스를, 바로 그 루이스를 만날 수 있었다. 저녁 무렵이었는데 빨간 석양 앞에 그가 걸어오고 있었다. 금발의 소녀를 찾았으나 그는 혼자였다. 소녀는 그로키 상태가 되어 잠이 들었고, 그는 중년의 취미로 바다의 노을을 보러 나왔는지도 모르지. 아무튼 그가 여기 있다는 게 나를 안심시켰다. 나는 침착하려 애쓰며 그가 다가오기를, 내 곁을 스쳐지나가주기를 기다렸다. 나는 모래가 그의 발바닥에서 사락대며 밀려나는 소리를 들었다. 그 소리가 가까워지고 있었다. 나는 눈을 바다에 주었다. 그가 아주 가까이 왔을 때 나는 그를 바라보았다. 손가락을 잘근잘근 깨물며 미소지으면서. 그는 싱긋 웃고는 통나무에 걸터앉았다. 움직임이 유연하고 자연스러워 나는 그에 대한 적개심이 사그라들 지경이었다. 나는 다시 책에 눈을 주었다.

224

"아주 아름다운 석양이군요."

그가 새빨간 태양을 보며 말했다. 바다도 하늘도 빨간색이었다. 그의 얼굴도. 붉은 조명 탓인지 그는 얼마 전보단 젊어보였다. 파르스름한 면도 자국이 보였다. 지난번엔 수염이 더부룩했었나?

"매일 보는데도 색깔이 시시각각으로 달라져요."

나는 그가 화가라던 언니의 말을 떠올렸다. 달라지는 색채를 좋아한다. 수시로 변하길 잘하고 변하는 걸 좋아한다. 나는 그가 어떤 사람인지 마음 속으로 채점했다.

빨간 하늘을 두르고 앉아 있는 그의 구부정한 등을 바라보는 동안 그가 아내와 일고여덟 살 된 두 아들이 있는 남자로 보였다. 그렇다면 금발의 소녀는 누구인가? 나는 다시금 혼란스러웠다. 그에게 부인이나 아들은 처음부터 없었다고, 내 추리는 다시 원점으로 돌아갔다. 언니를 떼어버리기 위해 지어낸 소리라는 결론으로. 이 사람이 아무것도 모르는 언니를 홀려내었다 버린 사람인가? 그가 눈앞에 있는데도 나는 흔들리고 있었다. 그만큼 석양을 배경으로 그는 고혹적이고 우아했다. 다니엘 데이 루이스처럼. 그의 영화를 보고 내가 빠져들었던 그때로 나는 가고 있었다.

"자연을 사랑하시는군요."

"나는 예술가니까요."

"화가이신가요?"

그는 고개를 끄덕였다. 그림을 그리긴 하는 모양이다.

"그림을 그리러 왔습니다."

언니에게도 그는 이렇게 말했으리라.

"이 도시에 살지 않으시나요?"

나는 그를 찬찬히 살폈다. 침착하라고 자신을 타이르면서.

"난 여기 살아요. 토론토에도 퀘백에도 살고, 몬트리올에도."

"퀘백이라구요?"

나는 소리쳤다. 그는 고개를 끄덕였다. 나는 조심스레 이것 저것 물었고, 그는 퀘백에 화랑을 가지고 있으며 직접 그림도 그리고, 그림 중개상도 한다고 자신을 소개했다.

나는 반은 거짓으로 반은 사실로 받아들였지만, 그가 인텔리 겐챠 티를 내고 싶어한다고 생각했다. 그리고 낭만적이고 멋지 며 에로틱한 면을 강조하고 싶어 했다. 석양에 실루엣을 남기 며 담배를 피는 모습 자체가 비현실적으로 보였다.

"당신은 매일 이곳에 와서 공부하는군요."

나는 깜짝 놀랐다. 그는 어디에 있었다는 말인가. 어디서 나 를 엿보았을까. 그를 만나러 내가 이곳에 진을 치고 있는 동안. 나는 그를 탐색한 게 아니라 탐색당했던 것일까? 그러자 나는 약간 겁이 났다.

"요 며칠 그랬어요. 더우니까요."

나는 순순히 시인했다.

"그래요. 더우니까."

나는 순순히 시인했다.

그는 내 비위를 맞추어주었다. 부드럽고 순하고 그의 이미지 에 품위를 더하면서. 그는 속은 어떤지 모르지만 타이타닉호의 신사를 흉내를 내고 있었다. 나는 들통날까 조마조마했다. 그 는 내가 공부를 끝내기 기다렸다가 책가방을 들어주지 않을 까? 우리는 자연스레 콘도로 걸어갈 거고, 그가 어느 층에 사 느냐고 묻는다면? 나는 먼저 역공을 취했다.

"그 소녀는 어디 갔어요?"

그는 당황하며 어깨를 으쓱여 보았다.

"주말이면 부모에게 다니러 가요. 애기니까."

그날이 토요일이란 생각에 미쳤다. 주말이면 그가 외롭다. 외로운 그가 잉글리시 베이를 서성인다. 그는 왜 언니에게 연락하지 않을까.

"내일도 이곳에 오겠지요."

"물론."

나는 고개를 끄덕였다. 그가 담배를 껐다. 조금 옅어진 바다에 실루엣을 그리며 연기를 마무리하는 그는 아름다웠다. 하얀색의 상의가 신선하고 반바지 아래로 쭉 뻗은 다리는 구릿빛으로 타 있었다. 나는 그의 속눈썹이 깜박이는 것과 날카로운 코의 선과 반쯤 벌린 입술이 닫히는 것을 바라보았다. 그는 생각에 잠겨 바다를 보고 있었다. 추억에 잠긴 것일까. 잠시라도 언니를 생각하고 있는지 궁금했다. 금발의 소녀와 그처럼 진한 애무를 했고, 언니의 연인이었음에도 불구하고 그는 순간마다 그것을 잊게 만들었다. 더함 없이 아름답고 똑같은 고즈넉함과 우울과 어스름 속에 있었기에. 그리고 아직도 나에겐 파스텔 펜추리에서의 그가 가까웠고, 그 외엔 멀었기에.

나는 건성으로 책에 눈을 주고 그는 나와 5미터쯤 떨어진 통나무에 앉아 붉은 빛이 사라지는 것을 바라보고 있었다. 그가 옆에 있는 것이 조금도 부담스럽지 않았다. 금발의 소녀가 오면 그가 딴 사람이 된다는 것도 잊고 나는 여전히 그를 추억 속에 앉혀놓고 있었다. 언니가 나가는 것을 커튼 틈새로 바라보던 날의 한숨과 서늘한 아픔 속에 말이다.

그는 내가 무슨 공부 하는지 어느 학교에 다니는지 묻고 나서 말했다.

"너무 오래 했으니 머리 아프지 않아요? 좀 쉬게 해주고 싶은데."

그는 일어섰다. 그의 발밑으로 모래가 바스라졌다. 나는 주섬주섬 책을 싸면서 대답했다.

"정말 머리가 지끈대는군요. 글씨도 잘 안 보이고."

"아주 맛있는 요리가 있어요."

나는 머뭇거렸지만, 그를 알 수 있는 찬스라고 여겼다. 그가 금발의 소녀와 진짜로 어떤 관계인지, 애인임에 틀림없지만 어떻게 만났고, 결혼할 것인지 들어보고 싶었다. 모래를 걷는 동안 그가 내 가방을 들어주었다. 우리는 함께 걸어갔다. 나는 같은 콘도에 살고 있으므로 우리의 발걸음이 자연히 콘도로 향했다. 그가 현관문을 열쇠로 따고 우리는 유리의 둥근 아치를 지났다.

"난 12층에 살아요. 당신은?"

"13층."

나는 그렇게 대답했다.

"내 위에 사는군요. 당신같은 좋은 이웃이 있어서 기쁘군요."

우리는 함께 엘리베이터에 올랐다. 금발소녀와 그가 짙은 키스를 나누었던 곳. 그도 그걸 기억하는지 싱긋 웃고는 머리를 긁적였다. 소년같은 수줍음이 잠시 지나갔다. 다소 어색했으나 그 좁은 공간 속에서 그는 정중하고 무게 있는 태도를 취했다. 조용히 내 가방을 들고 있을 뿐 미동도 하지 않았다.

우리는 복도를 걸어갔고 1225호에서 멈춰섰다. 그가 문을 따는 동안 나는 심호흡으로 마음을 가누었다. 처음 그 숫자를 발견했을 때처럼. 두터운 성벽이던 게 이렇게 빨리 나에게 드러낼 줄이야. 나는 쾌감을 가지고 그 문을 들어섰다. 마치 개선

문처럼. 그가 내 정체를 모른다는 게 즐거웠다. 그는 나를 바람둥이 소녀 정도로 알 것이다. 내가 실내를 둘러보았다. 금발의 소녀와 어떤 모습으로 살고 있을까. 그 소녀에게 그는 무엇일까. 그런 호기심 속에 유리로 된 탁자와 그가 소녀와 뒹굴었을 하얀색의 소파와 전등갓을 보았다. 공간을 살린 편리하고 아늑한 설계로 꾸며져 있었다. 거실이 넓고 방문을 빼곤 전부 유리였다. 유리를 통해 숲과 바다가 한눈에 펼쳐져 있었다. 어디나 흰색과 검은색의 색조가 우아하고 실내장식이 화가답게 화려하고 고상했다. 호색한이 어린 소녀와 애정행각을 벌이는 유치함은 어디에도 없어 실망했다.

내가 집안을 서성대는 동안 그는 부엌에서 익숙하게 음식준비를 했다. 손님을 초대하려고 미리 준비한 듯 소리내지 않고 재빨리 식탁을 차렸다. 내가 도와주려 했지만 그는 손을 저었다. 에이프런까지 걸친 그는 완벽한 가장다웠다. 아내와 두 아들이 있는.

나는 손씻는 체하면서 침실을 살짝 엿보았다. 커다란 침대와 티브이. 침실 탁자 위의 조명등. 보통의 침실과 다를 바가 없었다. 다른 게 있다면, 침대 머리맡 벽에 대형 여자 나체사진이 있었다. 나는 깜짝 놀라 눈을 비볐다. 바로 며칠 전의 그 소녀가 맨몸에 금발만 걸치고 허리를 꼬고 비스듬히 서 있었다. 아마 반대편 벽엔 그의 나체사진이 있으리라. 여자의 육감적인 입술이 나의 뒷머리를 잡아챘다. 나는 문을 닫고 부엌으로 돌아갔다.

그는 식탁에 촛불을 켜고 있는 중이었다. 스테레오에선 쇼팽의 환상곡이 흘러나오고 있었다. 그야말로 무언가가 바스락대는 전야제의 성찬이었다. 포도주와 접시에 얌전히 놓인 세면과

새우와 구운 감자. 하얀 식탁보와 냅킨과. 그가 의자를 내주었다. 그가 창을 등지고, 내가 창을 바라보는 위치로. 포도주를 따르고 우리는 치어스를 했다.

"만나서 반가워요. 좋은 이웃이란 금보다 귀한 것이죠."

그는 무릎에 냅킨을 깔면서 명랑하게 말했다. 나는 잠시 도취감을 맛보았다. 우리가 오래전부터 정돈된 저녁을 즐겼던 느낌 말이다. 포도주를 마시고, 나는 음식이 맛있다고 칭찬해주었다. 스모크드 세먼과 크림치즈를 다져 부푼 밀가루에 넣어 구운 요리는 그가 요리에 상당한 수준임을 말해주고 있었다. 육체의 향락 뒤에 요리까지 해서 바친다. 온갖 시중을 들어주며 애기처럼 다룬다. 그 외에 무얼 더 바랄까.

그는 웃음지었다. 상습적인 웃음이라고 나는 조금 전의 금발소녀의 나체사진을 떠올리며 생각했다. 나는 좋은 음식에도 불구하고 냉정해지려 했다. 더 알아볼 것도 없다. 그는 치한이며 언니를 버렸다. 보라. 이 번쩍이는 식탁 어디에 언니의 자취가 있는가. 그리고 또한 그에게 금발소녀의 모습도 없는데. 나는 당황했다. 그는 도대체 누구인가. 나는 언니의 동생으로 그를 탐색하더라도 그가 왜 나를 초대하고 친절을 베풀기까지 하는가. 나는 새우를 짓씹었다. 언니가 이런 식으로 그에게 걸려들었다. 그는 완벽하고 틈을 보이지 않아 헤어진 후에도 의심하지 않게 한다. 그가 나에게 걱정되면 부모님께 전화하라고 한다.

"아뇨. 괜찮아요."

나는 마음을 회복시키며 말했다.

"개학이 되면 돌아가시겠군요. 퀘백으로."

"당분간은 여기 있을 겁니다."

"그 소녀는, 소녀라고 해서 될지 모르지만 부인인가요? 두

230

분이 어떻게 만났는지 궁금하군요. 아주 멋진 커플이라."

내가 소녀를 거론하자 그는 어색하게 웃고나서 손을 저었다.

"패티 얘긴 하지 말아요. 당신과 나는 지금 함께 있고, 포도주와 좋은 음식이 있고, 아름다운 저녁놀이 저기 있어요. 그것으로 나는 대만족입니다."

그리고 촛불과. 나는 촛불을 바라보았다. 이 완벽한 유혹의 소리. 어떻게 그를 믿을 수 있을까. 그는 나에게 포도주를 한 잔 더 하겠느냐고 물었다. 나는 호기롭게 '물론이죠' 하고 말했고, 그는 나의 쾌활함이 맘에 든다고 말했다. 그는 소리내어 웃고 내 잔에 포도주를 따라주었다. 나도 그의 잔에 따랐다.

"당신은 추상화가인가요?"

그는 고개를 끄덕였다. 그의 목소리는 부드러운 바리톤이었고, 언니가 좋아하는 성량을 지니고 있었다. 언니와도 이런 곳에서 이런 시간을 보냈으리라. 더함 없이 친절하고 상냥하며 열정적이고. 아무리 해도 결점을 찾아볼 수 없는 모습으로. 금발소녀의 사진이 있던 곳에 언니의 사진이 걸려 있지 않았을까.

그는 내 식사시중을 들어주었다. 아버지다운 배려와 친절. 도대체 그는 얼마나 많은 수식을 짊어지고 있는 사람일까. 식사 후 그는 크림을 듬뿍 진 카푸치노를 내냈다. 아직 촛불은 반쯤 남아 있고, 붉은빛으로 희미해지며 도시는 어둠에 잠기고 있었다. 우리는 포도주와 고즈넉한 저녁에 취해 소파에 앉았다. 우리는 카푸치노를 마셨다.

나는 내 앞에 앉아 있는 친절하고 다정한 남자를 바라보았다. 그가 쇼팽을 멈추고 에릭 크립튼의 시디를 넣는 것을. 나는 그에 대해 조금 더 분석하고자 했다. 이곳을 나가기 전에. 그는 부자다. 재정상태를 알지는 못하지만 고급 취미가 있다.

하는 일 없이 고급 콘도에서 비싼 음식을 먹는다. 그림을 비싸게 파는지 모르지만 의문투성이다. 그는 순간순간 달라지고 있었다. 언니가 아는 그와 언니가 모르는 그로. 나는 그에게서 언니의 얘기를 끌어내고 싶었지만 어떻게 서두를 떼야 할지 몰랐다. 그러려면 내가 언니의 동생임을 밝혀야 했다. 밝히면 언니가 오해받으리라. 미행하러 동생을 보내다니. 참을 수 없는 짓이다. 무엇보다 언니가 승낙할 리가 없다. 언니 얘긴 하지 말기로 한다.

이쯤으로 멈추고 나는 돌아가고 싶었다. 나는 일어났다. 에릭 크립튼의 녹지근한 쉰 목소리가 울리고 있었다. 음식 고마웠고, 언제든지 답례를 하겠다고 인사했다. 그가 따라 일어나며 내 팔을 부드럽게 잡았다.

"지금 가야 하나요? 조금만. 당신은 쾌활하고 매력 있어요."

나는 그의 눈을 보았다. 푸른색이었다. 푸른색이 넓어지고 이윽고 풀어지는 것을 나는 놓치지 않았다. 사랑이라는 게 바로 이런 거라고 생각했다. 고등학교 졸업하도록 나는 연애할 기회가 없었다. 내가 관심두는 남학생들은 나를 따돌리고, 내가 흥미없는 남학생들이 나에게 접근했다. 나는 늘 어긋났으며 기회를 놓쳤다. 숙제도 없이 시간이 남아도는 고등학교 시절을 허비하면 대학에 가선 남자친구를 사귈 시간이 없다. 대학에선 적당히 보내다 잘리느냐, 공부하면 팔려 진급을 하느냐 둘중에 하나였다. 더구나 의대에 가려면 책과의 전쟁이다. 나는 한번도 정점을 경험해 본 적은 없다. 몇 번의 시시한 데이트와 키스가 있었지만.

나는 그때 루이스의 눈을 통해 연인으로부터 버림받은 낸시와 해란, 나의 언니 하나의 눈물을 이해했다. 그가 언니의 사람이 아니었다면 나도 그 순간 녹아내릴 뻔했다. 금발의 소녀를 눈앞에서 보았음에도. 언니의 잘못이 아니다. 난 언니를 깊이 이해했고, 사랑은 아름다움 뒤에 고통을 숨기고 있다는 것을 느꼈다. 나는 이 커다란 어긋남, 나의 길이 굴곡으로 차 있음도 알았다. 나는 그에게 굳 나잇이라고 인사하고 돌아섰다.

"내일도 잉글리시 베이로 나올 건가요? 그럴 거죠?"

나는 고개를 끄덕였다.

"자."

하며 그가 내 손을 끌었다. 내 머리가 그의 어깨에 닿았다. 나는 그를 떠밀었고 그는 휘청이는 나를 소파에 앉혔다.

"조금 이렇게 앉아 있어요. 피곤이 풀릴 거야."

그는 내 머리칼에 손을 넣고 쓸어내렸고, 나는 자꾸만 눈꺼풀이 감겼다. 이제 9시 반인데 나는 밀려드는 잠을 쫓으려 했다. 나는 소파에 머리를 기댔고, 손 끝에서 힘이 빠져나갔다. 나는 일어나 가방 손잡이를 잡으려 했다.

"하나를 아시나요. 당신은?"

나는 언니에 대해 다 털어놓고 싶었다.

"아니 난 몰라. 순간의 쾌락. 당신에게도 그걸 가르쳐주고 싶어."

"하나말이에요. 하나. 이하나. 그 이름을 당신은 잊어선 안 돼요."

나는 취한 듯 중얼대었다.

"나는 그런 거 몰라."

그의 거친 숨소리가 들렸다. 나는 일어나 앉으려 했다. 나를 무릎에 눕히고 내 머리를 쓰다듬는 그의 손길을 느꼈다.

"당신을 얼마나 사랑하는지……그 여자 …… 당신의 여자 ……"

"나도 그래. 내 사랑. 아름다운 내 사랑."

그가 움직이는 게 보였다. 그가 내 손을 잡았다. 나는 속수무책으로 그에게 잡혔고 잠시 후 팔뚝에서 벌이 쏘는 듯한 통증이 왔다. 차가운 이물감이 느껴지고 내 앞이 빙글빙글 돌았다. 눈꺼풀이 무거워 밀어올리 수가 없었다.

나는 소파에 던져져 있었다. 그가 금발의 소녀와 뒹굴었을 그곳에. 그의 발자국이 들렸다. 물소리가 났다. 물이 쏟아지고 있었다.

나는 발을 디디려 애썼다. 땅이 빙글빙글 돌고 어딘가로 한없이 빠져들고 있었다. 나는 뒹굴어 바닥으로 떨어졌다. 거기에 내 가방이 있었다. 나는 가방을 안고 쓰러졌다. 나는 문가로 기어갔다. 문고리가 두 겹으로 걸려 있었다. 걸림쇠를 여는 내 손이 자꾸 미끄러졌다. 금시라도 그가 물을 뚝뚝 흘리면서 달려와 내 손을 나꿔챌 것 같았다. 나는 열어달라고 문을 두드렸다. 밖에서는 아무 반응도 없었다. '구해줘요'라고 소리쳤지만 소리가 빠져나가지 않았다. 나는 전신으로 손잡이에 매달렸다. 한참 후 문고리가 딸깍거렸다. 나는 고리를 세게 당겼다. 발밑이 물 속인 듯 출렁이고 걸음을 떼놓을 수 없었다. 복도가 파도처럼 흔들렸다.

나는 철부덕대며 나갔다. 속이 메슥거리고 구토가 났다. 나는 손가락을 입술에 찌르고 싶었지만 그게 되지 않았다. 엘리베이터가 멈추는 소리가 났다. 나는 그쪽으로 가려다 다시 주저앉았다. 땅이 푹숙 꺼져 걸을 수가 없었다. 나는 기어서 얼마쯤 갔고, 벽을 붙잡고 일어섰다. 노부부가 엘리베이터 버튼을 누르고 서 있는 게 보였다. 나는 그들에게 도와달라고 손짓했다. 할아버지가 와서 나를 부축해 주었다. 그가 무어라고 물었지만 나는 엘리베이터를 손가락질하기만 했다. 노부부는 나를 현관까지 데려다 주었다. 밖으로 나가 나는 콘도의 화단에 쓰러졌다. 축축한 나뭇잎이 발 밑에 닿았고 찬바람이 목구멍을 타고 들어왔다. 나는 숨을 몰아쉬며 나무 뒤로 몸을 숨겼다. 밤은 캄캄했지만 가로등 빛으로 주위는 훤했다. 얼마나 그러고 있었는지. 오랜 시간이 흐른 것 같았다. 어지럼증이 조금 가시자 나는 일어섰다.

내 차가 어디 있는지 나는 휘청이며 걸어갔고 한참 후 되돌아왔다. 내 차가 콘도 뒤의 아파트 앞에 주차되어 있다는 걸 세 번이나 같은 길을 왔다갔다 한 후에야 알았다. 나는 차로 가서 시트에 몸을 파묻었다. 말할 수 없이 황홀하고 달콤한 기분이 나를 휩쌌다. 가물가물한 의식 속에 콧노래가 나올 듯했다. 내 입에서 흐느낌이 흐르고 있었다. 할 수만 있다면 다시 가서 그의 육감적인 팔에 안기고 싶었다. 어지러움과 도발적인 통증으로 신음하며 나는 눈을 감았다.

나는 몹시 머리가 아팠다. 의식을 차리자 포도주와 촛불과 그리고…… 이런 순서로 떠올랐다. 나는 시트에 쑤셔박힌 채 옴짝달싹 할 수가 없었다.

"똑똑똑."

물방울이 떨어지는 소리가 났다. 겨우 눈을 뜨고 나는 어떤 얼굴을 보았다.

"루이스?"

나는 깜짝 놀라 유리창에 박혀 있는 파란 눈을 보았다. 갸름한 그 얼굴이 나를 바라보고 있었다. 그가 여기까지 따라온 것이다. 나는 반사적으로 차문을 잠그고 조금 내려져 있던 유치

창을 올렸다. 차문을 잠그지 않고 있었다니. 내 가슴은 세게 방망이질쳤다.

몇 초가 흐르자 나는 그가 루이스가 아님을 알게 되었다. 키가 작고 이 사람은 그보다 뚱뚱하다. 그리고 콧수염도 기르고 있었다. 빈틈없는 루이스보다 이 사람은 한결 허술하다고 안도하면서도 그의 얼굴이 성폭행자의 몽타주로 보였다. 얼마 전 잉글리시 베이에서 살인사건이 있었고, 저 멀리로 보이는 검푸른 숲, UBC 근처의 나체촌에도 괴한은 종종 나타나지 않는가.

나는 그가 유리창을 깰까 봐 조마조마했다. 삐삐나 휴대폰이 없는 걸 한탄하면서 나는 경찰이 오는지 두리번대기까지 했다. 사방은 캄캄하고 사람 그림자도 없었다. 가로등 빛만 번들대고 저쪽에 루이스의 콘도 유리 지붕이 위협적으로 번들댈 뿐이다.

남자는 계속 차유리를 두드렸다. 나는 웃옷으로 얼굴을 묻고 손으로 머리를 감쌌다. 비명을 지를까. 누군지가 깨어 달려오겠지. 사방이 아파트로 둘러싸인 이곳에 깨어 있는 사람이 하나쯤은 있기를 간절히 나는 빌었다.

내가 차문을 따려는 기색이 없자 남자는 낭패하며 고개를 젓고는 자신의 신분증을 유리창으로 보여주었다. 경찰이었다. 밤을 순찰하는 사복경찰인 것이다. 나는 맥이 탁 풀리며 웃음이 났다. 나는 유리문을 열고 구조자를 바라보았다. 그는 내 신분증을 달래서 보더니 이 동네 사느냐고 물었다. 왜 이 시간에 차에서 자고 있는지 술이나 마약을 했는지 살피고 있었다.

"지금이 몇 시죠."

순경은 손목시계를 손가락으로 툭툭 쳐보였다.

"밤 두 시가 넘었어요."

"너무 졸렸어요. 운전을 할 수가 없어서……."

"술을 마셨나요?"

나는 고개를 끄덕였다.

"잉글리시 베이에 나왔다가 친구를 만나서……."

나는 저쪽 콘도 건물을 바라보았다.

"지금은 운전할 수 있겠습니까?"

나는 고개를 끄덕였다. 그는 고개를 갸웃해 보이고는 친절하게 말했다.

"시동을 걸어봐요. 당신 집까지 패트롤카로 따라가겠습니다."

"이 길 끝까지만 따라오시고, 당신 일을 보세요."

"우리의 의무니까 걱정마세요. 우린 여자와 허약자와 노인을 도와줍니다. 당신은 두 가지 항목에 해당돼요. 처음엔 노인인 줄 알았으니 세 항목이 다 적용될 뻔했습니다. 만약 운전을 못하겠으면 당신과 당신 차를 집까지 옮겨주겠습니다."

나는 안심하고 시동을 걸었다. 나를 에스코트하는 순경을 보니 루이스를 고발하고 싶은 생각이 났다. 그러나 증거도 없었고, 내 잘못도 있었다. 그를 순순히 따라간 의도를 밝히자면 일이 너무 복잡해진다. 언니를 끌어들이는 일만은 하고 싶지 않았다. 실상 그가 나를 상처 내진 않았으므로 증거도 없었다. 그가 내 팔뚝을 잡았고, 몇 마디 달콤한 속삭임을 했다는 것 외에 더 없지 않은가. 그러나 집에 가까이 갈수록 그것이 얼마나 엄청난 일인지 나는 다리가 후들거렸다. 나에게가 아니라 언니에게 말이다.

순경은 우리집 앞에서 내가 집으로 들어가는 것을 보고서야 갔다. 외등 아래 우리집은 훤하고 부모님은 잠들어 있었다. 언니방에 불빛이 새어나오고 있었지만 나는 까치발을 하고 내방으로 들어갔다.

아침에 심한 두통과 어지럼 속에 눈을 떴다. 천정이 빙빙 돌았다. 햇살이 가득 쏟아져들어오고, 시계를 보니 아침이 아니라 정오였다. 온몸이 쑤시고 땀으로 축축했다. 나는 바로 일어날 수가 없었다. 누워 있기도 싫었지만 몸이 움직여 주지 않았다. 무심코 팔뚝을 보다 주사바늘자국이 있어 깜짝 놀랐다. 전신에 소름이 돋으며 머리끝이 쭈뼛해졌다.

어제 루이스의 콘도에 갔던 일, 저녁식사와 포도주, 카푸치노와 그의 속삭임 등등이 떠올랐다. 왜 그리 졸음이 퍼부었을까. 카푸치노에 수면제가 있었나? 그때 내 머리를 치는 게 있었다. 마약이다. 나는 마약을 마시거나 주사한 적은 없지만 친구들에게 증상을 들어서 알고 있었다. 어젯밤의 그 녹작지근함과 도발적인 쾌락에의 갈증은 마약의 작용이라고 느꼈다. 그랜빌 뒷골목의 소년들 눈빛도 그랬었다. 나는 비틀대며 화장실로 가서 찬물에 얼굴을 적셨다. 엄마가 들어오는 소리가 들렸다.

어제는 어디 갔었냐, 언니가 아프면 자중해야지 멋대로 돌아다니면 어쩌냐, 등등의 잔소리를 늘어놓으셨다.

"언닌 좀 어때요?"

"대낮이 되도록 말만한 년들이 침대에 누워 있으니 사람이 살겠냐?"

내가 겨우 하루 늦잠 잔 일로 엄마는 역정내고 있었다. 나는 루이스 일을 말해버리고 싶었다. 엄마는 내 의도는 모르고 그를 따라갔던 일만 화 내리라. 길길이 뛰어 단박에 언니에게 들키게 될 거다. 언니에게 이 일을 알려야 되는지는 좀더 신중하게 생각해야 한다. 나는 엄마가 침착하지 못한 데 진저리가 났다.

"비비안의 생일이었어요. 다음부턴 안 늦을게."

238

나는 그렇게 얼버무렸고, 대신 엄마로부터 질책을 받았다. 엄마도 스트레스는 쌓이고 풀어야 할 상대가 나뿐임을 나도 알고 있었다. 그렇더라도 골프를 치고 수영장에 다니며 풀면 좋으실걸. 가게에 헬퍼를 쓰면서도 엄마는 집과 가게만 오가며 스트레스를 쌓고 있다. 언니를 집에 두고 어떻게 나돌아다니고 골프를 치느냐고 반문하셨다. 그러면서 차곡차곡 언니가 미국 명문대에 갈 학비를 모으신다.

엄마가 나간 후 나는 책가방을 살폈다. 그 와중에 가방을 챙겨나온 게 신통했다. 겹겹으로 감긴 루이스의 문을 딴 것도. 책가방의 물건은 그대로였다. 내 얼굴은 붓고 비틀려 있었다. 마약 탓이다. 루이스가 소녀를 공략하는 무기는 마약이라는 결론이 내 머리를 쳤다. 샤워를 하는 동안도 내내 그 생각뿐이었다. 나는 젖은 머리를 털며 언니방으로 갔다.

언니를 데리고 잉글리시 베이로 갈까. 그는 오늘 그곳에서 나를 찾을지도 모른다. 놓친 먹이에 대한 애착 때문에. 오늘은 일요일이고, 금발의 소녀는 밤에나 돌아올지 모른다. 언니는 침대에 누워 있었다. 잠옷 차림은 아니었다. 나는 침대에 걸터 앉았다.

"무얼 먹었어?"

"먹고 싶지 않아."

"언닌 이 좋은 날 무슨 궁상이야. 자 일어나라구. 나가자구."

"싫어. 너에게나 좋은 날이지. 나에겐 아무런 의미가 없어. 태양이 타는 것이나 산들바람이나 웃음소리. 거리의 약동……. 그이가 없는데 나에게 무어가 있겠니?"

언니의 얼굴은 백랍 같았다.

"루이스가 지금 혼자 살 거라고 생각해?"

"가족과 있지만 그도 애타게 나를 기다릴 거야? 얼른 그에게로 가야 해."

언니는 일어나 앉았다. 금시라도 그를 찾아나가려는 듯 안절부절못했다.

"그가 사랑하는 어떤 여자를 만났다면? 그럴 수도 있잖아?"

나는 답답해서 몸을 뒤틀었다.

"그럴 리 없어. 그렇대두 그건 가식야. 그가 사랑하는 사람은 나 하나야."

나는 팔뚝의 주사바늘 자국을 문질렀다. 내 손가락이 떨렸다.

"난 첨에 그의 눈에 들려고 조잡한 멋도 부렸어. 그는 내가 화장을 하거나 하지 않거나 개의치 않았어. 나를 있는 그대로 보기를 즐겼지. 꾸밈없이. 그는 그런 사람이야. 변함없이 늘 다정하고……. 그가 화내는 걸 본 적이 없어."

"그는 언니를 사랑 안 했어. 사랑했으면 놓아줄 리 없지."

"소유만이 아름다운 건 아니라고 그가 말했어. 간직하고 있다는 것, 그것이 고귀하고 진실한 거라고."

나는 웃고 싶었다. 언니를 금발소녀의 나체사진 밑으로 데려가고 싶었다.

"그가 언니의 나체사진도 찍었어?"

언니는 나의 물음에 핀셋으로 찔린 듯 주춤했지만 화내지 않고 의외로 미소지었다. 감미로운 어떤 순간에 흡수되는 듯한 비현실적인 미소를. 언니의 얼굴에 점차 흰빛이 가시고 화색이 도는 걸 나는 물끄러미 바라보았다. 언니를 도취감 속에 두어야 할지 현실 속으로 끌고 나와야 할지, 나는 인생의 기로에 선 듯 참담해져 어쩔할 바를 몰랐다. 주어진 일의 막중함에 나는 가위눌리고 있었다. 이런 내손을 잡으며 언니는 어떻게 아

240

느냐는 듯 내 추리력을 칭찬하며 흐뭇해했다.

"물론 찍었지. 그이는 늘 나를 보석 다루듯 했으니까. 렌즈로도 그의 눈으로도 그의 모든 것으로. 그의 전신으로 나를 찍었어."

언니는 환희에 들떠 도도하게 말했다.

"거짓과 겉발림으로 말이지."

나는 그렇게 비꼬았지만 언니는 들은 척도 안 했다. 그 순간은 사실을 얘기해도 들어주지 않을 것 같았다.

"그는 나를 소중하게 대했어. 진실하고 어린애처럼 순박해. 그는 정말 어린애야. 그는 벌판의 풀잎 하나도 소중히 다루는 사람이야. 나뭇가지 하나 꺾는 걸 못 봤어. 물고기를 잡아서 놓아주고. 새의 시체를 묻어주고…… 나는 그를 통해 나 아닌 것을 사랑하는 법을 배웠어. 한 포기의 나무, 돌멩이 하나도……"

"그만해."

나는 악어의 갑옷을 입는 느낌이었다. 언니는 멈추지 않고 계속했다. 녹음된 그의 얘기. 그걸 돌릴 때만 살아남을 수 있으므로 퍼득이고 필름을 쏟아내고 있었다.

"그에게도 결점은 있어. 손톱을 깎아서 땅에 묻는다거나 베개를 다리에 넣고 잔다거나…… 하지만 결점도 아냐. 얼마나 귀엽니?"

"그는 요리를 잘 하고 식탁에 촛불을 켜고 포도주를 따르지. 블랙타워 브랜드로. 예술가에 대해 얘기하고, 카푸치노를 즐기고, 나체사진과 에릭 크립튼의 노래와 그리고 마약……"

나는 말을 중단하고 언니의 반응을 살폈다. 언니가 나를 빤히 바라보았다.

"언니, 그는 마약중독자가 아니야. 그렇지?"

언니가 들려주는 그의 얘기엔 언제나 마약이 빠져 있었다.

"중독은 아냐. 그는 그걸 애용할 뿐이지. 술처럼 적당히. 필요할 때만 그것에 의존해."

"의존하다구? 그럼 언니두 중독되었군?"

요즘도 몰래 마약을 피우고 있는 것인가. 언니가 가끔씩 명랑하게 살아나는 것은 그야말로 마약에 의존하는 때문인가? 내 머리로는 사정없이 망치가 지나갔다.

"난 구토가 너무 나서 자주 맞진 않았어. 너무 어지럽고. 그이도 날보구 이상체질이라고 했어."

난 언니의 옷장쪽으로 눈을 주었다. 어딘가에 마약이 숨겨져 있을 거 같았다. 결국은 갈 데까지 가다니…….

"그게 죽음으로 몰고가는 것인 줄도 언니도 알잖아? 지금 당장 손떼지 않으면……."

"혼자서 내가 왜 마약을 피우니?"

"그와는 늘 피웠겠군. 그는 변태야. 상습적으로 소녀를 노리는."

내가 차갑게 받아냄과 동시에 뜨거운 것이 내 볼에 날랐다. 나는 얼굴을 감싸쥐었다. 언니는 한 대 더 갈기려는 듯 씩씩대었다. 어디서 그런 기운이 났는지. 볼에서 불이 번쩍 났다.

"널 용서 안 하겠어."

"그러지 마, 그러지 마. 언니."

"언니라고 하지 말아. 나를 이해 못 한다면 동생도 아냐."

"그래서 언닌 날 이해하는 거야?"

우리의 눈빛이 마주치며 튀었다.

"그이를 모욕하지 마. 나를 죽이는 일이야."

"겨우 그런 인간 때문에."

나는 비웃었다. 언니가 저렇게 속수무책으로 허물어져버리다니. 저런 언니를 경쟁상대로 여기다니.

"넌 나를 몰라. 인생도 모르고 삶의 당위성도 모르고. 넌 메마르고 행복이 무언지 왜 추구해야 하는지도 몰라. 피도 눈물도 모르는 나무토막같은 인간야. 니가 누구를 사랑해본 적 있어? 넌 사랑할 줄 몰라."

"그렇다면 사랑도 상대적이야. 받아야 주지? 받은 적이 있어야 주지?"

나는 언니에게 덤볐다.

"헌신과 희생도 따라야 해. 진정한 사랑은. 넌 그걸 몰라."

언니는 내가 가엾다며 혀를 찼다.

"누가 날 진정으로 사랑해주었어? 엄마 아빠가 날 사랑했다구? 중간에서 언니가 가로챘지. 그리고 언니는 날 사랑해주었어? 내가 걱정하고 염려하는 만큼 언니는 날 사랑해?"

그리고 마크와 또많은 소년들과 루이스. 언니는 안에게 오는 빛을 차단시키기만 했어. 언니때문이야. 언니.

"그만두자. 누군가를 미치도록 사랑해보지 않고는 니가 날 어떻게 알겠니? 시간이 너에게 가르쳐주겠지."

언니는 이불을 쓰고 누워버렸다. 나와 다투느니 그의 환상 속으로 들어가는 게 상책인 듯싶었다. 나 역시도 복잡함 속에 말려드느니 햇살 출렁이는 거리로 나가고 싶었다.

"시간이 알려주고 있는네도 모르는 언니가 안타깝군."

방을 나오며 중얼거렸다. 언니는 눈을 오무린 채 아무 말도 안 했다.

나는 한시도 마음이 편하지 않았다. 언니를 루이스의 환상 속에 두느냐 현실 속으로 끌고 나오느냐가 나의 대명제였다. 모르는 게 약이라는 금언이 나에게 속삭였지만 언니의 경우는 약이 아니라 마취제라서 방구석에서 사그라들고 있으니 문제였다. 홀홀 털고 생기를 찾게 하는 약이라면 모르지만. 혼자 해결하기 어려워 친구들에게 비슷한 예를 들어 상담하기도 했다.

친구들의 반응은 엇갈렸지만 찾아내어 파멸시켜야 한다는 의견이 더 많았다. 여성들이 남자의 육체의 도구로 이용당하는 걸 보고 있을 수 없었다고 열을 올렸다.

"제 2, 제 3 의 희생자를 막아야 해."

내가 안 하면 자기가 하겠다고 수지는 팔을 걷었다. 금발의 소녀도 공부해야 할 나이에 더 상처입기 전에 집으로 돌려보내야 했다. 우리는 토론 끝에 '칼라 호물카' 사건을 얘기했다. 칼라 호물카가 그 남편과 작당하여 칼라의 열여섯 살난 동생을 섹스의 도구로 삼다가 살해하고, 더 많은 소녀를 유혹해 희생시킨 사건말이다.

그들은 자신들의 범죄 장면을 비디오로 찍었고, 들통이 나 칼라는 재판을 받고 있었다. 그리고 서리의 아버스포드에 출몰하는 범죄자. 소녀들만 노려 폭행하고 죽이는 살인범의 몽타주가 신문에 현상금과 함께 실리고 있었다. 이미 열 명이 넘는 소녀들이 그에 의해 희생되었다. 그의 날카로운 눈과 갸름한 얼굴, 완강한 턱에 루이스가 어른댔다. 물론 루이스는 아니다. 루이스는 그들보다 높다. 술수나 지략에서. 그는 언니를 달래서 돌려보냈으며, 미래의 꿈도 심어주었고, 우리에게 돈이나 어떤 것도 요구하지 않았다. 더 큰 먹이를 찾아 작은 것은 고이 살려준다.

언니에 대한 사랑이 식었다고 그를 탓할 수는 없다. 사랑이 아니라 농락이라고 해도. 나는 언젠가 신문에서 사랑하는 사람들에게선 특수 화학물질이 나오며, 4년이 지나면 화학물질의 생성이 멈춘다고 읽은 적이 있었다. 친구들도 말해주었다. 열정은 우리가 눈으로 볼 수 없는 그 화학물질 작용이다. 그리고 중요한 것은 그가 언니에게로 돌아오지 않는다는 사실이다. 이미 돌아선 사람의 식은 모습을 언니에게 보여줄 필요가 어디 있는가. 나는 부모님께 그 남자, 루이스가 이미 딴 여자에게 갔음을 말했다. 그가 밴쿠버에 살고 있다는 것도. 부모님은 언니에게 절대 비밀로 할 것을 나에게 주의하셨다. 맥길에서 합격통지서가 오면 언니는 떠날 것이고, 언젠가 좋은 사람을 만나게 될 것이라고 기대했다.

그런데 마약. 나는 언니가 아직도 마약을 피우고 있는지 어쩐지 알지 못했다. 스물네 시간 언니만 감시하고 있을 수도 없고. 언니가 방을 비우는 틈을 타 뒤져보아도 마약 종류를 찾을 수는 없었다. 그러나 언니는 아직도 내가 열어보지 못한 잠그는 서랍을 가지고 있지 않은가. 엄마에게 언니의 잠그는 서랍을 열어보라고 하자,
"벌써 열어보았다. 어릴 때의 일기장과 친구들에게서 받은 편지나 있더라."
하며 대수롭지 않게 말했디.
"열쇠를 어디서 찾았어요?"
"잠그지 않고 열어두길 잘 하더라. 요샌."
"그게 엄마의 눈을 속이려는 술수에요."
"언니가 저러고 있다고 넌 함부로 하길 잘해. 저러고 있어도 언니는 언니다. 술수라니. 언니가 언제 술수부리는 일 있던? 두고 봐라. 언니도 여봐란 듯 대학생이 될 테니. 언닌 해낸다. 머리가 있는데."

엄마는 아직도 언니의 모범생 시절을 추억하고 거기 매달리려 하고 있었다. 언니가 루이스에게 매달리려는 것처럼.

"마약……언니가 마리화나를 피운다면요?"

"니가 보았니? 그러면 냄새가 날 거 아니냐? 주사자국이 나고. 내가 언니를 수시로 살피고 있다. 조금이라도 이상하면 내가 이러고 있을 거 같아?"

"루이스가 그냥 두었을 거 같아요?"

"그놈 애긴 꺼내지도 마라."

엄마는 루이스 말만 들어도 진저리를 쳤다.

"아무튼 가만히 잘 지켜보세요."

"너나 떠들지 말고 가만 있어라. 너 언니 일 사방에 대고 떠드는 것 아니지?"

"내가 왜 떠들어요? 입 아프게. 안 그래도 다들 아는 걸."

"남의 말 좋아하는 세상이니 그렇겠지. 두고 봐라. 그들을 놀래줄 날이 있을 테니. 일어나기까지가 문제지. 언니가 맥길같은 데 만족할 줄 아냐? 그앤 저러기 전까지 올 A를 놓쳐본 적이 없어. 너무 특출하니까 운명이 시샘부린 거지. 모두들 떠들라지. 머잖아 보여줄 테니……."

엄마는 나에게가 아니라 세상에 대고 으르렁대는 사자같았다. 어느새 독백에 빠져 자기위안조의 말투가 되었다. 엄마는 혼자 있을 때도 그런 말을 중얼대기 일쑤였다. 현관바닥을 닦으며 그런 말을 세상에 대고 북북 문질렀다. 그러므로 엄마가 살아가는지 죽어가는지 알 수 없었다. 그러면서 엄마는 아빠와 교대로 언니 곁을 떠나지 않았다. 나에게 언니와 한방에 자라고까지 했다. 옆에서 부시럭대도 언니가 잠을 못 자므로 그럴 수 없는 데도. 두 분은 마약도 그렇지만 언니가 수면제를 과용할까봐 신경쓰셨다. 그즈음 언니는 수면제 없이는 잠을 못 잤다. 그것도 새벽에나 잠드는 버릇이 굳어 밤을 새우기 일쑤였다.

그러는 동안 7월 하순이 되었고, 아직도 여름으로 개학하려면 멀었지만 나는 공부해야 할 일이 너무 많았다. 부모님은 언니를 맥길의 썸머스쿨에 보내고 싶어하셨지만 종합검진이 끝나지도 않았고, 아직도 언니는 너무나 쇠약한 데다 무릎의 관절이 약해져 치료해야 했다. 녹용이다 흑염소탕이다 다려먹일 약도 반 이상 남아 있었다. 엄마는 나는 먹어본 일이 없는 풀뿌리약에 매달리고 있었다. 아빠는 신경통과 고혈압으로 고생하시고, 엄마는 당뇨라 집안에 약이 떨어지지 않았다. 거기다 갱년기 치료제인 호르몬 제품까지.
나날이 언니는 그 나이또래의 발랄함이나 싱싱함을 잃어갔다. 그러면서 섬짓하리만큼 분명한 아름다움을 풍기는 게 신기했다. 정교한 붓끝으로 그려낸 조각같은 얼굴. 언니가 바스라지는 것을 곁에서 보며 나는 남자들의 횡포에 몸서리쳤다. 남자들은 쉽게 뜨거워졌다 쉽게 식는 구조인가. 다 그렇지는 않겠지만 여자보다 빨리 열중하고 빨리 잊는다.
하나를 아느냐고 물었을 때 인니를 부정하던 루이스. 심상이 큰 만큼 남자들은 배짱도 세고 냉엄하다. 그러면서 나는 언니가 루이스를 만나는 계기를 마련한 데 깊이 참회했다. 잠시 비켜가도 좋았을 운명의 길에 언니는 그와 맞부닥쳤다. 바로 그 밤에.
수잔의 스위트 식스틴 생일파티가 있던 날 밤. 언니를 아빠 몰래 방으로 데리고 갔더라도 언니는 비켜날 수 있었다. 차사고와 마찬가지로 모든 불운도 순간적이다. 그 자리를 지나지 않았으면 벼락을 피할 수 있었다. '나 때문에 언니는 피할 수 없었고 벼락을 맞았다'라고밖에 무슨 말을 할 것인가.

어느날 저녁 나는 언니방에서 신문을 읽어주고 있었다. 언니는 뉴스도 귀찮은지 손을 저어 신문읽기를 멈추게 했다. 언니는 루이스의 얘기가 하고 싶어 대화를 이끌어갔다. 남자와 여자의 본질을 얘기하고, 언니는 남자가 더 진실하며 한결같다고, 루이스를 빗대어 남자편을 들었다.

"여자는 결혼하여 애를 낳으면 잊는다지만 남자는 안 그렇대."

"이미 헤어진 사람이 나를 잊고 안 잊고가 그리 중요해?"

나는 짜증을 냈다. 창문은 열려 있었지만 방안은 무더웠고, 등에서 땀이 흘러내렸다. 언니는 찬바람이 싫다며 선풍기도 못 틀게 해서 나는 헉헉대었다.

"누가 그래, 헤어졌다고?"

언니가 이상하다는 듯 나에게 반문했다. 모든 게 다시 원점으로 돌아가는가? 어처구니가 없었다. 루이스와 헤어지지 않았다니. 몇 달간 특히 요즈음 입이 닳도록 언니와 얘기한 핵심은 무엇인가.

"그만 둬. 이제 4일 남았어. 7월의 달력을 떼려면. 맥길에서 연락이 올 거고 언니는 학생이 되는 거야. 사랑타령으로 허우적거릴 때가 아니야."

나는 냉정하게 말하고 일어섰다.

"그만 쉬어. 잠들려고 해봐. 내일은 버나비 라이브러리에 함께 가도록 해."

"가만."

언니가 나를 저지했다. 나는 문고리를 잡고 돌아보았다. 언니는 창밖에 귀를 기울이고 있었다. 네모진 창으로 푸르게 출

렁이는 하늘이 보였다. 여덟 신데도 아직 환했다. 하루해는 낮
보다 엄청 길었다.

"들어봐."

언니가 야윈 팔을 들어 창밖을 가리켰다. 나에게는 먼 앰뷸
런스 소리와 거리의 소음만 들렸다.

"저 아래 골목에 그가 있을 거야."

언니는 그와 만나기로 약속이나 한 듯 말했다. 나는 언니를
찬찬히 살폈다. 눈빛이 또렷한지 어떤지. 언니는 반쯤 풀어져
있었다.

"어때 나 너무 말랐지. 이런 모습 그에게 보여줄 수 없을 거
같아. 그인 화사한 걸 좋아하는데."

언니는 말라 쭈글대는 손으로 볼을 쓸어내렸다.

"그러니 어서 기운차려. 일어나 무어든 해봐. 우선 좀 걸어보
도록 해."

나는 언니의 손을 잡아끌었다. 언니는 나에게서 손을 빼냈다.

"가서 내일 만나자고 말해줘. 머리도 엉망이고. 그가 실망
해서 정떨어질 거야."

언니는 자신의 야윈 손등을 어루만졌다.

"부덕아. 그렇게 말해줘."

언니는 애원했다. 나는 내방으로 돌아왔다. 그가 골목에 왔
을 리가 없겠지만 나는 열린 창 너머로 골목을 내다보았다. 건
물벽의 뱀과 여인과 불꽃이 꿈틀대는 그림과 더 멀리 메디칼
빌딩 아래 차들이 주차된 모습만 보일 뿐이었다. 나는 가슴이
덜컥했다. 언니가 헛것을 보기 시작한 것이다. 그건 심각한 일
이다. 나는 언니방으로 가서 손잡이를 잡고 망설였다. 뭐라고
말해야 할지 생각나지 않았다. 그가 없었다고 해야 하나. 내일

오라고 돌려보냈다고 해야 하나. 나는 손잡이를 돌리고 천천히 들어갔다. 언니는 아직도 창밖을 골똘히 바라보고 있었다.

"그렇게 말했니?"

나는 고개를 끄덕였다.

"그가 그러겠다고 약속했어. 조금 전에 그가 돌아갔지. 나는 알고 있어."

언니가 확신에 차서 말했다. 나는 언니의 어깨를 안았다.

"그러니 잘 먹고 살 좀 쪄. 건강해져야 그도 만날 거 아냐?"

언니가 고개를 끄덕였다. 나는 딸기와 크림빵을 언니에게 가져다 주었다. 딸기를 몇 쪽으로 잘라 한 개만 겨우 삼키고 언니가 베개에 머리를 묻었다. 아직 저녁 햇살이 저만큼 남아 있는데. 공원에 가서 배드민턴을 치거나 산책을 할 수도 있는데. 루이스에 대한 적개심이 내 속에서 피어올랐다. 그 후 한번도 잉글리시 베이에 가지 않았지만 그가 그곳의 둥근 통나무 아래 앉아 있을 것 같았다. 나는 그의 등 뒤로 가서 그의 목을 조르는 상상을 했다.

다음날 나는 억지로 언니를 차에 태우고 엘리자베스 파크로 가서 햇살 아래 언니를 밀어넣었다. 언니는 그의 얘기를 하기 위해 나를 따라다녔다. 5분 이상 걷기도 힘겨워하면서. 자주 우리는 벤치에 앉아 어린아이들이 뛰어노는 것과 노인들이 산책하는 것을 바라보았다. 그리고 나는 스텐리 파크로 차를 몰았다. 라이온게이트 브리지가 저만치 보이는 인어상 옆에 차를 세우고 바다를 바라보았다. 바다에 면한 자전거 길에 젊은이들이 따르릉거리며 지나갔다. 언니는 자전거의 은린이 반짝이는 것을 내려다보았다. 루이스가 지나가지 않을까. 금발의 소녀와 다정히 자전거를 타는 걸 보고 언니가 그를 단념할 수 있다면. 언니의 해쓱한 얼굴을 보며 나는 뜨거운 것을 삼켰다.

"그는 잔디를 조심스레 쓰다듬곤 했어. 그는 아주 섬세해. 나를 악기처럼 다루었고……나는 어떤 음이라도 냈어……."

언니는 다시 시작했다. 환상을 헤매는 것으로 행복하고 더 이상 나빠질 수 없다면 얼마든지 들어줄 수 있었다. 그러나 이건 너무하지 않는가. 맥길에 가면 누가 그의 얘기를 들어줄 것인가. 맥길에서 합격통지서를 보낸다 해도 언니가 학교생활을 해낼 수 있을지 의문이었다.

"그는 예민하고 다정하지."

나는 고개를 끄덕였다. 통나무에서 바다에 선을 그리며 담배를 피우던 그의 옆얼굴의 섬세함. 언니는 내가 알고 있는 루이스에 대해 얘기했다.

"덤불 속의 개비름나물까지도 그는 사랑했어. 그렇게 소탈한 사람이야. 그만 가야 한다고 그가 말했지. 가족에게로."

절정에서 멈춘다. 그러므로 소녀의 가슴을 타게 한다. 그게 그의 취미인가?

"더 이상은 나를 구속하고 싶지 않다고, 그가 말했지. 나를 파랑새라고 불렀어. 그 넓은 품으로 보호해주다가 어느날 곱게 날려 보냈지. 그리고 그는 갔어. 그의 애들에게 책임을 다하려고."

저기 자전거의 무리 속에 그가 있을지 모르는데. 아니면 나른한 대낮의 오수와 쾌락에 취해 있을지도. 나는 스탠리 파크의 티하우스 레스토랑을 지나 어린이 놀이터를 지나 잉글리시 베이로 차를 몰아가고 싶은 욕구를 느꼈다. 그런 다음 언니의 손을 잡고 오션 가든 콘도의 1225호 앞으로 달려가고 싶었다. 그러는 대신 나는 언니를 달랬다. 스무살 내 능력과 인내를 다

하여.

"그는 갔어. 어디에도 그는 없고. 언니는 혼자 일어서야 해."

언니의 시선은 허공에 머물고, 맞은편 해안에 쌓인 유황의 노란빛이 눈동자에 부채살을 폈다.

"어서 가자. 집으로. 그가 골목에 와 있을 거야."

"그만해."

나는 날카롭게 외쳤다. 언니의 팔을 잡아끌면서, 나는 그의 심장에 활시위를 당기는 나를 상상했다.

8월이 되었다. 8월 초순 맥길로부터 입학허가서가 왔다.

"파인 아트를 공부할 거야."

언니는 희망에 차서 말했다. 여전히 신경쇠약에 시달렸지만 맥길이 있는 몬트리올이 퀘백과 가깝다는 것이 언니에게 생기를 주었다.

"나와 약속해. 건축설계사가 되겠다고. 그래서 불후의 명작을 남겨봐."

나는 언니를 그냥 보내고 싶었다. 이곳에 있는 그를 언니가 그쪽에서 찾아헤맬 걸 생각하면 막막했지만, 그를 만나지 않는 게 언니가 사는 길이라고 여겼다. 언니는 기숙사를 못 구해 살 집도 구해야 한다면서 일찍 떠나고 싶어했다 엄마가 함께 가겠다고 했지만 사양했다. 언니는 혼자 가고 싶은 것이다. 되도록 빨리 그에게로.

엄마는 언니가 그만큼 기력을 찾아준 게 고마워 아무말도 못했다. 나 역시도 아빠와 마찬가지로 시간에 의지하려 하고 있었다. 세월은 언니에게 망각을 줄 것이고, 재능이 있으므로

252

언니는 빨리 현실에 적응하리라. 8월 초순인데 언니는 떠나려고 짐을 챙겼다. 엄마는 열심히 언니가 필요한 물건을 사나르고 나도 언니가 짐싸는 일을 도와주었다. 우리집은 몇 년 만에 처음으로 생기가 돌아 사람사는 집다워졌다.

어느날 가방을 챙기다가 언니가 손을 멈추었다. 그의 얘기를 할까봐 나는 긴장했다. 나는 언니의 환상을 보는 게 괴로워 할 수만 있다면 떠들어서 그것을 부수고 싶었다. 내가 알고 있는 그. 그를 미화시키는 언니의 마음을 멈추게 하고 그의 얼굴을 지워버리고 싶었다. 그의 얘기를 할 때만 언니는 생기를 찾으니까 들어주었지만 이상한 넋두리에 불과한 얘기를 듣는 건 참으로 고역이었다. 나는 "수렁에서 건져진 나"라는 책제목을 즐겨 인용했다. 언니가 넋두리를 끝내야 나는 바닥에서 올라왔으므로. 그날도 언니는 같은 얘기를 반복하고 있었다.

"그는 발소리를 내지 않고 걸어. 숨소리도 작고. 그래서 귀를 기울여야 들을 수 있어."

"그만둬. 그는 실체가 아냐. 허상이야. 허상은 지워버려. 그래야 언니가 살아. 몬트리올과 퀘백에서 그를 찾는 짓은 하지마. 그는 거기에 없다고 했잖아?"

"그런데 그는 거기 있는 거야. 그는 거기 있어. 난 만나게 될 거야."

"없더래도 실망마. 정말이지 헤매는 짓은 하지마."

"난 그의 집으로 가볼 거야. 그가 돌아왔을 거 같은 예감이 들어. 난 그의 가족도 만날 거야. 애들 머리를 쓰다듬어줘야지."

"언닌 병이군. 심해지면 아무것도 못 하게 돼. 그를 지워버려, 그렇지 않으면……."

나는 숨을 멈추고 폐인, 정신병원이란 단어를 머리 속으로 밀어넣었다.

언니는 어느새 샀는지 쇼핑백에서 애들 옷을 꺼내 개어서 가방에 넣었다. 그에게 줄 넥타이와 털조끼까지도. 언니는 그것을 개어넣었다 풀어서 냄새를 맡았다.

"향수를 뿌렸더니 향긋해졌어. 그가 좋아하는 바디샵의 스트로베리 향이야."

언니는 나에게도 맡아보라며 내밀었다.

"바디샵의 스트로베리. 발정한 개가 좋아하는 거."

내가 중얼대었지만 언니는 도취되어 듣지 못했는지 털조끼에 얼굴을 묻고 가만히 있었다.

"이럴 줄 알았으면 그의 물건을 가져오는 건데. 그가 만지던 쉐이브 로션이나 옷을 가져왔으면 그의 냄새가 좀더 생생할 텐데. 이번에 만나면 잠옷을 달래야겠어. 그걸 입고 자면 잠이 잘 올 거 같아. 그가 준 주머니를 잃어버려 슬퍼."

"제발 그만해. 그를 어디서 만난다고 그래?"

"그는 날 기다리고 있을 거야. 그도 잠을 못자 횅해 있겠지. 가엾은 사람."

"그는 퀘백에 없어. 어디에도 없어."

"니가 뭘 안다구 그러니? 진작 그의 스웨터를 뜰 걸 그랬어. 어때 이거 애들이 좋아하겠지. 난 그의 아이들도 사랑해줄 거야."

언니는 애들 티셔츠를 꺼내 다시 펴보았다. 나는 그것을 나꾸어챘다.

"너 질투하지?"

언니는 가만히 내 눈을 들여다보더니 미소 지으며 덧붙였다.

"난 이해해. 그를 두고 질투를 안 할 여자가 있을까? 너도 여자니까 당연하지. 내 동생이니까 더할지 모르지. 그러나 그이는 이 세상에 단 하나뿐이니까 너의 꿈을 낮추길 바래. 그처럼 완벽한 사람은 없어. 신이 실수로 빚은 걸작품이지."

나는 웃었다. 정말 웃고 말아야 할지. 난 언니의 손을 잡았다.

"그러지마. 제발."

"니가 웃는단 말이지. 난 니가 가엾다."

"무슨 말을 해도 좋아. 그러나 그가 퀘백에 없단 말은 믿어줘."

"니가 뭘 안다구? 넌 바보야. 어린애야. 내가 왜 니말을 들어야 하니. 나까지 어린애로 알고 사탕을 주어 달래는 너를. 부모님을 꼬득여 과자를 주게 하고. 내가 사탕이나 과자를 먹을 철부진 줄 알아? 그건 너의 오산이야."

"언니 제발."

"지금 너와는 말 안 하겠어. 니가 실연을 하게 되면. 아니 짝사랑이라도 빠지면 말이 통하겠지. 인생이 뭔지 쪼끔은 알 테니까. 아무튼 놓여나서 좋아. 너와 부모님으로부터. 모두 나를 묶는 존재들이야. 사슬을 끌러내고 난 훨훨 나르겠어. 그를 찾아 퀘백을 뒤져낼 수 있어. 훨훨 나르며. 아니 캐나다 전역을 나를 수 있을 거야. 이 사슬이 없어졌으니. 정말이지 얼른 이 집으로부터 놓여나고 싶어."

언니는 진저리를 쳤다.

"땅을 치며 통곡하지 말고 내 말을 들어. 그는 어디에도 없어. 찾는 짓은 하지 말아. 그는 여기 있어."

"물론이지. 그는 늘 내 곁에 있으니까."

나는 언니를 비웃으며 시니컬하게 내뱉었다. 나도 모르게 저절로 나왔다. 제어할 수 없었다.

"며칠 전에도 우리 갔었지. 스텐리 파크에. 그 입구와 잉글리시 베이를 언니도 기억할 거야. 바로 그옆 퍼시픽 불리버드 천오백번지. 오션비유콘도 12층. 이게 그의 현주소야."

그가 그곳을 떠나지 않았을까 하는 생각이 들었으나 나는 끝까지 말했다.

"뭐라구. 너 지금 그게 무슨 말이니?"

언니는 머리가 혼란스러운지 미간을 찌푸렸다.

"그가 이 밴쿠버에 산다는 말이지."

"무슨 소리야. 좀더 자세히 말해봐. 도대체 무슨 뚱딴지 같은 소리냐?"

언니는 짐가방을 팽개치고 나에게 다가앉았다. 믿지는 않았지만 그가 여기에 있다는 말에 반색을 하고 있었다. 내가 망설이며 입을 닫자 내 팔을 세게 흔들기까지 했다.

"그를 봤지."

나는 이미 자제할 능력을 잃고 있었다. 내가 참는 데도 한계가 있었다. 나는 위험수위에서 찰랑댔고 허우적대었다.

"정확히 1225호야. 오션비유콘도미니움. 잉글리시 베이에 갔다가 그를 만났지. 그는 금발의 소녀와 함께였어. 이름이 패티라는."

나는 다 쏟아놓고 말았다. 어떻게 제어장치가 풀렸는지 나도 몰랐다. 그것이 최선의 방법이라고 그순간 생각했는지도 몰랐다. 눈오는 퀘백거리를 그를 찾아 허탕치며 다니는 언니를 상상하기보단 오션비유콘도에 가서 그와 단판짓게 하는 편이 나았다.

결과가 어디로 흘러가든 언니를 망상에서 떼어놓고 싶었다. 언니도 이제 사슬에서 빠져 자유로워야 되지 않을까. 부모님과 나라는 사슬이 아니라 그에게서. 혼자 떨어질 수 없다면 내가 도와야 하지 않을까. 나는 다시 어렸을 때의 나로, 언니의 의

256

협심에 불타는 동생으로 돌아가 있었다. 언니와 영원히 한편이라는 느낌. 그것은 영원불변의 진리이고 언제 어디서나 나와 언니를 묶어주었다.

그 순간에도 그것에 의해 나는 언니와 묶여 있었다, 라고 지금 그의 뒷모습을 향해 한발한발 다가가며 그렇게 정의내린다. 나의 오판으로 하여 우리 셋이 다 불행에 빠졌다 할지라도 다시 그 순간이 돌아오면 나는 그렇게밖에 할 수가 없으리라. 언니를 지나 내가 안락한 것이 무슨 의미가 있겠는가? 나는 지금 뛰쳐나가던 언니 뒷모습밖에 볼 수가 없다. 나를 뚫어낼 듯이 바라보던 언니가 탁자 위에 있는 차 열쇠를 집어들고 집을 뛰쳐나갔다.

나는 언니의 뒤를 따랐으나 시동을 걸고 언니는 떠나버렸고, 나는 골목에서 차의 뒤꽁무니의 빨간 불빛을 좇으며 서 있었다. 나는 전봇대 아래를 서성거렸다. 이미 쓸어담을 수 없었지만 오히려 잘 되었는지 모른다고 나를 달랬다. 언니도 살아야 하니까. 잘라낼 건 잘라내고 새 살을 틔워야 한다. 더 곪기 전에. 언니는 그 단계를 지나 있지 않은가.

9

나는 지금 그날밤을 건져내려고 한다. 말하기 힘든 감정이 나를 둘러싼다. 나의 목표이고 나의 도달점이던 언니.

언니가 돌아왔다. 그날, 차를 타고 달려나간 지 두 시간이 채 못 돼서였다. 어디서 그런 기운이 났는지 층계를 단숨에 올라왔다. 구두 밑창에서 쇳조각이 튕기는 소리가 날 정도로. 언니는 나를 지나 곧장 방으로 가더니 침대에 쓰러지는 대신 꼿꼿이 앉았다. 나는 문 앞에 멈춰 서서 언니가 숨을 거칠게 몰아쉬는 걸 바라보았다. 무언가 달라졌다. 언니는 여며지고 정돈된 듯 보였다. 흐느적이며 꿈길을 헤매던 모습은 찾아볼 수 없었다. 언니는 벽의 중간에 시선을 꽂고 언제까지나 그렇게 앉아 있었다. 나는 언니가 그를 만났다고 직감했다. 나에게 그곳에 그가 없던데, 라든가 주소를 확인하지 않는 것으로 알 수 있었다.

언니는 낯설고 어색한 모델의 표정을 지은 채 목표물에 돌진하려는 자세를 취하고 있었다. 금시라도 누구와 결투를 벌일 듯 힘을 축적하고 있었다. 눈빛이 튀고 저돌적이었다. 30분쯤 다시 가보니 언니는 여전히 그렇게 날을 세우고 앉아 있었다. 저녁 시간이 되어 밥을 먹으라고 말해도 미동도 안 했다. 엄마는 점심에 먹어야 할 보약을 데워가지고 언니에게 갔다. 억지로 먹인 모양으로 언니방을 나오는 엄마의 표정은 땡감을 씹고 있는 얼굴이었다. 푸념하기도 지쳐서 엄마는 한숨을 내쉬며 식탁에 앉아 미역국만 후룩였다. 아빠도 식사를 반도 못 하시고, 우리는 마지 못해 씹고 삼켰다.

"아무래도 몬트리올에 내가 따라가야겠어요. 두 살림을 하는 한이 있어도 저 애가 기운을 차리도록 봐 줘야지요. 먹을 걸 챙겨 줘도 저지경인데…."

엄마는 결심이 서 있었다. 언니가 짐을 싸기 시작하고부터 엄마도 가방에 간단한 살림기구를 이미 챙겨 놓았다. 나에게 아빠가 즐겨 잡수시는 북어국과 된장찌개 끓이는 실습을 시켰고, 이틀에 한번은 김치찌개만 있으면 되니 어려울 것 없다고 말씀하셨다. 김치는 밑반찬가게서 사라. 진미식품이 맛있으니 거기서 멸치조림과 콩자반 같은 것을 사도록 하고. 엄마는 아빠도 가시면 좋겠다고 밀했다.

"기분전환도 할겸. 새로운 도시에서 사는 것도 좋잖아요."

엄마는 아빠 눈치를 보았다. 두 집 살림이 돈이 많이 들 건 각오하고 계셨다.

"미국으로 보내는 거보다야 거저잖아요."

나는 아빠의 그늘식물 같은 얼굴을 살폈다. 아빠는 유모어를 잊은 지 오랬다. 수저를 놓고 보리차로 입 안을 헹구시며 아빠는 고개를 저었다.

"당신이나 가. 가게일도 손놓을 수 없고 난 낯익은 곳이 좋으니까."

"난 여기가 싫어요. 앉으면 남 얘기나 하고 건설적이지 못해요."

병든 언니를 꼭꼭 감춰두었지만 이틈 저틈으로 들키고 말아 엄마는 친구나 이웃들 만나기를 거북해 하고 있었다. 갱년기가 되어 사람 만나기 싫어졌다고 하시지만, 갱년기가 먼저인지 좌절이 먼저인지 몰랐다. 엄마는 언니가 돌아온 후에도 교회는 물론 모임에도 잘 나가지 않았다. 친지들은 묻지 않았지만, 묻지 않음으로써 엄마를 무안하게 하고, 다 알고 있다는 인상을 주었다. 물론 그들이 모를 리 없었다. 교민신문이 네 개나 되고, 본국지도 있어 국내외 뉴스의 홍수에 살면서 그들이 가장 관심을 갖는 건 뭐니뭐니해도 함께 출발한 이웃의 소식이었다. 소식이라기보다 인생목표를 얼마만큼 달성했느냐는 것이었다. 나름대로 매겨 놓은 점수에 웃도느냐 실패냐를 자신의 것과 비교하면서. 정을 나누듯이 그들은 소문을 나누었고, 소문이 소문을 낳았다.

아빠도 언니가 가출한 이후 밖에 나가도 얼굴을 못 들겠다는 소리를 버릇처럼 하셨다. 사교적이지 못한 분이 더욱 주변에 담을 쌓고, 붓글씨로 소일하시지만 아빠에게 제일 필요한 것은 사교와 바깥 바람이었다.

"어딜 가면 별 다른 줄 알아."

"하나는 이제 대학생이에요. 더 이상 기죽지 마세요."

위로의 말인지 모르지만 아빠는 그런 소리도 못마땅하다는 듯 물컵을 소리나게 내려놓고 신문을 집어드셨다. 전에 그렇게 바라던 저녁 한때의 식사시간. 가족이 다 모일 수 있는 여건이 주어졌지만 식사시간이 즐겁지 않았다. 되도록 서로 얼굴을 마주치지 않아야 우리는 편했다. 엄마와 아빠 두 분 역시. 마주 보면 고통이 고통과 합쳐져 뚝딱 소리를 냈다.

맥길로부터 언니의 합격통지서가 오면서 반짝하고 집안은 빛났지만, 그날그날 언니의 기분이나 태도에 따라 분위기는 좌우되고 있었다. 언니가 그를 만났나? 무슨 얘기가 오갔을까? 나는 심란하여 음식이 목구멍에 넘어가지 않았다. 얘기하지 말았어야 했다는 쪽으로 내 마음이 기울어지고 있었다. 언니를 허탕치게 할 망정 내치고 둘 것을. 더 나쁜 결과가 온다는 생각에 째깍대는 초침 소리가 탱크 소리로 들렸다. 나는 빈 그릇을 챙겨 설거지를 했다.
"언니 밥을 방으로 가져다 주거라. 제때에 먹어야지."
엄마는 쟁반에 언니의 저녁을 챙기고, 아빠는 더 못마땅하다는 듯 티브이를 켰다. 보건 안 보건 틀어놓는 버릇이 생겼다. 일종의 현실도피인지 모른다. 나는 쟁반을 들고 언니 방으로 갔다. 언니는 여전히 침대에 앉아 있었다. 머리가 너무 꼿꼿해서 악력이 느껴졌다.
"자 국이라도 마셔봐."
나는 머리맡 탁자에 쟁반을 내려놓고 언니가 수저 들기를 기다렸다.
"어땠어? 만났어?"
언니가 잘근잘근 입술을 깨물었다. 알린 게 잘한 일인지, 어떤 결과가 될지 나는 다시 가슴이 철근으로 짓눌리는 심정이었다.
"먹고 기운을 차려야 만나든 헤어지든 할 거 아냐. 삶이란 너와 나의 관계의 연속이지만 우선은 나야. 인간은 결국 혼자 왔다 혼자 가는 거야. 관계에 너무 얽매이지 말아. 먹고 자도록 해. 따스한 국물을 마시면 속이 풀릴 거야."

언니는 쟁반을 힐끗 보았지만 수저를 들려고 하지 않았다.

"좀 이기적이 되어 봐. 자기를 자기가 위해야지 그렇게 학대하는 것도 죄야. 나 하나 쓰러지면 그만인데. 봐란 듯이 살아내야 할 거 아냐?"

나는 언니의 어깨에 손을 얹었다.

"더 이상 집착하지 마. 욕심이야. 욕심부리지 말아야 해. 사랑이라면."

언니의 눈꼬리가 올라갔다.

"욕심이라구?"

강한 부정의 뜻으로 입가에 싸늘한 웃음이 스며나왔다. 언니는 답답하다는 듯 고개를 저었다. 그러더니 혼잣말처럼 차갑게 중얼거렸다.

"그래. 나도 몸부림쳤어. 나에게서 너를 떼어내려고. 넌 거머리처럼 붙어 있었지. 떼어낼 수가 없었어. 이제 그만 가. 이 더러운 자식아. 수많은 날을 난 너를 욕했어. 정말 이젠 가. 나를 자유롭게 해줘. 훨훨 날아가게 해줘. 이 비열한 자식아. 그만 떨어져 줘. 언제까지나 잡고 있을 거야?"

언니는 부스럼 딱지를 털어내듯 몸을 추스리며 으르렁댔다.

"왜 이다지도 지겹게 달라붙는 거야. 한시도 멈추지 않고 왜 따라붙는 거야. 나의 원수. 너를 만나고부터 나의 고통은 시작되었다. 내 인생은 끝나버렸지. 나보구 '집을 잘못 찾으셨습니다.'라고? 그 뻔뻔스런 낯짝으로 너는 말했지. 그 금발소녀 앞에서 당황하면서. 비겁자. 배신자. 넌 인간도 아냐. 악마!"

"그가 정말 그랬어?"

"내 살에서 너를 긁어내고 싶어. 그만 좀 떨어져줘. 부탁야. 제발……."

언니가 와락 나에게 달려들었다.

"그를 만났어?"

"그가 그러더라. 나를 모른다는 거야. 나를 부인했어. 세 번이나. 금발의 소녀에게 취해서 고개를 저었어. 그 더러운 개자식이. 문간에 서 있는 나를 내보내라고. 마침내 그 놈이 나를 내보내고 문을 닫았어."

언니는 흥분하고 있었다. 언니는 흐르는 눈물을 소매로 문질렀다.

"그걸로 되었어. 문은 닫혔고. 더 이상 그 문에 연연하지 마. 돌아서는 거야. 그리고 언니의 길로 달려가. 여봐란 듯이 멋진 사람 만나는 거야. 더 젊고 유능한 사람을. 어디선가 언니의 사람이 기다리고 있을 거야."

나는 언니를 달랬다. 언니는 무릎에 얼굴을 파묻었다 공허한 눈을 들고 주위를 두리번거리기도 하면서 어찌할 바를 모르고 있었다.

"개자식. 사람들이 그러더라. 괴로우면 술을 마셔보라구. 그래서 난 마셨지. 그리구 취했어. 취하니까 맨 먼저 그 자식 욕이 나오더군. 개자식이라구. 나를 망쳐놓은 놈이라구. 왜 나에게 왔지? 왜 나를 유혹했어. 내 발밑에 무릎 꿇고 애걸하더니, 이젠 그 손과 혀로 딴 여자를. 더러운 자식. 그 자식 나쁜 놈이야. 내 입에선 지금 그 자식 욕만 나와. 그 외에 내가 무슨 말을 할 수 있어. 나 할 말 없어. 나쁜 놈. 그 자식은 죽어야 해."

언니는 이를 뽀도독 갈며 손매듭을 꺾고 주먹으로 침대를 치며 어찌할 바를 몰랐다.

"나에게 지금 소원이 있다면 그 자식이 죽는 거야. 나에게 딱 한 가지 할 일이 있는데, 그건 그 자식을 죽이는 일이다. 나에게 한 가지 일이 허용된다면 그 자식 죽은 얼굴을 보는 일이야. 내 손으로 그걸 다하고 싶어."

"언니 진정해."

언니는 내 말을 들은 척도, 날 바라보려 하지도 않았다. 나를 보고 있으나 초점은 멀리 가 있었다. 빈 껍데기만 내 앞 침대에 퍼질러 앉아 저주의 말을 씹고 또 씹었다.

"그만 자. 그러다 언니가 먼저 죽겠어. 내가 살고 봐야 복수도 하고 여봐란 듯 성공도 할 게 아냐."

나는 언니를 억지로 누이고 이불을 덮어주었다. 이 일을 어떻게 수습한다? 밤 깊도록 나는 팔짱을 낀 채 방안을 서성대었다. 잠깐 눈을 붙였다 언니에게 가보니 언니는 침대에 웅크리고 앉아 있었다. 언니의 얼굴색으로 더 나빠졌음을 알았다.

"왜 안 자?"

나는 언니 곁에 가서 앉았다. 외등빛이 부옇게 창틈으로 흘러와 방안에 희미한 선을 그렸다. 그 사이로 어둠에 익은 눈에 언니의 얼굴선이 떠올라왔다. 날카로운 콧날과 빠른 턱. 이에 깨물리는 입술. 나는 언니의 머리칼을 쓸어내렸다. 다정하게, 언니가 나에게 가까이 오도록. 나는 한 팔로 언니의 어깨를 감싸 안았다.

"우리 어린 날 생각나? 한 이불 속에서 잠들고, 똑같은 운동화를 신고, 손을 붙들고 학교에 갔지. 언니 그만 돌아와. 어른의 세계가 뭐가 좋다고 그렇게 가고 싶어해. 좀더 여기 있어. 나랑. 물장구치고 어른들로부터 칭찬받으며 좀더 여기에, 애들로 머물러 있어. 자유스럽고 좋잖아. 사랑은 구속이야. 성년의 의식으로 우리를 붙들어매. 언닌 아직 그럴 나이가 아냐."

나는 언니를 침대에 눕히고 나도 곁에 누웠다. 이대로 우리의 어린 날로 돌아가고 싶었다. 아니 언니의 가출 전, 수잔의 스위트 식스틴 파티 전날로. 모든 것이 거기 있던 그때로 말이다.

"기다란 겨울 외투 같지 않아, 사랑이란? 불편하고 무거워 벗어버리고 싶은 데도 걸치고 있어야 하는. 때로는 따뜻하겠지만 몸을 너무 조이지 않아? 눈치보고, 비위 맞춰야 하고, 격식 차려야 하고 숨막히지 않아?"

언니는 내 가슴에 얼굴을 파묻었다. 와들대며 떨고 있었다. 나는 언니의 등을 규칙적으로 쓸어내렸다.

그날 밤에 나는 많은 이야기를 했다. 나는 내가 그렇게 정신적으로 성숙하고 지적인 데 놀랐다. 어디에 그렇게 조리 있게 감칠 맛 나는 얘기가 숨어 있었는지. 지금은 한 줄도 재생하기 힘들지만, 날이 새고 대낮에 보면 볼품 없는 말들이었겠지만 어둠 속에서 그것들은 톡톡 빛을 냈다. 그 말을 지금 써내지 못하는 게 한스럽다. 치졸하기 그지없는 얘기들일지라도 언니에게 위안이 되었으리라 믿는다. 나는 푸근해져서 언니에게 팔베개를 해주고 잠이 들었다.

눈을 뜨니 언니는 샤워를 했는지 젖은 머리를 수건으로 털고 있었다. 길 떠나려는 사람처럼 부지런하게. 나는 반은 잠에 취해 서두르는 언니의 손을 보았다. 탁자 위엔 커피잔과 담배. 재떨이에 담뱃재가 수북했다.

"잤어?"

"아니. 한숨도."

나는 벌떡 일어나 앉았다. 정신이 확 들었다. 말의 뜻보다 언니가 그 말을 경쾌하게 했기에. 거래를 끝낸 듯이 잘라 말했다.

"꼬박 새웠단 말야?"

"그렇지만 어느 때보다 머릿속이 상쾌해."

"말도 안 돼. 밤을 세우다니. 그딴 일로. 그딴 녀석 때문에?"

나는 루이스를 맘껏 조롱해주고 싶었다. 그만큼 응석부리도록 언니가 상큼해져 있었다. 나는 언니를 축복해주고 싶기까지 했다. 늦은 아침이 노란 부챗살을 펴고 싱싱하게 다가와 있었다. 더위를 예고하는 삽상한 바람이 들어왔다. 싱그러운 아침과 피어나는 언니. 나는 즐거워서 침대에서 벌떡 일어났다.

"오늘은 우리 신나게 달려보자. 까짓 것 다 잊어. 인생이 뭐 별거야. 심각할 것도 없고 거칠 것도 없어. 우린 젊고 많은 날들이 우리 앞에 있어. 불가능이 없는 날들 말이야. 우리 스퀘미시로 갈까? 호쇼베이 찻집에서 카푸치노를 마시고 롤링스톤스를 들으면서 말야."

"그래. 나를 도와줘."

언니가 야무지게 말했다. 난 언니가 상황을 주도해나가는 게 즐거웠다. 참으로 오랜만에 언니가 언니 같아졌다. 샤워를 끝낸 후 물을 떨구며 소풍가는 기분으로 언니와 마주 앉아 화장을 했다. 언니는 신부화장을 하듯 정성껏 분을 바르고, 나는 덩달아 언니를 흉내내어 눈썹을 그리고 입술선을 다듬었다.

엄마는 무슨 좋은 일이 있느냐며, 전 같으면 수선떤다고 야단쳤겠지만 오랜만의 언니의 명랑한 모습에 즐거워했다. 우리가 토스트와 계란 후라이를 먹는 동안 우리 곁에 앉아 좀 젊어진 모습이었다. 엄마는 기대에 차서 몬트리올에서의 생활에 대해, 엄마가 비우는 밴쿠버집에 대해 얘기했다. 언니는 커피만 한 잔 더 마셨고, 우리는 방으로 돌아가 옷을 갈아입었다. 엄마는 김밥을 쌌다. 우리가 햄버거나 피자를 더 좋아하는 줄 모르고 엄마는 종종 김밥을 싸곤 했다.

내가 간편한 차림으로 언니방으로 가자 언닌 조용히 하라는 듯 손가락으로 입을 가리고 방문을 잠갔다. 나는 조금 긴장한 채 방을 서성이다가 커튼을 들춰 골목을 살폈다. 루이스라도 왔단 말인가. 돌연한 언니의 태도는 무엇인가. 언니는 내 뒤로 오더니 커튼을 닫아 방안을 어둑하게 했다.

"무슨 일이야?"

"쉿."

그러면서 언니는 나에게 하얀 면장갑을 주었다. 결혼식장에서 신랑이 끼는 그런 거였다.

"더운데 무슨 장갑?"

"보여줄 게 있어."

언니는 내가 면장갑을 끼길 기다린 후 나직히 말했다. 내 손이 커서 그런지 장갑은 꼭 맞았다. 언니는 내 긴장을 돋구는 목소리로 입을 열었다. 얼굴은 억양보다 더 굳어 있었다고 지금도 생생히 기억된다.

"동생인 너에게 언니로서 마지막 부탁이다. 나를 도와줘. 은혜는 잊지 않을게. 일생 갚고 또 갚을게."

"무언데?"

"내 모든 건 네 손에 달려 있어."

"그렇지 않아. 그 반대야. 어렸을 때부터 그 반대였던 걸 언니도 잘 알잖아?"

"이젠 아니야. 너와 나는 한몸이자 완전한 별개야. 그러면서도 서로 영향을 주고 돕지 않으면 안 돼."

나는 언니의 복잡한 얼굴을 보며 애증이란 말을 생각했다. 사랑하면서도 미워했고, 가까이 있길 원하면서도 멀리 뿌리쳤던 언니. 그 위로 밟고 올라선 지금 난 언니에게 무엇이어야 하며, 언니는 또한 나에게 어떤 존재여야 하는지.

"어찌 보면 우린 부모보다 더 가까워."

나는 언니의 말에 고개를 끄덕였다.

"쌍둥이로 태어났으면 좋았을 거라고 생각할 때가 많았어. 내가 동생으로 말야."

"동생이 그렇게 좋은 건 아냐."

"암튼 우린 좋은 언니 동생으로 태어났어. 그리고 지금……."

언니는 한참 말을 중단했다가 참았던 숨을 내쉬며 중요한 순간에 다다랐어 하고 덧붙였다. 언니는 어렸을 때 우리가 가지고 놀던 장난감 바이올린 케이스를 열더니, 거기서 다시 우단 헝겊에 싼 상자를 꺼내고, 그 속에 폭신한 천으로 쌓여 있는 물건을 꺼냈다.

권총이었다. 영화에 잘 등장하고 거리에서 만나는 경찰의 뒷꽁무니에도 메달려 있는 그것. 루이스의 콘도를 빠져나온 날 새벽에 차 안의 나를 깨우던 사복경찰도 그 비슷한 걸 차고 있었다. 그러나 코 앞에서 보는 건 처음이라, 나는 숨이 막힐 듯 달아올랐다.

언니는 조심스레 끄르더니 검정과 은빛의 번쩍거리는 총신을 꺼내 방안의 불빛에 비추어보았다. 나는 파래지며 비명을 질렀다.

"뭐하는 거야? 어디서 났어? 거긴 늘 장난감 바이올린이 들어 있었는데."

언니는 흐응하고 콧소리를 내고는, 벽에 대고 방아쇠를 당기고 나서, 나에게도 해보라고 했다. 총알이 없어 빈 울림만 남았지만, 나는 손이 떨렸다. 언니는 어린애에게 하듯 내 손에 권총을 쥐어주고는 조준하는 법과 방아쇠 당기는 법을 알려주었다.

"이렇게 십자 안에 목표물을 넣고 방아쇠를 당기는 거야. 아주 간단하고 쉬워."

"그래서?"

언니는 대답하는 대신 입술을 깨물었다. 피가 날 만큼.

"결코 난 참을 수 없어. 숨을 쉴 수가 없어. 살아날 방법이란……. 살아나려 바둥거리진 않아……. 그러나 이대로는……."

나는 언니에게 바짝 다가갔다.

"어디서 난 거야."

"그가 주었어. 아니 내가 가졌지."

"언제?"

나는 꼴깍 침을 삼켰다.

"언제 어디서 났느냐는 중요하지 않아. 그를 명중시키는 일이 중요해."

언니는 내가 조준하는 법을 배우자 실탄을 두 개 넣고 장전했다.

"그의 심장으로 언서푸 두 발을 쏴."

그 순간 찌르르 내 속이 쾌감으로 떨었다는 걸 고백한다. 죽음이라는 단어에 압도되면서도 루이스의 죽음이기에 친밀감을 주었다. 그와 언니가 사라진 후, 그와 패티가 껴안고 있는 걸 본 이후 나는 얼마나 자주 그를 죽이는 환상에 사로잡혔던지. 나는 매일처럼 그를 죽였고, 다음날이면 그가 다시 살아나 나를 괴롭히기에 그를 증오하고 그가 죽기를 바랐다. 그런 그를 쏘라니. 더없이 통쾌한 일이 아닌가. 그러나 쾌감은 잠시 나를 흔들었을 뿐 나는 현실로 빠르게 되돌아와 있었다.

"그를 죽이고 온전할 거 같아?"

나는 고개를 세차게 저었다.

"그가 죽지 않으면 내가 죽을 거야. 내가 나를 쏴서. 넌 내가 그 방법이 아니면 못 하리라고 생각하니? 나는 목이라도 맬 거야. 방법은 많아. 넌 누구를 택하겠니, 그와 나 가운데서?"

나는 그 말을 들으며 아득해지는 느낌이었다. 언니는 밤새 치밀하게 계획했으리라. 아니 그 오래 전에 준비한지도 모른다. 권총을 하루아침에 구했을 리는 없지 않은가.

"언니. 그러지 마. 삶이란 장난이 아냐."

나는 언니를 붙들고 침대에 걸터 앉혔다.

"그 총은 내가 나를 쏘려고 가지고 있던 거야. 지금은 생각이 달라졌어."

"언닌 누굴 죽이지 못할 사람야. 나도 그렇고. 사람을 죽이다니 얻는 게 뭐야? 살인자나 될 뿐이지. 일생 차가운 감방에 갇혀."

나는 진저리쳤다.

"그러든 이러든 차가운 감방야. 루이스를 죽이고라면 덜 억울하겠어. 이대로 그냥 차가운 감옥의 삶을 살 수는 없어. 넌 닥쳐보지 않아서 몰라. 이 참혹함. 그가 내 앞에서 패티를 끼고 나를 발로 찼어. 이젠 내 차례야."

나는 언니의 벌벌 떠는 팔을 잡았다.

"지금 언닌 극도로 흥분상태에 있는데, 시간이 지나면 후회하게 될 거야. 죽이고 죽는다니, 그런 유치한 얘긴 하지 마. 그를 죽이고 온전할 것 같애. 왜 두 사람 다 파멸하는 짓을 하려고 하지? 언니가 그런 바보인 줄 몰랐어."

"니가 그럴 줄 알았어. 넌 언제나 너에게 유리한 쪽으로만 가니까."

"언니, 지금 언니와 내 문제를 따질 때가 아니야. 이 세상에 남자가 루이스 하나뿐이야. 루이스는 나이도 많고 기혼자라며? 여자관계도 복잡하고. 언니가 뭐가 부족해서 그런 사람과……?"

"알았어. 그만두자. 없었던 일로 해. 네가 그럴 줄 알았지. 넌 하나밖에 없는 동생이고, 난 이제껏 널 분신으로 여기고 의지했어. 다 그만둬. 그런 거 다 복잡한 수식어야. 나에게 동정이나 연민 특히 사랑은 말아줘. 내 무덤에 오는 일도 말구. 나 때문에 네가 슬퍼한다면 혼이라도 너에게 복수할 거야."

"언니 왜 그래?"

"자, 나가. 당장 내 방을 나가. 지금부터 나를 상관말아줘. 내가 죽든 말든. 내가 가서 그를 쏘겠어. 죽기로 작정했는데 뭐가 두려워?"

언니는 냉소하면서 나를 문께로 떠밀었다. 나는 언니에게 달려들어 언니를 끌어안았다. 통곡하고 싶었다. 사려깊고 똑똑하던 언니를 무엇이 저렇게 만들었나? 무엇이? 그것이 나라고 좁혀지자 뜨거운 것이 목을 치밀었다. 그와 함께 언니와 운명을 같이해야 한다는 연대감이 나를 칭칭 감아왔다. 니는 흐느끼면시 이 일을 어떻게 수습해야 할까 고심했다. 부모님께 알려 언니를 병원에 집어넣을까. 어느 병원? 정신병원이 아닐까. 그곳에서 언니가 더욱 악화된다면? 정신병원이라는 단어가 빨간 보자기가 되어 눈앞에서 너울거렸다. 언니는 나를 떼어내려 버둥대었다. 거머리라도 떼내려는 듯 몸부림치다 방바닥에 쓰러졌다. 우리는 방안을 뒹굴었다. 나는 언니를 잡은 손을 놓치지 않고 부르짖었다.

"쏠 테야. 그를 쏠 테야. 그는 우리 집안의 원수야. 내가 복수하지 않으면 안 돼."

나의 욕망은 언니와 한덩어리가 되어 그렇게 꿈틀대고, 나의 이성은 그를 쏘는 모션만 취해서 순간의 위기를 벗어나고 언니와 그를 동시에 구하라고 속삭였다. 욕망과 이성이라는 두 개의 감정 때문에 나는 다시 언니의 변함없는 동생으로 돌아갈 수 있었다.

내가 결심을 굳히자 언니는 내 손을 잡더니 다정한 언니로 돌아가 차근차근 지시했다.

"지금부터 나와 그의 콘도로 가. 내가 먼저 들어가고 문을 열어 놓을 테니 5분 후 네가 들어와. 거실에서 그와 얘기하고 있을 테니 그를 쏴. 가슴과 머리에 한 발씩. 가슴을 먼저 쏘고 쓰러지거든 머리를 명중시켜."

나는 그 말을 들으며 진저리를 쳤다.

"그곳엔 패티가 있어. 그리고 태양이……. 지금은 낮이야. 너무 밝고…. 노출돼. 그리고 그럴 하등의 이유가…. 죽이거나 말거나 그는 없는 사람이야. 아냐. 언니 계획대로 해."

나는 얼른 정정했다.

"너 흔들릴 거면 아예 그만둬."

"아냐 하겠어. 그런데 패티가 맘에 걸려. 패티가….”

"그 금발의 콜걸 같은 년이 있기를 바래. 아니 있어야 해. 이것은 그년에게 보여주려는 것이니까. 두 눈으로 그년이 봐야 해."

"그럼 패티는 고발자가 되겠군."

"총을 쏜 후 넌 급히 나가. 총을 내 무릎에 놓고서. 나가서 차를 타고 곧장 집으로 가. 반드시 그렇게 해야 돼. 패티가 본

272

대도 너에겐 혐의가 없어질 거야. 겁나면 넌 빠져. 내가 쏠테니까."

"하겠어."

나는 고개를 끄덕였다. 언니에게 맡겨 일을 저지르게 할 수는 없었다. 그날이 토요일어서 어쩌면 패티가 없을 거라는 생각이 들었다. 패티는 금요일 오후에 집에 갔다 월요일 아침에 온다고 루이스가 말했었다. 아무튼 패티가 있으면 좋겠다고 나는 생각했다. 루이스의 정체를 그녀도 알아야 할 테니까.

"패티는 봐야 해. 루이스의 극적인 죽음을. 네가 도망치도록 내가 시간을 끌어줄 테니까. 네가 무혐의라는 건 명심해. 어디까지나 이건 나 혼자 한 일이야."

언니는 나에게 다짐을 주었다. 난 권총을 받아 주머니에 넣고 일어섰다.

얼마나 엉성한 계획인가. 그러나 상관없었다. 그걸로 루이스를 놀래주겠지. 수습하고 나면 언니도 다행으로 여기겠지. 사랑은, 아니 배신은 여신의 눈을 멀게 하는 것인가. 그를 쏘고 내가 깜쪽같이 피신하게 될 거라는 언니의 계산이 우습기만 했다. 차 안에서 언니는 명랑했다. 배신자를 제거함으로써 자신이 살아난다고 믿고 있었다. 통쾌함을 밋보려고 언니는 서두르고 있었다. 빨간 신호등이 풀리기를 초조하게 기다리며 자꾸 시계를 보았다. 불안해서 여기저기 살피며 쉴새없이 떠들어댔다.

"권총을 언제 산 거야? 그 동안 줄곧 가지고 있었단 말야?"

나는 그렇게 물었다.

"너에게 홍콩에서 편지를 보냈던 일 생각나니? 우린 구룡반도에서 배를 탔어. 어떤 배가 나타나면 작은 상자를 전하기로 되어 있었지. 배에 오르기 전 루이스가 나에게 그 총을 주었어. 물건을 전할 때 상대가 루이스를 쏘면 그 남자를 쏘라면서. 방아쇠 당기는 법을 알려주었지. 나는 루이스가 배에서 내려 다른 배로 옮겨 타는 것을 보며 권총을 들고 있었어. 그들은 루이스를 쏘지 않았고, 그러니 나도 쏠 필요가 없었지. 나는 총을 바다에 내던지고 싶었지만 그러지 않았지. 루이스는 얼마나 긴장했던지 나에게 권총 준 일도 잊고 있었어,"

"루이스 몰래 언니가 가진 거야?"

"아니, 헤어질 때 나는 왠지 그게 갖고 싶었어. 아니 불안했어. 그가 총을 갖고 있는 것이. 말하자면 그를 살리러 압수한 거야. 그런데 그 반대가 되고 있어."

언니는 쿡쿡 웃었다. 루이스가 배에서 전해준 게 무엇이었을까. 마약이 아닐까. 마약 밀매상? 그가 아시아의 여러 나라를 다닌 것과 그것은 상관관계가 있어 보였다. 그의 고급 취미와 호화로운 생활. 무언가가 맞아떨어졌다. 그렇다면 공포를 쏠 게 아니라 심장을 쏴야지 않을까?

내 머리도 복잡해 거리의 신호등이 망막에 엇갈리는데, 언니는 나보다 더 흥분해 있고, 나보다 더 횡설수설하고 있었다. 차는 연신 신호등 앞에서 끼익 소리를 내고, 버스를 피해가려다 뒷차와 부딪칠 뻔하고, 나는 옆차선으로 곤두박질쳤다. 다행히 앞에 차가 없어 접촉사고는 면했지만 진땀이 났다. 이럴 땐 운전은 누가 해줘야 하지 않을까.

머릿속은 사방으로 흩어진 표지판보다 더 어지러웠다. 그를 살리려던 총으로 그를 쏜다. 나는 우리가 어디로 흘러가고 있는지. 인생이란 치졸한 연극인가 싶어 웃음이 났다. 우리는 웃었다. 같은 의미는 아니겠지만, 내가 언니의 웃음 끝을 받고,

언니가 나의 웃음꼬리에 매달리면서. 어쨌거나 우리는 정확히 찾아갔다.

콘도 뒷골목에 차를 주차시키고 우리는 현관으로 걸어갔다. 조심하는 데도 발자국 소리가 쾅쾅 울렸다.

"어젠 어떻게 들어갔어?"

"아무 호수나 눌렀지. 열쇠를 잊었는데 열어달라고 했지. 1225호에 산다면서."

"그가 없다면?"

"내일 다시 와야지. 모레든 언제든."

어쩐지 그가 없을 것 같은 생각이 들었다. 그러기를 바라고 있기 때문일까.

"그가 열어줄까 언니란 걸 알고도?"

"안 열어주면 더 복잡해진다는 걸 알지. 그는 노련하니까. 거짓으로 나를 달래려고 열어주겠지. 어떤 여자가 꼭 나같이 그를 찾아와 따진 일이 있어. 덤벼들고 할퀴고 발작하다 쓰러져 앰뷸런스에 실려 나갔지. 그 여자가 올 때마다 그는 언제나 문을 따주었어. 그리고 다정하게 달래지. 처음과 다름없는 모습으로."

"그런데도 그가 그런 사람인 걸 몰랐어?"

"난 그 여자가 치사하고 나쁘다고 생각했어. 비열하게 +는 그 여자에게 친절한 그가 최상의 젠틀맨으로 보이고 그만큼 나를 사랑한다고 생각하니 그를 위해 죽어도 좋다고 생각했어. 위험한 여행에도 즐겨 동행하면서. 불나방이 빛을 찾아 뛰어드는 이치지. 그는 악마야. 한번 걸리면 죽이고 죽게 되지. 죽이고 죽는 거야."

루이스와 패티가 함께 오르던 엘리베이터. 그것을 지금은 언니와 그렇게 하고 있는 것이다. 12층으로 가기 전에 언니는 꼭대기로 나를 데려가 비상구로 통하는 문을 찾아 층계를 보여 주었다. 우리는 16층의 꼭대기에서 층계를 내려갔다. 주위에 아무도 없는 컴컴한 층계에서 언니가 낮게 소곤댔다.

"5분에서 7분 사이에 들어와. 문고리는 내가 열어 놓을 테니까. 장갑은 지금 끼도록 해. 자 내가 보는 데서. 급소를 벗어나지 않도록 신중히 해."

나와 시계를 맞춘 후 내가 장갑 끼는 것을 보고서 실수 없이 잘하라고 눈짓을 보낸 후 언니는 걸어갔다. 복도에 숨어 언니가 1225호로 들어가는 걸 보고 나는 비상구의 계단을 올라갔다. 층계는 17층까지 있고 옥상으로 통해 있었다. 옥상에는 환기통과 난방을 위한 시설물이 있을 뿐 텅 비어 있었다. 다른 건물의 옥상이 손에 잡혀오고, 밴쿠버 전경이 까맣게 펼쳐 있어 현기증이 났다. 마음을 진정시키려 층계를 오르내렸지만 가슴의 고동이 멎지 않았다. 3분, 4분, 5분 하고 나는 초침을 세었다. 5분이 되자 옥상에서 층계를 내려와 1225호실로 걸어갔다. 호흡을 가누면서.

윗층에 사람이 살 테니 천정은 안 된다는 생각이 스쳤다. 벽을 쏘자. 밖으로 난 유리의 벽이 아니라 거실과 부엌의 칸막이를. 그가 그곳을 등지고 앉아 있기를. 나는 문을 열고 안으로 들어갔다. 소리나지 않게 사뿐 양탄자에 내려섰다.

거실의 소파. 내가 잘 알고 있는 하얀색의 소파에 그들이 마주앉아 있었다. 패티는 보이지 않고 루이스와 언니가 탁자를 사이에 두고 무언가 얘기하고 있었다. 내가 다가가는 것을 루이스는 알지 못했다. 그는 머리를 약간 구부리고 있었고, 어색해서 그랬겠지만 손에 조그만 마스코트를 들고 만지작대기에

276

열중하고 있었다. 나는 권총을 빼들었다. 그때 언니가 나를 힐끗 보았다. 그가 나를 알아보기 전에, 패티가 나오기 전에, 나는 허둥대었다. 나는 총알의 방향을 생각하고 루이스의 머리 위 책장을 겨누었다. 언니가 눈짓을 하자, 나는 권총을 조금 올려 들었다. 언니가 뛰어 일어나 총구를 내리라는 듯 손을 휘저었다. 언니는 당장에라도 나에게 총을 빼앗아 쏘려는 기색이었다. 나는 방아쇠를 당겼다.

'탕' 소리와 함께 언니의 비명소리가 들리고, 언니가 루이스의 품에 안겼다. 내 편에서 보면 언니가 시야에 가득차고 그 뒤가 루이스였다. 내가 루이스의 심장을 겨누었다면 언니의 심장을 지나 루이스의 가슴에 총알이 박혔으리라.

나는 놀라 잠시 서 있었다. 돌연한 언니의 태도는 무엇인가. 루이스의 방패막이가 되려는 것인가. 언니의 손에서 피가 흐르자 놀란 루이스가 언니와 나를 동시에 바라보았다. 루이스는 어찌할 바를 모르다가 나에게 돌진하기보다 신사도를 발휘하여 언니 손을 움켜잡고 지혈시키려고 했다. 언니가 그에게 안긴 자세이므로 뿌리치고 일어나기도 시간이 걸렸으리라.

나는 권총을 떨어뜨린 채 뒷걸음질쳤다. 복도로 나오자 어서 이곳을 빠져나가야 한다는 생각이 들었다. 남은 일은 언니가 해결해주리라. 그의 품에 안겨 변명하고 내가 그의 심장을 겨누지 않은 걸 감사히 여기리라. 결국은 잘한 일이다. 루이스를 놀라게 하여주었고, 권총은 돌려주었다. 언니도 흥분이 가라앉겠지.

엘리베이터 버튼을 누르려고 할 때, 나는 황망히 달려오는 발자국 소리를 들었다. 루이스였다. 언니의 변명도 듣기 전에 그는 나를 살인용의자로 추격하고 있다. 생명의 은인을 잡다니

언어도단이다. 그 순간 벗어나야 한다고 나의 본능이 재촉했다. 그와 언니를 사이에 두고 옥신각신하고 싶지 않았다.

나는 급히 층계로 통하는 문으로 피했다. 내려가고 싶었지만 나도 모르게 오르는 쪽으로 갔다. 루이스가 층계로 통하는 문을 열어젖혔다. 그의 발자국 소리가 나를 따르고 있었다. 나는 고꾸라지며 뛰어올라갔다. 유리를 통해 아래층 세상이 빙글빙글 돌아갔다. 한층 한층 나는 쫓겨올라갔다.

옥상으로 달려나가 문을 못 열도록 전신으로 문을 막았다. 한참을 밀고 당기다 문이 열림과 동시에 나는 환풍기쪽으로 밀려났다. 아래편 거리가 빙빙 돌았다. 나는 쓰러지고 우악스런 손에 발목이 잡혔다. 나는 빠져나가려 버둥대었다. 남자는 나를 잡아당기고 내 목을 눌렀다.

"유 아 데블(너는 악마야)."

나는 중얼거렸다. 더 이상 말을 할 수도 눈을 뜰 수도 없었다. 이대로 죽는다는 느낌뿐. 힘을 주느라 시뻘개진 루이스의 얼굴이 아주 가까이 있었다. 나는 그에게서 벗어나려고 버둥거렸지만 허사였다. 힘이 빠지고 나는 캑캑대었다. 그리고 늘어졌다. 빠져 내린다는 감각뿐. 윙하고 바람 빠지는 소리만 났다.

얼마나 시간이 지났을까. 앰뷸런스와 어지러운 발자국 소리가 들리고, 누군가가 나를 안고 난간으로 가까이 갔다.

나는 병원 시트에서 눈을 떴다. 간호사가 나의 혈압과 체온은 잰 후, 의사가 청진기로 주의깊게 진찰하더니 고개를 끄덕이고는 나갔다. 간호사가 일어나 옷을 입어도 좋다고 말했다. 나는 침대에 앉아 누군가 오기를 기다렸다. 앰뷸런스에 태워진 후부터 기억의 필름이 끊겨 있었다. 나는 생각해내려 애썼다.

내 목엔 붕대가 감겨 있었다.

루이스에 쫓겨 옥상으로 가서 그와 실갱이하던 일이 목의 상처와 함께 떠올랐다. 지난 일이 뒤죽박죽으로 엉켜, 일의 순서를 나열해보고자 했으나, 머리속이 자꾸 윙윙대는 바람에 생각해낼 수가 없었다.

언니. 하얀 천장에 대고 나는 가만히 불러보았다. 왜 그랬어? 무슨 의도였지? 아직도 뭘 나에게 속이고 있어? 그를 죽이라고 하고 왜 그를 막았지? 마지막에 생각이 달라졌나? 정말 치사하군. 내가 진짜로 쏘았다면 언니의 심장과 루이스의 심장을 동시에 꿰뚫었을 게 아닌가.

그러자 머리속에서 탕 소리가 났다. 총알이 내 머리에 명중되는 듯이. 언니가 바란 게 그게 아닐까. 루이스의 품에 안겨 죽는다. 아니 루이스가 언니를 안고 죽는다. 언니는 루이스의 죽음을 패티에게 보여주고 싶다고 했었다. 패티에게 보여주고 싶은 것은 루이스의 죽음이 아니라 언니와 정사를 한 그의 마음이었으리라. 사태가 이상하게 돌아갔음에 정신이 났지만 사태는 지극히 정상적이었음을 알았다. 내가 그런 언니의 마음을 눈치 못 챘을 뿐.

하지만 나는 루이스와 함께 언니마저 죽일 뻔하지 않았는가. 언니는 나를 영원히 차가운 감방 속에 처박으려 했던 것일까? 나에 대한 무슨 원한 때문에? 동생이기에 청부살인을 부탁했을 따름일까? 나는 어지러워 미칠 것 같았다. 나는 신음을 하며 병실을 왔다갔다 했다. 언니? 어딨어? 혼자만 어디로 간 거야? 날 여기 가둬놓고 어디 있지?

한참 후 나는 장갑에 생각이 미쳤다. 언니는 장갑을 끼지 않고 권총을 만졌다. 총을 쏜 후 자신의 무릎에 총을 던지라고 했었다. 그렇다면 언니는 루이스와 동반자살한 것처럼 꾸미려했을까. 유서를 써놓고서?

나는 내가 총을 쏠 때 두 개의 심장을 합친다는 언니의 발상에 진저리가 났다. 패티에게 보여주고 싶은 진상이 그것이었다! 나는 계속 병실을 서성대었다. 언니가 얼마나 다쳤는지도 걱정되었다. 총구가 천장쪽의 책장에 향해지자 언니는 저지시키려 팔을 흔들었다. 그와 동시에 총알이 나갔으므로 공중에서 언니의 손이 상처를 입었다.

언니, 언니.

나는 언니를 부르며 침대에 쓰러졌다.

어떻게 된 것인가. 나는 초조해졌다. 10분이 지나도 아무도 데리러 오지 않았다. 그들은 나를 감옥으로 데리고 가겠지. 그러자 딱딱한 시멘트 벽이 손에 닿아 진저리가 났다. 그대로 어디론가 스며들고 싶었다. 나는 처음부터 다시 생각해보았다. 이번에는 루이스의 시각에서 보려고 했다. 루이스는 처음에 나를 보지 못했다. 그는 나를 비스듬히 등지고 있었고, (언니가 그런 위치를 만들었을 것이다) 그는 어색함 때문인지 마스코트에 열중해 있었으니까. 그 순간에도 그는 언니보다는 마스코트에, 패티에 더 열중해 있었다. 주말휴가를 끝내고 돌아올 패티에게.

총알이 빗나감과 동시에 그는 나를 보았고, 나의 기습 내지는 앙심을 발견했다. 그는 자신을 내가 복수하리라고 생각했을까? 우발적인 분노로 내 목을 조른 걸까. 알 수 없었다. 내가 언니의 동생인 줄 모르고 단순한 침입자, 혹은 덜미를 잡히게 되니까 역습을 했다고밖에 내 머리로는 해석할 수 없었다.

잠시 후 나는 상의 주머니에서 종이쪽지를 발견했다. 나는 그것을 펴보았다. 구불구불한 한글로 다음과 같이 씌어 있었다.

"루이스에게 총을 전해주려다 잘못 쐈다고 해. 내가. 너 말고 내가."

언니의 서투른 글씨였다. 나는 언니가 옥상까지 왔던 일을 생각해냈다. 언니는 루이스를 제지하러 그의 뒤를 따라왔으리라. 손을 씻고 수건으로 매느라고 시간이 걸렸고, 그를 막는 언니의 외침을 나는 가물가물한 의식 속에서 들은 것 같았다. 언니는 내가 총을 만지다 실수로 그런 것처럼 꾸미고 있었다. 그것은 나를 구함과 동시에 나를 사주한 언니도 구출할지 모른다. 언니는 과연 수재답다는 생각이 들었다. 죽어가면서도 빠져나갈 궁리는 해두었다. 이것이 나를 감동시켰다.

언니는 내가 총을 공중에 쏘고, 내가 잡히는 걸 상상해보았을까. 언니는 나를 의심하지 않았으므로 각본대로 내가 도망쳐 안전하리라고 여겼으리라. 총에 나의 지문을 남기지 않음으로써 언니는 안이하게 생각했음이 틀림없다. 어떻게 해야 할까 궁리하는 동안 문이 열리고 새하얀 엄마의 얼굴이 나타났다. 엄마는 의문과 힐난을 담고 문가에 뻣뻣이 서 있었다. 자포자기의 심정으로 죽음에 뛰어든 사람으로 보였다. 병실에 누워 있어야 할 사람은 내가 아니라 엄마가 이닌가. 나는 침대에서 일어나 앉았다.

"도대체 이런 일이. 세상에 남의 일인 줄 알았던 이런 일이. 이게 뭐냐? 이게 무슨 꼴이냐. 다 죽자. 난 이제 살고 싶지 않다."

엄마는 픽 고꾸라질 듯 침대로 와서는 두 손으로 침대 모서리를 붙들었다.

"이꼴 저꼴 안 보고 진작 죽을 것을. 그래도 즈이들 장래가 걱정되어 시집보내도록 살자고 버텨냈건만."

엄마는 신세한탄 하느라 사태의 심각성이나 여기가 병원이
란 것도 잊고 있는 듯했다. 무엇보다 곧 경찰이 올 게 아닌가.
나 역시도 엄마와 함께 죽고 싶은 심정이었다.

"너냐 언니냐. 누가 쐈어? 총은 어디서 났구? 겁 없는 애들
이지. 아무리 막 되먹었기로. 누구야 너지?"

엄마가 문을 경계하며 나를 쏘아보았다. 경멸과 말할 수 없
는 혐오가 출렁였다. 언니가 아니라 바로 나라고 그 눈이 말하
고 있었다.

"나에요."

그 말에 엄마는 조금 안심하는 눈치였다.

"그럴 줄 알았다. 느 언니가 뒤집어쓰려는 거지. 세상에 겁도
없지. 아무리 그 놈이 죽일 놈이지만, 법이 있는데 왜 네가 나
서? 언니의 장래를 생각해서 그놈을 고발할 수도 없고 어째야
좋단 말이냐? 세상에 알려지면 언니는 매장된다."

고통으로 해쓱해진 엄마는 나를 외롭고 두렵게 만들었다.

"총은 어디서 났구. 다 죽자 죽어. 더 갈 수 없는 데까지 왔
으니 살아서 뭐 하냐."

엄마는 혼란으로 실신 직전이었다. 나는 엄마가 쓰러지지 않
도록 엄마의 팔을 잡았다. 엄마가 내 손을 뿌리쳤다. 나는 나
를 오래 방황하게 했던 얼굴을 바라보았다. 그 얼굴은 내가 고
아라고 생각한 그때보다도 더 멀리 있었다.

"언니가 쏘라고 했어요."

나는 경멸에 차서 말했다. 그리고는 이내 후회했다. 나는 그
말을 주워담고 싶었다. 언니에겐, '맥길로 공부하러 떠나는 나
를 들쑤신 게 누구야? 그가 금발의 소녀와 은둔해 있다고 주

소를 알려준 게 누구야?' 하는 히든카드가 있다. 내 앞에는 언제나 정당한 언니가 있다.

"맥길로 가서 공부에 전념할 언니를 니가 들쑤셨지?"

엄마가 정통을 찌르자 나는 고개를 수그렸다.

"언니가 시켰다니 언니가 죽으라면 죽을 테냐?"

엄마는 어깨를 떨며 폭발할 듯했다. 분을 삭이며 엄마가 나에게 다가섰다. 엄마의 목소리가 은밀해졌다.

"언니가 쏘랬다는 말은 경찰에게 하지 마라. 하나라도 건져야 할 거 아니냐. 느이 둘이 다 당할 수는 없잖니?"

엄마는 누그러지며 나에게 호소하고 있었다. 딸 둘 중 하나는 건지겠다는 소리겠지만 나에겐 언니만은 무사해야 한다는 뜻으로 들렸다. 언니만이 유일한 목표니까. 그렇다. 언니만이.

"변호사를 선임하고 최선을 다할 테니 오발했다고 말해라. 장난치다 총알이 빗나갔다고. 그게 사실 아니냐."

나는 엄마가 언니와 일치하는 데 놀랐다. 그 일치감이 엄마와 언니를 묶는 끈이리라. 그들은 복잡하고 나는 단순하다. 그들은 과시하기 좋아하고 허세를 부린다. 나는 아니다. 나는 언제나 이편에 있다. 나는 엄마에게 언니의 쪽지를 보여주었다. 엄마가 고개를 끄덕였다.

"그래. 느이들이 입을 맞추고, 그렇게 해라. 다친 사람 없으니 경찰도 인정할 거다."

"언니는? 손은 어때요?"

"끝만 스쳤대. 언니는 경찰서에 있다. 너도 깨어났으니 데려갈 거다. 너희가 만지다 오발했다고……. 잊지 마라."

이성을 찾은 엄마는 그렇게 말했다. 고개를 주억거려 한 번 더 강조하고 엄마는 재빨리 병실을 나갔다. 반백의 머리와 구부정한 뒷모습이 내 망막에 오래 남았다. 나는 어찌해야 할지 몰랐다. 루이스에게 총을 돌려주다가 총알이 헛나갔다. 그것이 이치에 합당한지 모르겠다. 나는 더욱 큰 혼란에 빠졌다.

얼마 후 구둣발 소리가 들리고 순경 둘이 들어섰다. 그들은 내 양쪽에 서서 나를 호위했다. 복도에 푸른 제복을 입은 순경이 한 명 더 있었다. 나는 세 사람의 울타리에 둘러싸였다. 우리는 긴 복도를 걸어갔다. 밴쿠버 제네럴 허스피털의 거미줄같이 뻗힌 통로가 형광등 빛을 받고 번들거리고 있었다. 사람들이 나를 힐끗대었다. 그들이 깔깔대며 나를 손가락질하는 것 같았다. 빌딩과 나무와 나는 새도. 나는 사방에서 나를 비웃는 소리를 들었다.

경찰차에 오르자 시트에 머리를 대고 나는 눈을 감았다. 세상으로부터 눈을 감고 싶었다. 뉴스나 영화로 보던 장면이 나에게 재연되다니. 도무지 현실감이 없었다. 나는 어디론지 가고 있었다. 내 앞에 수많은 가닥의 길이 보였다. 보이지 않는 수많은 길들.

그때 어떤 단어가 내 혀를 건드렸다. 나는 그것을 밀어내려 했지만 그것은 나에게 달라붙었다.

라비린토스.

미노스왕의 왕궁의 미로를 상징하지만 그것은 우리들 삶의 사방으로 퍼져 있다. 거미줄처럼 사방으로. 한 번 들어가면 돌아나올 수 없게 만든 길들. 나의 삶에도 막다른 골목으로 꼬인 수많은 통로가 있다. 나는 그 중에도 비운의 패를 던져 어둡고 좁은 통로를 향해 가는지도 몰랐다.

언니. 언니를 찾아서.

나는 옆으로 뒤로 헤매는 짓을 멈추지 않으리라. 다시금 그

284

상황에 닿는데도 언니에게 고개를 끄덕이며 나는 미로의 끝을 향해 가리라. 왜냐하면 언니는 나의 반쪽이고 영원히 언니와 한편이라는 느낌을 지워버릴 수 없으므로. 나는 언니가 사랑하는 걸 사랑하고, 언니가 쏘는 것을 쏘게 될 것이므로.

신문기자가 나의 말을 이해할까. 어떻게 이 복잡한 나의 미로를 그들에게 설명해야 할까. 내 곁에 나를 지키며 앉아 있는 그들의 얼굴은 우둔해서 삶의 숨은 그림을 보지 못할 것 같다. 겨우 스무 살의 처녀가 미로 속의 숨은 그림을 찾아헤매는 것을 그들은 상상이나 할까?

복잡한 헤스팅의 사거리를 지나 메인으로 들어서 경찰본부 빌딩 앞에서 차가 멈췄다. 건조한 회벽의 이층건물이었다. 흰 벽에 고동색 나무칠이 되어 있는 건물은 걸음을 옮길 때마다 딱딱한 소리가 났다. 나는 경찰의 호위를 받으며, 호위라기보다는 수갑만 차지 않았을 뿐 끌려서 몇 개의 사무실을 지나 복도를 걸어갔다.

복도 끝에 취조실이 있었다. 장방형의 방 가운데 커다란 탁자가 있고 열 사람 정도가 둘러앉을 수 있게 꾸며져 있었다. 가구도 없이 삭막하고 하얀 벽이 나를 압도해왔다. 나는 중앙의 자리에 앉혀졌다. 곧 취조관과 형사 둘과 기록관이 들어왔다. 그들의 사무적인 표정이 나를 위압했다. 이 낯선 풍경 속에서 비로소 나는 혼자 망망대해에 던져져 있음을 깨달았다. 형사들이 배석하고 나는 취조관과 마주앉았다. 이 갑작스런 상황에 나는 계속 가위눌리고 있었지만 그 가위눌림이 나에게 현실을 알려주는 역할을 했다.

나는 살인미수죄인이고, 차가운 감방이 나를 기다린다는.

아까 병실에서 본 엄마의 얼굴만큼이나 모든 게 현실감이 없었다. 여기가 어딘지. 내가 왜 속수무책으로 이런 곳에 있는지. 미로를 헤매는 나의 성년의 복잡한 의식들을 어떻게 저 둔한 얼굴들에게 알려야 하는지. 나는 심호흡을 하고 눈을 곧추떴다.

나는 여기 홀로 있고 내 앞에는 지금 잡을 게 없다. 아빠의 얼굴이 떠올랐다. 쓰러져 일어서지 못하는 아빠. 내가 어려움에 빠질 때마다 아빠가 나침반이 되어주었다는 생각이 들었다. 이 일로 아빠가 상심하지 않기를. 가엾은 아빠. 나는 잠깐 엄마를 떠올리고 엄마와 결별했다. 그리고 언니. 나의 언니.

잘 하려고 하면 할수록 왜 이런 결과가 오는지. 언니와 나는 얼마나 더 추락해야 하는지. 취조관은 사무적인 딱딱한 얼굴로 나를 일별하고 나의 이름과 주소 등을 묻고 기록관이 서류에 써넣었다. 나는 우리들이 루이스에게 총을 전해주러 루이스의 아파트에 갔으며 총을 전해주려고 꺼내다가 방아쇠를 건드렸다고 말했다. 그들은 그와 우리의 관계에 대해 집중적으로 물었다. 삼각관계가 아닌가 하는 의혹이 그들의 표정에 배어 있었다. 나는 내가 아는 언니와 루이스, 내가 상상하는 그들에 대해 나름대로 얘기했다.

"아뇨, 난 그를 몰랐지요. 언니는 말을 안 해주고, 서로 좋아하는지도 잘 몰랐어요."

난 입술에 침을 바르며 거짓말을 했다. 나와 언니가 빠져나가기 위해서. 언니는 어디 있든 우선은 내가 빠져나가려고.

"언니는 그와 헤어지고 그와의 관계를 끝내려고 총을 돌려줄 생각을 했지요."

"언니가 그와 헤어진 게 언젠가요?"

그들은 언니와 그의 관계를 파고들었다. 나는 잘 모른다고 얼버무리고, 3일 후 몬트리올로 언니가 떠나기로 되어 있다는 말을 강조했다.

"떠나기 전에 언니는 총을 돌려줄 생각을 했지요. 집에 두고 갈 수 없다면서."

"당신은 총을 소지할 수 있는 라이센스가 있습니까?"

"아뇨. 총은 루이스 것이라. 루이스는 라이센스가 있을 겁니다."

나는 이 부분을 힘겹게 지났다. 얼마만큼 만족감을 느끼면서. 나를 속이는 것은 싫었지만 언니를 건져내야 한다는 의무감이 나를 기쁘게 했다. 어떤 경우에도 언니가 쏘라는 말을 했다고는 하지 말아야 했다.

"그의 이름은 주노입니다. 주노 필리스."

취조관이 정정해 주었다.

"우리는 그를 루이스라 불렀지요. 다니엘 데이 루이스."

그들은 소녀적인 발상에 미소지었다. 언니에게까지 본명을 가르쳐주지 않은 그의 실체는 무엇일까.

나는 고개를 끄덕였다. 그는 나에게 실체감이 없이 스크린이나 안개를 통해 나타났으니까. 그는 언니에게도 허상이 아닐까.

"그를 죽이고 싶다는 충동은 없었나요?"

얼마나 자주 그를 죽이고 싶은 충동에 사로잡혔던가. 언니가 떠난 후의 언니의 옷, 언니의 방, 부모님의 조로해 가는 얼굴을 보며 나는 수없이 그의 목을 조르지 않았던가.

"있었어요."

방안에 긴장이 감돌았다. 형사들이 나를 쏘아보며 고개를 끄덕였다.

"그래서 쏘았군요."

"하나의 바램이었지 행동으로 옮길 수 없는 것이었습니다.

옮겨서도 안 되고. 그저 상상으로만……."

"상상이 현실이 되는 수도 있지요. 우연을 가장해서 죽이고 싶다는 본능이 움직인 건 아닌가요?"

"그냥 미움 정도였습니다. 어느 경우도 죽인다는 생각은 없었어요. 죽이고 싶다와 죽이겠다는 것은 다르니까요."

"오발이었다면 왜 도망을 갔습니까. 주노는 당신이 쏘고 도망쳤다고 하는데."

"두려웠지요. 총알이 나갔고, 총소리에 나는 놀랐습니다. 언니도 놀라 비명을 질렀고, 순간적인 공포감에……."

"옥상까지 도망친 이유는? 단순한 실수로 그렇게까지 필사적으로 뛸 수 있었을까요?"

"루이스가, 아니 주노가 오해하고 있다고 여겼지만, 아무튼 엄청난 실수였으므로 피해서 마음을 진정시켜보려 했습니다."

"총알의 방향을 보면 당신이 서서 쏜 위치인데……."

"나는 서 있었습니다. 서서 총을 꺼냈고……."

"루이스에게 총을 돌려주려고 한 것이라면 언니가 총을 가지고 있지 않고 왜 당신이 가지고 있었습니까?"

나는 또다시 막혔다. 언니가 이 부분을 어떻게 설명했을지 알 수 없었다.

"처음 보는 것이라 호기심에서……. 누가 가지고 있느냐에 신경 쓰지 못했습니다."

"아래층으로 안 가고 왜 옥상으로 갔나요?"

"어지러웠어요. 그냥 발이 움직이는 대로 달려갔을 뿐입니다."

"당신의 언니는 자신이 총을 만지다 오발한 거라 했는데 사실이 아니군요."

나는 고개를 끄덕였다.

"그렇다면 언니가 당신을 왜 변호해주는 것일까요?"

"권총에는 당신의 지문이 없어요. 지금은 여름이고 당신은 두꺼운 면장갑을 끼고 있었습니다. 그 이유는?"

나는 대답할 수가 없었다. 언니가 장갑을 주었다고 할 수가 없었다.

"장갑은 언제 구했습니까?"

"전부터 있던 거에요."

"주노를 쏘려고 결심할 때 준비한 것입니까?"

"주노가 아니에요. 총알이 빗나간 것입니다. 실수로."

"이 여름날 두터운 면장갑을 낀 이유가 뭔가요."

나는 한손으로 이마를 짚었다. 언니가 나를 구하려고 등장한 게 나를 궁지에 몰아넣고 있었다. 그것이 우리의 관계가 아닐까. 늘 그랬었다. 언니가 나를 위해 변호해주었지만 그것이 부모님을 더욱 화나게만 할 뿐이었다.

"권총에 당신 언니의 지문만 있어요? 언니의 지문은 남기고 동생은 도망친다. 언니에게 떠넘기려 한 게 아니었나요?"

나는 고개를 저었지만 입을 열 수가 없었다. 나는 강하다. 언니는 약하다. 언니는 상처받았다. 나는 받지 않았다. 언니는 살아남지 못한다. 나는 살아간다. 어떤 경우라도 힘차게. 그런 비교 문구가 내 앞에 튀었다.

세 시간이 넘는 심문이 끝나고 잠시의 휴식이 주어졌다. 그들은 커피를 마시러 나가자, 여순경이 와서 나에게 화장실을 안내해주었다. 화장실에서 나오자 여순경은 나에게 커피를 마시겠느냐고 물었다. 나는 콜라를 달라고 했다. 여순경은 나에게 콜라와 비스켓을 가져다 주었다.

나는 다시 취조실의 딱딱한 의자에 앉았다. 밖에서 여순경이

외부인의 출입을 막고 있었다. 잠시 후 아까의 취조관들과 형사들이 들어오고, 이어서 나는 낯익은 발자국 소리를 들었다.

언니였다. 나는 힐끗 돌아보았다. 손가락이 붕대로 감긴 언니를 루이스가 부축해주고 있었다. 언니는 기진맥진해 보였지만 내가 알던 그 어느 때의 언니보다 행복해 보였다. 루이스가 옆에 있었으므로.

그들은 내 맞은편에 앉았다. 우리는 되도록 눈을 마주치지 않으려고 애썼다. 루이스도 나를 기억할 것이다. 촛불이 켜진 식탁과 포도주와 에릭 크립튼과 고즈넉한 밤과 마약. 그의 한편에 나의 프로필이 아직은 지워지지 않고 있으리라.

취조관은 우리의 신분을 확인하고 그들에게 사건 경위에 대한 나의 진술이 사실인지 아닌지를 대조했다. 루이스는 총소리를 듣고 나를 보았으며 언니가 많이 다친 줄 알고 순간적으로 목을 졸랐다고 말했다. 나를 경찰에 연행하려 했을 뿐 나에 대한 살의는 전혀 없었다고 했다. 그의 진술이 옳은지 모른다. 그는 내 목을 한 팔로 누르고만 있었으니까.

"피고인이 당신을 향해 쏘았습니까?"

취조관이 루이스에게 물었다. 나는 이 최초의 나에 대한 호칭에 당황했다.

"나는 등지고 있어 몰랐습니다. 그들의 방문은 예기치 않은 것이었고……."

"권총은 당신이 구입한 게 틀림없습니까?"

루이스가 그렇다고 말했다. 그는 총기 소유 라이센스를 가지고 있었다. 그와 언니의 관계에 대한 문답이 오갔다. 그들은 서로 사랑했고, 여건이 맞지 않아 헤어졌다고 말했다. 루이스에 대한 심문을 끝내고 언니에게 주노와의 관계를 진술내용에 맞춰 묻고 나에게 동의를 구했다. 나는 내가 아는 대로만 고개를 끄덕였다.

"당신은 동생이 아니라 당신이 실수로 오발했다고 했는데 동생이나 주노의 진술과 총알의 방향을 보면 동생이 쏜 것이 되는데, 이 점을 설명해주십시오."

언니가 나를 바라보고 나서 시선을 떨구었다.

"당신은 왼손잡이가 아니라고 했는데 총알은 오른손에 맞았습니다. 당신의 진술이 맞습니까. 주노가 맞습니까?"

"함께 만지다……내가 앉은 후 동생이 루이스에게 건네려다 총알이 잘못 나온 것 같습니다. 너무 놀라 잘 기억나지 않아요."

나는 언니가 나에게 쏘라고 한 것이나 장갑을 준 일을 말하지 않은 사실을 알았다. 그럼으로써 나에게도 유리하게 하려 했지만, 언니는 솔직하게 말할 용기가 없는 것이다. 사랑 때문이라 해도 자기를 죽이려 했다면 루이스에게 용서받을 수 없다고 언니는 판단했으리라. 나는 언니를 통해 내가 모르는 사랑의 본질도 이해했다. 루이스가 배신을 했더라도 언니는 그에게서 빠져나갈 수가 없다!

그를 죽이고 죽겠다는 용기는 어디로 갔는가? 루이스 앞에서 언니는 자신의 용기가 탄로날까 조바심치고 있었다. 내가 행여 털어놓을까 언니는 애원하는 눈초리로 떨고 있었다. 비굴할 정도로 처참해져서. 몇 시간이 흘렀을 뿐인데 언니는 죽기는커녕 살아나려 발버둥치고 있는 것이다.

언니는 우리가 처한 상황도 잊은 채 도취된 얼굴이었다. 루이스가 함께 있어 안심하고 행복해 하는 모습이었다. 언니의 얼굴에는 화색이 돌고 있었고, 힘차게 뛰는 심장소리가 들리는 것 같았다. 언니가 살아나고 있다. 언니는 내가 무사하리라고 방심하는지도 몰랐다. 물론 난 실수가 인정되어 풀려날지도 모른다. 내가 쏘았다는 것에, 마침내 언니가 고개를 끄덕였다. 언니도 그럴 수밖에 없는 것이다. 나를 빼내려 했지만 힘에 부쳤다고. 지금도 나는 언니를 이해한다. 언니는 루이스의 심장을 겨누라고 손짓한 게 아니라 쏘지 말라고 손짓한 게 되어서 루이스를 감동시켰으리라.

"알았습니다."

취조관은 그들을 내보냈다. 루이스는 나를 일별하지 않고 일어서고, 언니는 무슨 말을 할 듯 쭈빗대다 루이스의 뒤를 따랐다. 루이스는 문가에 기다리고 있다가 경찰이 문을 열어주기 전에 먼저 언니에게 문을 열어주고는 어깨를 안 듯이 에스코트하여 나갔다. 언니는 자신의 빗나간 사랑의 결과로서 나를 거기 두고 루이스를 따라갔다. 문간에서 돌아서기 전에 언니는 떨리는 눈으로 나를 보았지만 그 눈은 이미 루이스에게 가 있었다. 나는 그들을 전송했다. 이처럼 나쁜 상황에서 다시는 그들을 대면하지 않기를 바라며.

내 눈시울이 더워졌다. 나는 가벼운 마음으로 그들을 전송하고 싶었다. 취조관들이 그들과 대질심문한 내용에 대해 이의 없는지 나에게 한 번 더 묻고 있었다. 나는 그렇다고 대답했다. 그들도 서약하고 사인하지 않았는가. 취조관은 내가 라이센스도 없으면서 총을 너무 소홀히 다루었고, 서서 쏜 점이 극히 위험스러웠다는 것 등을 지적했다.

"장갑을 준비한 치밀함에는 살의가 있었겠지요."

나는 고개를 들었다. 단정하고 있는 취조관의 차가운 얼굴이 눈앞에 보였다. 그것이 나를 네 시간 넘게 심문한 취조관의 결론인 것이다.

취조가 끝나자 나는 곧바로 경찰서 뒤에 있는 리맨드센터 (REMAND CENTER : 일반형무소의 감옥 같은 곳도 있고, 아파트의 독방처럼 꾸며진 곳도 있다)로 보내졌다. 재판받기 전까지 수감되는 곳이었다.

칙칙한 목조 이층건물로 1930년대의 곰팡이 냄새가 나는 그런 곳이었다. 무겁고 큰 문과, 내리누르는 듯한 천정과, 울리는 소리가 강조되고, 필요 이상의 발자국 소리가 들려 나는 자꾸 뒤돌아보았다. 아무도 나를 따라오지 않았고, 담당관이 사무적으로 걷고 있을 뿐이었다.

긴 복도에서 나는 몇 번이나 넘어질 뻔했다. 작은 방들이 이어진 전형적인 감옥의 인상을 풍기는 그곳에서 뒷목을 뻣뻣하게 만드는 그 무엇이 나를 앞지르고 있었다. 각 방에서 호기심과 경계의 빛을 쏟아내는 시선들을 나는 외면했지만, 이미 그들로부터 벗어날 수 없음을 알았다. 어느새 내 발은 깊숙이 그들과 한 울타리 속으로 나를 집어넣고 있었다. 나는 가고 있는 것이다. 세상을 향해서가 아니라 벽 속으로.

단절된 벽들. 받아주고 자리를 내어준다고 믿었던 세상은 무장을 하고 밀어내기도 한다는 것을 나는 처음으로 알았다. 세상은 인간을 받는 장소이지만 밀어내기 위해서도 존재한다는 걸. 이가 부딪치고 떨리기 시작했다. 칙칙한 복도의 끝에 다달은 나는 어떤 방으로 안내되었다. 구석의 철제침대와 화장실이 딸린 작은 방으로, 비어 있었지만 네모로 접혀 침대 위에 놓여 있는 담요나, 변기 가장자리의 노란 금 따위가 그 방을 거친 많은 사람들의 갖가지 체취를 전해주었다.

간수는 직업적인 딱딱하고 동정하는 목소리로 나에게 식사 종이 울리면 아래층 식당으로 내려와 식사를 할 것과, 아침과 점심식사 시간과 몇 가지 주의사항을 알려 준 후 문을 닫았다. 그냥 닫은 게 아니라 철그럭하는 쇠고리 소리를 내며. 그 녹슨 쇠붙이 소리가 내가 감금되었음을 알려주었으며, 나의 자유를 박탈하였다. 막바지에 다달았다는 느낌이 나를 당혹감에 빠지게 했다.

나는 쇠침대에 쭈그리고 앉아 무릎을 감쌌다. 피곤하고 추웠다. 나는 침대에 구부리고 누웠다. 시간이 흐를수록 머리속은 텅비고, 그것으로 찬물이 똑똑 떨어지며, 모서리에 홈을 팠다. 모래와 같은 꺼끌꺼끌한 생각들이 넘치고 다시 채워졌다.

지금까지 열두 시간 정도의 시간에 나에게 무슨 일이 일어난 것일까. 집과 학교라는 테두리의 몇몇 사람만 알던 나는 칠십 살에 이르러 생을 회고하듯 나의 열 시간을 분석해보았다. 가닥가닥의 미로와 함정과 음모에 찬 사람의 한편생이 나에겐 오늘의 열 시간으로 요약되었다.

어떻게 풀어갈 것인가. 얽혀진 골목에서 돌아서지 못하고 나는 끝내 따돌리지 못할 것인가. 언니와 루이스. 그들이 떠났음에도, 그리고 언제 돌아올 기대가 없음에도 그들은 끈질기게 나를 따라붙고 있었다.

저녁시간을 알리는 벨이 울리고, 이방 저방에서 웅성대는 소리가 났다. 나는 식당으로 가서 그들과 섞이고 싶지 않았다. 숨막힐 듯한 공기로 헉헉대며 나는 담요를 뒤집어쓰고 눈을 감았다. 내일 법원에 가면 판사가 무슨 판결을 내릴 것인가. 판사는 또 어떤 얼굴로 나를 함정에 넣을까. 나는 모든 일이 내 의도와는 다른 곳으로 가고 있음에 놀랐다.

그리고 언니.

언니는 지금 어디로 가고 있는지. 어디로 가다 우리가 어떻게 될지. 그리고 주노, 아니 루이스는?

나는 잠을 청해보려 했지만, 점점 의식이 또렷해졌다. 노크 소리가 났다. 나는 일어나 문을 열려고 했다. 밖에서 자물쇠를 따는 소리가 들렸다. 이미 문은 내 뜻을 배반하고 있었다. 나와는 별개로 타인의 손에 의해서 그것이 움직이는 사실이 나를 얼어붙게 했다. 간수가 빼꼼히 얼굴을 디밀고 저녁식사 시간이라고 말했다. 나는 고개를 저었다. 아무것도 먹고싶지 않다고 말했다. 간수는 고개를 갸웃하고는 가버렸다. 나는 다시 침대에 누워 꼼짝 않고 천장을 바라보았다. 춥다고 느낀 순간 오싹 소름이 끼쳤다.

다음날 아침, 나는 눈을 뜨자 온몸이 덜덜 떨리는 걸 느꼈다. 이가 딱딱 부딪쳤다. 머리는 뜨겁고 깨질 듯한데 추워서 견딜 수 없었다. 나는 밤에도 그런 상태로 헛소리를 하다 소리를 지르며 깨었었다. 목에서 비명이 터지는데, 한마디도 나오지 않았다. 어지러워서 눈을 뜰 수가 없었다. 화장실에 가고 싶었지만 꼼짝하기도 싫었다.

내 의식은 내가 메시지를 보내지 않아도 너에게 타전해오고 있었다. 세상이 달라졌다. 아니 세상은 꿈쩍도 안 한다. 내가 달라졌다. 나는 떨고 있다. 그런 문자가 눈앞에서 뱅뱅 돌았다.

나는 눈을 뜨기도 싫고 잠들고 싶었으나 그러지 못했다. 빗소리가 들렸다. 맑게 개인 날은 끝났다. 어둠. 어둠뿐이다. 내 어딘가로 어둠이 흘러들고 있었다.

얼마나 시간이 지났을까. 아침식사 종이 울리고 복도가 어수선해졌다. 나는 귀를 막은 채 꼼짝 안 하고 여전히 떨기만 했다. 간수가 문을 따고 들어와 내가 식은땀을 흘리며 신음하는 것을 보더니 약과 밀크를 가져다 주었다. 밀크가 너무 차가워 진저리가 났다.

나는 다시 깊은 잠 속으로, 수렁과 엉컹퀴 뿌리가 가닥진 밑바닥으로 빠져들어갔다. 의사인지 간호원인지 누군가가 내 체온과 혈압을 재고 청진기를 가슴에 대는 걸 어렴풋 느끼면서.

이튿날 아침에야 나는 법원에 갔다. 하루 종일 앓고, 휘청대며 나는 호송차에 올랐다. 법원은 개스타운 입구에 있었고, 리맨드 센터에서 가까웠지만 끌려가고 있다는 느낌으로 나는 당황했다. 비가 내리고 회색의 하늘이 나를 찍어눌렀다. 나말고 두 명이 더 있었다. 날카로운 인상의 수염이 더부룩한 젊은 남자와, 담배 냄새와 잇몸이 상하여 냄새를 짙게 풍기는 뚱뚱한 중년 남자였다. 중년 남자의 중력이 어깨를 눌렀다. 그들과의 동료의식이 나를 혼란스럽게 했다. 나는 뉴스에서 연행되는 죄수를 보던 때를 생각하고 누군가의 시선을 느꼈다. 그러고 보니 나는 언저리에서 중심으로 밀려와 있었다. 수근거림과 손가락질의 스포트라이트를 받으며. 쉽게 말하자면 무대 위의 어릿광대가 되었다.

법원의 크고 단단한 건물이 나를 가위눌리게 했다. 차에서 내려 땅에 발을 딛는 순간 나는 개미가 된 기분이 들었다. 개미는 밟히게 되어 있고, 밟히면 죽는다. 우리는 법원의 중앙홀에 안내되었다. 앞줄에 오늘의 주인공들, 즉 경찰에 구속된 사람들이 검찰에 회부되기 위해 기다리고 있었다. 여섯 명이 금세 아홉으로 늘어났다. 배역들이 이렇게 많다니. 세상은 이처럼 넘쳐나는 것투성이다. 스스로 정한 테두리와 규범으로 삶은 복잡해지고, 똑같은 인간끼리 계급을 정하고 묶고 풀어준다. 정말이지 부조리의 연속이다. 나는 그들과 나란히 앉았다. 심판대에 앉았다는 실감이 오지 않았다. 누군가 인간이 나를 심판하는 일에 나는 거부감이 느껴졌다. 절대자가 아닌 인간이 말이다.

내 얼굴이 내가 일곱 살 때 소망하던 만큼의 색깔로 변해진 걸 느낄 수 있었다. 동양인이라는 노란색을 게워내며 집착하던 만큼의 싸늘한 흰색으로. 그러나 그들이 모두 백인이라는 게 나를 주눅들게 했다. 실상 취조받을 때부터 나는 그들 모두가 약속이나 한 듯 백인이어서 옭아매지는 느낌이었다. 경찰이나 간수까지 왜 하얀 피부가 점령해야 하는가. 동양인이라고 그들이 부당하게 나를 대하지 않을까. 한마디 못 하게 하고 감방에 집어넣지 않을까? 엘리멘터리 스쿨(초등학교) 시절 백인 친구들이 나를 바나나라고 놀리던 때만큼이나 황당하고 메스꺼워 나는 구토가 나왔다. 인종차별을 안 한다지만 결국 그들은 신사적인 태도를 가장하며 나에게 형을 내리리라.

"장갑을 준비한 치밀함에는 살의가 있었겠지요."

그렇게 말하던 백인 취조관은 내가 파란 눈을 하고 있었는데도 그렇게 야유했을까? 아니라고. 나는 주위를 눌러보며 고개를 저었다.

나는 동료라고 표현했지만, 그들은 대부분 교통법규 위반자나 벌과금을 내지 않은 사람들, 사소한 시비로 다툼을 한 사람들이었다. 나처럼 살인혐의로 지목되거나 더한 중형의 구속자들은 그리 많지 않았다. 세상은 잡범으로 우글대느니만큼. 리맨드 센터에서 오지 않고 집에서 날짜를 통고받고 온 사람들이 몇 명 더 왔다. 나는 앞에 번쩍거리는 단상과 캐나다 국기,

여왕의 사진 같은 것을 바라보았다. 법관이 앉는 자리가 터무니없이 높아보였다. 같은 인간인데 그들이 그렇게 높아도 될까? 방청석에 사람들이 모여들었다. 나는 찍어누르는 공기를 헤치고 힐끗 뒤돌아보았다. 부모님보다 언니와 루이스를 찾기 위해. 부모님이 한쪽 구석에 앉아 계셨다. 언니와 루이스는 보이지 않았다. 그들이 여기 오길 바라다니. 나는 이미 그들을 멀리 보내지 않았는가. 열에 들뜬 통증은 그들을 떠나보내는 의식이었다는 생각이 들었다.

9시 반이 되자 시작을 알리는 신호가 울리고 웅성대던 장내가 조용해졌다. 모두들 일어나 판사가 들어오길 기다렸다. 먼저 입장한 검사와 담당자들도 다 일어났다. 나이와 상관없이 모두 기립하여 상체를 꼿꼿이하고 40대의 풍채 좋은 신사를 맞이했다.

판사였다. 그는 검은색의 위엄 있는 모습으로 펄럭이며 들어와 높은 단상에 앉았다. 그가 자리에 앉을 때까지 모두들 서 있었다. 나는 그때 뒷덜미가 오싹해지는 전율을 느꼈다. 판사가 되리라. 그리하여 오늘의 수모를 씻으리라. 공정한 재판이나 법질서 확립 같은 건 어렵고 거창했다. 그때 나는 단지 판사의 권위와 군림만이 부럽고 마음에 들었다. 의사도 돼야 하고, 시간은 많지 않은데 나는 어디서 무엇을 하고 있나. 나는 비로소 부모님의 마음을 조금 엿볼 수 있었다. 나도 좋은 딸일 수 있는데.

담당자가 일어나 오늘의 순서를 알리는 소리를 들으며 나는 내 부모가 조국에서 살았고, 그들이 여유를 갖고 살았으면 우리가 여기까지 오지 않아도 되었을 걸 하는 생각을 했다. 아무튼 그곳에선 이런 결과를 맞지 않았으리라.

얼굴색이 다른 사람에게 형을 언도받는다. 인간이 인간을 심판하는 일도 쇼킹한데 피부색이 다른 사람에게 심판을 받아야 한다니. 저들은 공정하게 할까. 저 높은 단상의 백인은 삶에 숨겨진 미로를 알고 있을까? 타인과의 관계 이외에 한 형제 사이에도 수많은 얽혀진 길을 가지고 산다는 걸 고매한 그가 알 수 있을지 의문이다. 재판이 속개되자 구속자들이 순서대로 나가 판사의 질문을 받았다. 여기서는 그가 대통령보다 높았다. 검사는 목청을 돋우지만 그보다는 낮은 자리에 서 있었다. 내 차례가 되었다.

나는 긴장을 누르며 판사 앞으로 다가섰다. 검사가 사건을 보고하고, 계획적인 범행이니만큼 구속해야 한다고 날카롭게 덧붙이는 소리가 귀에 웅웅대었다. 호리호리하고 신경질적인 인상의 검사의 콧날을 보며 나는 이제까지의 번민이나 두려움은 시작에 불과했음을 느꼈다. 경찰은 별 게 아니고 검찰의 구속이란 게 있으니, 나는 경찰로부터 검찰에 인계되고 있었다. 재판에 회부되고 실형을 받는다. 앞이 아득해지고 판사와 검사의 얼굴이 흔들렸다. 판사는 내가 전과가 없으며 실수임이 입증된다고 말했다. 검사가 강력히 반박하고 나섰다. 판사가 서류를 검토하더니 나에게 물었다.

"당신은 무죄라고 생각합니까 유죄라고 생각합니까?"

이 질문이 나를 당혹하게 했다. 나는 법망에 걸려 퍼득이는 한 마리의 물고기에 불과하지만 무죄와 유죄의 경계를 알지 못했다. 그걸 왜 나에게 묻는지. 이례적인 질문이라는 것을 모르고 나는 이건 고문이라고 생각했다. 나는 잘못이 많다. 그러므로 유죄다. 나는 잘못이 없다. 그러니 무죄다. 내 머리속에서

두 가지 생각이 싸웠다. 그 짧은 동안의 혼란 속에 나는 10년을 사는 것 같았다. 훌쩍 커서 어른이 되어버렸다. 그리고 이 세상은 속고 속이는, 즉 유죄와 무죄의 싸움장이라는 것을 깨달았다. 모두 다 유죄고 모두 다 무죄다. 판사와 검사를 포함해서. 인간이 인간을 판단할 수는 없다. 나는 그들에게 맹렬한 적의를 느꼈다. 판사까지도 싸잡아. 번들대는 높은 단상과 큰 목소리. 뻣뻣한 목. 거만한 백인들. 나는 비로소 나의 목표인 백인들을 똑바로 쳐다보았다.

"무죄입니다."

마침내 그렇게 말함으로써 나는 자신을 배신했다. 무죄라니. 나는 총으로 루이스를 죽일 생각은 없었지만 경멸과 비웃음으로 그를 죽이고 있지 않았던가. 그날 아침 그의 콘도로 가면서 나는 살의를 느꼈었다. 구속자들 대부분이 무죄라고 말했다. 복잡한 재판을 거치지 않고 실형을 받음으로써 수고와 시간낭비를 하지 않을 수 있음에도 불구하고 모두들 무죄라고 고집해서 복잡한 재판과정을 거친다. 판사는 고개를 끄덕이더니 도주의 염려가 없으니 보석금을 책정해보라고 지시했다. 잠시 후 법정 클럭이 보석금은 오천 불이라고 알려주었다. 재판날짜는 10월 27일이었다.

보석금을 낼 때까지 리맨드 센터에서 기다려야 한다고 알려주었다. 살인혐의가 짙고 도주의 우려가 있으면 보석금이 기하급수적으로 올라간다. 나는 그 정도에 안심했다. 나는 담당자를 따라 호위를, 아니 감시를 받으며 법정을 나갔다. 부모님이 복도에서 기다리고 계셨다. 나는 고개를 숙이고 그들의 시선을 피했다. 아빠의 얼굴을 마주볼 수 없었다.

"보석금을 곧 마련해서 가지고 갈 테니 조금만 참아라. 변호사를 만났는데 단순한 오발사고라 별 일 없겠다는구나."

아빠는 체념하신 건가. 지치고 맥빠져보였다. 말소리도 힘이 실리지 않았다. 피해의식으로 눌리며 사시는 아빠는 그걸 감추려 목청을 높였지만 지쳐 지쳐 화낼 힘도 없어보였다. 나는 부드러운 아빠가 싫었다. 아빠는 우렁차고 엄하고 딱딱해야 했다. 붓으로 힘차게 쓴 금기사항 앞에서 회초리를 들고 문을 발로 차셔야 했다. 나는 아빠가 길길이 뛰며 나를 야단치기를 바랬다. 그래야 나도 변명할 구실을 얻을 텐데.

누가 너보고 그런 짓 하랬어? 누가 너보고 쏘랬니?

그렇게 물으셔서 내가 설 자리를 마련해주셨으면 좋으련만. 나는 위축되고 작아져서 숨고 싶었다. 나는 울고 싶은 심정으로 부모님을 외면했다.

"언니는요?"

돌아서기 전에 나는 그렇게 물었다.

"그저께 몬트리올 간다고 떠났다."

그저께라면 사건이 난 날이다. 나는 고개를 끄덕였다. 그랬을 것이다. 루이스와 다정히 취조실을 나가 언니는 어디론지 가야 했으리라. 나는 부모님과 작별하고 리맨드 센터로 가는 호송차에 올랐다. 차 안에서 부모님이 서 계신 법원 앞을 돌아보지 않았다. 아직도 비는 줄기차게 내리고 있었다.

10

나는 다가갔다. 한발 두발. 빛을 받아 검게 떠오르는 실루엣을 향하여. 마침내 나는 그의 앞에 다달았다. 나는 길고 부드러운 턱을 바라보았다. 루이스가 아니다. 그가 루이스와 다르다고 생각했다. 루이스보다 젊고 둥글고 상대를 안심시키는 미소가 있었다. 갈색 머리와 갈색 눈. 단정한 신사복. 루이스는 어디로 갔나? 그리고 언니는?

그는 변호사 리차드 스미스라고 자신을 소개하며 명함을 내놓았다.

"당신 부모로부터 당신 사건을 의뢰받았습니다. 원하신다면 당신 변호를 맡기로 하죠."

나는 고개를 끄덕였다.

"오후에 당신 부모가 보석금을 지불할 겁니다. 당신은 가석방이 되고 학교에 갈 수 있어요. 재판 때까지."

나는 무감동하게 다시 고개를 끄덕여보였다. 그 동안 사흘이 흘렀을 뿐인데 3년도 더 흐른 것 같았다.

"사건 경위에 대해 들었어요. 실수가 인정될 겁니다. 장갑이 문젠데······. 당신은 운전할 때 장갑을 애용합니다. 차 안에 장갑을 넣고 다닌다는 얘기를 들었습니다. 그걸 친구들이 증언해 주었지요."

누가 그런 말을 했을까. 난 겨울에도 장갑을 잘 안 끼는데. 엄마일까? 아니면 언니? 그가 언니를 만났나? 아니면 노련한 그가 면회실을 지키는 경찰을 의식하고 일부러 나에게 유리한 발언을 한 것인지.

"내 언니를 만났어요?"

"아뇨."

"언니는 어디 있나요?"

"오늘까지 맥길에 등록을 안 했습니다. 몬트리올에 간 날 탑승자 명단에 없었답니다. 물론 그 후에도 몬트리올에 간 흔적은 없구요."

맥이 탁 풀렸다. 예상했던 일인데도 왠지 몰랐다. 그가 루이스가 아닌 걸 알았을 때만큼이나 힘이 빠져가고 있었다.

"재판날엔 오겠지요."

나는 그럴 거라고 말했다. 언니가 오지 않을 걸 알면서.

"모레 내 사무실로 오세요. 오후 4시에."

이렇게 지쳐 있는데. 그를 만나 취조는 아니지만 사건경위를 다시 시작해야 한다. 내 머릿속은 하얗게 비어갔다. 언니가 개입된 사건에서 언니를 빼내려니 모든 게 뒤죽박죽이다. 앞에 더 많은 거칠고 구부러진 길이 놓여 있다는 사실만 분명해진다. 그 외엔 아무것도 모르겠다. 언니가 진정으로 원한 것이 무언지조차. 나는 피곤했고 쉬고 싶을 뿐이다. 그런 다음 언니를 만나 한마디만 듣고 싶다.

"정의를 구현하려면 우리가 바빠질 겁니다."

리차드는 나에게 악수를 하려고 손을 내밀며 그렇게 말했다. 정의구현이라고? 나는 정의가 무언지도 모르겠다.

"부모님 오시려면 한 시간 가량 남았군요."

나는 그에게 미소 지어 보였다. 리차드는 확실한 걸음으로 면회실을 나갔다. 나는 간수를 따라 다시 긴 복도를 걸어갔다. 감방으로 나 있는 길고 똑바른 통로를. 발걸음이 아까처럼 휘청대지는 않았지만 내 마음은 출렁였다.

그랬었나?

언니가 또다시 그에게로 돌아갔나. 결국은 나에 의해서. 언니를 맥길로 보내지 않고 그에게로 보낸 건 잘한 일인가 잘못한 일인가 알 수 없었다. 맥길에 가서 언니는 새출발할 수 있지 않았을까? 퀘백의 거리거리를 헤매다 한 번 더 죽었다 살아서 말이다. 지금보다 그게 낫지 않을까? 모든 보상을 치루고라도 언니가 그를 택하고자 했다면 어쩔 수 없는 일이다. 결과적으로 패티를 구해내고 언니를 수렁에 빠뜨렸대도.

나를 감방에 들여보내고 간수가 문을 잠갔다. 덜커덕하는 쇠 울림이 먼 두레박 소리를 냈다. 다시는 돌아올 수 없는 우리들의 유년의 울림처럼. 부모님은 무어라 하실까. 겨우 상처를 꿰매신 그들이 다시 찢겼으니.

나는 시계를 보았다. 시간이 느리게 흘러갔다. 나는 감방을 서성대기 시작했다. 내 손에 차가운 벽이 닿았다. 발밑에서 흙이 밀려나는 소리가 들렸다. 어디론가 나는 빠져나가고 있었다. 그렇다. 라비린토스. 지금 내 앞에 미로는 끝나지 않았다. 더 많은 가닥가닥의 길이 보인다. 나는 도달한 게 아니라 출발점에 있다.

저 미로 속 숨은 그림을 향하여.

이제 다시 한발 내디뎌야 한다.

언니, 언니.

나는 입 속으로 가만히 그 이름을 불러보았다.

10월 27일의 재판날 언니는 증언석에 나타나지 않았다. 나는 1년 3개월의 집행유예를 선고받았다.

에필로그

하나 언니.

어둠 속에서 가만히 그 이름을 불러본다. 그러면 침대 위에서 꼼지락대며 자니? 하는 소리가 들려온다. 나는 자는 체 눈 감고 있다가 벌떡 일어나 하나 언니에게 손을 넣어본다.

비어 있다. 언니의 온기가 잡히지 않는다. 그러면서 어둠이 점점 넓어져 방안에 가득차는 것을 느낀다.

언니가 없는 빈 방에서 잠들고 텅빈 언니의 책상에서 공부해야 하고, 휑하니 남아도는 공기를 마셔야 한다.

그게 가능할까?

나는 알지 못한다.

오랜 시간이 흐른 지금도.